魅丽文化 花火工作室

唯我凶萌

虫小扁 | 著

廣東旅游出版社
GUANGDONG TRAVEL & TOURISM PRESS

图书在版编目（CIP）数据

唯我凶萌 / 虫小扁著. — 广州 : 广东旅游出版社,
2018.10
ISBN 978-7-5570-1390-5

Ⅰ. ①唯… Ⅱ. ①虫… Ⅲ. ①长篇小说—中国—当代
Ⅳ. ①I247.5

中国版本图书馆 CIP 数据核字（2018）第 151382 号

出 版 人：刘志松
总 策 划：邹立勋
责任编辑：梅哲坤

广东旅游出版社出版发行
（广东省广州市环市东路 338 号银政大厦西楼 12 楼）
邮编：510060
邮购电话：020-87348243
广东旅游出版社图书网
www.tourpress.cn
湖南凌宇纸品有限公司印刷
（长沙县黄花镇黄垅新村工业园区财富大道 16 号）
880 毫米 ×1230 毫米 32 开
9.5 印张 301 千字
2018 年 10 月第 1 版第 1 次印刷
定价：36.80 元

目 录

第一章

她家阳台上有个男人

“唐，醒醒。”

谁？！

唐晓突然从一片狼藉的地上惊坐而起，下意识就想抚额喊句头痛，忽而她惊觉自己……

神清气爽。

这一点也不像一个宿醉者应有的表现，难不成在喝酒这个技能上她也天赋异禀？唐晓试图爬起来，一动才发现除了神志清明，喝酒后遗症还是挺严重，她全身肌肉酸痛得厉害，像是被人敲碎重组、再敲碎再重组过一样。而后她视线无意识地扫过地面，立即抛却严谨且自持的性子大声惊呼道：“啊！我的试剂！”

全空了！

“科学小狂人”唐晓内心崩溃地看着和酒瓶子混在一块的空试剂罐子，而地上并没有什么污染、腐化的痕迹，突然觉得整个人都不好了……

她可能把药剂……全喝了。

她感觉“生无可恋”。

“不是‘可能’哟，是已经全喝了。”

唐晓脑子里再度迸出来一个声音。

“谁？”她吓得整个人惊跳起来。她惊悚地环视了一圈空无一人的房间，摇着头说服自己，“不怕不怕，科学在某种程度上已经证明这世界上没有鬼，这不过是幻觉，一切都是喝醉酒的后遗症。”

“嗯……倒也可以这么说。”

那个声音锲而不舍地继续搭腔。

“对，我什么都没听见，房子里并没有人。嗯，酒精的影响力确实可以深入研究一下。”唐晓边自嘲，边笑着自欺欺人地捂住耳朵，啊，这种违背科学的事你让她怎么相信？

“你在说什么乱七八糟的，唐？”那声音带着不解，自带环绕音缭绕在她大脑内，随即那声音又带着点调侃，“还有我明明在用脑电波和你通话，你捂什么耳朵啊，喵！”

“有没有感觉很不一样？”说着说着，空荡荡的房间里突然响起了与脑子里的声音来源不一致的一声猫叫。

“你老东张西望干什么，我在这里！”

若没有探索精神，唐晓也不会搞科研，既然搞了科研，出于追求真理、勇于探索的天性，她……她轻轻咽了咽口水，克制住恐惧感，深吸了一口气，鼓起勇气顺着猫叫声寻去，终于在背后发现了一只通体黑色的小猫。

只见那猫傲慢地摇了摇尾巴，然后一下子没绷住，画风突变地往她脸上一扑：“哦，唐，你终于醒过来了。唐，你猜我是谁？我是库普啊，喵！你终于醒过来了，喵！”

猫会说人话？

有鬼！

“在北京时间 2017 年 2 月 23 日凌晨 3 点召开的新闻发布会上，NASA 美国国家航空航天局又宣布了一个令人吃惊又兴奋的新发现：科学家们通过斯皮策红外太空望远镜，在距离地球约四十光年的地方，首次发现了七颗地球大小的行星围绕一颗恒星运行的行星系统，更重要的是，其中三颗行星位于母恒星 TRAPPIST-1 的宜居带内，这一发现刷新了太阳系外围绕一颗恒星运行的宜居行星数量……”

电视屏幕上女主播字正腔圆地陈述着，画面停留在七颗类地球行星的图片上，唐晓本该有几分兴趣，然而她现在所有的注意力都集中在眼前的这只黑猫身上。

“啊，唐，是特拉比斯特 -1 星球啊，还记不记得你带我去过那里？那儿的土著肌肤是蓝色的，脚趾上长着蹼，耳朵下有鳃，能在水中呼吸。当然他们的牙齿非常尖利，对你我并不是那么友好……”

唐晓要疯了。

不过买个醉，醒来这世界好像出了什么差错。谁能用科学解释一下，为什么一只猫会坐在沙发会看电视，还会用脑电波说话？

眼看库普没有暂停的意思，感觉脑子快爆炸的唐晓小心地尝试着打断它：“呃，不好意思库普先生，我真的听不懂您在说什么。”

请您打哪儿来回哪儿去，我的世界太小容纳不下您。

库普一双碧绿的猫眼直勾勾地盯着她好一会儿，蓦地透出几分黯淡，脑子里的声音幽幽的：“我已经尽力了……你……没能侵占成功吗？”

“尽力”什么？唐晓觉得全身寒毛都竖起来了，“侵占”什么？

她脑子里飞快闪过“灵魂侵占”此类的名词，往后大退了几步，警惕地说：“你到底是谁？你到底想干什么？”

久等不到回答的唐晓，在这一刻完成了从严谨认真喜好钻研的科学小狂人到小话痨的转变。

“‘侵占’这个名词让我浑身不对劲，快回答我！我说你怎么不说话？！”唐晓恨不得用晾衣服的架子戳它几下。

“OK，我知道你只能‘喵’，那请您用脑电波哼唧两句，我已经准备好了。”

“不好意思，我在问您话，请解释什么叫‘侵占’，这名词到底代表及涵括了什么？请您回答！”这个时候玩沉默真的好吗，库普先生！

“不好意思库普先生，现在不是沉默的时候，我觉得我们有必要就‘侵占’

问题展开一系列的讨论及探索，这让我很在意！”

“以沉默即默认而言，我是否能认为你已经侵占失败了？”

“哦，对，如果侵占成功，现在讲话的人就应该不是我了……”

唐晓终于在恐慌的情绪中捕捉到了重点，是的，自始至终，在思考的都是她唐晓本人。

“如果你刚刚说的‘尽力了’是我理解的那个意思，那么这之后是不是没办法再侵占了？”

又是长久的沉默，突然库普喵地叫了一声，斜了她一眼，有些蔫，像是承受了什么巨大打击般蜷在沙发上，一副不想搭理她的样子。

看，这只猫现在活灵活现地诠释了沮丧这种情绪，很明显在感叹命运的不公、时运的不济，无精打采，甚至封闭自己、责备自己、怨恨自己，具体表现为自信心下降，并呈现出想逃避现实看不到未来希望的样子，嗯……那应该就是了，它本来想干什么，但是失败了。

啊，失败了就好，真好！

唐晓的大脑飞速运转，思索着她目前的处境——首先，她遇到了一只会用脑电波讲话的猫。这只猫刚开始应该认错了人，它叫库普……可能是个……外星生物。

唐晓越想越荒谬。是的，她感觉亲密的爱人“科学君”正离她越来越远。

外星人？活的？还拥有什么“灵魂侵占”的手段？

啊哈，即便唐晓脑容量过人，一时也无法接受，但好消息是它不但没有成功，而且再也没办法成功。

那就先这么着吧。

唐晓头脑一片空白地得出一个结论：再也不能喝酒了。

是了，还有那堆试剂，该死的不会有什么副作用吧，这一刻她甚至怀疑自己会不会爆体而亡……

又是很长一段时间过去，唐晓脑子里再没有出现库普的……脑电波。

这让她稍微松了口气，反正她也需要时间来整理这些已知的信息。但话说回来，它再厉害也只是一只猫，唐晓犹豫着要不要把它扔出去，不过稳妥点来说，在她满脑子都是“科学君拜拜了”时，她认定，在没有杜绝这只猫会突然狂化变成哥斯拉之类的可能性之前，还是以静制动、静观其变为妙。

想到这儿，唐晓皱眉看了看一地狼藉的屋子，决定心宽一点，先收拾一下。

唐晓家是普通的三居室，陈设简单，因为独居，其中两间卧房被她改造成冷藏室和实验室，堆满了各式各样的试剂管及瓶瓶罐罐，客厅北面堆了四台双开门冰箱，填满了整面墙，除了角落里那台塞了点食物，其余的都装着她心爱的试剂。

不过这段时间她太颓废，冷藏室断了电，基本上也就是陈列室。

唐晓的研究方向是生物制药，说起来可能有点不要脸，她自小学五年级第一次接触生物，就发现自己可能是这方面的天才，然后就成了生物老师的小跟班、实验室的小助理。

因对研究有着天生的热忱，再加上后来学习化学及物理知识，及过人的悟性，她十五岁就在生物制药方面小有突破，并在国内外各类相关竞赛及科研成果展上崭露头角，被媒体誉为“天才少女”。

只不过现在新闻版面都是娱乐及社会类的天下，传统纸质媒体的影响力也逐渐衰减，科研版的小新闻自然如石沉大海，激不起一点浪花。

如果没有发生那件事，她的生活还是会像从前那样单纯、简单且快乐吧。

想到这儿，唐晓的眼眶突然有些湿润，她看到客厅的桌子上插着已融化掉的蜡烛的生日蛋糕，自嘲地想起之所以买醉是因为昨天是她十八岁生日。

她甚至连一个亲人或朋友都没有……

现在能跟她对话的，居然是一只看起来有点愚蠢的猫。

“收敛点，我听得到，‘愚蠢’什么的。”那个声音突然忍不住又响起，“虽然你本身大脑开发程度意外的高，但这并不妨碍我在智商上碾压你。”

唐晓无语。

“喵！”

还是扔出去比较好吧？唐晓正犹豫着要不要将这个想法付诸行动，突然，她为了御寒而全部关得严严实实的阳台玻璃门被什么敲响了。

“咚咚咚。”那声音清晰且富有节奏。

阳台。

玻璃门。

被什么……敲响了。

唐晓静静地琢磨着这几个组合词，有些好笑地迅速否定了自己的想法，甚至为了嘲笑自己多心，还特地“百忙之中”抽空往阳台那里瞟了一眼，验证一下……

这一眼差点让她心跳骤停。

她家阳台上有个男人？

居然有个男人！

那男人身材高大精瘦，身穿一件卡其色及膝风衣，底下一件黑色贴身背心，这个角度望去甚至能看出他肌肉的线条，搭配一条简单牛仔裤，因大兜帽盖着脸所以看不清模样，在他身后，白雪纷飞，宽大的衣摆正放肆地迎风飘扬……

客厅的电视屏幕不知何时已播放完新闻，正进行天气预报环节。

“B 市，小到中雪，零下七摄氏度。”

唐晓发誓她一点也不关心这男人不合时宜的骚包穿着，这不是重点，重点是她家在二十三楼啊！

此刻，科学小狂人的内心是崩溃的。

二十三楼！

没错就是二十三楼！所以，她家阳台？确定没有敲错门？

崩溃呈现正无穷状……

她十八岁生日的这天，天空下着雪，寒风凛冽，空气却难得清新。

这天，她醒来时发现喝光了家里的试剂，沙发上蜷着一只会用脑电波说话的猫，并且只能带着恐慌的情绪，眼睁睁看着那个男人……推开了阳台的门。

寒风随着阳台门的打开，呼呼地灌进来，吹得唐晓一个激灵。

她感觉全身寒毛都竖了起来，还没来得及酝酿或过脑子什么的，一声尖叫已经冲到了嗓子眼。然而没来得及喊出口，就感觉被一只无形的大手掐住了脖子，整个人被凌空提起，并以飞快的速度压向了客厅墙壁。

唐晓的后脑勺重重地撞击在了墙上。

"啊！"尖叫转化为痛呼，音调也由往上转为向下，但并未能引起注意。

"哦，抱歉抱歉，我只是不大喜欢女人尖叫，一时失手……"那男人边进门边开口，随之补充了一句"我敲过门的"便算作对他此刻违法行为的解释，并善意地带上了推拉门。

唐晓在疼痛中领悟到，他在言语中承认了他是导致她刚刚所遭遇的悬疑事件的幕后黑手……而伴随着他最后一个字音结束，施压在她颈部的作用力突然消失，下一刻，她因失重而一屁股摔坐到地上。

"痛……"唐晓痛得眼角飞出泪花，但更多是因接踵而来的灵异事件引发的想吐血倒地，从此再也不起来的深深的挫败及抑郁感。

她的科学人生呢？

她感觉自己的世界观正在逐渐崩塌，甚至丧失了思考的能力。

对，她一定还在宿醉，都是梦！追求真理的唐晓自欺欺人地想。

"哦，抱歉，失手失手。"那男人似乎瞥了她一眼，再度补充了一句。可所谓的道歉并没有多大的诚意，让人意外的是，男人的声线是清亮的少年嗓音，带着点与生俱来的孤傲感，恣意且不受拘束。

他肩头上的雪花已经消融，全身带着点湿意，而他脚上那双黑色短靴毫不客气地在光洁发亮的地板上留下几个脚印。

他随性地打量着唐晓的三居室："放轻松，我对你没兴趣，对你这屋子也没兴趣，对你屋子里的钱财更没有兴趣。"

随后他状似无意地睨过原本还蜷在沙发上，此刻正尽全力缩在阳台拐角处瑟瑟发抖的黑猫库普，稍作停顿。

"不要看我！"

唐晓因脑中突然响起库普高亢的惊呼，吓得骂了一句脏话。

男人似乎在兜帽下勾了勾嘴角，多赏了个眼神给库普，话中带了些笑意："你这玩意儿挺有意思。"

只见库普的猫爪子笔直地向唐晓一指："她更有意思！"

她一定要把它扔出去！

唐晓挣扎着爬了起来，微微贴着墙，这个姿势能让她稍微有点安全感，她现在已经没办法思考他到底是怎么爬上二十三楼到她家阳台，反正经历了被"无形的大手"甩到墙上的她，现在的接受能力绝对达到了新境界。

她警惕地问：“那……那你对什么感兴趣？”

“什么‘无形的大手’，那是精神力！他能将精神力实体化！”库普感觉自己冒着生命危险在提点这个地球人，就算是看在她和它的主人拥有同一个名字的分上吧，“你知道将精神力实体化是多难多可怕的一件事吗……”

“可怕？”男人的声音依旧带着笑意，“我喜欢这个形容词。”

唐晓内心崩溃。

库普“喵”地叫了一声：“啊！我不是屏蔽掉你了吗？难道我屏蔽不了你吗？不不不，大人，我只是一只猫，喵！”

唐晓心想：它好蠢。

“我先确定一下，”男人似乎正在扫视被唐晓扫到一块的瓶瓶罐罐，随意地问道，“你是唐晓没错吧？”

“没错！”库普抢答。

关键时刻，它毫不犹豫地挺身而出，脑电波全开：“她是！她就是唐晓！大人，放心地确定吧，就是她！她的身份证放在她房间书架的第二层，她刚刚昏迷的时候我看到的！如假包换！”

一定有什么试剂能让这只猫永远闭嘴，唐晓阴暗地想。

“那就好。”男人说完，停下了对屋子的打量，而后站成一棵挺拔的青松，面对她站定，并将兜帽放了下来，终于露出了真颜，微微一笑，“认识一下，我叫狄青。”他眼眸微垂，低声感慨，“没死就好。”

震撼中的唐晓自动忽略了他后半句话，她发觉哪怕前两天还断定自己已心如死水，却还是无法忽视这男人的美貌给她造成的视觉冲击……

待到山花烂漫时，她在丛中笑。

她脑子里突兀地冒出这句诗。

男人意外地年轻，尤其一双眸子好看得紧，幽暗深沉得宛若宇宙至尊艺术家手中精致至极的作品，找不到一点瑕疵，高挺的鼻梁下，薄唇轻抿成让人遐想无限的完美弧度，让人不得不感慨他脸上的每个细节都漂亮得恰到好处，足以让每个见到他的雌性生物都为之沉迷。

只是唐晓不算正常的雌性生物，在初时震撼过后，她的思绪飘远，想起另外一位如莲之香远益清、亭亭净植的男人，那样的温暖，她怕是再也感受不到了吧……想到这儿，唐晓眸子里闪过一抹黯然，也罢，感受不到就感受不到吧，反正日子总归要过的。

哦，他刚刚还说了什么话来着……唐晓回神，多看了一眼他过分漂亮的容貌。

不管了，反正眼前这位的盛世美颜，很明显她掌控不住，也无福消受……

咦？！

咦咦咦？！

唐晓脑子里虽这般想，可她突然像是行为失控般，整个人动作敏捷精准地朝狄青扑了过去。

怎么回事？！

眼看着狄青的脸突然放大，唐晓被自己的行为吓到了，这种情绪比今天遭遇的任何一件事都要来得汹涌。

不要啊！

“呃？”

那什么神秘的实体化精神力再次出现，唐晓发觉自个又被压着往墙上一撞，后脑勺与墙碰撞发出“砰”的一声，痛得眼泪又飞出两滴。

但这回她也顾不得疼痛了，一只手捂着撞疼的后脑勺，一脸真挚地解释：“刚刚你看到的都是假象，所有的举措都不是我做的。我的意思是，即使你看到的是我，也不能代表是我，这么不知羞耻的行为，绝不是我这个一本正经、循规蹈矩、热心钻研的美少女做的！”

狄青完全没在听她讲什么，而是一副受惊吓的模样：“很危险啊，我刚刚差点一剑劈了你。”

话音刚落，唐晓再度脱离作用力而摔倒在地，她有些懊恼自己吃过一次亏没有提前做好准备，听他说完，才瞥见他身后真的背着一把剑……

她向来是带着疑问去看待这个世界的，这一次，她却对他方才的话深信不疑。

差点一剑劈了你——她感受到来自这个世界深深的恶意……

可刚刚那脱轨的行为真不是她所为！明明脑子里还想着别的事情，怎么行为却如此不受控制？

“库普，你给我滚出来！”唐晓怒了，她百分百是被不好的东西“附身”了。

不料库普缩在角落一副若有所思的模样，难得没有无视唐晓，回应道："我也得捋捋。"

"好了，说正经的。"狄青不耐烦地皱起眉头，手指随性地勾了勾，地上数个瓶瓶罐罐凭空飞起，夹杂着酒瓶在空中随意地变换着位置，动作虽无意，却更像在锻炼他的操控能力，而后接着说道，"你不需要知道我从哪儿来，总之我是来帮助你的，顺便做一笔交易。"

"帮助我？"唐晓从来没像此刻一般觉得自己脑子完全不够用，接二连三的问题压得她喘不过气，"交易？"

"前面那件事交给我就好。至于交易，你之前是不是研制过什么特别强的止血药，然后成果被谁拿走了？"说到这儿，他顿了一下，"还记不记得配方？与之相对的，我可以额外帮你完成一个心愿，怎么样？有没有什么特别想要的？"

"有！"来不及深思狄青怎么会知道她的研发成果被带走这件事，她又想起了那个将成果带走的男人，有些难过感伤，然而狄青的后半句又让她摒除杂念，心生希望，回答得没有半分迟疑，"让我妈妈复活！"

狄青难得被噎了一下："啧，你是不是误会什么了？我又不是神仙，我有那本事，还问你拿什么药？！"

唐晓垂眸，遮掩住眼里的失落。

狄青点点头："再想想，还想要什么？"

"没有了。"唐晓摇了摇头，显得有些意兴阑珊，但仍保持着警惕，又瞄了他一眼，却迅速收回视线，怕自己再度被他的脸刺激到做出什么出格的事，实话实说，"其实我也不知道你说的是哪种药，止血药市面上很多，也需要对症下药，我只研发药剂，不会看病。你也看到了，我的冷藏室目前是空置的，实验室的架子也只剩下一些原试剂，所有的半成品和成品都被我……喝光了，我现在也拿不出什么与你交易。至于帮助我……"唐晓瞥过那只同样非法入侵的黑猫，带着私心指了指它，"我想我目前并不需要帮助，但你离开时如果能顺带拎走它，我会很感激你的。你刚刚也感应到了，它会用脑电波说话，所以你今晚出现的事会不会被它到处乱说，我可不敢担保。"她想了想，瞥了一眼阳台，干咳了一声，"如果你觉得原路返回很辛苦，门口在那边，"她善心大发地指了指与阳台推拉门对应的正门，"出门左转，那儿有电梯可以下去，走出大门直走不远就是小区门口。滴滴、的士、公交、地铁，出行方式很多，你就算搭乘火箭走我也不会惊讶的。放心，我不会追究你非法私闯民宅的行为，更不敢肖想你，今天所发生的一切我保证都会烂在肚子里，绝不会跟任何人提起。”

一口气说完，唐晓深深吸了口气：“我会假装今晚什么都没发生过。”

狄青心想：这女人真啰唆。

他静静地盯着唐晓，空中的玻璃瓶子也随着他的沉默静止在空中，突然，所有的瓶瓶罐罐落地，乒乒乓乓碎了一地。

唐晓缩了缩脖子，感觉神经再一次绷紧。

“既然你不需要帮助，也不想交易，那好吧，我本来也不想出动这一招的。”狄青突然轻耸肩头，嘴角勾出邪肆的笑，下一秒，根本没让她有时间反应，一把剑连同剑鞘抵在她颈部，剑身仅微微亮出，就折射出凛冽刺骨的寒光。

唐晓这一瞬紧张得连呼吸都不敢。

“通常情况下呢，”狄青微笑，“它出鞘是要见血的，但今天或许能为你破个例……”

他加深了笑意，倏地眯起了眼睛：“给你一个小提示，我这人不喜欢被拒绝。”

“我也不喜欢等待。”

识时务者为俊杰。唐晓咬咬牙，挤出尚算友好的笑容，眼睛尽量笑眯成月牙状，那是她表示“亲切”的最佳方式。

她望着他说：“狄先生，你这种乐于助人的性格真是让人钦佩不已啊。呵呵呵，不介意的话请先帮我个小忙。”

“你说。”他也笑着。

“放心，这件事对你来说非常简单，”她眨了眨眼，一本正经道，“请你和你的剑，都离我稍微远一点。”

狄青沉默了片刻，手腕翻转，收剑归位，而后也眯着眼睛笑了笑：“的确是举手之劳，很高兴见到你的思想觉悟这么高。”

唐晓翻了个白眼，懒得跟他计较：“你到底要帮我什么？”

今天算长见识了，世上居然还有这种人，无亲无故，硬凑上来算什么事？虽说她最近过得确实苦兮兮的，但也不至于病急乱投医吧。

她说得有些不情不愿："所以你帮完我的忙之后，是不是拿了药就会走？"她特地强调了"我"。

"你所遇到的问题有些棘手，但已暂且摆平，在我想到彻底解决的方法之前不提。至于药，或者配方，在你养成酗酒的爱好与习惯前最好先给我。"狄青一脸嫌弃，因御寒而密封的空间里依旧弥漫着残留的酒精气味。

"我没有酗酒的爱好与习惯，谢谢。"唐晓说得一点不心虚，"还有，我到底遇到了什么棘手的问题？"

"等你需要知道的时候，自然会知道。"

她忍！

唐晓多少还是忌讳他的剑，思考了一下目前的处境，反正她孑然一身，最近的日子也过得糟糕透顶，想她也曾被誉为生物制药界一颗冉冉升起的新星，现在不但沦落到躲在家里买醉，醉酒后发现自己同时置身科幻剧及武侠剧之中，居然有种破罐子破摔的荒诞心境。

也罢，她轻轻耸肩："那好，我附加一个条件，你到时候必须把它带走。"唐晓指了指那只陷入沉思的猫。

狄青点了点头："这个好办，我现在就可以做到。"

只见库普应声腾空而起，径直向阳台飞了过去，但好在阳台推拉门还是关上的，稍稍阻碍了它的"消失"之路，只见它四肢乱舞，凄厉的脑电波在唐晓脑中响起："不要啊，听我说，唐！唐晓！我能解释你的失控！我能！只要再给我点时间！"

"你先把它放下来。"

狄青不悦地皱起眉头："啧，你们女人真麻烦。"话音刚落，库普被凌空一甩，"喵"地惨叫一声，贴着玻璃门及地，一副猫生好悲惨的样子。

狄青也不客气："喏，你提的要求我都做到了，还多送了一个，未免夜长梦多，现在把药和配方给我吧。"

唐晓特想说"你们男人真厚颜无耻"。

她努努嘴："你说给就能马上给啊？你也知道成果被带走了，有些细节和剂量我一时也没法确认，因为临床试验这块不是我负责，得给我时间再回忆一下。而且……"她一时语塞，感觉伤口又被撕开，而且就在那个男人带走所有研究成果记录报告之后，她先前待的实验室一夜之间变成了正在整修的废弃仓库……

当时那地方还是他提供的，傻子都知道发生了什么事。

“而且我现在没有实验条件。”

“有件事我再确认一下。三年前，你第一次得奖之后不久，还记不记得有个戴帽子戴口罩戴墨镜，神神秘秘的，跟我差不多高，手上缠着厚厚绷带的男人曾经找你拿过药？”

呃……那时她处于人生巅峰吧。

“记得。”

那个包得像个得了“深度巨星幻想症”的家伙，见面第一句话就是“不好意思因为我太帅太耀眼了墨镜没法拿下来怕帅瞎你”，然后从屁股后裤袋掏出几张报道过她的剪报，一张张展开，对着她的脸认真比较了报纸上的相片半天。

她没当场尖叫逃走是她因为修养太好，不是他看起来太像变态怕表现太冲动被捅两刀。所以那个扭扭捏捏很长时间后说“哎呀皇天不负苦心人，你太难找了哈哈哈”让她以为要向她告白结果只是讨药的男人……

真的……想忘也忘不掉啊。

唐晓沉默了一下：“我先纠正一下，那位先生是偷过我的药，不是拿。因为在他偷药之前，我已明确拒绝了他。我当时就跟他说了，那药剂获奖只是因为我在创意上的突破，没经过任何临床试验。当时已经有相关团队想继续深入研发，但在出结果之前，贸然试药很危险，即使他愿意承担一切后果也不行……”在专业领域，唐晓向来是强硬的，她瞄了一眼他的剑，决意拒绝相信它会再度搁在她脖子上，继续开口，“事实上，他偷走的试剂是我的实验失败品，试药没事只能算他命大……”

“他确实命大。”狄青似是回想起了什么，勾勾嘴角，“不过既然没有临床试验，怎么可以断定是失败品？”

“配制试剂的时候，要充分考虑到各元素的功效及融合时可能发生的化学反应，需要精密地掌控配比，我在实验时鼻子痒打了个喷嚏手抖了抖，那试剂里添加了我未经过测量的试剂量，你说它是不是失败品？我正打算集中销毁。”

“可在当时，药挺有效。”

“有效？试药多久了？临床追踪报告呢？确定是药物起效？药量是多

少？针对的是哪种临床病症？有无不良反应？有无后遗症？试药时有无并服同效药物？你知不知道药剂最重要的是安全性和稳定性？”

“不知道，我只是帮他带句话。”狄青坦荡荡地看着她，原本脸上的不耐烦被收敛干净，可身高差距形成的居高临下感依然存在。

“谢谢。”他说。

唐晓因这突转的画风一愣，犹豫了片刻：“呃，真要感谢我最好出门左转。”

狄青一副没听到的样子，转移了话题：“三间房就一张床？”

唐晓惊恐地问：“你这话是什么意思？”

“意思是你的沙发太短了。”

“不可以！你上一分钟不是还在道谢吗？”唐晓无比痛恨自己与人相处的社会经验不多，她琢磨不透这人的跳跃性思维啊怎么办？

如果他这话是她理解的意思……唐晓没克制住情绪：“表示感谢的最好方法就是消失！消失！出门左转，消失！”

“没听见。”狄青余光往唐晓的卧房瞄了一眼，随意地掏了掏耳朵。

“怎么可能没听见？你是聋子啊没听见？！眼睛往哪儿瞄啊？！”

“嗯？”狄青微微歪了点脑袋，微笑道，“什么？我没听清！”

玩剑的男人果然玩得一手好“贱”。

“‘嗯’你个头！”唐晓被气得讲了粗话，“不可以！沙发不可以！床也不可以！就连地板也不可以！你杀了我也不……”她无语地望着脖子上再度出鞘的剑，还有被剑气切断的几缕发丝……在她眼前飘啊飘……

她慢慢地闭上了嘴。

吓死人了！一言不合就拔剑，绝对是病，得治！

“嗯？”狄青故意又“嗯”了一声，加深笑意，“我看你这地方挺大，借来住住可好？”

不好！

唐晓拒绝回答，反正只有睡阳台她还可以考虑一下。

“大人！”库普突然强势插话，“她让您睡阳台！她巴不得您冷死在外边！”

“哦？”狄青换了一个词。

这个时候假装若无其事，场面会不会很尴尬……就在唐晓在心里把库普骂了个狗血淋头时，她随意搁在茶几上的手机响了。

“那看来你是同意了。”

同意什么啊！

“我……”

“嗯嘿嘿嘿！嗯嘿嘿嘿嘿！”铃声是无神论者唐晓恶趣味发作设置的鬼叫声，此刻幽怨地打断了唐晓的抗议。

啊，有人给她打电话？

意识到这一点，唐晓居然有些感动。大概平日里宅惯了，与外界交流少，这颓靡的大半年里，除了叫外卖，平素她连个推销、诈骗电话都没接到过……

但在她十八岁这天有人给她打电话！唐晓想都没想就推开了狄青的剑，颇有些英勇就义的感觉，居然顺利推开了……而等她看见来电显示之后，心情都澎湃了，眼眶湿润，以至于接起电话时，声音都有些颤抖：“喂？您好！您好秦教授！您、您找我啊？”

话说到这儿，唐晓积压已久的各种情绪全涌上心头，母亲逝世后的这大半年里，她喜欢的人带着她的研究成果消失得无影无踪，她没有亲人没有朋友，就连最爱的药剂研究也无法抚平她心里的空虚寂寞。更何况，现在她的屋子里还多了只会发射脑电波的猫，以及一个徒手爬上二十三楼后动不动拿剑架在她脖子上的男人。

想到这儿，她有些哽咽：“秦教授，近来可好？先前、先前联系不上您，我还以为您……不愿搭理我了……”

手机那端的声音听起来和蔼可亲：“没那回事，呵呵，我只是去了一个不方便联络的地方。今天是个好日子啊，美国国家航空航天局那群家伙都愿意公布类地球的事情了……”那边似乎有人在提醒他什么，只听见秦教授“是是、不提不提”应了两声，回归话题，“话说回来，小丫头生日快乐啊。”

“嗯。”眼泪顿时夺眶而出，唐晓心里百感交集，又是感动又是委屈，小声了应了一句，“谢谢。”

“不过今天找你，确实有一件正经事。丫头，两年前你母亲生病后，你就辍学了对吧？”

“嗯。”她抽了抽鼻子。

“那就长话短说吧，你还想不想继续生物制药这方面的研发工作？有没有无论遇到什么困难，都一定要克服，坚持到底的决心？”

“想！”唐晓精神一振，未有丝毫迟疑地应道，“我有决心！”

自从大半年前她妈妈意外逝世，她就想努力从自责低落的情绪中抽身振作，可是，在他——那个曾说会永远陪伴她鼓励她支持她的男人——失踪之后，她更受打击，差点一蹶不振。不过妈妈在弥留之际对她说的话，始终鼓励着她。

——宝贝，妈妈爱你，妈妈谢谢你，替妈妈好好活下去。

字字千金，这也是她尝试联系秦教授的原因，只是在这段时间接连的“您所拨打的电话暂时无法接通”之后，再度受挫的她只得喝酒买醉了……

“那想来你应该不会怪我自作主张了……”秦教授的话打断了唐晓的回忆，“这次离开，我去了一个地方，我想那个地方或许……会很适合你。那里有世界顶级的实验室设备，有顶尖的研究团队……”说到这儿，秦教授顿了一下，呵呵一笑，“还有一群热血的家伙！而我在那里有位老朋友，我把你之前的研究报告给他看了，他和学院决策层方面的人商量后，决定破格录取你，过两天你应该就能收到录取通知书了。”

“学院？”

“我没说吗？蓝星特别军事学院。”

“军事学院？”她努力搜索前段时间关注过的高校名录，呃……没印象……最重要的是军事……学院？确定？

“傻孩子，关键在‘特别’两个字啊，关于学校的详情我现在也不方便跟你说太多，你迟早会了解的，我只想强调一点，那可不是让你享受的地方，你要做好心理准备。”

“做好准备？”

“对，吃苦的准备。”

“哦……”感觉她好像答应了什么了不得的事。

“不过放心，你毕竟是特招生，他们不会太为难你的。但是……”秦教授话锋一转，言语中隐含着一丝不易察觉的严肃认真，“答应我，为了我这张老脸，无论多艰苦多困难，也一定要坚持下去。”

“是！”唐晓顿了一下，应答时，感觉自己无比放松，也前所未有地坚定。

隐约听到电话那头有人喊秦教授上飞船什么的，唐晓未作他想，觉得自己大概听错了，无非是上船或者上飞机什么的吧。

“好了，我还有些事，最近也不在服务区，以后再联系。注意查收快件！一定要好好坚持哟！”

“是！”

“我再说一句，好了好了……”电话那边似乎有人在催促，秦教授的声音再次变大，“你也听到了，我现在有些忙，希望我回来后，能在‘那个地方’见到你。”

“是的秦教授！再见秦教授……”

“是？”唐晓刚挂断电话，狄青带着嘲讽的冷笑声就传来，他眉头轻挑，“你知道那是什么地方吗？”说完他从上自下扫了她一眼，满眼鄙夷，“就你这身板，那地方的大门你都迈不进去。”

“你管我迈不迈得进去！还有，你偷听电话的行为严重侵犯了我的隐私权！”不对……唐晓放下手机抬头，“你听说过那学院？”

“对，我居然没想起来，要保命的话去那里确实是一个好选择。”

“保什么？”唐晓一时没听清。

“那儿的实验设备倒是挺先进的，试剂也很齐全，你说的安全性和稳定性应该能得到保证，嗯，你就到那儿去把我需要的药剂复制出来吧。”狄青完全无视唐晓，自顾自地继续道，“嗯，这样两个问题都能得到有效解决。”说到这儿，狄青睨向唐晓，“为了你不至于第一天就被踢走，来吧。”他突然勾勾嘴角一笑，猛地把剑往唐晓摆在客厅的实木茶几上一插。

剑连着剑鞘一并……入木三分。

这不科学！她颤抖着，她家的茶几是实木的！

“现在开始训练。”

“哈？”唐晓满脑子问号，条件反射地瞪向他。

结果那搭配几分坏笑、显得分外有魅力的精致脸庞映入眼底——咦？

咦？！

唐晓惊悚地发现自己再度行为快于思维地向他扑去，下一秒，不待她反应，她整个人被他的精神力毫不留情地包裹着极快地飞向墙角，即将撞上时，又猛地止住——但她宽松的衣摆随之轻轻拂过墙面，显得惊险无比。

唐晓心里一句“好险”还没说完，那股无形的力量压着她的头往墙上撞了一下，不算太重。

“不要觊觎我呀。”狄青不耐烦。

“不是我！啊！”又撞了一下。

唐晓觉得自己百口莫辩，真不是她！

“不要肖想我呀。”狄青满脸嫌弃，“你们女人就是喜欢口是心非。”他啧啧两声，再度瞄了一眼这屋子，最后把视线停留在他来时的……路上。

“嗯……”狄青作认真思考状，“你是第一次训练，从二十三楼爬下去可能有点困难。”

开什么国际玩笑，二十三楼？二十三楼！

爬下去？！

外面下着雪，这叫“有点困难”？脑子坏掉了吧！

“算了，”狄青不免惋惜，以“无形的大手”抓着唐晓往正门走去，拍板决定，“那就先爬楼梯吧。”

现在？她十八岁生日这天？

门已经开了。

唐晓被灌入的寒风吹得整个人抖了三抖。

啊，节奏太快，她跟不上！

狄青一脸“算了，就要求简单点吧”的样子，把大兜帽戴上，说：“看在你第一次训练的分上，先勉强爬十个来回吧。”

唐晓悬在半空中忍无可忍地开口：“狄先生，你说你那把剑出鞘是要见血的，不要为我破例了！”

给我来一剑吧！

杀！

唐晓悲愤不已，脑子里只有一个念头——杀了他！

她红了眼，拼尽全力地朝他进攻，不够快！还是不够快！

不过几个回合，那个站在制高点上、有着银灰色的头发及眼瞳的男人，白净脸庞上慢慢地露出一抹冰冷到极致的笑，惋惜，带着因为高傲而不经意泄露出的怜悯。

“你太弱了，唐。”

你太弱了……唐晓感觉自己好像在某个时刻也说过这样的话。

——你太弱了，凌初。

不对，她为什么会用到这个词？他是谁？唐晓不停地反问自己，可她没有时间思考，红着眼看着他手持激光剑，毫不留情地以一己之力，杀了前来阻止他的人。

她的耳边是接连不断的怒吼与悲号，还有不知从哪里蹦出来的军队，不绝于耳的爆炸声……那么熟悉，又那么陌生。

唐晓发现自己如利剑出鞘般冲了上去，手里的激光剑与他的激烈碰撞了几个回合，随后一个毫不留情的重击，她被击退撞在坚硬的石块上。

她感觉自己有些眩晕。

不要上去了，会死的……她劝着自己，不对，她不应该这么说，那她应该怎么说？她的思绪前所未有地混乱。

隐约中她看到不断有人朝那个男人扑去，那些人皆穿着深色的战服，耳朵尖尖的，手中的剑仿佛只会出现在电影中，发出蓝幽幽的光。

看着他们，唐晓心揪得难受，感觉眼眶有泪……

而他们的身后，是广袤的……宇宙？

唐晓忍痛站起来，眼睁睁看着那人带着凌人之势，登上了气势恢宏的战舰，临行前，宛若隔着万水千山般回望了她一眼。

冲啊！

唐晓发现自己再度冲了上去，太慢了，追不上啊——那之后，是战舰连波的强势攻击，整个星球遭受了毁灭性的大爆炸，她不可幸免地被火光吞没……

“啊——”唐晓一身冷汗地惊坐而起。

天才蒙蒙亮，但昏暗中仍能确定这是她所熟悉的卧室，熟悉的环境让她感到心安。她短暂性空白的脑袋慢慢地恢复意识，突然重重地松了口气，是梦啊……

她下意识地摸着怦怦跳动着的心脏，感觉太真实了。

太真实了，怎么会真实得如此可怕？

她坐在床上发了会儿呆，这两天记忆的画面慢慢在脑中浮现。

酒！

黑猫！

男人！

对，库普可能知道她为什么会做这个梦！

“啊，痛痛痛，腿要断了！”因为不小心扯动四肢，她痛呼出声，是了，就在昨天，她经历了一场惨绝人寰的爬楼训练……临睡前她几乎是爬着上的床……

她捶了捶已经微麻的大腿，全身酸痛得让人想哭，而最可怕的是那如魔咒般仍在耳边缭绕的冷嘲热讽。

一个男人怎么可以那么冷血无情！

“快一点，就这十几级阶梯，你是打算爬到明年吗？

“快、快！答应那什么秦教授会坚持到底的时候，你不是信心爆表吗？

“早知道你很废，但没想到你这么废，完全刷新了我对‘废材’这个词的认知啊。

“连爪子都出动了，你果然就是个刷新我世界观的存在。

“起来，别坐着，才二十三层楼就累成这样，我的剑都在嘲笑你。

“我说，你该不会以为会有什么八抬大轿把你抬去那个地方吧？相信我，你绝对会成为那里的一个灾难。

“啧，这么孱弱地生活在地球上，你怎么没有羞愧而死……”

这浑蛋，她坚信终有一天会风水轮流转的！

“嚷嚷什么？”

“啊，吓死了！”狄青的声音突然穿透回忆真实地出现在耳边，唐晓惊呼了一声，发现他不知道什么时候抱着剑出现在她卧室门口，单脚膝盖微屈踩着门框，身子半倚。

即便唐晓的睡衣很保守，她还是迅速拿起被子遮住身子，这样能让她有安全感一些，然后狠狠地瞪了他一眼。

不对，她明明锁了卧房门的……待会儿加道锁！

大概是昨天他恶魔般的形象太深刻，偶尔不小心再看到他的模样，也没再做出“扑倒”这个脱缰的动作……

但此刻，他的风衣不知什么时候已经脱掉了，原先绑起来的一点点小马尾散开来，头发凌乱却……凌乱得很好看，衬托得他整个人慵懒而随性，而那件贴身黑色背心下，是完全符合大众审美观的完美匀称的体形，肌肉紧致结实。

像她这种偏好斯文优雅男的小姑娘，视线也不由自主地顺着那流畅的肌肉线条往他的腹部延伸……顺便很自然地对他应有的巧克力腹肌稍作想象……

“啧啧啧，看看你那充满邪恶的视线。”

啊！不要说！

唐晓恼羞成怒了，最可恶的是，这次真的是她本身自然而然的生理动作，“滚，谁看你！我允许你睡我家客厅了吗？我同意你住下了吗？你怎么还在这儿？你这是私闯民宅，违法的！我要报警！”

是要颁个厚脸皮奖给你吗！唐晓愤然，想起他最终留下的原因……

“你报警的话，手可能会不小心被我砍断哦。”

坏人！要下地狱的！

相信科学至上的小姑娘的世界观确实已经有些扭曲了。

“该报警的人是我，最好不要让我知道现在你心里有什么罪恶的念头。千万不要把我当成你的幻想对象，恶心死了。”

“啊，不听不听，污耳朵污耳朵！”什么幻想对象，幻想你个大头鬼！她她她……她还是少女！唐晓面红耳赤，“我有喜欢的人了，他比你好一千倍一万倍，你这个自恋狂！”

曾经的科学严谨小狂人抓狂了。

“啧，昨天向我扑了几次的女人是谁？”狄青抓了抓头，斜了她一眼，男性荷尔蒙爆表。

“不是我！反正不是我！”

“呵。”狄青一脸“女人啊你的名字果然叫口是心非”，留下个讥讽味十足的单音词，然后又转悠回了客厅。

“呵你个头！”这已经是她可以想到的最恶毒的用词了。唐晓被自己气坏了，恨自己居然完全拿他没办法。

这时，他与形象不符的清亮的声音从客厅传来：“起来做早饭，待会儿继续训练。”

啊，滚滚滚！

她才不要做早饭，饿死他！

啊，对了……

“库普呢？”唐晓隔着墙问了一句，她还有一肚子问题想问清楚。

“出去玩了。”

唐晓算是知道了，难怪这个叫狄青的男人穿着那件带大兜帽的长款风衣。脱下风衣的他整个就是个行走的荷尔蒙，看他拿着杯子也好，拿着叉子也好，吃东西也好，甚至现在将她的茶几当成锻炼工具，将剑扛在肩膀上，在茶几、地面来回轻松跳跃的动作，都光芒万丈，让人无法直视。

哼，显摆！

唐晓拒绝承认她在拖延训练开始的时间，一口水煮鸡蛋都吃得缓慢无比，还因看不惯他“上蹦下跳”的身影，带点报复心态地开口：“你消停点，再跳下去，楼下要抗议了！等下保安上来敲门，看到你，我就是跳进黄河也洗不清了！”

这样看来唐晓也觉得自己的接受能力强得可怕，好吧，她承认她暂时没能力改变现状，总之她居然真的接受家里突然多了个男人的事实。

而那只猫，不知是不是想去认识这个世界，跑得无影无踪。

在生命暂时没受到威胁的前提下，船到桥头自然直，唐晓心宽地想。

狄青斜了她一眼：“你一个鸡蛋已经吃了十分钟。”

“我等下还要再吃两个！”唐晓又咬了一丁点，这样她可以休息半个小时，喏，给自己点个赞，“你不知道吗？食物一口要咀嚼三十下，而且我嘴巴很小，一口咬不了很多。”

狄青没搭理她。

“还有你快把我的遥控器、餐盘和水杯放下来，不要再让它们在空中飞来飞去了，你以为在拍特效电影吗？五毛钱特效你也好意思显摆。另外，你昨天打烂我的试剂存储罐也记得赔我！很贵的。”唐晓又不甘寂寞地开口，她总感觉自己想找点碴，结果她刚说完，桌子上的鸡蛋突然飞向她，并准确无误地因惯性塞进了她很小的嘴巴里……

“嗯嗯嗯嗯！”我要报警！

"嗯嗯嗯嗯！"你个浑蛋！

唐晓艰难万分地拿出了鸡蛋，为此她差点被噎岔气，两颊也因保持扩充的姿势，如今酸涩无比，而且拿出鸡蛋的动作十分不好看，一点淑女的形象都没保持住！

她揉了揉腮帮子，怒气值累积上升中，抬头就看到已靠近桌边的狄青。

"看来你现在应该没胃口再吃两个鸡蛋了。"他勾嘴似笑非笑，随之笑容隐去，将剑随意地架在肩膀上，一副铁血的样子，"开始训练。"

今天外头积雪消融，偶尔还飘着点细雨，天气格外冷。

唐晓在这鬼天气里爬了一个早上的楼梯。

不行了，脚真的要断了……这样下去别说锻炼了，她没死都是她体质好。

然而得益于如今蓬勃发展的快递业务，这样的天气并没有阻挠快递小哥的脚步，不小心从中午睡到下午的唐晓被快递电话吵醒，对方号称即将送来一整套健身器材。

她挂断电话的时候整个人都是蒙的，直到门铃声响起。

"您好，某某快递为你服务。"

然后她看着这些把客厅堆得满满的健身器材一阵无语。

发生……什么事了吗？

"不用客气，"狄青突道，"我用你的手机买的，想不到你银行卡里的钱还挺多。"

啊啊啊，这不是重点！唐晓感觉现在不想说话。

是她的错！她不应该因为他拿着剑，第一次露脸的地点是二十三楼的阳台，这么久也没见他拿出个手机什么的，就以为他是个深山野林的隐士。

难道他的通信方式不应该是千里传音吗？为什么他会使用手机？

"手机不设密码锁是你的错，与我无关。"狄青作无辜状，检查着设备，开口，"其实我更偏好户外运动，现在的天气环境其实也打造了不错的训练场所，不过昨天爬个楼梯你就怨声载道，现在揪你出去跑步，我怕你给我来个一哭二闹三上吊，再上个社会新闻版，我怕我会忍不住失手了结你。"

唐晓作死鱼眼状。

"啧，你该不会以为我不会用手机吧？你以为我是哪个时代的人？"狄青从她的表情里观察到了她此刻的内心活动。

“那你为什么看得到那种奇特的生物？”唐晓现在其实非常累，身体累心更累，“就是那只蠢猫，发出奇怪的声音，你却一点都不吃惊的样子。它能通过脑电波跟你对话！脑电波！你以为是声波光波电波这类浅显易懂的波吗？！”

“你以为这个世界就是你知道的那么简单？”狄青挑了挑眉，难得善心大发地多嘴了几句，“相信我，这个世界远超你的认知与想象，等你去到那个地方，你就会知道了，这世上再惊奇的事都是存在的，所以没什么值得大惊小怪。”

“哪个地方？蓝星特别军事学院？”

狄青没有正面回答这个问题，但在唐晓看来他默认了。而后这浑蛋气死人不偿命地又蹦出一句：“当然，你的存在还是很让我惊奇的，居然有人像你这么弱。”

唐晓心想：我这才是正常人的表现好不好！你走到大街上随便找个人让她爬十次二十三楼试试看，看别人不把你当疯子！

“不对，是你先找上门的……”

“来，试试这跑步机。呃……”狄青第一次表露出有些为难，“像你这么弱的家伙，第一次能跑多远？十公里会不会太少？”

“叮咚。”就在此时，门铃再度响起。

“谁啊？”唐晓透过猫眼往外看了看，居然没有人！

她有些紧张，不会又发生什么灵异事件吧？

“有我在，你怕什么？”狄青抱着剑站在她身后一脸不耐烦兼不爽。

就怕你！唐晓心里嘀咕，而后还顶了一句：“如果对方持枪抢劫你怕不怕？”

“暂时不会。”

“对吧，很可怕吧……咦？什么叫暂时不会？”

狄青讽刺道：“你拿把枪抢劫会选这种商品房？挑二十三楼？不好逃跑先不说，还按门铃？不应该啊，狄九说你是天才少女啊。”他嘴里突然冒出一个陌生名字。

狄九？唐晓这次倒是反应极快地联想到了那个包得严严实实的“偷药

贼”……而且，讲得好有道理，她要如何反驳？

“天才美少女本人该谢谢你的夸奖吗？”她说得没什么诚意。

“不要加戏，在小爷我的颜值面前，你敢说自己‘美’？你表现得智商一直不在线，我表示很担忧啊。”

“就凭你这姿色，兼身无三两肉，连劫个色都嫌硌骨头。”狄青又补了一刀。

唐晓翻个白眼，暗道：滚！

唐晓打开门，看到地上静静地躺着个大信封。她满腹狐疑地捡了起来，以为是什么传单之类的，质感却是出奇的好。她从信封中抽出来个本本，只见上面龙飞凤舞地写着几个烫金大字——蓝星特别军事学院录取通知书。

狄青用精神力将录取书抢过去翻了翻。

“开学是在七月十五号吗？除去路上的时间，时间所剩不多了啊。”狄青发觉自己居然感受到了紧迫感，“只剩下三个多月了。”然后他睨了她一眼，“那就，先从二十公里开始吧。”

第二章

克制点，别引起围观

时值三月，全国各地皆陆续提前邂逅了倒春寒。

B 市送走了春雪，悄然回温了几天，又迎来了雨雾。城市换上湿漉漉的新装，如坠入单恋的少女，心怀忐忑又带着点春的雀跃。站在阳台放眼望去，一栋栋高低不一的建筑迷离地藏匿在朦胧中，忽远忽近。

高楼之下车水马龙，此时夜色刚临，华灯初上，唯有寒风依旧。

唐晓在单薄的睡衣外裹了一件短款羽绒服，光着脚踩着拖鞋瑟瑟发抖地晾挂好她的小内衣，毕竟这款粉红色小碎花内衣不好在室内招摇。

家里莫名多了一个男人就是有各种莫名的麻烦，而且那家伙的性格也带着莫名的执拗，给她制订的训练计划完不成不让上床睡觉。

想想自己也够心宽的，居然就这么“逆来顺受”了……

不过“执拗”这个性格放在唐晓身上有时也挺适用的，或许前段时间无所事事带给她的空虚感太深刻，如今有了目标，虽然每天都因训练累成狗，可每每睡醒时她又感到精力充沛，对这个世界重新燃起了希望，有了十足的动力和冲劲。

奇怪的是，最近她四肢的酸痛消失得特别快，超乎自然恢复期的那种，虽然她也有点担心这种高亢情绪会不会是因为误喝了试剂受激素什么的影响，不过目前感觉尚好，便懒得深究。甚至伤口似乎好得比以前快了……这么违背科学的事，大概只是她的错觉吧。

冷冷冷。唐晓搓了搓手，有些羞涩地继续晾她的内衣。

挂在衣架上的纯白小内衣的罩杯大小，顶多就是两个酱油碟叠加的高度，少女款。对于平胸，她深有自知，向来不予强求，但现在，唐晓感到很羞愧。

就是那种无地自容，想挖地三尺把自己埋进去再用推土机推平，如果有机关枪还要疯狂扫射一番的羞愧感……

啊，果然好羞愧。

她无言地看着"不小心"被自己揉成一团的少女内衣，就知道那个什么"意识侵占"又起作用了。

不要嫌弃啊……唐晓嘟囔。

是的，在前些日子惨绝人寰的训练过程中，她终于逮到了正在放飞自己的库普，大致弄清楚了它目前的状况。

这家伙在地球上简直如鱼得水，她住的小区属于中高档小区，小区里不乏爱猫少女，不缺它一口饭吃，外赠爱的抚摩。反正唐晓有次下楼买酱油，瞅见它被夹在某小胖妹怀中一脸幸福的样子，就忍不住狂翻白眼。

"唐以前的怀抱更舒服。"库普事后这样说。

唐晓当然不关心库普带着色彩的小感受，她比较关注导致她失控脱轨行为的原因，以及那个过分真实的梦境与梦境里出现过不止一次的冷漠银发男人，包括那场吞没她的大爆炸，都让她很是介怀啊。

"哦，你说凌初啊……"

唐晓记得那个时候，站在她面前的黑猫眼眸里居然透着一些恨意："他利用了唐对他的信任与感情，深入她星球内部并一举灭了她全族，唐对他那么好，他怎么可以……”说到这儿，库普有些颓萎，“但这血海深仇，恐怕再也无法报了。至于你……”

库普懒洋洋地“喵”地叫了一声，撩了撩胡须：“嗯，我想想，那天你喝下那堆瓶瓶罐罐里五颜六色的液体之后，几乎已经没了气息，我带着唐的一缕意识，也支撑不了多久，虽然嫌弃你，但也没办法啦。我用精神力使你们意识融合，按理应该已经成功了，喵，也不知哪里出了问题，你还是原来的你。

“我说的这些你都听得懂吗？‘自我意识’这个名词无论在哪个星球应该都是通用的吧，我思来想去，你脱缰的行为，大概是唐的残留意识在作祟。要知道，她们那一族的天性就是‘美丽的东西一定要抢回家啊’，狄大人的颜值放到别的星球也是数一数二的，所以你会扑倒他也可以理解。话说回来，唐以前对自己的身材非常在意，所以她一定非常嫌弃你现在的样子……

“我？我来自 π 星球，是智慧型生物哦，可惜因为个体战斗力太弱，抱团也是抱着一起死，所以我们一族成年了都会被驱逐出来。哦，有点像你们星球的蒲公英那样被母体放飞，四处寻找强大依附体。‘意识侵占’是我们一族的天赋技能，喵。唐比你强太多了，在她们博利亚海盗星球上，她个体战斗值排得上前十！”

综上，唐晓才大概串联起了起承转合。

自我意识，简单来说就是自己对自己的认识。我多高多重，姓什么叫什么，喜欢什么讨厌什么，有什么能力认识什么人，性格内向还是外向，等等，这种自我的认识，从通俗的角度解释就是灵魂。

所以当库普提出这个概念，她懂了后突然一阵后怕。

的确，如果意识侵占成功了，那么哪怕身体记忆是共通的，她也会更多地觉得自己是那个刚经历灭顶之灾的叫作“唐”的女孩吧。或许不是她在“觉得自己”了吧，那么那个时候她将会在哪里？还会不会思考？就那样被取代，再没有悲伤与快乐的权利，还有没有人会记得她……

还好，她还是她。

唐晓突然对现在的一切无比珍惜。

虽然意识上被戳上了别人的印记，但除了偶尔见到“闪亮生物”会下意识地扑倒，洗澡时看到镜子里自己苍白纤弱的身体会下意识地想砸镜子外，目前倒也没造成太大的影响，即便是在梦境中时不时出现的那几个画面，都因为欠缺代入感而并没有什么感觉。

终究还是他人的故事……

真好啊，她还是她。

想到这儿，唐晓再度扯平了手中的少女内衣，像是安慰劝导地自言自语道："有机会的话，我一定会帮你揍他一拳的。"当然，搭乘高大上战舰远去的外星仇人什么的，她心里嘟囔道，恐怕这辈子是无缘相见了吧。

抱歉地说一句，地球村还停留在遥远星系发现七颗类地星球这个层次啊。

冷冷冷……唐晓加快了晾晒速度。总而言之，她现在的首要目的，就是在蓝星特别军事学院站稳脚，毕竟那什么全国顶尖的实验室配置确实很让人期待，狄青说五月底就得出发了。

所以这段时间，她就尽全力配合狄青那个讨厌鬼的地狱模式训练吧！

只要他别再乱摆弄她的试剂。

啧，只要想到那个场面，唐晓就嫌弃地翻了个白眼，四肢发达的人，一定要把头脑简单表现得这么明显吗？

三月底，身娇体弱的万年技术宅唐晓，终于征服了家里的全部健身器械，迈出家门。

四月春雨连绵，肢体协调能力属残障级别的唐晓，丢开连第八套广播体操都做不标准的耻辱，勉强能耍上一套擒拿术。也趁着清明时分，带上录取通知书去给她妈妈扫了墓，那天她说了许多话，想到妈妈在九泉之下可以安心，便再度精神抖擞地投入训练。

五月中，离健身达人只有一步之遥的唐晓，能轻松地绕着整个小区跑上十几圈不带喘气，二十三楼爬五个来回不带歇息。

天气渐渐回暖，万物复苏，绿化带内也悄然冒出几朵不知名的小野花，春意盎然。

是夜。

唐晓吃完饭，花了好些工夫，才分门别类地清理完家里陈列室架子上的各类试剂，再抬头时，客厅里的挂钟显示临近十二点。

因为要出远门，这些试剂都得封存，好在也没多少余货，否则这小半个夜晚还干不完。说起来还要怪狄青那个家伙，前些日子迷上了做实验，时不时弄出个小型爆炸。

唐晓都不知腹诽他多少次四肢发达头脑简单了，好在她住的这栋楼上班族比较多，不然前些日子必然天天有人来敲门。嗯，明天还得抽空将这些封存瓶罐包装好送到特定的地方去。

至于狄青，他这些日子除了搞搞破坏，监督锻炼，耍耍嘴皮子，时不时就消失个大半天，把这儿当旅店一样晚上回来睡一觉，清早又不见了人影，感觉神神秘秘的，也不知道在干吗。

昨天他出门前还特地交代她提前收拾好行李，尽量精简，她二话不说就照办了，这是奴性啊。现在还没看到他人影。

不过先申明，他并没有义务向她告知行程，唐晓否认自己有点介意，用个大托盘将试剂瓶罐捧起来，打算挪到外边客厅的箱子里封装好，结果一出房门就看见乌漆漆的阳台上，悬空的栏杆上突然攀着一双手，随即在客厅的灯光映照下，一个高大的黑影动作流畅洒脱地纵身一跃，潇洒及地，风衣随着他的动作飞高飘落，大兜帽因惯性遮掩住了他的脸。

“妈呀！”因为这些天天气好，阳台推拉门一直没关，于是大晚上的唐晓就被突然出现的黑影吓得魂飞魄散，双手一抖，瓶瓶罐罐应声抛出。

眼看就要摔得粉碎，瓶瓶罐罐在离地面两三厘米时，像被什么托住似的微微静止了一会儿，接着纷纷完好无损地滚落一地。

唐晓这才瞧清了来者，剧烈跳动的心脏稍稍平复了些。狄青！她知道的，除了这家伙还有谁！她明天就叫人上来装隐形防盗网！她的火气“噌噌噌”地上涨：“不是给了你钥匙……”

话音未落，只见狄青突然蹿上前，一把拉住了她的手。

“你干吗？”因为没有对“美颜”产生直接的观感，唐晓的入侵“意识”并没有发挥作用，她被狄青突如其来的动作吓了一跳，直觉想挣脱他的手。

“啧，还好你没穿什么乱七八糟的裙子。”他语速飞快地说完，面上也闪过一丝为难。唐晓直觉他就是在嫌弃她！接着他像是感受到什么压力，皱了皱眉，手腕用力，将她拉过来整个人扛在了肩上。

他瞥了一眼唐晓收拾好搁在茶几上的背囊，眼底难得地多了一些赞许：“配合程度挺高，录取通知书放进去了没有？”

“在第二层……”唐晓的肚子被抵得不舒服，挣扎了一下，“你干什么？我可以自己走！”

“来不及解释了，抓稳，闭嘴。”他一边说着，一边飞快地把包挎在肩上。

在唐晓难以自制的尖叫声中，狄青单手抓着阳台栏杆再度纵身一跃，从二十三楼翻身而下。

五月的夜风多少有些凉意，一直“撸着袖子加油干”的唐晓，身着运动套装，仍被呼啸的风吹得起了一身鸡皮疙瘩。

狄青一个单手抓吊，顺势荡过二十二楼的阳台，攀着栏杆外檐，然后微调了一下唐晓的姿势，听见她又是一阵嗷嗷怪叫，突然有些坏心眼地勾唇笑了笑：“现在可以自己走？”

走啥子哟！

苍天在上！她现在的姿势仍是朝下的啊，直面楼底，小区路边停放的车顶，如今在她眼底已经小成个面包块了。她感觉自己脑袋充血，此刻恨不得死死趴在狄青身上：“闭嘴，别手抖。”

狄青没再多话，兜帽之下，那眸底却分明带着笑意，只感觉这傻姑娘偶尔出乎意料地表现有点……嗯，可爱？他顺势将背囊也调整了一下，以双肩背着，因此被连带着挪了一下位置的唐晓，惊得她尖叫两声，大喊“别别别”。

“克制点，别引起围观。”说完狄青又往斜下角一跃。

唐晓风中凌乱。

她感觉自己像个沙包一样，甩一下，顿一下，甩一下，顿一下，还没有那背囊来得有安全感。

直至双脚落地，唐晓整个人还是飘飘然的，还……还活着吗？她惊魂未定地抬头，想义正词严地戳着狄青的鼻头骂两句，却见他突然目光锐利地抬头往上一望——唐晓也顺势抬头，这一望她差点心跳骤停，只见她家亮着灯的阳台上似乎探出一个身影，深夜里戴着白色的面具，反射出幽幽白光，似乎正往下张望。

“怦怦。”唐晓能听见自己心跳的声音。

“怦怦。”

她感觉头皮一阵发麻，全身的寒毛都立了起来。

“我、我、我……”我明明关了门！她既慌乱又觉惊悚，一时间竟丧失了言语的能力。

“嗯。”狄青飞快地打断她，将她的兜帽也拉起，罩住她的头，然后突然做了一个出乎人意料的动作，他两手掌心轻轻抵在她太阳穴的位置，沉着嗓子说了一句，“不要怕。”

然后他再度拉住她的手，直接越过绿化带，迅速转移，将身影没入拐角。

“这就是你要帮我的理由？”唐晓紧紧跟上狄青的脚步，感觉呼吸急促，她心脏仍怦怦怦地跳动着，“那个人怎么会出现在我家？他是来找我的？找我干什么？”

狄青一直微微抬着头，眼眸在不经意间瞥过 B 市无处不在的天网监控，在信息化飞速发展的这个时代，这种某种意义上的安全防护，偶尔也会遭到不法分子的利用。

他巧妙地避开监控范围，实在无法遮掩行踪的时候便用精神力使之转移监控方位。

他没有答话，只是临近小区围栏时，转换姿势托起她，让她借力跨出，自己也随后纵身翻越。

唐晓轻松落地，这种“高难度”动作搁在从前她压根想都不敢想，一路走来，除了神经紧张导致的压迫感，倒也脸不红气不喘。

或许是那三个字——不要怕——让她安了心。

唐晓感觉自己的心已在不知不觉中落地。

怎么就安定了呢？因为……狄青真是一个意外老实的人啊，唐晓拒绝承认是自己的魅力不够，就连自己偶尔“控制不住自己”飞扑向他时，通常也只换来他毫不留情的嫌弃。

想起那天她网购了一把锁，打算发挥天才美少女的天赋自行换锁的时候，他抱胸凉凉地斜靠在墙边，勾唇冷笑，讽刺她：“你方向装反了吧，应该我防你才对。”

她居然……无力反驳！

这些日子他真的就没有一丝“踩过界”的举措，说好的孤男寡女共处一室的必然邪念，居然还都是那个邪恶的外星意识包揽的，唐晓矛盾地想，为什么会这样子呢？

事实上，如今她已从一开始“全身细胞的拒绝与提防”转化为“一直无意义的拒绝与提防好累”，毕竟这些日子的相处，他一直表现得挺正直的。而且，光膀子的“荷尔蒙”在客厅做运动的画面，呃，意外赏心悦目……

咯咯，只能说女人果然对颜值高的男人包容度太高，所以看在他颜值这么高的分上……不怕，就不怕吧……

此刻已过了午夜，马路上的车辆数量锐减，行走在路上的更多是夜班兜客的的哥，然而但凡正规点的的士都纳入了GPS管理，可以用卫星定位。狄青飞快地思索着路线，脚步也没有停止，很快就拐进了唐晓家附近的公园，这也是她所在小区价格居高不下的原因。

公园里有一片绿化林，景观树上装饰灯还亮着，发出绿莹莹的光，但后面那片林子黑压压的，看起来有些吓人。

狄青一路都没有开口，从唐晓的角度看去，帽檐遮盖住了他的侧脸，但或许就是这样的背影和这样一双手，让她莫名地有着安全感。

她没有再追问，只是走着走着，不知怎的，也不知触动了哪根神经，在这么高度紧张的时刻，突然觉得有些好笑。以前她妈并没有明文规定门禁，但她最晚不会超过十点就回家，这还是实验进行得太专注不小心超时了。更多时候，她研发药剂晚了就直接睡在实验室。即便是脱产的半年，她都没有尝试过走出家门，就连买醉的酒都是网上订购的。

这是第一次呢，她居然荒谬地隐隐感到刺激，感觉生命好像重新焕发了活力。

唐晓竟有些分不清到底是她自己，还是外星“唐”的意识在作祟。

哦，还有库普，那只蠢猫也有三四天没归家了——如果它把她那儿当家的话。

想到这儿，唐晓脑子里又浮现出了刚刚那张惨白的面具，虽然隔着二十几楼的距离那面具看起来只有一点点大，但给她内心造成的伤害不是一点点。

“哎呀！”

大概因为不用自己探路，注意力有点涣散，唐晓突然察觉脚下被什么一绊，整个人猝不及防地向地面扑倒。下一秒，握着她的那只大手反应迅速地将她往上一拉，她便毫无防备地扑进一个温厚的怀抱中。

“你长点心眼！”怀抱的主人语气是一如往常的不耐烦。

唐晓完全可以想象他眉头轻轻蹙起的样子，她立马推开他，有些尴尬地着急解释道：“你可以用精神力稍微托我一下的！我才没有故意占你便宜！”

“这种时候不要浪费我的精神力。”狄青突然放开了她的手，然后甩下一句“跟上”就率先在前面带路。

“啊，等等我！”

这种便民公园通常不会太大，尤其是在B市这种寸土寸金的大城市，不过四五分钟，两人就拐出了公园，又绕了个弯，潜进了唐晓家附近的一所小学。

教学楼道的闸门都带着锁，狄青重新将她扛上肩头，翻上了二楼，然后在唐晓目瞪口呆的注视中，从兜里摸出一根铁丝撬开了某间教室的门。

啊啊，看到这家伙的动作，唐晓脑子里突兀地蹦出“犯法”两个字，随后又说服自己这是紧急情况下的非常选择，莫怪莫怪。

关上门，又处理了教室里的监控设备之后，狄青将窗帘半拉上，直接坐上了靠窗的课桌上，头微微偏着，以余光继续观察着外边的情况。

唐晓站在门边，有些手足无措。城市的夜空早被霓虹灯染上昏沉沉的灰玫红，不知哪儿来的光，透过玻璃窗洒落在教室里。

这样的密闭空间，这种类似逃离生天的感觉，以及死一般的寂静里清晰的呼吸声，都让她突然有些喘不过气来。

要表现得自然一点。

唐晓想了想，搬开离自己最近的椅子试图坐下，但凳脚与地面摩擦发出的吱的一声，因夜的寂寥显得特别尖锐。

她脱口而出：“对不起。”

这所小学其实就位于她家小区背后，从地理位置来说可谓非常近，一想到或许那个戴面具的人正在找她，她刚放松的心又揪紧了，才惊觉两手掌心全是汗。

不过，最危险的地方也是最安全的地方，她现在也只能相信这个套路了。

“你没被吓哭已经突破了我的想象。”

“呃，你这算是在安慰我？”这算哪门子安慰啊，白瞎了一张俊脸。库普不在，唐晓在心底放心吐槽，想了想，她又补充了一句，“谢谢。”

“哼。”

因为太安静了，两个人都自然地放低了音量，不细听，竟似情人间的低喃。

“你……你说的帮助我，是因为这件事？”唐晓再度追问。

狄青没有否认。

“他们想干什么？”唐晓想了想，自己真没和谁结下仇怨，“要不要报警？”

狄青“啧”了一声，就在唐晓以为他又会讽刺她的智商时，他破天荒地开口：“他们做事不会留下痕迹，警察去到你家不会发现任何痕迹，反而会把你暴露出来。”

唐晓轻轻“哦”了一声，居然被轻易说服了。

“如果你执意要这么做，我也不会阻止你。但既然你已经蠢到无药可救的地步，还不如直接借我的剑，往脖子上一抹。”

本来完全可以截止的话题，他偏偏又要添上一句，唐晓趁着夜色大着胆子翻了个白眼。

又是一段时间的沉默，空气里飘浮的尴尬感让唐晓觉得呼吸困难。

“喀，我平常连朋友都没几个，他们找我到底想干什么？”唐晓不死心地继续问道。

狄青并没有马上回答她，就当唐晓以为他打算无视她的时候，他突然开口：“我说过，这个世界远不是你所看所想的那么简单。”

狄青的目光本是投向窗外，说到这儿，突然撇头望向她，微微顿了一下，思量之下说道：“你大概不知道你研发出来的药剂到底是什么吧？”

“是什么？”唐晓觉得自己好像卷入了什么了不得的事情，“我研发那药的初衷不过是想遏制我妈体内的癌细胞罢了，但不到半年就出现了很严重的副作用。我后来也给妈妈停了药，当然，我知道这很了不起，之后虽然我改良了药的配方，但说了没有临床试验，谁也不知道效果到底怎么样！”

“那看来你的改良成功了。我现在可以告诉你的是，有个秘密组织，他们想让这个药剂的配方成为他们的专利。”

专利……

“他们要杀了我吗？”唐晓倏地惊呼，然后意识到声音太大，又猛地捂住了自己的嘴巴。这、这、这种不可想象的事情怎么可能发生在她身上！

见狄青没有反驳，她顿时寒毛竖立。

啊！

“那严西城呢？”唐晓突然提起了这名字，过往的记忆如初升朝阳喷薄而出，他曾经对她所有的好又清晰起来，感觉心脏扑通扑通地飞快跳跃起来，“他……他是不是也被害了？”

她突然想起他的温和亲切，虽然还是恼怒于他的不辞而别，但……不在了？唐晓觉得脑子有些乱，难不成是她误会了他，并不是他卷走了研究成果，而是作为知情者……他被害了？

唐晓突然感到很难过，眼泪不受控制地充盈了她的眼眶，模糊了视线，又或许是因为，这样的理由能让她感受到自己并没被这个世界抛弃。

只是唐晓也知道自己是在自欺欺人。

回想起那段时间严西城的表现，他要她将所有的资料都整理成册，有好几次因她的慢进度突然发了脾气，后续的研发反馈也不让她参与，像是有目的地将她和其他研发人员隔离，一步一步……

比起他被害死在哪个角落，还是活着吧。唐晓没出息地想。

她还是宁可相信他为了利益带走成果，然后拿着一笔巨额资金远走高飞了。

“鬼知道。”狄青再度把头撇开，眼不见为净。“严西城”这三个字一听就是个男人的名字，莫名不爽啊。他也不知道这种不愉悦的感觉从何而来，或许他只是觉得女人在这种生死攸关的关头，还婆婆妈妈念叨着男女之情的行为真傻。

又或许，她表现得不在意让他自尊受损？

总觉得有些过度在意她呢……啧，狄青蹙起了眉头。

“嗯……”唐晓并未察觉狄青的心理大戏，带着鼻音抹了眼泪。

狄青怒其不争地瞪了她一眼，突然道：“如果我猜得没错，第一次见你那天，你说你吞下了所有的试剂，应该不是偶然。”

“什……”唐晓再度捂着嘴，压低音量，“什么？”

“那天我在你楼下的巷子里也见到了面具男，当时他应该在给谁打电话，说了一句‘完成任务’什么的。”

“然后呢？”

“然后我让他走了，抄近路看看你怎么样了。”

抄近路……

唐晓说了一句：“你怎么让他走了？”

“这种小喽啰，不让他走，岂不是告诉全世界你这边出状况了，得再派人来？”

“那他们还不是又派人来了？”

“嗯，是我疏忽。我本以为他们笃定任务完成之后短期内不会再在你身上花心思，但没想到他们还继续留意着你这边的动静。毕竟按正常来说，一段时间后，你就得散发恶臭让邻居们发现‘尸体’了。”

狄青善意地隐瞒了因为使用了她的手机，而加速了她重新被盯上这件事的真相。

“啊，你讲得好恶心。”

“前段时间我又发现了他们的踪迹，不得不说库普的能力真的很好用，只要精神力共享，就能使用它的‘意识侵占’技能。这技能可以影响人对所认知事物的大脑反馈，可惜延续时间不长，那些人很快就会凭自己的意识对强行灌输的认知产生怀疑，因此需要重复施予技能加强作用力，这样做最大的缺点是对精神力的消耗太大。”或许是这样的夜晚，这样的对话对狄青来说也是史无前例的，他意外打开了话匣子，“我本来想拖到你启程那天的，不过库普的能力到极限了。”

难怪最近觉得他“显摆”精神力的时间变少了……唐晓为自己的缺心眼感到愧疚。

“库普……”

“它说它要在少女的身上找慰藉，逍遥去了。它说它和你有意识结印，想找你时找得到。”

“哦。”唐晓沉默了一下，非常诚恳地说，“谢谢。”然后她吸吸鼻子，“不过你为什么要帮我？”

狄青停顿了一下，看着眼前这个在他看来还是太纤弱的女孩，也不知怎的下意识地转移了话题：“你知道手机也有卫星定位的吧？”

“啊？”唐晓狠狠吃了一惊。

“所以我自作主张把它留在你家了。”

“哦哦，那就好。”

唐晓刚说完，只见半空中突然飞过来一个本本，好不容易适应黑暗的双眼勉强能分辨出那是她的学院录取通知书。

狄青又朝她抛过来一个小东西，那是一支袖珍手电筒。

“你那天没看完吧，自己翻翻。”

唐晓这才想起她还真没仔细看，她打开手电筒，把所有的文字从头到尾看了一遍，只见报到地址栏写着：答案在此通知书内，请各学员自行探索。

通知书就这么大，唐晓觉得不外乎火烧、湿水、烟熏，或者在封面弄个什么夹层，不过想想又觉得太不上档次，直觉狄青甩手电筒过来的动作别有深意，但反复探照了几次并未发现异样……她灵光一闪，指尖在通知书四角嵌着通知文书的镂空雕花处摸了摸，发现雕花暗藏卡扣，精巧地卡在封面和封底的缝隙间，可以取出。

待她花了些工夫把所有雕花都取下来，一旁的狄青突然勾嘴笑了笑，随之别过视线。

室内的窗帘乖顺地自动拉拢，将手电筒的亮光与外界阻隔。

那雕花边长只有1.5厘米的样子，小巧精致。唐晓把玩了四个小三角一会儿，才发现四个雕花片彼此间可以相互镶嵌，最终拼凑成一个四方形。然而拼凑起的图案太小，也看不出个所以然。直至她的视线落在手电筒光束穿透小方块的光影之上，这才大受启发，她调整了一下手电筒与方块的位置，使之在同一水平线上，随后投射在墙上的光影，勾勒出一张简单的路线图。

唐晓沉默了一下，不由得心生感慨——这真的是没事找事干啊，直接把图印在背面多省事啊。

狄青突然开口："图看得懂？"

唐晓继续调整着光束的位置，自带的学霸属性绽放光芒，她犹豫了片刻："这是……向西南部……嗯……S省和Y省交界处……"她脑子里飞快地闪过全国各地的山脉分布图，"横断山脉？"

狄青微微挑眉，有些意外她居然知道："嗯，准备好了？出发。"

"出发？现在？"唐晓愕然。

"不然，你是想在这儿过夜？"狄青睨了她一眼，"黑灯瞎火的，所以你是对我有什么非分之想？"

唐晓被噎了一下，她直接把手电筒对准他，终于忍不住爆发："为什么不是你对我有非分之想？"

"嘘。"狄青漂亮的轮廓在白光中光影交错，他食指轻抵唇边，那双黑白分明的眼眸隐藏在兜帽之下，只见他轻巧无声地跃下课桌，径直走到她面前，身高差距轻易形成居高临下之感。他微勾嘴角，似笑非笑地道，"没听清，刚刚那话你再说一次？"

唐晓莫名感到心虚，她把头一甩，拒绝承认一个男人在颜值上远超于她："出发！"

因为选择相信他，唐晓决定抛却对那未知组织的惧怕，勇敢面对！

"等等。"

"怎……"下一刻，唐晓条件反射地接过他扔过来的包。

说好的友情呢？风度呢？

"重死了，自己背着啊。"狄青直接无视了唐晓略带崩溃的隐忍，背手走在了前头。

笑容在她看不到的地方，轻轻绽放。

“啧，快。”见她还傻愣在原地，狄青倏地敛了笑意，一脸嫌弃道。

唐晓跟着狄青上了学校附近临时停车位上的一辆悍马。

“悍马”这名词还是他告诉她的。

唐晓有点迷茫，说实话她对车一窍不通，但她深知B市向来不缺有钱人，哪怕在路边停车位，也停着不少名车，然而悍马略大的车型看起来太骚包了。

关键是，他居然有车。

“瞎子都看得出你在想什么，‘啊，难道你不是出门基本靠走？’”狄青坐上驾驶位，睨她一眼，像模像样地学了一句。然后他将剑甩到后排，系好安全带。

唐晓收敛了表情，努嘴说：“剑士不是号称剑不离身的吗？”

“那个是比武时不小心赢回来的，感觉背着挺帅，就带在身边了，你喜欢可以拿钱来买。”

这是有多缺钱！唐晓恨不得对他多翻几个白眼，以免传递不了她此刻内心的鄙视。

“你看过祖国大江南北，感受过壮丽河山吗？”他发动车辆，突然问。

“没有。”唐晓说完，忍不住继续问道，“你后来明知道他们还盯着我，怎么不早点开车带我去学校？”

“问得好。”狄青踩下油门，驶上马路，大晚上的放下挡阳板遮挡监控，笑笑，“很快你就知道了。”

因为他还真是出门在外基本靠走。

沿路风光无限。

唐晓才发现自己在过去这些年埋首在实验室错过了什么，走出局限的那一方天地，才知道天有多高，地有多广。

一路飞驰，累了就在服务区休息下，简单吃点。就在她担心自己会因坐车腰酸背痛，或他无人替换、精神不济的时候，狄青拐下高速，在某不知名小县城放弃了车，选择徒步。

对的，就是徒步。

唐晓背着包，望着狄青从后备箱翻出个包包背着的举动，一时无言……

想起他指导她买的各种物品，如便携睡袋、防寒衣、瑞士刀、纱布、驱蚊水，无一不让她深刻察觉到，他是有预谋的……这其实是《跟着狄青去冒险》节目组吧……

拜托，谁来拯救一下她啊！

在这之后长达一个月的时间内，她便跟随他跋山涉水，翻山越岭，有时在路过的村落里讨口饭吃，或绕进途经的乡镇上补充口粮，歇息一晚。她还学会了不少生存技能，比如猎个野味摘个野果，也难得她天生肤白，这么折腾下来肤色倒没太大变化，唯有过往常年缺血的苍白脸颊，终于持久性抹上了红晕。

她总算明白为什么他不一早带她开车上路——以她三四个月之前的体力，绝对会死在路上！

而值得一提的是，她和狄青的感情也因这段“长途跋涉”突飞猛进，虽然还是嘴上不饶人，但在看到她很累的时候，拉她一把这种事，他做起来还是蛮让人窝心的。

因此唐晓觉得他应该已经能在“陌生人”“租客”“朋友”“好朋友”这几个身份上转换一下了。

嗯，好朋友！几乎没朋友的唐晓啃着干粮，默默含泪在心里复述了一遍这个词，还感激地看了对面的狄青一眼，难得他没扔过来一个“又犯二”的嫌弃眼神，她又深深感激了一番。

狄青睨了她一眼，突然开口：“淋湿了？”

孤男寡女这种相处模式还是很容易擦枪走火的，把持到现在多亏她一身正气，心中浩气长存！因而此刻他这句话让她这个纯情美少女羞愤不已，直接喷了一句：“说什么呢！不要脸！”

打回“朋友”阶段！

不！同行者！

“这么帅的脸，我为什么不要？”狄青看她一眼，然后起身观察了一下附近，在两棵树之间系起了绳索。

唐晓便这样看到他被雨淋湿的后背，想起刚刚赶路时下了一场骤雨，他是问她衣服淋湿了没。

呃……感觉自己很蠢怎么办？啊，唐晓不要脸地想，反正事实上她还是很聪明的嘛，旁人的误解就不用那么在意了，于是清清嗓子，装没事地问：“咦，哪儿来的绳索？”

狄青没吱声，看样子是不想搭理她。唐晓自讨没趣打算继续啃干粮，突然听见他问：“看过《神雕侠侣》没？”

“有印象。”

“那是我人生中看的第一部电视剧。”

“所以？”唐晓有种不祥的预感。

“所以，我觉得这法子挺不错的。”

“啥不错？”唐晓说完，恍然大悟，惊叫道，“你是说我们睡在绳索上？”

“那你想睡地上？”

雨后的草丛湿漉漉的，唐晓一时无语：“为什么？”

“变强。”

“我其实对变强没有执念。”

“我有。”

“这怎么睡啊？还不如直接让我躺草地上呢！”

“多给你绑一根。”他一副一本正经、深明大义的模样。

“那也不行啊！”唐晓忍不住吼了一声，“你真以为我是小龙女啊？”

“咻咻咻——”数十片树叶摆出进攻的姿势，直接静止在她面前。唐晓愣愣地看着它们，心里呐喊：噢，不！为什么她会觉得这场景很正常？

狄青的嘴角隐隐扬了起来，但因背对着唐晓，并未被她发现。当绳索绑好，他转过身来，挑起眉，居高临下地看着她：“站起来。”

你试试看几十片树叶像飞刀一样对着你，能不能站起来！

站！

唐晓没骨气地照做了。

狄青看她一副“逆来顺受”的样子，不觉又有些好笑，玩心大起，挑了挑下巴：“闭上眼睛。”

“干吗？”如果要示范绳子睡觉法，那应该把眼睛睁开吧。

两片树叶直接飞近她眼睛，唐晓已条件反射地合上了眼。

紧接着一股属于男人的雄性荷尔蒙味道瞬间笼罩了她，“呲”的一声，她听到自己外衫拉链被拉下来的声音。

“嗡！”唐晓的脑子顿时炸了，紧张得牙齿打战，也不管还被树叶飞刀威胁着，眼睛瞪得老大：“你、你、你、你干吗？”

他出其不意地弹了一下她额头：“蠢死了。”语气中藏着她完全没注意的亲昵。

“不要脱我衣服，啊——”

狄青拉着她的衣服，将她一转，再一扯，将她淋湿的外套脱下，转身悬挂在了刚绑好的绳索上面。

唐晓知道自己又被耍了，回过身摸着额头一阵无语：“狄青！疼！”

“你该不会是伪装自己蠢萌蠢萌的，假装可爱吧？”

“我这么可爱不需要伪装！啊——”

狄青转身精准无比地重重在她额上又弹了一下。

“那倒是。”他轻不可闻地叹了口气。

“啥？”唐晓瞪他，“你说啥？你是不是又在说我坏话？”

时值七月，夏日来临，但山中温差大，唐晓在短袖外套着她出门时穿的那件运动服。

这天已是通知书上规定的报到日，但目的地仍感觉很遥远，事实上唐晓感觉自己已迷失在深山里……正午时啃完干粮歇息了会儿，现在感觉又过去了好些时候……

“喂！我会不会错过报到日啊？

“错过了我是不是就没机会进去了？

“还有多远啊？

“再走就快天黑了。

“你是不是走错路了啊？”

这些日子，唐晓走坏了两双鞋，也好些日子没洗澡，心里的担忧快到达峰值，一直絮叨到狄青懒得搭理她。眼看又快登顶某座山峰，一口气没上来，她习惯性朝狄青伸出手，说：“搭、搭把手……”

唐晓没料到这次狄青选择了精神力，背后猛地被某股力量一推，脚下一轻，成功登顶。这些日子他最多能操控一下花花草草，一想到是因帮助她导致的精神力减弱，她便心存愧疚，如今看来，他的精神力应该恢复了不少，这样她就放心了。唐晓望着悬浮在他身后的小石子，心生羡慕，她也好想就这样飘着走。

“哇！”唐晓突然轻呼一声。

入眼处绵延着大片森林，山峦起伏，山涧云雾缭绕，宛如仙境。

蔚为壮观。

饶是唐晓这些日子欣赏了许多不同的风光，此景此境仍再一次震撼了她。

“准备好了？”他突然问。

“什么？”

“认知你所不知道的那个世界。”话音落地，狄青轻轻笑笑，毫无预警地加速向前，眼见他身影一转，没入林中。

哈？唐晓愣了愣，赶紧跟上，可在消耗了大量体力的情况下，他莫名轻快的脚步，带给她很大的压力。

只是……跟得上！只要不放弃，她就不会垮。是的，这些日子，唐晓终于发现了自己的与众不同。早前那段时间，她自我感觉恢复能力变强以及伤口愈合速度变快什么的，并不是她的错觉，而是她身体真的发生了什么了不得的变化。

唐晓回想起上个星期，那次她在爬坡时脚底打滑，摔倒时手因支撑的关系不小心被划了一道深深的口子……那种需要缝针的伤口，在她简单包扎之后，熬到下山想仔细处理的时候，居然自愈了。

原本皮肉外翻看起来有些严重的伤口，奇迹般地自愈了！

这种突破唐晓认知范围的现象，她第一时间不是因获得超自然技能而欣喜，反倒有些莫名的恐慌。

狄青大概早有所觉，见到这事并没有表现得太意外，只是像验证了什么，似有感慨地说了一句：“真是让人羡慕的能力啊。”

唐晓这才发现自己原来一直下意识屏着气，直到确认了他的态度，才微微松了口气，大概是他的坦率让她悬起的心落地了吧。是的，虽然她热爱科学，但并没有爱到要为其献身的程度——在确定自己有特殊技能之后，她特别担心会被抓去活体解剖。

因为，连她自己都想给自己抽管血！

想到隐藏在暗处的神秘组织，她突然打了个寒战，觉得自己这个技能一定要当成宇宙级机密捂烂在心里。

唐晓就这么边思绪乱飞，边咬着牙跟着狄青的步伐，突见他身影暂停，也跟着脚步一收，视线越过他往前望去——眼前层叠交错的山林突然一转，视线所及处豁然开朗，挺拔的山体形成了天然的屏障，山体之下，是密集的建筑。

唐晓居高俯瞰，山底俨然一个古香古色的城镇，她完全没想到，这幽静的深山老林里竟别有洞天，远远地似有几声吆喝，徒增喧嚣。

“怎么会？”唐晓觉得不可思议，“不可能啊？这里怎么会……”

“这地方确实不在地图上，卫星也探测不到，独立于世。”

“哈？”

“这城镇是通往学校的必经之路，那是报到点。”狄青比了比似是古城入口的地方，然后抬腕看了看手表，“离你报到的时间，只差一小时二十分了。逾时不候，是他们一贯的作风。”

唐晓攥紧拳头，好想把他吊起来揍一顿啊！

“别想了，你打不赢我。”似是看透了她的小心思，他抱胸凉凉地补了一刀，“这个时间点，你顺着这条路全力奔跑，应该刚好能赶到。”

“啊——”唐晓内心持续正无穷崩溃状，她狠狠瞪了他一眼，故意往他身上一撞，倒是把自己撞得有几分疼痛。她咬牙往前冲了几步，但眼看要拐个弯，他仍停留原地，又刹住脚回头疑惑地看着他。

“底下有个宿敌在，我就暂时不现身了。”接收到她的视线，他说。

“啊？”唐晓一时间也辨别不清心底的复杂情绪，“那、那我……”

我怎么办？

她也直觉这话不妥，她竟在不知不觉中对他产生了不该有的依赖。大概因为这么长的时间里，他算是她最亲近的人，虽然他……爱耍贱。

“经我一番训练，你应该勉强能在学院里站住脚了，记住，”他挑了挑眉，嘴角轻勾的弧度竟透着一丝温柔，“别丢我的脸。”

唐晓咬了咬唇："我会把药重新配置出来的。"

"知道了，滚滚滚。"他又一副有些不耐烦的样子，"只剩一小时十八分了。"

啊——

快跑！就在唐晓迈开双腿打算全力奔跑时，她突然一声尖叫，随之就整个人飞了起来。

然后她就真的飘啊飘地，飘回到了狄青的身边。

怎么回事！

狄青隐隐叹了口气，唉，本来手都不想握，打算省了这步的，居然还是舍不得……

他深深看了她一眼，只感觉这个丫头一脸惊恐的模样真是格外碍眼啊！

啧，狄青才不管，"勉为其难"地展开双臂，揽了她一下，然后不等她反应过来，又将她一把弹开，甩甩手，嫌弃道："好了，你这下真的可以滚了。"

这个人是白痴吗！

唐晓从草丛里挣扎着站起来，一时无语，他该不会是故意拖延时间，增加她什么突破极限的难度吧！

有必要吗？

"只剩一小时十七分了。"他清清嗓子，提醒。

谢谢您了！唐晓咬牙爬起来撒开腿就跑，不好意思，从此这个好朋友就只是陌生人了。

直到她拐个了弯，看了一眼蜿蜒无尽头的漫漫前路，才"嗷"地叫了一声，放开嗓子大声吼道："狄青，你个浑蛋！"然后在心里默默抹了把眼泪，努力吧。

"呵……"

狄青面无表情地望着她离去的方向，突然迈开步子跟了上去，嘟囔："真是不让人放心……这么没良心是随了谁啊？"

暮色降临，远方的群山被夕阳染成美丽的水墨画，雾色缭绕，霞光漫天。

便是在这如画的景致中，远远瞧见气势恢宏的大牌坊之后，打眼处站着两个领队，其身后一字横开一排人，清一色的小立领墨蓝色制服，镶金的双排扣系得一丝不苟，肩章衬得每个身影英气挺拔，皮带恭谨服帖地束在腰间，皆手持黑色边檐军帽站得笔直，气势凛然。

夕阳西斜，数人的身影被拉得极长。

他们的前方，已整整齐齐地站了数排人，着装各异，却动作划一，一副严阵以待的样子。

此景此情，令唐晓窒息，心如擂鼓。尤其是全力奔跑下她双腿发软，上气不接下气，就在这关键的时候，她听到前排左侧那人突然声音洪亮地冲她咆哮一声：“快！”

山林中似有惊鸟扑翅。

唐晓感觉自己被吼得心惊胆战。

“十！”

“九！”

居然还倒数！

“六！”

“五！”

还有十余米的样子！

唐晓感觉自己要疯。

第三章

怎么会是他

唐晓在最后一刻放飞自我，整个人往前一扑，夸张地“啊”了一声，狼狈不堪地踩着点扑过了大牌坊的界线。

与此同时，大背包重重地压在她身上，痛得她又一声闷哼。

就听到身边的队伍躁动起来，甚至有人毫不留情地“扑哧”一声笑了出来。

唐晓特想就地挖个洞把自己埋起来。

“咦？”

“怎么？”周茜顺着身旁男人的视线望去，只见那个在林助教的催促声中狼狈地从地上爬起来的女孩，窘迫不堪地排到了那群热血少年的后面，目测身高不足一米六，致使原本整齐划一的队伍突兀地……断崖式下挫……

那女孩四肢纤细，身形单薄，身上的运动服有些皱巴巴的，膝盖处还磨破了洞，皮肤倒是白皙，眨巴着一双乌亮灵动的眸子，此刻却因羞愧低垂着，一副“你们看不见我我也看不见你们”的傻模样。

感觉她身上所有的元素拼凑起来都显得那般弱小、稚嫩、不堪一击。

身旁的男人并没有接话，一双眸子紧紧锁在女孩身上，嘴角勾着一抹兴味的微笑：“啧啧，真没想到……”

“西城？”见男人无视了自己，周茜忽地生出些危机感，她凭着女人特有的直觉，将视线锁定在那个女孩身上，可硬要说女孩身上有什么特别之处，那就是看起来特别……

弱。

周茜不满地撇撇嘴道：“今年的新生素质真是差，招生办那群家伙太久没打仗了脑子都生了锈，随便什么阿猫阿狗都能招进来，也不怕砸了咱们学校的招牌，你说是吗，西城？”

见对方仍旧没回应，周茜略微拔高音量：“西城！”

“嘘。”周茜旁边的人轻声提醒。

严西城的食指有节奏地轻轻在军帽上敲击着，那是他有点兴奋的表现，一双漂亮的眸子里溢满玩味。

周茜因他的注意力始终不在自个身上，扬起了几分怒火，却还是注意场合压低音量自顾自地开口：“你到底在看谁？她？是她对吗？那个女孩？啧，一看就是个废材！”

严西城倒也没反驳，但嘴角的弧度一直保持着，视线也没收回。

她虽然表现得有些畏缩，但身上焕发着奇妙的活力，似是有些……不一样了……

周茜望了望严西城，再瞥向唐晓的眼神就多了几分不善，她微微抬起下巴，那是上位者面对下位者时的睥睨——

废材，是没有存在价值的。

唐晓自打站进队伍，就敏锐地察觉到不妥，总感觉有视线如影随形地跟着自己，她终是把自己从羞愧的情绪中拉出来，抬头往让她如坐针毡的视线探去，果不其然对上了一双眼眸……

他似乎一直候在那里，不躲不闪、不遮不避，眼里带着笑意，甚至期待。

“怦怦！”

唐晓的心忽然重重地、狠狠地一揪，她才眨巴了一下眼睛，眼泪就不受控制地簌簌往外涌。

有三个字，宛若一把刀，入骨三分地刻在心头：严西城。

严西城！

怎么会是他？他怎么在这里？

唐晓父亲早逝，她妈一力拉扯她长大，倾尽所能，费心费力，所以她从来不觉得单亲家庭有什么不妥，也以为这样的小幸福会一直持续下去。

然而两年多前她妈妈突发急性再生障碍性贫血，这种血液病来势汹汹，最可怕的后果是控制不当并发感染导致死亡。她看着躺在病床上与病魔抗争的妈妈，第一次感到无助及彷徨，世界一时间只剩下黑色。

严西城就是这个时候，带着暖暖的安抚笑意，宛若明灯般照亮了她前进的路。

他给她提供了实验室、实验助理、任取不尽的试剂，借给她医药治疗费，还指明了方向——眼下肾上腺皮质激素、抗淋巴细胞球蛋白及抗胸腺球蛋白等相关药物，只能暂时性控制病情，如果有什么可以直接吞噬病变细胞，生成血小板……一定有的！

唐晓第一次得奖的研究构思其实与这方面有点关系，所以一经他点化，便有了攻克思路。

她一头扎进实验室，夜以继日地钻研不休，还真取得了突破性的进展，被实验的小动物在临床测试下居然大多数存活且病变细胞逐渐减少……

可是唐晓总觉得还有哪里不对，她只想再多一点时间，再确认一下。然而妈妈的病情在那个时候突然加重，医生连下三张病危通知书，每一张都宛若千斤巨石沉重地压在她心头，好在生死关头还是抢救了回来。她顶着巨大的压力决意放手一搏，在征得妈妈同意的前提下，她给妈妈试了药。

其实还是冒着巨大的风险的，但唐晓知道，那个时候的她别无选择。

奇迹终临，虽然康复过程艰辛，但她妈妈至少恢复到可以回家休养的程度。

唐晓熬过来了，熬过那段让她几近崩溃的时光。如果没有严西城，如果没有他如沐春风般的体贴与支持，她早就承受不住垮掉了。只是后来她担心的事还是发生了，药物在初期服用的前几个月确实成功抑制住了癌变细胞，但随后副作用越发凸显，抗癌细胞开始不受控制地疯狂分裂，每次分裂都造成血管扩张，每每这个时候妈妈就疼得缩在床上全身发抖。

唐晓只得让她妈暂停了服药，继续接受传统治疗，她继续研究解决办法，可还没等到那一天，她陪妈妈前往医院复查的路上突遭车祸，关键时候妈妈推开了她……

“宝贝，妈妈爱你。”她听到妈妈这样说。

“妈妈谢谢你，替妈妈好好活下去。

“你的药，可以……造福很多人，坚持……”

不要说了，保持元气，医生、医生就快来了！

“对不起……让你这么累。”

那是她昏迷前最后一句话，也是永别前的最后一句。

唐晓想到悲痛之处，泪涌得更为汹涌，不累呀，真的不累呀。

她的命是妈妈救回来的，所以她再寂寞再难受也要坚持活下去！

之后她为了忘却悲痛，更为投入地埋首科研，值得骄傲的是，药剂再度有了质的突破，但她未来得及感受突破所带来的振奋，他就带着所有成果，消失了……

而那个他——严西城，此刻一如往昔般站在她的面前，只是与以往温润的形象不同，那身利落的军装，让他有着不同以往的硬朗气质。

察觉到她的视线，他突然冲她如清风般展颜一笑，又眨了眨眼，无声地张嘴说了四个字。

那嘴型分明在说：好久不见。

唐晓浑身不受控制地微微颤抖，她眨巴着眼睛，任眼泪流下，又想强迫自己收回视线，可眼睛就是不听使唤，牢牢地黏在他的身上，泪水中他的身影清晰了又模糊……想起唯一的精神支柱消失后她整整半年彷徨无助，自心底涌起悲凉，为什么？为什么要抛下她？为什么在抛下她后，还一副这么无所谓的样子？

“哟？眼泪？”一个声音突兀地打断唐晓无法自抑的感伤，“你想用这玩意儿换什么？安慰、怜悯还是痛惜？”

唐晓一脸呆滞。

说话的人便是立在前头的二人之一，他身形高大，高出所有人大半个头，声音宏厚浑圆，脸上自眉角往下蜿蜒着一道触目惊心的伤疤，眼神凌厉，嘴角却挂着违和的亲切笑容。

“来来，都来欣赏一下这难得的一幕。”

他话音刚落，唐晓便感到霎时间所有人的目光都投射在她一个人身上，虽然刚刚也是如此，但并未表现得如此明目张胆，如今各种视线汇集，好奇的有，讥讽的有，不以为然的有，甚至嘲弄的也有，她感到脸颊火辣辣地烧。

洞呢？唐晓羞愤难堪，哪里还顾得上悲伤，她尽可能把头压得更低，三两下把眼泪抹得干干净净。

“哎哟，真是一个卖弄可怜的小姑娘。”那声音听起来不近人情，甚至有些嫌恶，“把头抬起来！敢哭怕什么人看？”

唐晓有些犹豫。

“听不懂人话？叫你抬起头来！”他旁边的副官大吼，“你们都给我听着，在这里，教官所说的一切都必须无条件遵守！抬头！再磨磨叽叽就给我滚！”

唐晓哪里受过这种委屈，虽说她不善交际，但学霸属性加上还算乖巧的外表，她也是挺受老师青睐、同学膜拜的那种人，她咬着牙抬高了头，泪水在眼眶里打转。

“都围过来欣赏！”林副官下了更让她屈辱的命令。

一众人的视线更加肆无忌惮，唐晓从头到脚每个毛细孔都在冒烟，她感觉自己的自尊心一寸一寸被剥落。是啊、是啊……欣赏吧，尽情欣赏吧，我……我、我这样的科研天才美少女可不是每天都能看到的！

她终于在羞耻感中，寻找到了一丝丝破罐子破摔的痛快感。

同时她感觉骨子里的倔强劲在发酵，要留下来，一定要留下来！

不就是被看一下吗？算得了什么？本少女孑然一身，一人不饿全家吃饱，一点点羞辱算什么！

唐晓的心境微微起了变化。

“说，你叫什么名字？”

“唐晓。”她答得非常迅速，反正罐子都摔这么破了，怕什么。

“听不见，声音大一点！”

“唐晓！”

“听不见！”

“唐晓！”

“再大声一点！忸忸怩怩的，能不能有点年轻人的……”

“唐晓！”唐晓扯着嗓子吼了一句，聋子啊听不见！

她又朝左边的新生群吼：“唐晓！”

右边也吼：“唐晓！”

也不差中间的了：“唐晓！”

她恨不得双手高举，仰天长啸，我叫唐晓——

林中，似有惊鸟扑翅。

林副官发现事情突然拐向一个荒谬的点，顿了一下，嚷道：“我让你回答这么多次了吗？吓唬谁呢？”

“是的，教官！是我的错，教官！马上就改，教官！”她昂首挺胸理直气壮地大声回应，然后抹去了眼角残留的眼泪，站得笔直。

她也没再瞄严西城，自顾不暇了还儿女情长有点傻。

不就是一个药剂研究成果吗？他要就拿去吧，本少女有得是才华！

其实她自始至终在意的都不是那个成果，而是他不告而别的态度以及被人利用的那种难受心情，当然，还有她无疾而终的初恋。

林副官望着突然有了质的改变的唐晓有些无语，又感觉一腔子火气无从发泄，于是把炮火转向众人，吼道：“还不归队！”

整齐的队伍几乎在一息间重新形成。

“我叫胡锐，是你们新生的总教官，这位是林兴旺，是我的副官。”那个身高恐怕超过两米的大个子伤疤男忽地又接过话头，他不动声色地睨了一眼唐晓，随后收回视线，“我想让你们知道你们将面临的是什么，”他的声音猛地拔高，“这里可是弱者们的地狱啊！！”然后他眼神淡淡地扫过新生群，一股无形的压力压在众人身上，“听闻你们当中有一位特招生，是谁？”

唐晓刚把自己和“特招生”三个字联系起来，胡锐却话锋一转：“只不过，在我这里没有特招生！想要特权，现在就给老子滚回去！”

唐晓一声到嘴边的“是我”默默吞进肚子里，秦教授说什么“毕竟是特招生，他们不会太为难你”其实就是忽悠她的吧。

只见胡锐大手一挥，站在他身后的那排人沉稳地往两边一移，一堆简易的背囊露出来，他中气十足地说：“把你们身上的累赘统统扔掉，会有人给你们原封不动地带去学校——当然，如果它们能在学校等到你们。”胡锐说完，露出意味深长的笑容，指了指那堆背囊，接着说，“每个人拿一个包，顺着这条路往前走，一路直走便可。三天后，我们学校见。”

唐晓心里感叹：要不是没得选，才不要再见你，丑丑丑，吓死宝宝了！

“哦，有一件重要的事我忘了说，那背包里面有信号弹，支撑不住的话，只要放出信号，你们的师兄师姐会及时把你们捞出来，丢不了命的，呵呵呵……”

这时她看到有师兄亲切地冲着人群挥了挥手。

唐晓感觉此刻内心的小人真正被放飞：笑得这么奸诈，此处肯定有陷阱。

胡锐笑容可掬地环视了一遭，笑容渐渐隐匿在阴影中，说出的话掷地有声：“只是，撑不住的都得给我带着行李滚！”

唐晓心想：看吧看吧，我就说有陷阱！

新生群里一片静默，临近的几个人相互望望，有人忽地将手中行李一甩，率先冲进背囊堆里，随手抓起个背囊就欲往前冲。

唐晓心想：冲第一个的绝对是炮灰！

胡锐的声音再度传来：“我说开始了吗？”

林副官拍马即上：“滚回去！”

唐晓心想：看吧，我就说是炮灰吧！

“先别急，等我把话说完。三天后见不着的，就是再也不见！六点十三分，请记住这个时间，我们只欢迎有时间观念的人！”

唐晓心想：还好有块表！

新生群陆续有人行动起来，但更多还在犹豫观望。

林副官看起来一副因为新生太蠢忍无可忍的凶悍模样，他蓦地又冲新生群大吼：“还不快去！听不懂吗？这是考核！动都不知道动，一群笨蛋！”

什么人啊！唐晓心里交叉十字：反弹。

一时间所有人都动了起来，唐晓很快就发现自己落于人后，马上又要成为林副官关注的对象，赶忙也把自己的背包扔在原地，加快速度混在新生群里揪起个背囊往前冲，啧啧，个子矮就是没压力，感觉很容易找到掩护啊。

她突然感激起狄青来，觉得在山林里再过三天完全没问题："啊——"

也是由于个子矮，唐晓前方被某肉墙一挡，只得强迫抬头，看到那张熟悉的脸，猛地一愣，啊啊，严、严、严西城！

她该怎么办？她心里慌。

质问他？可刚刚感伤被戏剧性打断后，她一点心思都提不起来。

严西城的眼光很柔，嘴角衔笑，那笑容很温和："加油，我等你。"

"凌初，你喜欢什么？我要把这宇宙中最美好的东西抢过来给你！"她脑子里突然莫名地浮现一段话。

曾几何时那梦境中美丽的银发少年，笑容也是这般温柔，他说："我等你。"

这一瞬唐晓不可避免地将凌初的身影与之重叠，眼泪再度翻涌而出，可这眼泪又属于谁？然而不等她思考，身子先于大脑做出了反应，她一个箭步上前，向他劈头就是一拳。

……

唐晓也完全被自己的举动吓蒙了，意识到大概那个"唐"的意识又在作妖，总之自己那一拳又急又准地朝着严西城的脸挥过去了。

严西城眼底闪过一抹诧异，然后唐晓惊愕地发现记忆中那令人深刻的温文尔雅的形象突然一变，他的身影在下一瞬利索凌厉，只是一招，仅仅一招，便一只手将她双手牢牢抓住，毫不费力地将她瘦小的身子圈在怀中，另一只手将军帽压在她头上，挡住了她的眼眸与眼泪。

嗯嗯，有些扎眼……

然后他弯下身子，脸颊与她近乎相贴，温热的气息缭绕在她耳边："阿晓，许久不见，你变坏了哟。"

唐晓感觉体内的多巴胺迅速分泌，呼吸竟有些急促。

她又急又恼，又羞又躁，想以眼神瞪向罪魁祸首，帽檐却偏偏挡去了她的视线，就当她的焦虑情绪再度上升之际，只听有人道：“西城？”

严西城稍稍停顿，他一直巧妙地利用自己的身形阻挡了来自身后的视线，听到叫唤，便不再耽搁，他轻轻一笑，沿着帽檐往下一压，遮掩住唐晓脸颊的嫣粉，指尖若有似无地抚过她的眼泪：“快去吧，别被淘汰了。”

然后他勾起军帽戴在自己头上，仍旧笑得春风和煦。

唐晓感觉自己要爆炸了！

还有旧怨心结未解的初恋对象画风突变，她猝不及防啊！

唐晓狠狠鄙视了一下自己，也不敢再补“眼刀”，落荒而逃。

“怎么了？”胡锐看着转过身的严西城，问道。

“没什么。”

“认识？”胡锐瞄着那个明显矮人一截，把赶路演绎成逃跑感觉的唐晓，又问。

“不熟。”严西城微笑。

胡锐也没深究，望着渐渐消失在前面拐角处的青春背影，感慨地收回视线，突然眯眼望着他身后的精英队伍，问：“我刚刚有没有吓到他们？你们会不会觉得我对那小姑娘太凶了？啊，她哭得我心软啊，不会是被我吓哭的吧？西城你早说认识说不定我就不为难她了，呵呵。”

众人沉默，而严西城不置可否。

“周茜呢？”

“不知道，刚刚还在这儿。”

“算了，随她去。啊，对了，名单里唯一的那位特招生呢？上头说她不需要参加考核的……”

刚刚明明是你说在你这儿没有特招生的啊！

唐晓很快发现每个背囊里的东西除了信号弹和保暖外套，其余都是随机的，她拿的那个里面装着匕首、调味料、一个罐头，还有表。

把表换成别的好不好？

她无奈地把匕首拿在手里掂了掂，嗯，足够锋利。

这种安排莫非是在暗示她，只有抢劫才有出路？

“我们来组队吧！”前面有人高呼。

唐晓拉不下脸主动求组队，主要是因为以前学霸光芒附身时，班上划分学习小组，大家都争抢着和她一组，现在众人都自动忽略她，落差太大她一时适应不了，只好努力展现“宝宝很强”求认领。

可她不想承认的事实是，刚刚被围观了一轮的她，早就被排除在组队名单之外了。

世界好残酷，唐晓心想。加上严西城那一耽搁，她无情地被甩在了队伍末尾，而且刚刚从山顶处疾步走加小跑，已经消耗了她极多的体力。故而拖着早两个月才刚脱离“四肢无力”阶段的身体，唐晓感觉自己有些精疲力竭。

问题是，学校到底在哪儿？怎么感觉每个人都经过培训似的，都很有目的性？

一直走的“一直”到底是什么概念？

唐晓的猜测也离真相不远了，早在她踩点到达报到处之前，林副官已经把该指导及该训的话都说得差不多了。

大致意思是要横穿密林。

唐晓踩着余晖，卖力地跟着零散的部队穿过了整个古镇，很快被一处等人高的灌木丛挡住了去路。人都有从众心理，她也不例外，眼看着也别无他路，她小心地钻进了灌木丛，然而她好不容易钻出来时，周遭连人影都看不到一个了……

入目是一整片原始森林，树木参天，阴森可怖。

此时已入了夜，月亮折射出的幽幽冷光，透过茂密的树枝洒下来，让唐晓不至于一下子迷失在这密林之中。

气温骤然下降了许多，刮在身上的风吹得衣衫猎猎作响，树林也随之瑟瑟，发出一阵阵庞然缓慢的沙沙声。遥远处透来点点火光，有些人声掺在风里忽远忽近。

没有人知道，这片密林的尽头在何处。

唐晓这些时日也锻炼出了一些胆量，但总觉得没有狄青在身边时安心，这就是有所依赖和无所依赖的区别吧，她强迫自己习惯。

没有谁能依赖谁一辈子。

嗯，跟着火光走总没错。

她深吸了一口气，将保暖外套掏出穿上，手里握着匕首，向着火光走去。

然而也不知走了多久，唐晓渐渐察觉不妥，因为无论她快还是慢，那隐隐火光一直悬在她的前方，无法靠近，像是故意指引她向前一般。

当她意识到这一点时，那火光突然灭了。

唐晓停下脚步，像被忽地湮没在这无穷无尽的黑夜之中。

这儿似乎已是密林深处，隐约有植物清幽地在月光下泛着幽幽白光，可目之所及更多仍是极度的黑，伸手不见五指，静谧幽深得让人心慌，宛若连呼吸都有了回声。

唐晓下意识地微微屏住呼吸，绵长地轻吐气息。

突然，她听到身旁落叶隐隐发出异样的簌簌声，一股前所未有的危机感将她深深笼罩。

“她人呢？”

周茜努努嘴，望向自阴影处走出的严西城，耸了耸肩：“不知道。”

严西城瞥过她，朝她身后那深不可测的幽黑密林望去，她旁边竖着的牌子上，一个大大的“禁”字在夜色中发出刺眼的红色，他勾了勾嘴角，眼神里透出淡漠：“可惜了……”

信号弹划破夜空的宁静。

“走了。”严西城说完，率先往密林相反方向走去。

千钧一发之际，唐晓朝左边飞速避闪，惊险万分地闪开一个黑影。

可她没有机会喘息，黑影刚刚触地，便轻盈地一个转身，再度扑了过来，唐晓狼狈地三四次翻滚避开，并将匕首握成抵御的状态，反手就扎了过去。

黑影因未能轻易拿下她怒嚎了一声，腥臭的热气呼啸着喷得她几乎窒息，黏黏糊糊的恶臭涎液溅在她脸上。唐晓连嫌恶的时间都没有，急忙偏过头，便眼见着那庞然大物张着血盆大口扑咬过来。

这到底是什么东西？

唐晓觉得自己呼吸紧促，却清楚地知道现在的自己没有时间害怕。

会死，真的会死！

要逃啊！

也不知道是不是这种紧迫感唤醒了“唐”的意识，原本“三级肢体残障”的唐晓发现自己已经连续好几次超水平发挥，基本每个动作都先于思考，肢体快过大脑。

唐晓飞速收回手臂，但尖锐的齿尖仍险险划过裸露在外的肌肤，她感觉自己全身汗毛倒立，太慢了、太慢了，太慢了！太慢了！

唐晓一只手撑地，一只手飞快地挥舞着匕首，双腿交替着往后退，可因长时间行走，一双腿早已是疲软状态，方才若不是警觉得早，提前一步闪避，现在恐怕早已被扑倒在地，任其撕咬了。

这鬼林子里怎么会有这种东西？

这里到底是什么地方？

唐晓已经吐槽无能了，所有的修养统统不翼而飞，脏话说得特溜，她现在根本没有机会放出信号弹。

这个设定不科学！

“啊呜——”那猛兽又是一声嘶吼，黑暗中仍依稀能分辨它尖锐的獠牙。只见它忽地后腿蹬地，前爪蓄势待发地一缩，一跃，朝唐晓猛扑过来。

唐晓脑子分明觉得自己这次避不过了，但也不知道从哪儿涌起的战斗本能，竟让她有如神助般缩起双腿，并朝着猛兽鼻头一踹，借力一个翻滚，再度逃脱。

在这一刻，她觉得之前遇到的所有困难都不是困难！

想起库普那只猫说它以前的主人来自战斗星球，经年累月地训练及实战，拥有强大的战斗能力，深以为她现在的表现大概源自印刻在意识深处的反射动作。

反射得好！

可她总觉得自己可以快一点再快一点。嘤嘤嘤，对不起，她的身体拖后腿了！

事实上，唐晓觉得自己真的疯了。这种与死亡擦身而过的极致紧张感，让她在神经高度紧绷的情况下，居然兴奋得战栗。

要不要这么变态啊！

更让唐晓觉得不可思议的是，虽然实力悬殊，可她居然跟真的疯了一样，在闪避之余，但凡有一点机会，都毫不犹豫地将匕首向那野兽刺去，可就是没刺中过，还增加了暴露的风险。

唐晓真的快被自己的“脱缰”行为吓出心脏病，可她偏偏还得放任而为之，毕竟……胜在险中求……

然而，局势很快就发生了变化，因为体力、形体及力道的绝对差距，不消片刻唐晓便筋疲力尽，伤痕累累，外套也被抓得破破烂烂。

眼见那猛兽一爪子扑下来，唐晓终是心有余而力不足，一个躲闪不及，左臂被生生撕扯下一大块肉。

唐晓倒吸了一口凉气，剧烈的疼痛顷刻间侵袭她极度敏感的神经，痛得她冷汗涔涔，这让她的动作更加迟缓——下一瞬，猛兽大口如盆，利齿锋牙冲着唐晓最脆弱的脖颈处咬了下来。

唐晓缩了缩脖子，躲过了致命一咬，但獠牙沿着她左脸颊深深嵌入，她忍着剧痛，耗尽最后的力气将它推离了半分，苍白的小脸皮肉外翻，鲜血淋漓。

猛兽丝毫不将她看在眼底，前爪一拨，抬腿，下压，将她前胸及右肩胛处重重踩在爪子下，唐晓闷哼一声，感觉肋骨断了两根，吐出大口大口鲜血……

猛兽显然是饱腹在前，这下倒不急着下口了，胜利在握地冲她近距离一嚎，唐晓被恶心得胃里翻腾，眼见它又高高抬起了前腿——死亡的压迫感深深地笼罩了她……

她……要死了吗？

是真的……要死了吗？

她突然想起她的妈妈，在千钧一发之际猛地推开了她。

对不起妈妈……女儿要辜负你了……

就到此为止吧……当放弃抵抗的念头闪过，恐惧顷刻间便汹涌澎湃地向她袭来。

她感到恐慌。

这种情绪却像是触动了她某根神经，一瞬间脑子里又冒出许多画面。

一个接一个朝着那个银发少年攻去的身影，在激烈的打斗之后，死了，都死了……

她也感到恐慌。

"战死，是博尔特海盗星人的骄傲！"她曾这么说。

然后她压下恐慌的情绪，自己也毫不犹豫地冲了上去……

模糊中她又看到了那场爆炸，那遮天蔽日的火光，疯狂地吞噬着一切……

好黑。

唐晓感觉眼皮重得厉害，好黑……

是不是死了之后，就要陷入无穷无尽的黑暗之中？

不！才不要！

电光石火之间，唐晓也不知哪儿来的力气，猛地睁开眼睛，险险地避开了野兽落下的爪子，然后左手凌空一抓，拽着那野兽的胡子狠狠一拉，它一个吃痛，脸别了过去，唐晓瞅准时机，右手握住匕首快狠准地深深插入猛兽的眼睛里。

怒吼声震得地动山摇。

唐晓的心扑通扑通跳得飞快，手中陌生的触感及温热的液体顺着刀柄蜿蜒地流进袖口，黏黏糊糊地夹杂着她自己血液的血腥味，她有些想要瑟缩……可是，不能迟疑！不能惧怕！不能后退！

这一瞬间她感觉自己完全与某种意识融为一体，变得前所未有地坚定及果敢。

她不给那兽任何反应机会，手起刀落，又扎入了它另一只眼睛，接着整个人就被狠狠甩开。

她一个翻滚又爬了起来，狠狠地抹去脸颊的鲜血，此刻她痛到极致近乎麻木，眼睛也因适应了黑暗而精准地盯着暴怒中的猛兽身影。

此刻，她体内的细胞正疯狂地一生二，二生四，四而八……成倍成倍地分裂着，并似有目标地疯狂涌向她被撕裂的伤口，那伤口外涌的鲜血以肉眼可见的速度止住，她如打了激素般亢奋、激昂，瘦小的身影竟显出了惊天气势。

可唐晓浑然不觉，她两眼充血，倏地勾起抹挑衅的笑容，大叫了一声："来啊！"

"来啊！小杂毛！"

"你姑奶奶在这里！"然后她亢奋且快速地掌握主动权扑上去，一只手牢牢箍住猛兽的脖子，另一只手拿着匕首向它的头部猛刺。

猛兽疼地疯狂地甩着身子，但唐晓死命揪紧不放，只见它一个翻滚，想把唐晓反压在背下。

然而此刻的唐晓头脑异常清明，先一步预计到它的动作，并提前做好调整姿势的准备，待猛兽背滚时，她的匕首顺势狠狠扎向它最柔软的腹部，鲜血疯狂涌出，喷溅了她全身。她借势一个侧翻滚，退隐到密林暗夜之中，伺机而伏。

乌云蔽月。

夜，正漫长。

狄青的剑紧紧地握在手中，整个人已然是蓄势待发的姿势。

只是待他看见唐晓懂得藏匿，并搞得那只小野兽痛苦激愤却无处发泄时，他忽地勾勾嘴角，竟有种“吾家有女初长成”的欣慰与骄傲。

这之前为了避免暴露，他只是远远跟着她，只不过胡锐那家伙跟他的名字一样直觉太敏锐，他不小心真的躲得有点远。

通往学院的那条路他早走得烂熟，里面的野猴子红屁股面积有多大他都清楚，想着这段时间唐晓跟着他的实践体验多少有几分成效，足以应付才对，但奇怪的是赶了小段路并没有发现她的行踪，待他察觉不妥，回过头再追踪她的足迹时，发现她居然误入密林深处了……

这蠢丫头。狄青发现自己居然有点紧张，使足全力奋力奔跑，好不容易追踪到这附近时，她已被那只凶豹子扑倒在地。

蓝星特别军事学院，向来不为外界所知，外置屏蔽阵法，又隔了这片天然屏障的密林，人称伽纳森林。林子的第二大作用是为学员提供历练的场所，林子里物种丰富，猛兽横生，还有许多当今绝大多数生物学家想都不敢想的特殊存在。

然而在他看来，历练，也是有门槛的，这个阶段的唐晓来这里，就是给那些兽送大餐的。

是的，原始的生态环境里，弱肉强食的规则格外分明，这里的每只大型兽类都保持着高度的攻击性。

强者生存。

此刻攻击唐晓的兽说是豹，形体上却更接近虎，那会儿它双足高抬，眼看就能取她小命，可当时他的精神力没办法探及那么远，速度已然提升到最快，但总差那么一点，就差那么点……他感觉呼吸凝滞时，那丫头爆发了。

狄青倏地收了脚步，挑了挑眉，微不可察地松了口气，但仍紧握着剑，保持随时进攻的姿势，并确保自己身处可及时施以援手的安全范围内。

蠢丫头。

狄青看着唐晓逐步把那豹子逼向死亡的边缘，嘴角轻轻扬起了一个弧度。至于伤势，凭着那什么自愈能力，能复原吧？这能力果然还是让人羡慕嫉妒恨啊。

突然，他耳尖地听到稍远处又有异响，他余光睨了睨基本上已锁定胜局的唐晓，啧了一声，轻巧地从附近的大树上一跃而下。

狄青横在又一只异兽前，仍是那件单薄的风衣，被风吹得猎猎作响。

他剑已出鞘，由左手握着斜斜向下，身姿挺拔，随性又暗藏着厚积薄发的气势，剑身在不知何时从云层后洒下来的月光折射下，泛着幽幽寒光。

他眼眸里透着几许兴奋和的凌厉。

他笑："不好意思，你的对手是我。"

2017 年 7 月 15 日，夜。

蓝星特别军事学院，操场。

直升机螺旋桨扬起巨大的风，稳稳停在操场中央，一位鹤发童颜的老先生像是等候已久，着急地迎了上来，着急地扫视了一圈，隐忍地嚷道："胡锐，老夫的特招生呢？秦逸一那老家伙特地给我找来的百年难遇的生物基因研究方面的天才少女呢？人呢？老夫不是千叮咛万嘱咐还申请了个'重要文件'贴了相片，说一定要平安带回来，你不是拍着胸脯给老夫保证了吗？"

胡锐难得心虚地干咳了一声，先尊敬地称呼了他一声"贾博士"，然后话峰一转，"不用着急！这丁点路三天时间爬都爬过来了，放心，三年级的精英都看着呢，节点处还有卫兵巡视，沿路那几只温顺的小可爱不会给她造成威胁的……"

7 月 16 日，晴，一号教学楼十五楼办公室。

“胡锐，老夫特别招来的百年难遇的基因研究方面的天才少女呢？

“哦，天，老夫让她搞科研，你却让她上前线！”

“好了好了，贾博士，每个人都有信号弹，她还没求救，说明肯定还应付得来，您明天就能见到她了。搞科研的也要有个强健的体魄啊，这样她熬几个通宵也不会吐血而亡……”

7月17日，晴，一号教学楼十五楼办公室。

“胡锐！

“第三天了！胡锐！

“见不到老夫的特招生，从此不会再有小药丸！还有你们陆战队的所有特供药剂，全部停掉！”

7月22日，雷雨。

“胡锐，怎么样，人找到没有？”

胡锐抿了抿唇，脸上的伤疤因严肃显得有些可怕，他挂断电话，沉默地向贾易博士摇了摇头。

“看你干的好事！”贾易气得全身都在轻颤，“你知不知道，她研发的试剂能吞噬病变细胞，后期改良甚至能一定概率触发异能，增加寿命！这一点那个小姑娘自己可能都没察觉到，你知道这是什么概念吗？”

“我去找。不过，贾教授，”胡锐眯了眯眼，“今天天气不好，您恐怕要做好心理准备，您的小天才可能误闯进了伽纳森林深处，而这个时候，”他说得简单又直接，“恐怕只能帮你去找找她的尸首了。”

7月25日，持续雷暴雨之后转阴。

“是的贾教授，是我下的命令，是我让他们回来了。”

贾易只感觉气得骨头都在疼：“你这是欺负人家父母双亡，不是说做好安全防护，万无一失的吗！你当天若按规定把她接回来什么事都没有，你、你……好你个胡锐啊，偏要坚持你那狗屁不通的原则！”

“意外这种事……”胡锐沉声道，“很难说。”

“我不管，找！继续找！”

“我不可能为了一个不可能存活的人再折损我的精英。您应该知道，暴雨过后的伽纳森林到处都是致命陷阱。”

“人家小姑娘你就不管了？还有她出类拔萃的能力……”

“我只能说，”胡锐打断他，“我表示惋惜，但意外这种事，很难预料。”

2017 年 8 月 1 日，晴。

天空一扫前些日的阴霾，日光尽情地洒在蓝星特别军事学院的操场上。

昨日最后一批学生已经完成考核，除去考核失败的三十六人，一年级新生共一百六十四人，精神抖擞地穿着新生制服，全部集结完毕。

如今，所有人的视线都望向操场前方，那里临时搭建了讲台，身后巨大的投影幕上正播放着整个学校的鸟瞰图，画面清晰且缓慢地从无人机捕捉的画面里反馈回来，自林立的教学楼，向着研究所、武技馆、格斗场等逐渐往前推，再慢慢延伸至学校高墙外的伽纳森林——从伽纳森林归来，在场的每个人都记忆犹新……每个人都屏息看着未来五年将要学习成长的地方，还有那郁郁的绿色，那让人心存敬畏的天然的屏障，咦？

那是什么？

只见画面上那片参天林木中，突然出现了一个瘦小物体。

小兽？

不。

“是个人！”有人惊呼。

无人机捕捉到生物体征，高科技热源感应，自主地将镜头向其靠近、对焦——确实是个人，小家伙被大大的兽皮包裹着，腰间系着藤条，藤条上还系着獠牙、利爪等东西，身后拖着长长的尾巴，满脸的淤泥血痂。头发也是乱糟糟一团，但一双眸子乌黑得似有光芒闪烁，依稀可以辨出是个女孩。

她手里紧紧握着匕首，警惕地望着镜头，与无人机面面相觑后似是松了口气，然后她抬头望了望显得特别高大上的巨型铁门，面上微有放松。

镜头里的她看起来很累，半死不活的样子，明明已摇摇欲坠了，却又强打精神的模样让人下意识地心生不忍。

“开门。”她嘴唇干涩，像是凭着意志力在苦苦支撑。

“让她进来。”喇叭里突然传出胡锐的声音。

门卫依言打开了门。

无人机像是有意识般，镜头一直紧紧跟着她，走着走着，队伍里突然起了骚动，原来那女孩已经走到了队伍的末端，人群自动向两边散开，让出了一条路来。

第一批报到的人群中，有眼尖的隐约能分辨出她是那个在报到日摔了个狗啃泥哭得稀里哗啦，还被下令围观的女孩，好像姓唐。

唐晓！

她如今浑身散发着恶臭，走得歪歪扭扭，一步一晃，似乎下一步就会倒地不起，尽管如此，却依稀能察觉到她的气势和先前已略有不同。

就这样，唐晓毫无阻碍地走到了讲台上。

唐晓觉得自己快死了，好几次都濒临死亡，全身的神经都绷得极紧，吃也没吃好，睡也不敢睡，小眯一下眼睛就会被自己狠狠吓醒，一惊一乍草木皆兵，这样苦的日子逼迫她以不可思议的速度成长起来。

她现在处于一撩就炸的状态，远远瞄到学院的建筑时，她简直就想痛哭流涕，哭死在大门口。

把“坚持”说得那么举重若轻，你倒是换个人来坚持看看啊！

说实话，能支撑到此刻，她全凭一腔怨念。

要宣泄啊，必须宣泄啊！

胡锐原本打算在全息画面结束后给新生们做思想工作的，那个女孩还不到他胸前第二颗扣子高，乌亮的眼珠子盯着他，蓦地冲他虚伪又灿烂地笑了一下，肯定地说：“匕首很好用。”

“喂喂喂……”说着，她就不伦不类地披着兽皮，踮起脚，将麦克风拉下来一点，丝毫不怯场地试了试声音。

她觉得自己的“罐子”已然被摔成粉末状了，脸皮似有猛兽加持，特别特别厚。

她的声音带着少女特有的软糯，却莫名地夹杂着一些霸气：“那个……你们知道谁拥有能让人产生幻觉、看到火光、听到声音这类能力的？

“我知道这是个很不一样的地方，一切反正突破我想象的极限就对了。”

她嗓子干得快冒烟了，但她还是坚持说着：“我凭我的想象得出以上脱离科学支撑的结论。”

这绝对是她遭受所有苦难的根源所在！

只可惜她说的话听在众人耳中却是没头没尾的，一个个新生满脑子问号的样子。

无人机特别“专情”地始终将镜头对着她，她的脸在画面上看起来脏兮兮的，却遮掩不住污垢下稚嫩的脸庞，两颊甚至还带着特有的婴儿肥，她说：“哦，也没关系，我只想告诉这个人，谢谢你让我经历这一切，”唐晓暗暗磨了磨牙，“我就想告诉你……”

这一刻她的怨气喷薄而出，于是她干了这辈子最霸气的一件事：她直视前方，倏地将匕首对准了无人机的镜头——

“你！死定了！”

“她算什么！敢说这种话，我倒要看看，她怎么个让我‘死定’法！”周茜愤恨地低声抱怨，然后她望着严西城，停下脚步，“还有西城，你不用想着替她求情什么的，我是绝对不会放过她的。”

严西城的神色倒没有什么变化，他冲她温和地笑了笑：“好了周茜，待会儿到胡锐老师那儿可千万别说这些气话。”然后他加深笑意，轻描淡写地开口，“至于求情就更谈不上了。我只是有点疑惑，她到底是怎么一个人从伽纳森林全身而退的，医疗队说她身上一点伤都没有不是吗？这一点……”严西城的脚步也顿了一下，淡了点笑意，多了些深思，“可不是那么容易做到的。”

“哈，开什么玩笑！就凭她一个人？十五天？全身而退？绝不可能！”周茜说得很笃定，“这件事目前连你我都不可能做到，我看她八成是碰上什么狩猎队伍了，从她出发的临安城，还有西南方向的伏羲城，不是有很多狩猎小队在附近活动吗？只要付钱，他们应该不介意带她一程，她看起来又那么没有威胁。我查过她的背景，她拿过很多奖，她母亲意外去世，她也拿了一大笔死亡赔偿金，应该还剩不少吧……”

“哦？”严西城的眸子在周茜看不到的方向危险地微微眯起，“你查过她的背景？说说看，你都查到什么了？”

“还有什么？父母双亡，她幸运点，有个聪明的脑子，说来说去就是个书呆子，天天和试剂打交道，也只有贾教授那个食古不化的老古董才看得起她，突然跑去给她争取了一个特招名额。不过，我现在只担心我没有出手的机会，你没听说吗？新生有很多人联名上书，说她超过三天到校，按照考核要求，应该被取消入学资格。哼，便宜她了。”

“是吗？”严西城轻轻一笑，神色已恢复正常。

“不过西城，你到底是怎么跟她认识的？”

“那不重要。”严西城边说边飞快地揉了揉她的头发，“你比较重要。”说完淡笑着看着周茜羞红了脸，然后将食指抵在唇间，比了个“噤声”的姿势，两人已到达胡锐的办公室外，他勾着嘴角，轻轻敲开了门。

胡锐将手中的联名书放下，目光锐利地望向周茜，脸上的伤疤让他看起来严肃可怕，他直截了当地切入正题：“唐晓说的人，是不是你？”

周茜立马一副受了莫大委屈，却因骄傲强忍着的倔强模样，一字一顿地说：“我没有做过。”

“哦？我带去的几个学生中，只有你有让人产生幻觉的能力。新生刚出发那会儿，你去了哪里？”

胡锐手下这支精英队伍，集合了三年级异能者。

异能，西方世界更偏好叫其超能力，而近代东方称其特异功能，基本可分为特异感知和特异制动两大类。

随着近现代自然科学行业的迅速发展，异能在医学、生产制造业及电子技术的广泛应用，使人类普遍接受了这些知识观念，一些超自然的行为能力逐渐被科学合理解释推翻，渐渐成为笑谈。

可这种现象，在这里始终是存在的，虽然仅为极少数——新生以外在校学员共八百余人，异能者仅有四十七人。本届人数更少，只有区区六人。

蓝星特别军事学院为五年全日制，其特别之处在于，除了精挑细选的精英种子部队，更将这部分异能者有目的性地集中起来，统一培训，一是避免个人能力控制不当造成社会损害，二是更有效地充分利用这部分人。

只是异能者往往拥有特殊及特定的基因结构，这点通常具有遗传性，所以这部分人往往来自特定家族。

因此贾博士说起唐晓这女孩研制的药剂有可能触发异能，他还是觉得很惋惜的。但毕竟只是设想不是吗？学院能者比比皆是，关于激发异能的课题也从未停止，可一直以来并没有明显成效，难道一个小丫头片子能行？

呵，他持观望态度。

当然，这世上还有部分基因突变异能者，要么是异能太过鸡肋，要么是因缺少系统训练，在能力的控制上往往会逊色于其他人。而西城，却是个例外。

说起这个得意门生，胡锐还是很满意的，够勤奋，也谦逊，最重要是有才华，将来必有一番大作为。

眼看新一代小辈又成长了起来，胡锐甚是宽慰，而周茜的叔叔更是他的老同学，所以对周茜他还是存有几分私心的，想看看这件事她如何解释。

“我……我……”周茜没想到他竟对那废物的话上了心，还记得那天她的行踪，并为此质问她，一时语塞。

“怎么？想不起来，还是不能说？”

“我来说吧。周茜，这件事瞒不下去了。”严西城认真地望了周茜一眼，无视后者微变的脸色，向胡锐低头行了个礼，认错道，“胡锐老师，周茜这次确实做了错事。其实她弟弟周熙今年也在新生中，事发当时，她私下找他叮嘱了几句，并试图偷摸着给他指南针。不过当时周熙并没有接受，我见并未发生不公平的事，而且这事戳穿了在新生中影响也不好，所以我私自决定隐瞒这件事，这是我的错，身为队长，我应该提前向您报告的，恳请您责罚。”他五官清秀，目光澄净，如今诚挚地迎上胡锐的视线，隐隐透着自责。

“不！是我的错！是我求西城不要说的！”周茜见势立马一副知错能改的表情，两人配合得天衣无缝，“老师怎么罚我都成。”

胡锐来来回回打量着二人，沉思了一会儿，心里的天平还是倾向了自己的学生，他确实想不出自己引以为傲的学生有什么理由做这件事，周茜家境优渥，且天资出类拔萃，武力值也排得上年级前十，而那个姑娘看起来太弱了。

胡锐摆摆手：“这事暂且不提，那你们觉得，还有谁会做这件事？”

“谁知道？”周茜看起来义愤填膺，“或许根本就没这事。说不定，她根本就是在诬陷我！”

“诬陷……你？”胡锐倒没思考过这个可能。

周茜脑子转得飞快：“我有致幻能力，这是整个学校都知道的事，她只要随便打听就能打听到。这次她当着全校师生的面一嚷嚷，所有人都把矛头指向我，连、连老师您都怀疑我不是吗？我百口莫辩！”周茜说到动情处，眼眶都有些湿润，她却强忍着，“胡锐老师，您想想看，那新生怎么可能单身一人完好无损地从伽纳深林出来？而且整整待了十五天！这件事本身就不合理！事出反常必有妖！”

“嗯……”胡锐陷入深思，他十指交叉相扣，轻抵下巴，“那你说说看，她有什么理由这么做？”

“我怎么知道，说不定、说不定……”周茜试图找到个合理的原因。

“是嫉妒。”严西城接道。

“嫉妒？”

周茜飞快地扫了严西城一眼，眸子顿时亮了。而后者微微垂着头，难以察觉地飞快勾了勾嘴角，下一秒却做出为难的样子，轻轻叹了口气：“对，我想，她可能在嫉妒周茜。唐晓那女孩，之前与我见过几次，她……”严西城吸了口气，像是做了天大的决定般，沉声道，“她似乎对我钟情，甚至因为我做出过很出格的事。没想到，她居然在新生行列，但这其中有几分刻意我也不想枉测。我与周茜私交不错，我想唐晓可能事先打探过……不过，我并不想以恶意揣测她，伽纳森林里有许多神秘的动植物，或许有什么生物拥有致幻的能力也不得而知。”

胡锐想起在临安城初次见到唐晓那次，她确实泪流满面来着，难不成就是看见了西城？这个年纪的小姑娘心智未成熟，确实很容易为爱冲动，这么想来，她突然被破格录取也有点猫腻，想到这儿，他心下已默默有了定论——

一个人能力差尚且能忍，但品性差决不能忍！

“知道了，我自会还你一个公道。”

“胡锐老师，我觉得，还是等唐晓醒过来，再问清楚比较好。”严西城补了一句。

“不必多言。”

唐晓一直在昏睡，大概因为过去的十五天她的神经都处于高度紧绷的状态，突然放松后，如何被折腾都一副死鱼样，害得贾易以为她有内伤，让医疗团队将她里里外外检查了三遍。

“贾博士，她非常健康，一点毛病都没有。”

“她的呼吸非常平稳，应该只是在睡觉。”

“不用吸氧，贾博士。”

“不是植物人状态，贾博士。”

“是的，贾博士，您不会失去百年一遇的小天才的。”

整个医疗团队发现，他们平日精明过人、受人爱戴的贾博士，好像越来越临近崩溃状态，大概是失而复得的感受来得太突然？

因此当唐晓在第三天悠悠睁开眼睛时，她看到的是一个白发老头死命握着她的双手，眼里泛着泪花，感激涕零地冲她嚷嚷：“噢！谢天谢地，谢天谢地！你终于醒了！你昏睡了好久好久！还有没有哪里不舒服？尤其是脑子，脑子有没有不舒服？”

唐晓还没来得及开口，她的肚子就回以悠久绵长的一声：“咕……”

她面不改色心不跳地开口：“老先生，方便的话，能不能先给我点吃的？”

“咕……咕咕……咕……”

“多给点吧，我快饿死了。”唐晓想哭。

第四章

想见她了，那个笨蛋

不得不说在军事化的管理下，这里的效率还是不错的，唐晓很快就对着一大堆食物大快朵颐。

贾博士在一旁“慈爱”地看着她，就像看着一个会吃饭的大脑。

“慢点吃，别噎着，还有，想吃多少都可以。”

“哦，不不，你还是少吃点，吃得过饱，身体的血液会跑去肠胃工作，大脑受此影响，出现反应迟钝等现象……少吃点少吃点……”贾博士边絮叨，边将她的手稿拿出来，里面提到的某些理论，他有些还没参透，想让当事人解释一下，“你看看这个试剂，还记得它的作用吗？我试过，发现剂量不对，达不到预计效果，你还记得吗？”

唐晓疑惑地往那手稿上瞄了一眼，嗯？还真是她的字。但看起来有些稚嫩，应该是早几年写的，她不可避免地想起了秦教授，顿时有些眼热。

秦教授自她年幼时就是业界的一面牌匾，他的一些理论及成果展示对她的研究方向有很深的影响，当年她得了第一个科研奖项之后，作为小迷妹有幸和他握过手，后又幸运地和他交谈了几句，字字珠玑，让她如醍醐灌顶，开拓了思路。

后来她小心保持着和秦教授的联系，遇到问题时就打电话向他请教，他皆悉心指导，有些有兴趣的，就让她将相关资料寄给他，说研读后再行探讨，这话并不是随随便便敷衍她。而那些手稿，他居然都保留下来了……

唐晓有些感动，后来在给母亲研发药剂的时候，也好几次向秦教授讨教，他皆倾囊相授。只是她隐约察觉秦教授并不大同意让她妈妈试药，大概问过她有没有检查过她妈突患急病的原因，现在想起来，确实事有蹊跷。

待她稍微清空了口腔，非常实在地回答："这些我也得实验过后才能给您确切答案。"

贾易笑开了花："好好，不急不急。"

这时病房的门突然被推开，胡锐一脸正色地出现在门口，他很高，满满地塞住了整个门口，尤其是他的神色，给人以无形的压迫感。

"贾博士。"他先打了个招呼。

而后他睨向唐晓，仍是初见时居高临下的姿态："醒了？那就好。"他显然并不打算和她过多寒暄，也没问她身体状况怎样、感觉如何，说出的话甚至有些不近人情，"半个小时后来操场，你做得到吧？"

一句话，似乎断绝了唐晓的后路。

唐晓眼见也吃得差不多了，心宽地点了点头，但隐隐觉得前方有龙潭虎穴。

"不用人抬？"

唐晓哪怕与人的交际再少，也听得出他话中的讥讽，只是她已在狄青的言语攻击下练就了一身铜墙铁壁，当下甩了一句回去："你抬？"

"很好。"出言顶撞师长，胡锐只差没把"品性差"三个字刻成章盖在唐晓脑门上。

"胡锐！"贾博士敏锐地察觉到胡锐气势及神态上的转变，不满地喊了他一声。

胡锐很罕见地没有理会，他朝贾博士微微颔首以示尊敬："那么，我先行一步。"接着他转头朝身边的人交代，"通知一年级新生五分钟后全部在操场集合，我有事要宣布。"

说完他也不耽搁，临走时望着半截身子还藏在被单里的唐晓，给了一个"你只有五分钟哟"的眼神。

对，这系列动作及话语的隐藏意思就是，虽然要求你半个小时到，但新生五分钟就集合了，你不来，你就迟到了，就等着被口水淹死、眼神杀死吧。

这分明是将她推上风口浪尖，架在火上烤啊……

待胡锐带上了门，唐晓呼噜噜地喝了一口汤，含糊地问了一句："贾博士……"嗯，刚刚胡锐是这么叫他的没错吧，"正常人从这里到操场不止五分钟吧？"

"跑步前进也要八九分钟。"

这么说来是想让她着急却铁定迟到？唐晓觉得很不可理喻，她再令人讨厌也刚从环境恶劣的森林里、从生死一线的边缘回来，头还晕晕的，身体还弱弱的，虽然她除了饿，感觉身体状态良好，但还是觉得有些委屈。

想起那什么副官之前可是信誓旦旦地宣称："教官所说的一切都必须无条件遵守！"

她认真地回想了下胡锐教官下的命令——半个小时后来操场。

半个小时哟，无条件遵守哟，不听话要滚的哟，嗯，她向来是听话的好孩子！

唐晓抿抿嘴，心里笃定胡锐会把要宣布的事留到她出现时才说。这么想来，五分钟后在操场集合吹冷风的胡锐和新生们，不过是一个难以捉摸的坏蛋加一群无可奈何的笨蛋。

贾博士护短模式大开："其实你可以不用去，了不起我特聘你为我的特别助理，就完全不受他掌控了。"

唐晓望了一眼贾博士，问道："当您的助理需要经历很苦很苦的训练，变得很强很强吗？"

"当然不需要！"

"免谈。"

“嗯，我马上打报告提出申请……哎？！”

唐晓也蒙了。

她、她刚刚说了什么？糟糕了，经历这些日子的奋斗，变强已经融进她的潜意识了！

紧急集合的命令来得很急，但整个新生队伍都展现了高度的服从性和执行力，每个人都在规定时间内到达操场，集结完毕。

“立正！”林副官的声音以立体环绕音的形式响彻操场上空。

胡锐一脸严肃地站在讲台上，那天，他就是在这个位置，宣布蓝星特别军事学院新生一年级正式成立。

“听着，我要求你们保持绝对的安静，以绝佳的精神面貌等待一个人。”

胡锐的神色看起来很可怕，尽管大家心里充满了疑惑，却没有人敢出声，每个人都站得笔直。

时间一分一秒地过去……

就在所有人感觉时间过得极慢，等待没有尽头的时候，一个人出现了。

大家的好奇心被吊到了最高点。

直到来者慢悠悠地走近，有人连拳头都攥紧了，怎么又是她！

因为错过了开学日所以没领到制服的唐晓同学，穿着贾博士提供的白色医生袍出现在了操场边缘。

事实上，因为她太矮小，最小号的医生袍在她身上都显得松松垮垮。

唐晓为此也有点羞涩，没办法，病号服和医生服她果断选后者！

此刻每个人心理都是崩溃的——这到底是从哪儿钻出来的傻女人，怎么每次出现都状况不断？

“艰苦奋斗十五天”加“昏睡三天”等于“身材纤细轻飘飘感觉会被吹走”的唐晓此时却神清气爽。

吃饱了好舒服。

要以最佳的精神状态面对众人！我就是那野火烧不尽，春风吹又生的野草！

事实上，这三天她体内细胞并没有停止运作，让她恢复到非常完美的状态，再打死一头猛兽也完全没问题。

呸，她才不想打！

她顶着一脸“真的在等我呀”的天真表情晃到了队伍前端。还有三分钟嘛，不用这么紧张，一切都是听令行事的哟！

胡锐忍无可忍，却还要保持威严地压抑着冲天的怒火。

她是聋子吗？她不是号称百年难得一见的天才少女吗？理解能力怎么这么差？她以为他刚刚说的五分钟后操场集合到底是说给谁听的啊？正常人难道不会飞快地爬起来，狼狈不堪、心神不宁地先跑来操场站好吗？难道真的让他再派人去请她吗？那说了半个小时后操场不见不散这种话的他岂不是显得很傻很天真？！

他压抑着情绪，哑着嗓子说了一句：“上来。”

唐晓毫无异议地站到了他旁边，应该不用挥个手、飞个吻什么的吧。啊，上次没注意，看看有没人长得好看……不过，唉，她在心里叹了口气，感觉狄青之后，世上再无盛世美颜。

甚至她对严西城的某种情愫也变淡了许多，可能他的突然出走变成了一种执念吧，但再见到，又觉得记忆中温润如玉的他又差那么点味道……

发现唐晓没丝毫愧疚后，胡锐的声音显得更加低沉，他直奔主题：“在你们报到的第一天，我就说过，在我这里没有特招生！没有人能拥有特权！没有人可以例外！没有人！”

唐晓深表赞同地颔首。然而穿着医生袍的她，看起来不伦不类、滑稽可笑。

“这是你们当中一大部分人联名写的抗议申诉书，认为她——我身边的唐晓同学已违背了规则，不满足入学资格，没有权利留在学校。”

啥？

胡锐说到这儿顿了一下，突然两手并用，将那联名书撕得粉碎，随即不知哪儿蹿出的火苗，凌空将那碎纸烧成粉末。

这是胡锐的异能，控火。

唐晓瞪圆了眼微微吃了一惊，随即镇定下来。没错，一而再再而三地突破科学的特殊情况，不再值得她大惊小怪了。

就当大家以为胡锐的所作所为是为了高调宣布唐晓有入学资格的时候，胡锐话锋一转：“完全没有这个必要，因为我从来没有说过她有资格留在学校！三天就是三天，没有例外！哪怕是特招生，也没有资格！”胡锐憋足了一口气，句句铿锵，“我宣布，一年级新生唐晓，因考核失败，除名！”

事发现场前排观众争先恐后、七嘴八舌地形容当时的唐晓——

“嘴巴微张。”

“眼黑快翻出眼眶外。”

“表情有点不满，还有点不屑。”

“然后她她她……做了一件超级可怕的事情！”

“她用手指戳了戳胡锐老师。”

“戳得既认真又用力。”

“天哪，作为第一个戳胡锐老师的人，那根手指没有焦掉真是太幸运了！”

“胡锐老师的脸色臭得要死，我好怕当时他一把火把我们全烧了！”

“哦，这不是重点！”

重点是——

唐晓用手指戳了戳旁边的大个子胡锐，她昂起头，毫不畏惧地望着他，显得倔强又任性。

她想起自己第一天爬楼梯痛不欲生的感受，想起收到录取通知书时重燃的信念，想起知道被追杀时的惶然无助，想起前段时间跟着狄青摸爬打滚的经历，以及在森林里的奋战……

他这样做，让她所做的一切都变得毫无意义。

唐晓的眼眶泛红，但她很快把湿意眨下去。

不，坚决不能垮在这里！

周遭的气压低得可怕，胡锐微微偏了偏头，视线如利刃般投射过来，而后眯了眯眼，透射出“死丫头你还想要手指的话最好马上给我缩回去”的警告，但最终还是选择无视了她，使了个眼色给旁边的林副官。

眼看林副官会意就要喊出“解散”二字，唐晓不服输的性子被激发出来，她抢先一步拉下麦克风，超立体环绕全方位覆盖音响里传出她特有的软糯酥脆的声音：“喂！”

别看唐晓平时身娇体弱好推倒的样子，在实验室里她一穿上实验服，就换了个性格似的既固执又自我，现在她满脑子只有一个念头——说服他！

底下所有人都努力想展现“面瘫”的特质，但真心克制不住好奇啊，一时间各类眼神飘向唐晓，只见她胆大包天地表现出一脸嫌弃，脆生生地开口：“你是不是傻？”

谁？

谁傻？

她说谁？

大家都忍不住把眼神移向她身边的胡锐老师。

现场死一般的寂静，大家生怕吭一声就会被一把火烧成灰烬。

林副官作为第一个反应过来的人，提着嗓子怒吼了一声：“放肆！”

胡锐抬起手，示意他少安毋躁，但过度严肃的神色让他脸上的伤疤此刻看起来有些狰狞，他一双眸子死死地盯着唐晓，持续了数秒，才哑着嗓子缓慢地应了一声：“哦？”

事已至此，唐晓已经来不及顾及“怕”这根神经了，她直勾勾地对上他的视线，顶撞道：“这个决议，我不服！”

胡锐没有作声，就在大家伙以为他俩会这么僵持到底的时候，他突然提高音量，字字铿锵地道：“可惜，无论你服不服，都无法改变这个决议！规则，就是规则！服从，是军人的天职！不然，我要如何向失去入学资格的三十六人交代？如何向这些历经艰辛、千方百计在约定时间内到达学校完成任务的一百六十四人交代？！”

人群里寂静无声，突然，集体爆发出响彻云霄的应和：“哦——”

“说得太好了！”

“就是！”

“滚！”

“有什么好交代的？”唐晓全然不惧自己成了靶子，望向底下一百多号站成黑压压一片的学生，哼，她高一时代表新生发言那会儿，底下的人更多！

唐晓清了清嗓子，理直气壮地说道：“你让他们当中完成考核时间最快的那几个，去森林里面再待半个月试试看呗，要走我走的那条路线哦！”

人群再次陷入谜样的寂静之中。

唐晓感觉自己脑子异常清晰："蓝星特别军事学院选拔的，应该是各地区最强的种子学员吧？你们费尽心思在录取通知书上搞名堂，就是想弄些个聪明的厉害的，是吧？"反正她了解的一般学校肯定不这么招生，往高了说肯定没错，'强'难道不是最高标准吗？所以这个考核的目的应该也是再淘汰几个水平差点的？"唐晓顿了一下，"所以在这个规则上限定'三天'又是为了什么？我的理解是，三天，是你能接受的应试者水平及能力范围的最低界限，换句话来说，就是……"说到这儿，她抱了抱胸，手抵下巴，声情并茂地演绎道，"'这个考核是有点难，但普遍水平在三天内完成应该没有问题，超过三天的还是回家吧，拜拜。'"说完她迅速抬头望了望胡锐，一副求表扬的姿态，扬了扬下巴，"这样没错吧？"

唐晓丝毫不清楚自己的灵活演绎，稍稍化解了大部分人的仇视心理。她又歪了歪头，努嘴："所以说到底，还是为了挑选强者嘛！这才是你制定规则的最根本的目的吧。我觉得我很强啊！"

远元超乎她自己想象中的强！

虽然身带自愈作弊器，但也正因为有作弊器，所以她甩下这个包袱非常自信，现在想起遇到的那些猛兽，她都一阵后怕。

"正常人都知道我那条路线比较难吧？如果说，你那条路线是走得越快越强，与之相反，我这条路是待得越久越强吧？你让不服气的都去我走的那条路线上试试看嘛。"

"叮！"

仇恨值再次上线！

卖萌也下不来了！

"没有人要求你走那条路！不作就不会死，自作聪明的人，只会自取其辱！"胡锐硬声道。

"就是。"底下有人应和。

"自己找死还求存在，要不要脸啊。"

"快滚快滚……"

"所以我才想揪出幕后黑手啊！"唐晓想起自己几度濒临死亡，手臂断过八九次，右大腿的肉也被啃下过两大块，左小腿差点整节被撕咬下来，脖子也被啃过，全身上下各种被挠被抓伤痕无数，有时候早上刚打完，下午接着打，晚上还不得安睡，神经高度紧绷……此情此景真是闻者伤心听者悲痛，连她自己都忍不住想为自己鞠一把泪，顺便再鼓个掌、叫声好什么的，“你们给那啥信号弹，其目的还是想保障全体学员的安全吧？我那条路上可没有人守护着啊！”想到这儿，唐晓有些愤愤不平，“因为知道期限是三天，我熬到第二天就趁机放了信号弹，想解释清楚状况，回归正轨继续接受考核，可压根没人理我啊！不仅没人理，还引来了两只飞禽，没死那真心是我命大。‘只要放出信号，你们的师兄师姐会及时把你们捞出来，丢不了命的。’这话是教官您亲口说的吧？那人呢？基于这点，你们也没遵守所谓的规则啊，所以用规则来压人，您让我如何诚服？”

一想到以后别人在战场上舞风弄火威风八面的时候，她只能缩在一旁大吼几句“伤口，愈合”，就有点忧伤。

而最忧伤的是，伤口长好了，身材不见长！

呃？

唐晓因为自己的想法震惊了，像是在不知不觉中，有些意识被同化了，她也在意起自己的身材了？

也许因为唐晓的眸子太过清澈，又讲得头头是道，胡锐一时间有些语塞，他疑惑事情怎么突然发展到这个地步……他皱了皱眉，硬声道：“被迷惑，这就是你无能的一种表现！况且，也没有人能证明你所言属实！”

“我不需要证明啊，你问问底下哪个傻子愿意放弃三天轻松版考核路线，选择十五天有可能有去无回版困难考核路线，还顶着违背规则的大帽子干这吃力不讨好的事？我可是特招的天才少女啊！”唐晓硬着头皮说。昏睡的这几天，偶尔还是能听到贾博士的悲号，但因为太疲惫了确实起不来。

胡锐心想：她说得好对，该如何反驳？

“再说了，你家新生第一天开学被异能者糟践了，你还骂她无能，那请你举个有能的例子让我好好参详参详。咦？”唐晓忽地偏了偏头，“你是不是知道了谁有这个能力？”

胡锐打死也不承认，他有些心虚地道：“胡闹！”

唐晓眯了眯眼，下了结论：“你知道是谁。”她当着所有人的面指着胡锐，

“那人你肯定认识，说不定还是为了维护他，所以迫不及待地想把我赶出学校对不对？你就是这样打算的对不对？”她仔细地观察着胡锐的表情，侦探般没错过他任何细微的动作。唐晓加深指控，“你心虚！”

过了一会儿，唐晓一副恍然大悟的样子：“难怪我才睡醒，饭都没吃完，你就火急火燎地让我过来，还摆这么大的阵仗给予我精神上的压迫，断绝我的后路……我、不、服！”不小心如此靠近真相的唐晓只差仰天长啸一声“天理何存”，一脸悲慨地酝酿着下一步，对这个大个子老师动之以情晓之以理……

“解散！”胡锐的声音如惊雷般炸响在操场上空，“十秒钟后还滞留操场的，取消入学资格！然后一把火全部烧了！”

“三！

“二！

“一！”

胡锐开始不要脸地倒数，众人作鸟兽惊散状，瞬间消失得干干净净。

“关音响。”胡锐气不打一处来地死命盯着唐晓，觉得她这辈子肯定脱不了“品性差”的帽子，却怀疑起先前对此事的判定。

她不像是刻意要嫁祸给周茜，这事肯定还有隐情。此刻小丫头的眼眸里全是惊疑……岂有此理！这是什么眼神？他要是真想放火烧她，她还有命讲这么多废话？

胡锐感觉所有的耐性及修养统统消耗一空，放开嗓子吼了一句：“你！跟我来！”

下一刻唐晓如小兽般被人自后颈处一只手揪起，拖着往前走。

啊，害怕……她不得不承认此刻有点胆怯。

这不是耐不耐得住火烧的问题，她不怕死，也不怕被折磨，她只怕自己怎么被折磨都不死……

唐晓被带回了胡锐办公室。

“坐。”他耐着性子说了一句。

坐？唐晓迟疑地瞄了一眼那凳子，不会有什么机关吧？然后又觉得对方应该不屑于在这种小事情上玩花样，微微拱起屁股刚打算坐下，“轰”的一声自椅子上蹿起一束火苗。

唐晓狼狈地弯起腰险险避过，要烧到了！她红着脸偷瞪了罪魁祸首一眼。

“何须勉强？”胡锐已夺回主控权。

唐晓哭笑不得地想：教官，你报复心这么重，你老婆知道不？啊不，你有老婆不？

“有些事我要确认一下，你是自愿还是被迫，是独自待了半个月，还是有人帮助……”胡锐正说着，门外响起敲门声，一个戴着眼镜的男生出现在门口，他点了点头，示意眼镜男进来，然后双手交握支撑着下巴，盯着唐晓沉声道，“如果你问心无愧，你应该不惧怕接受催眠测试。”

眼镜男面无表情地睨她一眼，甩出个“对，就是我给你做催眠测试”的眼神。

催眠？！

唐晓心中大惊，虽然她被带偏了是事实，但谁知他们还会问些什么，多问几句，她被外星人意识入侵、拥有强大的自愈能力这两件事暴露了怎么办？

然而唐晓知道，此刻她脸上不能展露一丝不情愿，否则恐怕罪名就坐实了。

唐晓边迅速思考，边硬着头皮说：“当然不怕！不过凭什么先让我接受测试？你心里那个怀疑对象呢？不如，让他先接受催眠测试？”

胡锐眯眼，意味深长地回了一句：“没有怀疑对象，除了你。”

唐晓眯起眼。

“从伽纳归来，你理应知道那是个什么地方，告诉我，你究竟是如何活下来而且毫发无损的？”

唐晓沉默。

像是知道她不会答应，胡锐并未停顿太久，接着道：“不接受催眠也可以，不说真话也可以，我再陪你走一趟，只要你能待三天，你不但可以留下来，我还可以向你保证，全学院没有人敢再多说一句闲话。不过既然你可以待半个月，那么区区三天，你是不需要我出手相助的，对吧？”

唐晓骑虎难下，感觉自己明显处于劣势却毫无解决办法，说实话她问心无愧，但偏偏有想守住的小秘密。

如今，不让自己暴露的最好办法就是不受伤，而不受伤就得变强，可变强偏偏又是一个容易受伤的过程。尤其在伽纳森林那鬼地方，不受伤基本不可能，因为她还没变强。这根本就是个死循环……

就在她左右为难的时候，胡锐办公室的门突然被推开，贾易如救星降世般闪亮登场，这个精神矍铄的老头一冲进来，就将一份红头文件往胡锐桌子上重重一拍，嚷道："这是校长的特批件，唐晓作为特招生本来就不需要接受入学考核，所以你没权力取消她的入学资格。人我现在就要带走，有什么意见你直接去跟校长说！"

说得好！说得太好了，贾博士！唐晓在心里鼓掌，然后非常聪明地在这个时候尽量降低存在感，她低下头，乖顺地跟在贾博士身后，然后被拉扯着出了办公室。

"教官？"待两人出门之后，眼镜男开口道，"催眠并不是我的强项。"

"我知道。"胡锐道，"她不像在撒谎，但身上有秘密。你让叶凯回来后，找个机会接触她，把她身上的秘密套出来。"

"催眠需要被催眠者无防备无抵触……"

"嗯。这也是我的目的，她见到你之后会形成先入为主的观念，认为你才是会催眠的人，所以叶凯的机会很大。另外，你安排人留意她的行踪，有什么情况随时向我报告。她身上有些能量波动让我感觉很熟悉……"先前他忽略了。

"是，教官。"

"任何藏有秘密的人，都有可能成为影响学院安全的不稳定因素。我决不允许这种人留在学院。"

学院因其特殊的地理位置，早晚温差较大，刚入夜，白日的炎热连同喧嚣退去，只余下凉风习习。教学楼一隅，似有三人隐匿在阴影之中。

斜靠在墙上的一人抱胸，嘴角似衔着若有若无的笑，道："进展如何？"

他对面之人言带恭敬："第一批药剂可以投入使用了。"

"按照我的方法进行了改良吗？"

"是的。"

"很好。上头还有何指示？"

“一切等第一批试剂实验结果出来再说。”那人说到这儿，微微顿了一下，“还有一件事……外头反馈，当初的计划有误，‘她’跑了，不过已在全力追踪。”

“这个我知道。”那人似乎想起什么，笑意加深，“你传出去，说计划有变，这事我来跟，你只需全力跟进试剂的事。”

“是。”

“好了，你先回去，小心点，别被人发现了。”

“是。”那人依言退下。

待那人走远，一旁完全没有存在感的人突然刻意压低嗓子问了一句：“你打算怎么跟？”

“这个无须你操心。”

“你想留下她？为什么？”

“你在担心什么？事情都在我的掌控中。”

“严西城，你的手段骗得了周茜，却骗不了我，无论你想如何，我只奉劝你一句，动什么都别动心。”

“动心？”严西城像是听到什么可笑的话，扑哧笑出声，并突兀地延续了好些时候才假意拭了拭眼角，眯着眼喃喃自语，“心都没有的人，谈何动心？”随即又恢复那副温柔体贴的样子，“你呢？对我可有动心？”

“少来，我不吃这套。”那人皱皱眉，“我奉劝你一句，别坏了老大的计划。”

“我自有分寸。不过，唐晓进了伽纳深处都能只身而退，这点我始终想不明白。”总觉得和试剂有关……想到这儿，严西城又眯了眯眼。

“嗯……”那人沉思片刻，“总之你自己看着办，坏了事，你跟我都跑不了。好了，我先走了，没事尽量少碰头。”

严西城挥挥手，示意那人先走。随后他无意识地摩挲了一下手腕处的红绳，微微挑眉，这是当初她执意为他戴上的，不知怎的，戴上就懒得取下来了。

唐晓，他默默念着这个名字，勾了勾嘴角笑了笑，希望你有趣。

唐晓浑然不觉自己卷入一场风波之中，正式加入学院生活。

她被贾博士带离了胡锐办公室后，暂且安置在了医学楼，又做了些常规检查，领取了几套制服，还听说安排好了宿舍，就连当初被扔在临安城的那个包，都原封不动地摆在她临时住所的桌面上，里面还装着那几件酸臭的衣服……

这两天贾博士还带她参观了一下研究所，里面设备之齐全，装备之丰富，确实远远超乎她的想象，可勾起了她的科研之魂后，贾博士却乐呵呵地说："目前你还不能接触实验室，先得打基础。"

唐晓无奈。

"你待会儿领了课本回宿舍，现在还是新生军训期，你跟大家步调一致就可以了，之后除了上课，也就是一些日常训练安排，相对而言不会太难。"

唐晓也没打算当特殊阶层，很爽快地答应了，当天下午她就背着包打算去宿舍，贾博士特意来送她，给她领路。结果这当口，一个人行色匆匆地走了过来，神色焦急地抓着贾博士一阵耳语。

唐晓认出了他，好像是医疗组的领队，唐晓猜他附耳低语大概因为这事挺重要，不便让她听见，所以也很自觉地退开几步，免得有偷听嫌疑。贾博士下一刻却忽略了她的存在，震惊地大嚷了一句："什么？学校有人暴毙了？原因不明？"

唐晓感觉快压抑不住自己的嫉妒情绪了！也难得贾博士被人迅速带走之际还记得她，临走前还不忘交代人安排她的事情，然后她就被嫉妒的情绪淹没了。

"我叫霍莉，你可以叫我莉姐。我是贾博士的私人助理，平时负责他的生活起居，以及大部分外联工作。"眼前的女人推了推银丝边眼镜，勾起了红唇。

霍莉姐身材窈窕，一袭包臀黑色短裙，脚踩红色高跟鞋，气质既优雅又强势。

好嫉妒啊！

唐晓有种错觉，她恨不得抛下自己直接附在对方身上。

别做梦了！收敛点！唐晓默默地警告了自己一句，然后继续作小白脸状，乖乖地叫了一声莉姐。

霍莉轻声应下，目视前方开口："你是贾博士出面保下的，所以在外面就是贾博士的脸面，希望你好好珍惜这张脸。"

“我会的！”

“同样的，因为你代表的是贾博士的脸，也别被人欺负到头上来，能自己解决的自己办，搞不定的尽管来找我，我们研究所的人武力值一般，但手段还是不少的。”说到这儿，她顿了一下，一双美眸朝唐晓睨了过来，“记住，我们用的是这里，”她食指轻轻抵了抵前额，而后继续前进，“而不是拳脚。”

唐晓刚对用拳脚这件事有新认知，这会儿迟疑了一下，竟有种如果可以，拳脚加脑子岂不是天下无敌的感觉。

“你有没有想过，你入学那会儿是爽了，却打了草惊了蛇，让对方有了防备，还因为你的狠话心生愤恨，你在明她在暗，吃亏的还是你自己。”

唐晓嘿嘿一笑：“不是说有困难找莉姐吗？”她态度摆得很端正的样子，“莉姐这么说，其实是有心提醒我吧？”

她微微一笑：“倒也不是太蠢。”她信步进了电梯，唐晓忙颠颠儿地尾随她而入，电梯门缓缓关上，霍莉吐出两个字，“周茜。我能提醒你的，只有这两个字了，你好自为之。”莉姐笑着说。

周茜……唐晓细细琢磨这两个字，满脑子的问号，关键是，周茜到底是谁啊？

正当唐晓一肚子疑问的时候，霍莉淡定地推了推眼镜，突然问了她一句：“你觉得我看起来多大？”

唐晓心想：成熟御姐型，像是有三十的样子啊。

“二十出头？”她说得格外诚恳。

霍莉轻轻摸了摸自己的脸，电梯门映出的那张脸笑容内敛且优雅：“周茜的资料我回头给你准备好，到时你记得问我拿。”

说好的好自为之呢！

“谢谢谢谢，谢谢莉姐！”

“二十出多少？”

“出几个月，不，就两个月！”唐晓眯着眼一本正经道，“特年轻！”

“啧，说谎。”霍莉嗤笑，突然道，“我已经三十四岁了，再不这么穿，就嫁不出去了。”

“什么？！”唐晓将惊诧诠释得特别到位，难怪别人说女人是天生的戏子，“好男人难道都瞎眼了吗？你就是穿个麻包袋搁人群里都是遗珠，是璞玉！”

“叮。”电梯门开。霍莉挺起胸，睨她一眼，笑：“晚上我找你吃饭。”

“好好好！”这个莉姐真有意思。

“我说你怎么舍得让你自己受伤？真有这么危险？”狄九不知道多少次这样感慨。

“闭嘴。”狄青上身赤裸，肌肉线条分明，但在背上明显有一道深深的伤痕，似被野兽所伤，感觉有些时日了，却仍有血迹渗出，看起来触目惊心。

狄九哪里肯闭嘴，絮叨起来没完：“你明知道我们就是被诅咒的一族，受不得半点伤，伤口经久不愈，常常血流不止。你平日里最惜命，怎么就带着她闯进伽纳深处去了？真对自己这么有信心？再说了，往时你打不赢变着法跑，多带一个人跑也没太大问题吧，平日里你的自保手段不是层出不穷吗？照理说不应该啊……”

“吵死了。”

总有妖孽想害人啊。那女人果然是个行走的麻烦，又不能不管，但他也不可能时时刻刻待在她身边……带着她跑问题是不大，可他始终觉得，保护一个人的最佳方式，就是让她成长。

那万一成长为一个不需要依靠的人了呢？他突兀地自问道，发现自个居然有些抗拒这件事，明明曾经那么弱……

啧啧，那不是更好，少个累赘！他隐约觉得自己有些口是心非。

只不过，虽说这次付出的代价有些大，但不可否认是一次难逢的历练机会，那蠢丫头确实以难以置信的速度成长起来了，看着她的伤口以超乎常理的速度愈合着，这让他多少松了口气，毕竟之后某些搏斗场面有些失控，他和她都不可避免地受了点伤。

说起这个自愈能力，狄青表示，有些庆幸。

“怎么不说话？”狄九边说边给缝起来的口子又涂抹了些药剂，然后小心翼翼地把盖子拧紧，宝贝般收起来，叹了口气，“药只剩下一点点了，这个已经被稀释很多倍了，效果已经不怎么好了，所以……”他试探性地开口，“那位唐小妹妹现在有头绪、有思路了没有？到底开出了什么条件？”

眼见狄青没有搭话，狄九给他缠上绷带，又接着说：“反正无论唐姑娘同意不同意，这次也确实是咱们不小心牵扯上了她，W 组织那些人根本就没有人性，你我于情于理都要对她好一些，保护好她！我觉得你把她弄进学校实在是太明智了！你说我当初怎么就没想到呢？那时我有任务在身，才让你赶鸭子上架，既然她人来了，你又受了伤，还是让我接手吧，我会保护好她的！”狄九越说越起劲，“你说那小姑娘白白嫩嫩又娇滴滴的，已经能和伽纳的那些小怪兽交手……你那是什么眼神？”

狄青默默地收回“如果眼神能杀人，你已经死了一千遍了”的眼神。

一想到那个麻烦要被别人接手，他就分外不爽，冷着脸开口：“不好意思，我这人做事习惯有始有终，既然已经开了头，就不会半途而废。”

“哈哈哈哈，你还有始有终，说得你多有责任心似的，以前族长下发的任务，做一半嫌无聊跑得最快的就是你……”

狄青一言不发，冷眼相对，浑身散发着“你想死第一千零一遍吗”的气息。

狄九默默地闭上了嘴。对方可是耍得一手好剑的男人……

可他安静不过三秒：“那你要怎么保护她？回学院？你不是很排斥吗？胡锐那家伙还在到处追杀你吧？你当初不让我管，要不我还是出面协调一下？不过也该有人给他那群人一点教训了，总以为异能在身，天下无敌，每天没事就顶着异能队的头衔到处显摆，身上弥漫着‘我们是精英’的优越感，明明是个鸵鸟，却感觉插上翅膀就能飞翔，惯得他们！”

狄青嗤笑了一声：“胡锐那人，嘴上说得大公无私，实则小气得很。”

“就是。所以，他那无法无天的侄子，你真的把他打到异能丧失了？”

“意外。”狄青懒得多提，“我要你安排人找的那只猫呢？”

“找到了，滑溜得很，不过，还真有猫能听得懂人话？去的人照你的话一说，那猫通人性般立马乖乖上了车，邪门。”

“这你不用多管。”狄青穿上衣服，提起剑。

“你把那猫带过来干吗？你知道学院不让养宠物的吧？哎哎，你说话啊，咦，去哪儿？”

狄青站起来，借力跃上屋顶，往伽纳森林望去。

那是……蠢女人所在的方向……

想见她了，那个笨蛋。

宿舍和一般的大学宿舍没太大区别，四人间，独立的带衣柜上下铺位，整洁大方，只是从未过过集体生活的唐晓，此刻居然有一点紧张。

新生军训时间，宿舍里没有人，霍莉也很忙的样子，告诉她床号，再把宿舍钥匙一给就走了。唐晓带着行李，望着空无一人的宿舍，给自己鼓了鼓劲，靠山靠水不如靠自己！

加油！好好交朋友吧！

衣柜里有配备的水桶、盆、洗漱工具及被子被套，她把发放的制服收拾好，又套好被子铺好床，最后忍着恶臭，把背包连同衣服都洗好晾好，完了之后，又将动过的东西放回原位，就坐着发起了呆。

窗外已见晚霞余晖，消耗过后的唐晓感觉肚子空空如也，啊，说好的晚上找她吃饭呢？

就这样余晖随着时间散去，唐晓饿着肚子干等到宿舍其他三人回来。本来还有说有笑的三人见到她时愣了愣，气氛一时有些尴尬。

“哈哈哈，我叫曾君，早听说你要来，你可是咱们新生一年级的传奇人物啊！”个子最高的一个妹子最先反应过来，开口打破了僵局，她指了指另外两人，“这是尤佳佳，这是徐艺晴，咱们都是17级的新生，很高兴认识你。”

“哪里，”唐晓自动忽略掉“传奇人物”四个字，笑得还是很诚恳，“你们好，我叫唐晓。”

“久仰呢，”那尤佳佳微微勾唇，似笑非笑，“特招生嘛。”

唐晓顿时感受到一股扑面而来的敌意。

“哈哈哈，佳佳和晴晴都是研究院的，药物制剂专业，早一批报到，学院里女生并不多，其实学生也不多，很多专业缺人，宁缺毋滥嘛，哈哈！我是装备专业的，学的是测控技术与仪器。你呢？”曾君敏感地察觉到火药味，忙道。

“我也是学药物制剂专业。”唐晓顺着话题往下说，她的专业是昨天贾博士刚跟她说的，估计舍友安排就是根据专业来的。

“嗯？那你怎么会跟陆战队那群家伙在一块？他们的入学考核难度大很多。”

“这个……”

“呵，人家是特招生嘛。”尤佳佳微微抬了抬下巴，插完嘴明显不愿再多谈，斜睨了她一眼，径自进了宿舍。

特招生哪儿得罪你了？

而徐艺晴压根没打招呼就不知道飘哪儿去了，看样子是个沉默寡言的。曾君见没带起气氛，又随便说了几句客套话，就摸摸鼻子说去洗澡了。

唐晓饿着肚子好不容易熬到了晚练时间，想想也就厚着脸皮跟在曾君几人后面去了，隔着老远就觉得这支队伍高度看起来顺眼得多，有男有女，有高有矮，至少不像报到那天个个“海拔”一米八。

正当她想向教官说明情况的时候，那教官斜了她一眼，直接把她点去了更远处的队伍。

这个时候唐晓若没有些不祥的预感简直对不起她的直觉，她硬着头皮走近那支队伍，一看就差点吐血，均高一米八以上！

“归队！”瘦高个教官像是知道她的存在，直接就冲她吼了一嗓子。

唐晓哪敢反抗，乖顺地入了队伍，便瞧得那教官丝毫不拖泥带水地提着嗓子冲整个队伍喊话：“知道这位唐晓同学为什么现在才归队吗？因为前些日子你们干着这些低层次的训练时，她还在伽纳森林里摸爬打滚，用行动鄙视了你们！她很强！比你们所有人都强！人家说了，你们谁敢只身前往伽纳森林？顶多也就是在外围看看！所以她过来给你们当榜样来了！一个个都给我打起精神，可千万别被人看低了去！！全体听令，立——正！”

唐晓忙跟着口令站直了，心理简直要崩溃了，这话像是对队伍里其他人说的，其实句句都是针对她，毫不留情面地给她拉仇恨啊。

而且……肚子好饿。

接下来的训练，按唐晓的理解，应该是出于给她下马威的目的，而显得特别严苛。“严苛”这个词她突然有些不确定用得准不准，因为前段时间的特训似乎起效果了，爬楼梯也好，跑步也好，包括后来的殊死搏斗，以及一系列训练后她自身的变化……

唐晓居然觉得能顶住，不太难。

对比之下两个小时不间断的训练下来，身边的大高个脸上或多或少都表露出了痛苦表情。唐晓努力展现“哎呀，我也好累好辛苦”的表情，避免拉更多仇恨，其实心里很开心。我就是这么强！

最后教官也得掂量大家的平均体力，喊了声“解散”，眼瞅着几个人直接摊在地上喘气，唐晓就是知道“严苛”这个词是用对了。

因为高强度训练的体力消耗，唐晓饿得肚子咕噜咕噜直叫，整个后背也全被汗湿，只是目光所及并没有小卖部便利店这样的存在，只得溜回宿舍洗洗睡觉。早一步先进屋的三人原本聊着什么，见她回来，尤佳佳说了一句“我先洗”，就开始慢条斯理地收拾换洗衣物，然后霸占了卫生间半个小时没出来，出来后又是不咸不淡的样子：“我们三个先进的宿舍，不会因为你是特招生，就得让着你吧？”

她没说话！唐晓摸摸鼻头：“没，你们先，我等。”

“不如我让给你先洗吧。”曾君说。

“君儿，你这行为很容易让人误解，你是想巴结咱们这位特长生，那也得人家领情啊，咱们是一个水平线上的吗？”

“没事，我说了，我等。”

“你等是应该的，别说得好像我们欠了你人情似的。”

好难相处。

说到底唐晓虽然偶尔会爆发一下，但基本上性子不算太尖锐，这事也说不上被欺负，想想就算了，朝夕相处争一时之长短又何必呢？总之折腾完的时候已经是晚上十点，唉……她心里叹口气，宿舍生活并没有想象中那么美好，和好朋友手牵手在夕阳下奔跑什么的……

她拖着疲惫的身子，胡乱想着，很快就在陌生的环境里睡着了。本该一夜无梦，但她感觉好像也没睡多久，突然被楼下有节奏的口哨声惊醒，之前在医学楼时她也听到过哨声，因此并没有反射性的行动，直到听到宿舍其他人的动静才惊坐起来。

楼下已传来令声：“全体紧急集合！”

给个预告会死吗？

制服呢？

因为经验不足，唐晓所有的衣服都工工整整地收拾在衣柜里，眼见其他三人动作迅速地着装完毕，她还在和皮带作斗争，出宿舍还得锁门，反正到楼下的时候，她有些衣衫不整，而且是最后一个到的。

是的，又是最后一个……

教官劈头一顿训，唐晓强打起精神尽量不犯瞌睡。

“有些新来的同学，思想觉悟低，明明错过了十几天的训练，还不懂得好好珍惜接下来的日子，难道还要所有人都挤出些时间来，给你一个平稳的过渡期吗？

“不要仗着一点点小聪明就自以为天下无敌，也不要打着‘天才’的旗帜到处乱立，这是一种极其愚蠢的行为！集合要都像你这样的速度，真打起仗来，山头都被敌人拿下好几座了！”

唐晓被训得差点痛哭流涕，说了她向来是个从善如流、知错能改的好学生，厚着脸皮说：“报告，是我错了，下次一定改！”

“我说完了吗？我让你打报告了吗？”

唐晓沉默。

“我让你打报告了吗？”

“没有！”

“你回答没有的时候，说报告了吗？”

唐晓顿了一下：“报告！没有！”

“我们学院向来有个传统美德，一人犯错，集体背锅。今天晚上你是跟着二排训练的吧？很好，除二排以外全体解散！二排留下！”

唐晓立马深刻察觉到来自二排所有人的凌厉目光。如果目光可以杀人，她现在绝对被切割成了千丝万缕……

但是，别看我，一人犯错，集体背锅，可是学院的优良传统……

事实上，唐晓感觉自己被针对了，因此她想温柔地告诉他们：不要害怕，你们以后要背的锅还有很多。

教官吹着夜风一脸严肃地望着他们。

唐晓偷偷打了个哈欠，有没有好心人可以告诉她现在是几点钟？啊，告诉教官几点钟……

“你们待会儿要完成的惩罚，是半个小时内跑到图书馆。”教官望着她道，“跑错路跑了三个小时还回来哭说自己最牛，跑得比一般人久的家伙，年末积分扣十分。”

这话绝对意有所指，对，指的就是她。唐晓表示很有自知之明。

“这句话的意思就是，半个小时到不了图书馆的，积分扣十分。”

唐晓听见每个人都倒吸一口冷气。

学院是积分制，结构为基础分加奖励分加扣罚分。完成某项课程就有相应的基础积分，课程优异者则有额外的奖励分，对学院有特殊贡献或者突出表现的也能获得奖励，扣罚就掌握在各老师和教官手里了。

学年终统一计算，年级头十名给予丰厚奖励，末十位直接淘汰。

这样残酷的淘汰制度让学院的竞争氛围十分浓厚，也少有能浑水摸鱼的。

说到积分，还不得不提教学楼外那面专门的总积分墙，就跟游戏里的英雄榜一样竖在那里，新生通常都是没有资格上榜的，即便能上去，也可能是若干年之后的事了。那些名字历经风霜，如丰碑般记载了历年校友的辉煌与贡献，如一面旗帜激励着学院里的许多人。

而眼前的任务——半个小时跑到图书馆，可不是什么轻松的活儿。学院的地势并不平缓，建筑与建筑之间是有坡度的且占地面积广，距离远。图书馆就建在最高的小山上，仿古的钟楼结构气势恢宏，还搭配了个霸气十足的名字——藏书阁。

但这一切她都是事后才知道的。

现在的唐晓满脑子只有一个问题：图书馆在哪儿？

唐晓的体能虽说上去了，但速度这种和爆发力有关的东西，大多还是天赋技能，不可否认，她天生缺乏运动这根神经。而且你让一个一米六左右的小矮个，跟一群一米八以上的大高个竞速，其实是在侮辱这群大长腿吧……

教官一声令下，唐晓心里慌慌地推算着图书馆的方位，眼见众人已如离弦的箭般一冲而出，她咬咬牙正打算全力以赴跟上队伍时，教官的声音再度穿透夜空："唐晓，是你拖累了队伍，晚五分钟出发！"

五分钟便像一道不可逾越的鸿沟，拉开了她与队伍的距离。

再出发时，她很快发现连最后一个人的身影都消失在了拐角处。

是的，过了操场，便是各式建筑，科技馆、教学楼、格斗场、体育馆……且夜是黑的。

隐匿在深山里的学院，一旦离开宿舍区的范围，每个角落皆因远离城市喧闹而显得幽静……那似远似近的脚步声因宽广的天际而悄然淡去……

唐晓凭直觉奔跑着，却有种又被世界抛下的荒谬寂寥感。

她突然觉得步伐有点沉重。

奔跑的意义是什么？可是，除了奔跑，她别无选择。

就当唐晓拐了个弯，摒除杂念全力奔跑时，她隐约感觉有什么无声无息地逼近，此刻月儿高悬，清幽的月光自她身后洒下，而身前的影子分明与另一个相叠……

有人！

“怦怦！”唐晓的心脏狠狠一跳。

夜很静，因而那沙沙的跑步声听起来格外瘆人。

她心跳得越发厉害，原本有些燥热的身子蓦地有些发凉。她突然想起那个夜晚，她家阳台上那个戴着惨白色面具的家伙……想到这儿，她被人靠近的半边身子竟微微发麻。

她强忍着战栗感加快速度，可无论她怎么提速，那人都不紧不慢地跟着，给她以不容忽视的压迫感。

不，冷静点，唐晓僵着脖子告诉自己这是学校，或许只是不小心落单的同学，或许根本就是教官……不怕不怕，伽纳森林那鬼地方你都熬出来了不是吗？她也早就不是当初那个手无缚鸡之力的人了！

你可以反抗，还有伤口自愈能力！牛鬼蛇神都滚滚滚！唐晓自我催眠后鼓足勇气侧着抬头一看——那个人在月色中套着大兜帽，背着光并看不清脸……

唐晓心里狠狠爆了一句粗口，也几乎在同一瞬间，高悬的心轻轻落下。

她回过头，假装没有瞥过那一眼一样，但眼眶有点热。

直到这一刻，唐晓才意识到，几个月的相处，某个人竟是在不经意中成为她心底最信赖的那个人。

虽然总是恶言以对，总是一副“老子看你不顺眼”的嫌弃样，总是思维跳跃不怎么顾及她的感受，但是……她眨了眨眼，眨去眼角的湿意。

心，很安定。

唐晓因惯性仍维持着奔跑的姿势，然后又跑了几步，突然顿了一下，火劲才后知后觉地蹿起，想朝天咆哮一声“这些日子你都去了哪里”，可她生生忍住了，只是想起在森林里的生死一线，想起胡锐的刁难，想起舍友的难相处……最可恶的是他人来了还不作声，明摆着是故意吓唬她。

唐晓感觉自己受委屈了，猛地一转身，抡起拳头朝那人冲过去。

虽然知道自己武力值不高，她这种行为如飞蛾扑火，以卵击石，但是，哪怕就义了，她也要在那之前捶他几下。

“干吗？”果然爆发力和反应力都是天赋技能，狄青在唐晓稍稍一顿那刻就有了反应，并在她转身之际完成了起跑动作。

开跑后他被自己惊到了，这个条件反射是什么意思？他为什么要跑？

他一拳就可以让她从这边飞到那边，狄青在心里比画了个非常远的距离。可想归想，狄青并没有停下脚步，并且微微有些乐在其中，月色下他勾起嘴角偷偷地笑。

小短腿，哟，追不到。

“你、你站住！”

唐晓追了两步就知道她完全想错了，她、她追不上！根本追不上！她感觉自己不但被挑衅了，而且实力碾压下她有点丢脸……

“想打我？就你那速度？呵呵。”狄青还恬不知耻地继续挑衅。

啊，欠揍！唐晓一咬牙，继续追。

狄青再跑。

反复了三两次，唐晓一撇嘴，再想想二十五分钟以内要到达图书馆，压根就没有时间可以浪费，还有她根本就没有资格没有立场去揍他。

反正她就是个没人疼、没人爱、没有亲人、没有朋友，还到处树敌的可怜蛋！

眼眶再次泛红，她一声不吭地朝着狄青的反方向跑，反正她也不知道图书馆在哪儿，随便了。

“干吗？”狄青腿长，三两步就追了上来，不得不说男人的脑回路向来比较直，搞不懂女人脑子里的弯弯绕绕，“怎么不说话了？跑这两下就累了？”

唐晓不理他，被他这么一问，眼泪没忍住涌了出来。她一时间也弄不懂心里的委屈劲，心情复杂，百感交集。

“哭了？真哭了？丑八怪，长得够丑了，还哭，越哭越丑。”狄青拒绝承认心里有点慌，不大好听的话已经脱口而出，“哭得这么丑，小心吓到路过的鬼。”

“你谁啊！要你管！”唐晓狠狠抹了抹眼泪，冲他大吼。

狄青摸摸鼻子自讨没趣，突然加速，挡在她面前。

“走开！”唐晓左右突破未果，被迫停下脚步。

狄青僵着脸，身子站得笔直：“要打快点。”这行为简直突破了他做人的底线！换以前谁告诉他狄青有一天会站着一动不动等人来打，他早让那人上天了。

唐晓红着眼斜了他一眼，没动，脑子里默默浮现出三个字：有陷阱。

“你、你那什么眼神！打不打？不打拉倒！”狄青一副嫌弃的样子，“快别哭了，小心把鼻涕哭出来，恶心死了！”

唐晓听狄青嘴上这么说完，绞尽脑汁想骂回去，却发现自己的手在那实体化的精神力的作用之下，自主抬起，并轻轻软软地在狄青的手臂上摸了一下……

唐晓有点后怕。

狄青脸微微红了。

“你、你白痴啊！”是了，机不可失，时不再来，唐晓“啪”地一下反手拍在他手臂上，又觉得不解恨，恨不得加速度助跑将力道施加在他手臂上，这么想着，又狠狠拍了一下。

“轻点，打重了疼的是你。”他只感谢夜色太黑，遮掩了他微热的脸颊，然后心想，他说的可都是大实话。

“啪！”唐晓全力一击，真的手疼。

狄青一副“看吧打疼了吧”的表情，然后趁着夜色假装不经意地偷瞄了一下唐晓的表情，见她没再掉眼泪，暗暗松了口气。

唐晓出完气也就没事了，然后也觉得自己有点不好意思，毕竟人家除了嘴巴毒一点，其实一直干着帮助她的事。

啊啊，时间又没了几分钟，她决定很大方地不和他计较：“对了，你知道图书馆在哪儿吗？”

“你说呢？”狄青挑眉。

嗯，看样子他是知道的，唐晓有点不抱希望地问：“那……全速前进的话，能在十分钟左右赶到吗？”

狄青啧了一声，勾勾嘴角笑："我可以。"

"真的？那我呢？"

狄青没答话，而是摸了摸手臂："你下手挺重啊。求我啊。"他勾着嘴角坏笑道。

第五章

我的人，岂容你们这么欺负

唐晓表示她真的无法和这家伙和平相处三分钟，她狠狠翻了一个白眼："拉倒，我自己找地方。"说完她正打算转身，突然感觉手被一把抓住，然后整个人被拽向他，被迫着往某个方向走。

"干吗？"唐晓是用三分颜色开染坊，"我让你帮我啦？"

狄青瞥了她一眼："闭嘴。"他心里犯嘀咕，这手软软的小小的，都没几两肉，硌骨头，突然又被自己的行为和想法吓到，想甩开，却反而攥得更紧，"别想太多，我是担心如果你被赶出去了，谁给我配药！"

"咕。"唐晓刚想说话，肚子不争气地叫了一声，她脸一红，掩饰性地摸着肚子，振振有词："要求人的话态度好点，我被你吓一吓，说不定就再也配不出药了。"

狄青懒得跟她计较。

可难得有个身处上风的机会，唐晓上去了就下不来了："放手放手，男女授受不亲哈，我不怕你还怕你的剑呢，快放手，别耽搁我创造历史创造纪录。"

"你够了。"狄青往前走了几步，见唐晓还一副"我就有理了，你管得着吗"的表情，忍无可忍，"别卖蠢！"

哼，天才美少女哪里蠢了！唐晓一边腹诽一边还是跟着狄青稍稍加快步伐，然后一秒变脸："十来分钟真的赶得到？"

狄青抓着某人的手一脸不爽：再质疑他，他就要拔剑了！

任何路径都是直线最短，狄青指引的路也是如此："喏，翻过这座山。"

山呢？

唐晓斜了他后脑勺一眼："是这样的狄青，我裸眼视力2.0，虽然夜色很黑，但其实并不影响我辨物，还是说这栋建筑物叫'山'？这'山'的铁门看起来好高级，还有窗。"

狄青已松开她的手，蹬着建筑物外的突出点，上墙、攀附、支撑、借力，轻松翻上了二楼的遮雨檐，他身后的墙上有一盏小灯，昏黄的灯光将他整个人笼罩着，看起来柔柔的暖暖的。只见他半蹲着，风吹着他额前的几缕发丝，嘴角浅浅勾着，一双比黑夜更黑的眼眸半眯着，一副又"跩"又酷令人着迷的样子："做人不要被眼前的事物蒙蔽双眼，这么浅显的道理，怎么你到现在还不懂？"

唐晓验证了自己的裸眼视力，她因他那张在光晕下半遮半掩的精致脸庞，心不自觉地怦怦乱跳，只感觉画面太美好，刺激了某根弦而令残留意识再度作祟，加上大概他的上墙姿势给她造成了直观的印象，当她回过神，已经潜力大发地模拟着他的动作，上墙、攀附、支撑、借力……做到了最后一步，眼看就能翻上墙时，她被自己吓着了。

翻上去想干吗？扑倒他吗？

还好她悬崖勒马！但悬空的感觉让唐晓突然紧张起来，手一滑，整个人眼看就要往下坠："啊——"

狄青眼疾手快地拉她上来，啧了一声："你要减肥了。"

其实刚刚有机会就势扑倒的……

"啊啊啊啊！"唐晓在心生遗憾的同时尖叫了一声，这讨厌的外星意识，

“闭嘴。”

这栋建筑遮挡住了图书馆所在的那座山。

从二楼翻窗而入，顺着走廊跑至尽头约莫一分钟，沿楼梯爬到七楼，对唐晓而言也是驾轻就熟，花不到一分钟，再从楼梯口处的玻璃窗翻出……

有些惊险，她借助了狄青的精神力，跳跃至另一栋建筑的天台，隐约能眺望见各弯道处的昏暗路灯，横跨天台用了四十几秒的样子，来自深山的风凉得沁人，她却因奔跑全身暖烘烘的，再跑下楼，翻墙而出，竟能听到不远处传来奔跑的脚步声。

唐晓抬头从侧面看到山顶处某气势恢宏的建筑物。

见她似乎被震撼，狄青不耐烦地开口：“学院的规定是任何群体任务，包括处罚性的，第一名能积十分，你全力奔跑，还有希望。”

唐晓因错过了开学“科普”阶段，尚不了解积分的意义，但既然有这个规定，积分总归是好东西，她点点头，跑了两步，然后顿了一下，回身。

“狄青。”他听到她唤他。只见月光下她展颜一笑，笑眼弯弯，真切且美好。

“扑通。”狄青感觉呼吸一滞，听到自己心跳的声音，他望着那个在朦胧月光中笑盈盈的女孩，自耳根开始发烫，竟生出几分狼狈。

然而她的声音听起来清脆悦耳，有根神经自耳根蔓延自喉结处，酥酥麻麻的，听见她说：“谢谢。”

她便再没有犹豫地转身，那背影透着一丝坚强与倔强。

狄青感觉自己挪不开视线，就这样目送她一步一步地远去。

他突然想起那些个飘雪的日子，她瘫软坐在楼梯上嚷嚷着“我走不动了，不行了，打死我我也不走了”的画面，想起她在跑步机上累得半死，他不小心按下加速键后她一脸崩溃的样子，想起她说话时灵动的双眸，一切仿佛就在昨天。

蠢女孩。

他轻轻地笑了，眼里有他未曾发觉的温柔。

大概这种感觉就叫心动吧。

爬爬爬，这事对现在的唐晓而言真心不算太难，眼见越来越靠近目的地，她忽地生出一种“啊，大仇即将得报”的感慨，只感觉脚步居然一轻，三步并作两步登顶成功。

只见图书馆的空地前已站立一人，背影看起来不像是刚刚那个教官，眼下他戴着蓝牙耳机，很与时俱进地手持平板电脑，唐晓眼尖地瞄见上面大大的几个倒数数字，秒表后的数字在飞快地变换着。

他面前是数百级阶梯，大概是完全没料到这个时间点背后会有人，他的注意力全在阶梯下的人身上，嘴里还吼着：“快，还剩下五分钟！”

啊……一大拨同学即将来袭！

唐晓三两步往前一冲，扯着嗓子大吼一声：“报告教官，唐晓完成任务！”

那教官似乎吃了一惊，回头瞥了她一眼，差点甩开平板摆出防御姿势：“你、你从哪儿来的？”

话音落下，有几个人头隐约浮现，为首那人带着“哦，我第一”的兴奋表情往最后的阶梯上一迈，咧开的笑容在看到唐晓时突然僵硬。

随后上来的几个人在看见唐晓的那一瞬间，都不约而同地僵住了。

“你是怎么来的？”教官替众人问出心中疑惑。

唐晓：“跑来的！”

“问你走的哪条路！”

唐晓再胡乱一指：“那条路。”

“那条路是哪条路？怎么会走那条路？怎么走的？路线呢？”

“不知道，天好黑，摸瞎走的，跑着跑着看到这里最高又有灯，就跟着感觉跑来了。”唐晓一脸“反正我就是不知道，你们自己去查”的表情。

“回忆一下！”

“报告！回忆不起来！”唐晓理直气壮，然后在对上众人的视线后又一副“对，我就是这么厉害比你们都厉害”的骄傲表情，假装震惊，“咦，这边还有路吗？”

“她明明晚了五分钟出发，这个速度不可能！”

“不，这不公平！肯定有人给她指路！”

“对，不可能，刚刚一路跑来明明没有别的路，学院的地图上显示这明明是最短路线。”

教官抿着嘴，心里也像有几万匹野马跑过：我也知道不可能，没看见我在问吗？！

唐晓挺了挺胸，站直了身体：“报告教官！他们以为你们偏袒我，故意和我串通作弊。”

“我记得命令是半个小时内跑到图书馆，又没说一定从哪条路线跑到图书馆，反正我在规定时间内到了！”唐晓继续厚着脸皮问，“听说第一个到的有奖励？”

叮叮叮，唐晓成功拉得仇恨值！

事情在二排全体同学在规定时间内全数到达图书馆，教官强制解散后暂告一段落：“都回去休息，准备晨练。”

众人发出一阵悲号。

唐晓领了十个积分感觉没那么悲伤，而且喜在后头，狄青在某个拐角处拿着吃的等着她，瞅见吃的，她这回是由衷地想扑上去给他一个爱的抱抱。

只是她理性地制止住了这个想法，她并不想被“无形的大手”掐着脖子往任何建筑物上撞。

天已蒙蒙亮，狄青说要找个隐蔽的地方吃，结果还是翻回刚刚途经的天台。登高望远，当天际第一抹朝霞穿透云层，唐晓吃了她这辈子最心旷神怡的一顿早餐。

然后把垃圾交给狄青后，她继续翻墙。

其实她想问，此次一别，何时再见。

狄青先开的口，包装纸在他的精神力操控下悠悠飘起，径直飞到楼底校道边的垃圾桶里：“放心，你很快就会再见到我，别忘了回忆药剂配方。”

“知道了知道了，啰唆。”

唐晓就这样心满意足地踏着晨光回到宿舍，按这个时间，她应该还能优哉游哉地洗个脸刷个牙，却瞥见严西城立在她宿舍楼下，双手抱胸，霞光罩在他身上，人景合一、岁月如画般的场景。

抬头看见她，他也不急，轻柔地笑着，问：“解散后，你去哪儿了？”

看到严西城，唐晓愣了愣，突然想起小时候有次使用一次性筷子，筷子上的毛刺不小心扎进了手指，表面看不到伤口，却总有隐隐的异物感，按压下去更是刺痛。后来还是妈妈在台灯下用针挑开了她手指的表层肌肤，见了血，才将那毛刺挑了出来。

她一直以为严西城是藏在她心头上的刺，一触碰到就会痛，不去想也如鲠在喉。

可直到这一刻，她突然发现，还有种伤口，你觉得它看起来很严重，却会随着时间的流逝逐渐愈合。

望着他的脸，唐晓原本下意识地屏住呼吸，提前做好控制眼泪的准备，却发现好像并不疼。

这一瞬间，唐晓竟有种恍然大悟的感觉，原来严西城居然在不知不觉中成了后一个伤口。

多少是因为拓宽了视野的关系吧，她想。从前她的世界那么小，接触的人那么少，在一方天地里独自转着圈圈，所以他的出现、他的存在才那么重要。

但而今，她终于见过了自己错过的风景，经历了挫折，也学会了成长。她想起报到那天遇到严西城还有激动想掉眼泪的冲动，可或许经过伽纳森林的生死一线，也经历了被针对被“瞩目”，还见识了狄青的“貌美如花”，抑或许是那抹残留的外星意识对她潜移默化的影响，让她在性格上变得更果决更坚定。

唐晓突然发现，许久没有想他了呢，有些伤，愈合了就是愈合了。

是的，即便面对这张曾经很喜欢的温柔笑脸，她也有了面对他的勇气。

唐晓突然释然地笑笑，轻松以对：“哦，迷路了，在学校里摸索了一下路，没想到就天亮了。”

朝晖下的严西城看起来很温和：“昨天下午听人说起你要回宿舍，想见见你，却没抽开身，后来也没见你去食堂，折腾到现在，饿了吧？”他说着，提着个精致的饭盒走向她，递过来后又笑笑，“我记得以前做实验，你最爱吃的就是饺子。拿着。”

唐晓退了一步：“不用了，谢谢。”

严西城也不在意，收回饭盒，问：“还是你想吃别的？”

“我训练完有点累，先回……”

“好想你啊，阿晓。”他突然打断她，轻声道。

“啊？”唐晓有些错愕，抬头看他。

严西城的笑容暖暖的，不闪不避，直视她的双眼，柔柔地说：“好想你。你呢，想我吗？”

习惯了狄青那种直来直往、毒舌加嘲讽技能大开模式，这种话如今听着，唐晓觉得有点歪腻。

“终于等到你长大了……”他这句话说得很轻很轻，最后那两个字几乎含进了嘴里。

因为唐晓一直看着他，所以她能清晰地辨别最后那两个字——真好。

终于等到你长大了，真好。

说谎。

唐晓也不知为什么自己的思维特别清晰。以前他也总会突然说两句这样暧昧的话，让她心跳加速、头脑发热。可在这一刻，她想起了从前与他相处的某些画面，想起他说“我们的阿晓好棒”，几乎都是她遭遇瓶颈或实现突破的时候，对她好，都是为了她的实验结果啊……这次绝不上当了。

见她没什么反应，严西城使出了绝杀招，他轻叹了一口气，道：“我爱你。”

“蠢女人。”

唐晓脑海里顿时响起狄青的声音，知道了……她在心里回顶了一句。望着严西城，她问：“那如果等不到了呢？”

如果她被追杀的时候死了呢？

“我知道你介意试剂的事。”严西城突然道，“那时候发生了很多事情，我不可能把你牵扯进那样的罪恶中去，你的世界应该是纯白美好的，不该沾染上一点污秽。所以……我宁愿自己一个人去承担。”

唐晓没料到他会主动提这事，其实她只是不想承认整件事是他布下的局吧，那样显得她太过卑微，感情太过廉价。其实当时只要他开口，她会把所有的研究成果双手奉上，还会怕他不懂，尽可能详尽地解释，但现在说这些已经没意义了。

至于纯白美好什么的，唐晓突然意识到，她这位天才美少女，其实在这位西城兄的眼睛里可能有点蠢。

“你不知道你到底有多优秀，你不知道认真研发试剂的你到底多让人着迷，你更不会知道你研发的试剂会对这个世界产生多大的影响……我知道你已经察觉到了，这个影响会让有心之人对你伸出黑手，危及你的生命……我不想，也不会让你置身于危险之中。”他说。

唐晓沉默。

“还有，对不起，在你最需要我的时候我离开了你。”严西城低头，笑容里有些落寞及伤感，“我以为，对你而言，离开是最好的选择……”

见好话歹话说尽，唐晓还是一副若有所思的样子，严西城突然有一点焦躁。

第一次实验的两个人都没活下来，原本胸有成竹的事情不知道在哪个环节出了问题，两人暴毙，学院方面高度重视，上头急速叫停……不，这次试验分明在唐晓母亲的身上成功了，不可能是样本的问题。

严西城心里百转千回，表面却未显露，他了解女人，知道在什么时候说什么话可以让她们放下心防。他眼眸微敛，又说：“试剂的研发报告我都藏得很好，如果你想要，我会原封不动地还给你，但现在不行。”他忽地凑近她，温热的气息吐在她耳边，“学院比你想象中的危险，我不知道你是怎么获得入学机会的，我想告诉你，如果想保命，就不要在学院复制你的试剂配方……我想保护你，我不求你现在明白我原谅我，我只想你知道，在学校遇到危险的时候，请记得还有我。”

“蠢女人。”

在严西城对她大诉衷肠的时候，狄青的声音再度响起，唐晓实在不想在这个时候承认其实刚刚严西城说什么她根本没认真听。

她骨子里该不会是一个无情的女人吧，这一定是来自外星意识的影响！

没错，就是这样。

在找到一个“合情合理”的解释后，唐晓清了清嗓子：“我知道了。时间不早了，我先走了，待会儿还要早训。”

“阿晓。”严西城突然叫住她，有些忐忑不安地问，“你还没有回答我，你……想过我吗？”

唐晓回以一笑：“想啊。”

她的笑意加深，潇洒转身……但是，不重要了啊！

严西城的目光，在她转身后，慢慢地，变得寂静无波，淡漠无情。

垃圾。他把手中的饺子连同饭盒抛进了绿化带。

突然，他嘴角勾起，真好，还有得玩。

唐晓基本是踩着起床哨进的宿舍，因为顺带向狄青问了些基本规矩，知道哨声响离集合好像还有半个小时的准备时间，倒也不急，打算洗漱整理一下再出门。凑巧尤佳佳刚下了床打算去刷牙，大概上次卫生间事件等怕了，唐晓也没多想，一个箭步上前超越她，率先霸占了阳台洗脸台的位置。

唐晓因自己的小心眼反省了三秒钟，就听到尤佳佳在宿舍里阴阳怪气地说："君儿，你看看，特招生就是不一样，做事都是有连锁效应的，连受个罚都得带上一大帮人。"

唐晓咕噜咕噜地吐了口水，默默地刷牙。

"佳佳，别说了……"曾君试图息事宁人。然而尤佳佳不依不饶地继续道："咱们这庙这么小，却请来了这么一尊大佛，以后大家皮都绷紧一点，日子可不好过啊。刚开学就惹出一堆麻烦事，看样子咱们以后还会被牵连，小心被人家拖累得被挤出学校去。"

是可忍，孰不可忍。

唐晓"啊呜"一声吐干净漱口水，慢条斯理地洗干净脸，直接朝她走了过去，虽然个头不够人高，但气势要摆出来，不料尤佳佳压根不搭理她，还想绕过她去阳台。

"特招生是没有名字吗？"唐晓一个侧跨横在她面前，"'唐晓'这两个字就这么难读吗？特招生就活该被你冷嘲热讽吗？你姓尤，我就该称呼你鱿鱼吗？还是因为你叫佳佳就该叫你上好佳？或者普招生甲？"

"你说什么我听不懂，我跟你说了什么吗？"尤佳佳也不惧，淡淡地望着她，"请让让，快到集合的时间了，不是每个人都愿意陪着你秀存在感。"

"好的，我知道你的相处模式了。"唐晓顿了一下，耸耸肩，让出个位置，然后自顾自地说，"咦？饭堂应该有鱿鱼吧？不过鱿鱼处理不好就会又柴又硬，就跟某个正想去刷牙的家伙脾性一模一样。"

正想去刷牙的尤佳佳愤怒了。

唐晓挺胸，哼，我就是这么幼稚！

大家相安无事……呵呵，唐晓也想。

很明显，接下来的日子她被针对了。新生人数不多，实行的是小班制，每个班只有三十余人。她“拖累”了二排之后，第二天就被调去了一排，加操加练再加小测试的形式折磨了队伍一整天之后，次日又被调入三排，感觉三排撑不住了又让她重回二排，就这么光明正大地针对她一人采取了惨无人道的轮换制度，还时不时搞个半夜紧急集合。

但凡她摆出“怎么回事”的神情，教官就会比她还过分地回以“咦，不是你说你比他们都强吗”的脸。

唐晓只得咬牙默默承受下来。

只是她这举动让一众男生有口难言——什么！接受了？很辛苦的呀！啊，不能倒不能示弱，怎么可以承认不如这个小姑娘！

事实上，原本她的出位举动令几个男生计划着搞点名堂，给她制造点麻烦什么的，到后来个个都巴不得离她十尺远，因为她就是麻烦本身。

至此，唐晓成功稳坐“整个新生年级最不受欢迎人物”第一把交椅。

然而对人际交往并不那么擅长的唐晓，对这一切尤不自知。她只是惊讶地发现，得益于自带康复力惊人这个作弊器，她的进步很是可喜，譬如只要咬咬牙坚持下来，睡一觉就能满血复原。

甚至她比较缺乏的反应速度及爆发力，也都有了明显的提升。像限时负重跑这种体力活，她从最开始妥妥的队伍吊车尾，到后来也可以超越几个人，再到一些结合耐力的项目，甚至可以取得更好的成绩。她不得不承认，她在这样的训练与成绩中感到了快乐与兴奋。

但因为小测试都是自带积分系统，唐晓猜测，这个进步过程中她得的那些个倒数第一，已经把积分扣成负数了吧……

严西城并没有再给她压力，但时不时会给她送点小礼物，比如药膏什么的，又讲些无关紧要的话缅怀一下过去，只是大概心境不同了，唐晓对他说的任何话都在心里小小打了个问号，尤其是霍莉姐送来了关于周茜的资料，后面特别备注：疑似严西城女朋友。

疑似是什么意思？

唐晓已忙得管不了这么多了，因为空闲的时间都被她利用来回忆药剂的配比配方及各化学反应式了，记满了整个笔记本。

至于宿舍生活，不算太和谐，也这么凑合着过。尤佳佳还是喜欢指桑骂槐，唐晓乐意了也回赠几句，曾君还是和稀泥，徐艺晴没什么存在感，但终究还是熬过了军训期，会演之后就能正式进入学院生活了。

会演这天，太阳毒辣，早餐后，有一点自由活动时间，集合地点也有所变化，大概因为她的身高搁在别人队伍里看起来不好看，唐晓终于回归曾君所在的队伍，也终于见识到了传说中的积分墙。

黑亮的大理石底座，四角盘踞着龙的雕刻，厚重的墙体仍沿用最原始的石碑，墙面不知用的什么材质，哑光色的黑，以刀刻着数十个被描红的名字，名字后面是一连串数字。

“这个榜，就是我们的终极奋斗目标。”曾君突然道。

唐晓知道曾君一直在对她表示善意，于是点了点头，笑了笑，余光瞥见向来不怎么出声的徐艺晴，见她居然两眼熠熠生辉地盯着榜单，好像有什么东西特别让她着迷一样，唐晓好奇地瞄了一眼，咦了一声，心里吼了一句脏话。

“狄青”两个字，龙飞凤舞地占据了第一的位置。

这这这……不科学！

“这、这个榜……”

“这个榜每年更新一次，前些年变化都不大，去年狄青师兄一跃成了积分榜第一，好崇拜他！”曾君接话。

“师兄？”

“对啊，狄青师兄！我入学那天听师姐说的，报到那天师姐领着我们特地来了这里，不过很少人见过他真实的样子，校友册里就一个模糊的侧脸抓拍，但已经很迷人了。”

“不是说积分是累积的吗？他大不了我们多少吧？第一？”

“是啊，刚毕业。你不知道啊，学校有很多传统及非传统的考核项目，按年级和全院名次给分，破纪录的有额外积分奖励，而且奖励的分特别高，这就是给新生奔头和鼓励，以表明上榜还是有希望的。狄青师兄本来以在校生的身份上了积分榜就已经很了不起了，但听说他和……”曾君压低了声音，“和胡锐教官结下梁子后，居然一气之下把很多项目的纪录都破了，积分一下就上去了！但是老毕业生也不吃亏，学校也是鼓励他们回来再次破纪录的，但碍于面子，万一破不了呢？所以真正回来再挑战的不多，而且毕业还有其他的加分规则……啊，要集合了，快。”

唐晓又瞄了一眼那个名字，往下居然就是胡锐，突然感慨万千，有种微妙的快意，她是不是变坏了？

等等，和胡锐教官结下梁子？但她来不及多想，集合的哨音已经在响第二次了，以后见着了问问就好。

集合完毕后，队伍就被拉去了体育馆，和操场不同，体育馆里的氛围看起来很严肃，四角挂着高清屏幕，无人机在上空盘旋，镜头在攒动的人头中游走，偶尔有人正脸高清入镜，还时不时带到主席台，唐晓不禁由衷地发出一声感慨：“要不要这么装！”

百来号人很快集结完毕，精神抖擞地站在主席台前的草坪上。不多时，几位领导级别的人物出现，主席台后方的显示屏上出现了几人的身影，胡锐因身高特别突出而格外显眼。而当最后一人经过镜头，唐晓只感觉周遭的雌性生物皆发出一声惊呼，再望去，镜头仿佛有自我意识般，直接给了那人一个特写。

健康的小麦色肌肤，头发似乎刚被修剪过，露出修长的脖颈。他的眼眸漂亮得过分，似是不悦被镜头捕捉，他微微抬眸望了镜头一眼，只一眼，无人机似有人操控般，在空中翻了几个跟头，高清屏上的画面晃得人眼花，但看过那画面的人思绪仍停留在他最后那个眼神上，结合他紧抿的嘴角，透着张狂与桀骜。

那些雌性生物不无惋惜低叹。

唐晓感觉心扑通一跳，既意外，又惊喜。

狄青！是他！

和所有大学的军训会演流程一样，主席台上有人说着什么，然后挨个介绍起来。这次的会演也是以比拼为目的的，集体项目拿奖也是有积分奖励的，所以每个人都干劲十足。而介绍狄青的时候，唐晓隐隐觉得掌声格外热烈。

是的，狄青，总积分榜第一！奋斗目标！旗帜！将入职学院任特聘教官！

胡锐简短且老套地鼓励了大家几句，待主持人有请狄青时，台上安静了几秒，人并没有上来，主持人强装镇定地继续流程，却再也没有镜头能捕捉到有关狄青的画面。

这不是重点，唐晓心想。她默默压抑住那种热泪盈眶的感觉——从今往后，她是不是有后台了？

军训生活以会演的成功画上一个完美的句点。

唐晓毕竟是研究院的特招生，课程安排还是以文化课为主，但每天都有例行的早练，除此之外就是体育课的时间明显比一般大学多。

课程不算轻松，除了基础的语数英，一年级上来就是生物化学、微生物学、无机及分析化学、药理学等等。唐晓的书桌很快就被各种课本堆满，正式开课后，学校也给每个人配备了笔记本电脑以及通信手机。

不过……唐晓突然反应过来，她好像没交过学费吧？三餐也是免费的。那，这学院到底靠什么维持啊？然而这不是她该操心的，最重要的是她没空，每天更新的知识量都得花上些时间好好消化一番。

唐晓隐隐觉得，除了自愈能力，她的记忆力和思维能力都得到极大提高，很多课程一入门，她就可以发散思维与其他课程相关联，并以此设想出更多的可能性。她感到很亢奋，她相信长此以往，以前在某些实验中困扰她的难题，说不定可以迎刃而解。

她们专业的学生格外少，一个专业一个班，包括唐晓，统共就七个人，四男三女。除了第一天贾博士出现讲了两句，一般的课程都是由师兄师姐代课，霍莉姐也会时不时抛个头露个脸。

说到贾博士，他身兼研究院院长，身份和地位自然超然，也难怪胡锐那个眼睛长在头顶上的家伙也得给他几分薄面。自打上次有人暴毙事件发生后，贾博士似乎特别忙，在台上也就说了寥寥几句就匆匆离开。唐晓有好多新的观点，都没能找到机会跟他请教一番。

另一方面，因为班级人数少，所以早练及体育课，他们班都是与其他班级的人一并凑个整数上的。说到这儿，大家都知道，人多的地方就有江湖，江湖最多的是啥？

答案是——是非。

唐晓第一次感受到八卦的力量，八卦就是八着八着就会自然而然地产生流言，而流言的传播速度，用“可怕”二字来形容一点也不为过。

狄青，因其傲人的本事及过人的相貌而备受瞩目，因备受瞩目而以极快的速度被推向流言的风暴中心。

他们说，狄青搁着专业的不教，来教他们这些非专业的，也许是意有所图。

又说像狄青这种级别的，早练压根就不需要参加，可他每天风雨无阻，而且针对他们这些非专业的，肯定是意有所图。

还说人生在世，所图不过就是名和利，教他们能有什么名利，说不定图的是人。

观察了几天又有人笃定地说，狄青以为自己掩饰得很好，但时不时会往女生群里张望一两眼，眼眸带笑，想来图的绝对是人。

然后为数不算多的女生队伍沸腾了。她们说，狄青身上有一种光芒，不言不语地站在那儿，就能自然而然成为人群中的焦点。再想到他那双漂亮眼眸，某一天会只专注地望着一人，就会心跳加速呼吸困难，想成为他的“意所图”……

她们猜那个“意所图”或许是特殊语种系的谭某某，又像指挥系的李某某……

这个话题的讨论程度之高之热烈，简直让唐晓目瞪口呆，统共就十九个女生，每天就被猜来猜去，排除来排除去，说到最后好像谁都没可能，又似乎谁都有可能。

更让她无言以对的是，狄青啥也没说，就往那儿一站，每个人都跟打了鸡血一样，抬头挺胸、气宇轩昂地以非专业的队伍，站出了专业的英姿，展现了胜于专业的精神面貌。

然而唐晓觉得这样也挺不错的，原本她才是众矢之的，但狄青的出现分散了众人对她的关注度及敌视程度，就连尤佳佳也不是一口一个特招生了。思及此，她的女性直觉在这一刻发挥到了极致，下意识就离狄青远了一点——对，再沾上狄青，她这个“移动箭靶”的称号就拿不下来了！

管他风华清靡，不偷瞄不参与不关注，乃她安身立命之本。

所以，是他不帅了吗？

狄青假装不经意地扫过队伍，见唐晓一副目不斜视的样子，突然觉得很不爽。他心想，我说起来也跟你同吃同住了几个月，拯救你于死亡威胁之中，一路跋山涉水走来也彼此……不，是单方面帮了你好些日子，在你要摔倒的时候也不留余力地拉你一把。

对，还有在伽纳森林我深一脚浅一脚地跟在你身后倾心倾力地保护你，豁出去老命救你受了伤无人知晓，眼泪也只能往肚子里吞。

现如今甚至抛弃了原则来这里，就为了离你近一点。

你连个眼神都不甩个过来是几个意思？我的荷尔蒙不够了是吗？

此刻的狄青本来来不及思考自己的郁结感因何而起，来的头几天还端着架子想着她会主动靠近他，连“别以为我是为了你进来的”这句透着小骄傲的话都准备好了，可这些日子来他觉得不对劲，本来以为她太含蓄，想找个没什么人的时机才碰头，现如今他算是看明白了，这死丫头就是想能有多远就离他多远！

狄青一副“大爷我不爽”的气势，只感觉其他的证明他魅力依旧的如影随形的窥探视线，无一不加深他的烦躁，就差没直接吼出“看我、快看我”。

他突然手腕一翻，耍了一套他以前嫌弃花哨，但动作看起来特别华丽，能让人魅力值爆表的剑法。

只见他身姿如游龙矫健华美，一柄利剑在他手中翻出了花。但几次余光掠影，她皆在思索着什么，并没有看向他，说好的星星痴迷眼呢？

这让狄青不爽的情绪直达最高点——我这么卖力，你却不给脸！他便在众人惊叹的视线中利落收尾，甩下一句“自由活动”，然后在众目睽睽之下，径直穿过人群，走向唐晓。

一众人愣是憋着一口气站在原地一动不动，瞧着他走了过来，却不知他走向的是谁。

事实上，唐晓是真的在思考。时隔几年再接触书本，她再度燃烧起了对科研的热爱。昨天有个化学公式在生物学上的应用关系她一直没想明白，这节体育课她都在想这个问题，没分半点心思给狄青。

她微微偏头，蹙着眉试图搞清楚应用关联，连狄青站到了跟前她也没察觉，还是站在她旁边的曾君老好人的毛病又犯了，扯了她一下，她才反应过来。

唐晓只感觉自己似乎被黑影笼罩了，抬眼望去，只见跟前站了个人，因身高差距只能看到对方的胸口，这都不重要，重要的是周遭凝结的空气，有点诡异的安静。

她突然有种大事不妙的感觉，再往上看，狄青那张精致的脸蛋上写着“大爷我真的很不爽”几个字，一副“你快哄我，再不哄我我就要发脾气了”的模样。

唐晓不着痕迹地向周遭瞄了一圈，只见大伙都处于震惊之中，没来得及展现更丰富多彩的表情，狄青已甩过来一个“大爷我还没爽，你管人家干什么”的眼神，直接开了口：“‘自由活动’这四个字你们都听不懂是不是？你，”他随便点了个人，“领队全体跑操场。”

那人愣了愣，反应慢了半拍，狄青的眉头就皱了起来，原本被他抑制住的气息突然外放，那人只感觉头顶有劲风吹过，后背发凉，二话不说就忙着招呼队伍去了。

唐晓见形势不对头，也想混入队伍。

狄青面上一冷，隐隐咬牙：“唐晓，你留下。”

这一刻，唐晓能感觉自己仿佛库普附身，周遭人的心理活动化成大大的字一个一个叠加在她眼前，重重砸在她背上——什么？！

听到没有，他叫她留下！

什么？居然是她！

唐晓欲哭无泪，别了，我好不容易过上的安宁生活……

她叹了口气，认命地对上狄青的视线，还壮着狗胆瞪了他一眼，只见他突然神情一变，侧眼朝教学楼的方向望去，不多会儿就听到前方队伍里若有躁动。

“让开！”一个女声透过人群传来。

只见原本在唐晓前方的队伍自动分开，一个绑着长马尾，面容清秀的女生面无表情地排在前头，身后跟着四个人，皆身着制服，气势勃发的样子，大跨步朝她走过来。

是朝她走过来吧？唐晓自问后，直觉告诉她应该八九不离十了。

与一般人不同，他们几人的左胸处皆别着个哑金的太阳图纹的徽章。

唐晓也来了些时候，知道那个徽章代表着一个名词——异能队。

而领头的那个女生，她也认得，就是周茜。

前些时候唐晓虽然从霍莉那里拿到了她的资料，但是也没确切证据证明是她做的，加上那姑娘顶着“异能战队小公主”这个别称，确实让唐晓有点退缩。所谓识时务者为俊杰，也有君子报仇十年不晚一说，所以唐晓并没有什么动作，打算静观其变。

可现在看来，山不动水自来，唐晓瞧那女生眼中透着几分狠劲，迅速反省了这些日子她的所作所为，实在是安分守己，挑不出一丝差错。

或许不是她？唐晓又有点不确定。

这点不确定很快被推翻了。

周茜神情微妙地睨了狄青一眼，然后坚定不移地将视线锁定在她身上，向她后面的人示意："把她抓起来！"

狄青冷冷嗤笑了一声，挡在唐晓面前："我看谁敢！"

"狄师兄，我们……"周茜尽量让自己忽视他的相貌带来的视觉冲击，开口。

狄青不耐烦道："打住，我家师兄弟三人，没听说过你这个师妹。"

周茜被呛得面子上挂不住，咬咬牙，愤愤地瞪了唐晓一眼后又道："狄老师，你大概不知道，你护着的这个女生表里不一，做了些严重违反校规的事吧？"

"哦。"

"所以……"

"证据？"

"证据我们自然有，不过现在不方便拿出来。"

"拿不出来，那就是没有。"

"所以她才需要跟我们回去接受调查，今天必须带她走！"

狄青轻轻嗤笑："凭什么？"

"根据学院规定，异能队有责任维护校园安稳，并视情节轻重采取相应措施，唐晓这事情节严重，我们异能队有权带走她并进行……"

"严刑拷打？"狄青打断她，"你也配？"

周茜吸了口气："是进行必要的问话，我们异能队的一切行为都是基于学院利益及安全，也绝不会滥用私刑，还请狄老师不要阻挠。"

"在这儿问。"

周茜气不打一处来，她稳了稳情绪，也强硬起来，只重复了一句："还请狄老师不要阻挠。"

"别把异能队整得像个特务机关，你们异能队是没人了，你说了算？"

“我说了算！”一道浑厚的男声强势介入，循声望去，只见胡锐一脸肃穆地阔步走来，他完全不给狄青面子，微微偏头，边以眼神示意抓人，边对上狄青的视线，沉声道，“一年级新生唐晓，因其行为涉嫌危害校园安全，必须跟我们回去接受调查，任何人出面干扰，皆以同罪论处。”

狄青也不废话，手持利剑，挡在唐晓前面。眼见四个男人朝他走来，他突然勾唇一笑：“行，刚好给你们上一课。”

异能队所有人都是听说过这位狄青师兄的，除去他过人的相貌不提，那一身过硬的本事才真正为人所称羡，毕竟积分榜靠相貌是绝对上不去的，也绝不是学院里漂亮妹子的唯一择偶标准。无怪乎每次妹子们见到相貌能力兼顾的他，就嗷嗷叫。

说起来胡锐教官当初是很看重他的，在他入学初露身手后还再三邀请过他，只不过都被他三言两语拒绝了，一点也不给面子，为此还引发了异能之争，好像胡锐说他的技能是隔空移物，狄师兄说他那是气功，与异能无关。

后来明眼人都能看出来教官在各种时机及场合为难狄青，然而狄青都轻轻松松应付过去了，时不时还在言语上给教官添添堵，倒也没到兵戎相见的地步，直至发生了胡煜丰那件事。

胡煜丰是教官的亲侄子，是教官一手培育出来的，教官对他十分器重，抱有极大期许。胡煜丰比狄青高两个年级，又刚去伽纳森林试炼回来，在实战经验上应该更胜一筹，他却抛却公平原则，再三挑衅狄青上格斗台。

这些胡锐都知道，但还是默许了这件事。

不料狄青迎战后，居然在胡煜丰全力使出异能的情况下将其击败，这事本来到此为止就算完事，哪知下台前胡煜丰居然掏出几把短刀，当众从狄青后背飞刀偷袭。

好在狄青反应快，以气防御，反冲力使刀刃改了方向，反倒是胡煜丰猝不及防被伤，虽说有几道伤口看起来挺严重，但左右不过皮外伤，不料胡煜丰当场口唇发黑，才知晓那刀是准备带去伽纳森林试炼的，淬了毒。

大概是伤及神经，救回来之后，胡煜丰居然再使不出异能。至此，他们都心知肚明，胡煜丰的前途算是毁了。

教官很生气，然而众目睽睽之下，于情于理教官都挑不出错，因而教官只能把这口气憋在心里。他嘴上说自己铁面无私、不偏不倚，但实际是个护短的人。这口气让教官的找碴行为直接从暗处上变为明着来，哪知狄青也不惧，甚至直接破了各项纪录，在积分榜上压了胡锐一头，还平安无事地熬到了毕业。

除了他自身的能力，多少也因为这位狄师兄上头有人，看，这不还堂而皇之地进了学院当了教官！

回忆到这儿，说实在话，几人心里都不想直接对上狄青，这明摆着是蹚浑水。再说了，唐晓这个新生也有点邪门，进过伽纳的人都知道，那地方危机四伏。当初他们都参与过寻找她的那次行动，可以确定外围并没有她的身影，种种迹象也表明了她确实进了森林深处，居然完好无损地归来……

如果可以，还是离这两人越远越好。只是，戴着异能队的徽章，胡锐之令他们就必须服从，料狄青再强，也强不过他们几人的配合吧。

四人相互交换了眼神，一人隐了身，另一人默契地触发了瞬移技能，还有一人强化了手臂力量，一人做出了防御的姿势。

狄青在一人瞬间移动的那刻，将唐晓往人群里一推，持剑迎了上去。

唐晓此刻内心是崩溃的，她真的不知道自己在什么时候什么地点违反了校规，眼见几个人一副不逮着她不善罢甘休的模样，她焦虑地试图找到解决办法。

她旁边的人都自然而然地离她远了一点，往更安全的地方退去，她也没心思管这些，担忧地看着狄青与几人对峙，眼见四个人莫名变成三个人，还有一个快如闪电的样子，只希望狄青有剑在手能稍占上风，又怕他在人数上吃亏，更怕他实力太强伤到人而让事态进一步恶化。

就在她想英勇就义，索性咬咬牙跟胡锐走的时候，感觉身体被谁一推，往前冲出几步。这一推，反倒推出了她埋在心底的惧怕，她突然想到她想深深隐藏的秘密——自愈的能力，以及一抹来自外太空的幽魂印记。

却见狄青在打斗中突然被夺去利剑，只见那剑凌空顺势一砍，狄青以臂相挡，整条手臂被剑刃狠狠一伤，刀口外翻，鲜血飞溅。

而这个空当，狄青后背被另一人趁机重重打了一拳，他一声闷哼，嘴角有血溢出，狄青身手迅速地回以一拳，想伺机逃脱，谁料第三人瞬间移动到他背后，双臂紧紧桎梏住他，让他动弹不得，另二人仗剑、持拳轮番而上。

唐晓惊恐地瞪大眼睛，一时间又惊又怕、又慌又乱，一声尖叫卡在嗓子里，狄青……狄青、狄青！

不要！

不要啊！

她眼眶一红，心如擂鼓，握紧双拳，也迎了上去……

“啊——”

突然，一声尖叫打破了唐晓眼前的局面，眼前的一切突然如画布一般被撕裂开，那声音的源头——周茜，居然抱着头痛苦地躺在了地上。

唐晓才猛地想起周茜有让人产生幻觉的能力。

待唐晓急忙再向狄青望去时，他似乎正好精准分辨出隐形人的方位，直接将手中的剑向某个方向一扔，随着一声痛呼，那人倒地显形，捂着脸，看起来痛苦不堪的样子。

而没了剑的狄青仍蓄势待发，不落一丝下风。就在某人瞬移至他身后时，他手起刀落，向那人脚背重重一踩，又迅速迎上另一人的攻击，以力卸力将那人往身后一带，让对方的拳头落在瞬移人的身上，又就势一推，两人抱作一团，直接扑倒在地。

狄青借此空隙往唐晓的方向看了一眼，示意她安心，随之眼带怒意地睨向了周茜。

他看起来没事。

唐晓原本泛红的眼眶突然一热，眼泪夺眶而出，一时竟有几分无力，但心底翻涌着感动，真好，他没事真是太好了……

说句煽情的，这个画面她愿意珍藏一世。

她只想恳求上天，不要再让她觉得重要的人离开她了，也不要为她受伤痛苦。

“你敢！”似乎意识到狄青有什么动作，胡锐突然愤怒地冲着他大吼一声。

狄青眸底的怒气稍稍逝去，迎上胡锐，不依不饶：“你怎么不问她做了什么？胡锐，怎么你手下的人还是老样子，别的本事没有，这种下三烂的手段倒是得到了真传。”

狄青的精神力曾与库普磨合了一下，隐隐能触碰到某个他未曾涉及的境界，虽后来因意识侵占的使用一度枯竭，却意外地突破了瓶颈，再用时更上一层楼，竟能敏锐地察觉到周茜在对那丫头使手段。

他深知精神力对人意识及认知的影响，有些人甚至在被刺激后就一蹶不振了。所以他尝试以自己的精神力去干扰周茜，不但奏效，甚至看来给她造成了极强的冲击。

忆及那个瞬间唐晓眼底的惶惶不安及恐惧，竟如利刃戳心，想到这儿，那股让他呼吸不畅的不爽感直达峰值，狄青皱着眉补充了一句：“我的人，岂容你们这么欺负？”

轰！

众人只感觉周遭气温突然上升，胡锐看了一下周茜，随后缓缓站起来，一团烈焰自他周遭凭空燃烧。

剑，以破军之势再度回到狄青手中。

两人对峙了片刻，只见胡锐眼眸一沉，橘红色的火焰在他周遭若有若无地轻轻缭绕，而后他双脚一沉，顺势向前，一拳朝狄青挥去，火焰翩飞，虎虎生风。

狄青全然不惧，气势外放，自他周遭形成天然的屏障，以抵挡火焰攻击。而他手中的剑迅速游走，猎猎破风，动作快如闪电，身若游龙。

两人身影纠缠，一时间剑影与火光交错，舞出一场浮光掠影般精彩打斗。

在场的人皆不自觉屏住呼吸，目不转睛地盯着他们，生怕错过一点精彩，但两人都极快，顷刻间已交手十数招，只让人感觉眼花缭乱。而你来我往之间，二人不分上下。

唐晓也慢慢定下神来，目不转睛地看着高手过招，不自觉地被这白刃相接、气势磅礴的打斗场面深深吸引，竟被激起气血澎湃的冲动，她暗暗握拳。

这些时日她沉醉于课本，在武力上争强好胜的情绪隐约淡了些，但此时此刻，她好想战斗！

也不知怎的，狄青与胡锐的打斗她都看得清楚，所有看到的画面竟在她脑海中无限放大，每个动作一帧一帧地在她眼前播放，她眼前突然浮现出了一群身着战服的人，蓝天与宇宙星空重叠，那群人动作迅猛狠厉、相互过招，二人战到三人，三人到混战，被击退受伤也爬起来再战，眼底都带着恣意与快意，令人热血沸腾又无比怀念……

仿佛，她曾是他们当中的一员。

正当她沉浸于过往的时候，感觉手臂被谁一拉，就看见方才并未真正加入战斗的第四人站在她面前，二话不说，试图趁乱抓了她回去复命。

可不巧，唐晓正值战斗意识觉醒之际。

她斜了那人一眼，动作快于大脑反应，一个手刀过去，那人毫无防备，吃了一惊后往后退了一步，却并未松手。正当他微微诧异于唐晓的反应速度时，唐晓已迅速抓住他手指用劲一掰，见他被迫松手后吃痛微微屈身，又借力一个箭步上前，两手握拳直攻他要害。

因为攻击来得太快，那人尚未架好势就被击中痛处，被逼得向后倒退了三两步。

唐晓趁机一个漂亮的大旋踢，一脚重重踹上他的脸，待他嗷地叫了一声捂鼻躬身之时，她连步上前，屈膝下压、上顶，肢体相撞的声音清晰可闻，那人被撞得头晕眼花，却连喘息的机会也没有，她跟着就是个漂亮的连贯性动作攻击，再接着一肘、一拳、一踢，侧身，再踢，右勾拳跟上，跳击，一百八十度旋踢，加肘……

战斗结束！

整个战斗过程干净利落，那人还没来得及防御就痛苦不堪地倒地不起，一副痛不欲生的样子。

虽说狄青和胡锐两大高手过招精彩纷呈，让人目不暇接，但不得不说唐晓突然爆发起来太抢戏。众人的眼神不受控制地往她这边飘，然后，众人内心齐齐惊呼：天哪！发生什么事了？

每个人的嘴巴都张成“O”形，自“黑人问号脸”完美过渡至震惊状。

异能队的师兄，传说中很厉害、在校园里可以横着走的异能队的师兄，被唐晓打倒了？

刚刚整个过程有没有二十秒？

躺在地上的难不成是个假师兄？

啊啊啊，众人迅速回头，随即懊恼捶胸，打到哪儿了？哇，火势好大，错过好多！

同一时间，唐晓内心小人捂脸呐喊：怎么回事？！

刚刚发生什么事了！

我是谁？我在哪儿？我都干了什么？这个人怎么躺地上了？

不对，我怎么把他打倒在地了？

我打的？啊，对，是我打的！

噢，那打他这个事算违反校规不？严重不？要不要扶起他争取减刑？

突然，利剑破空之声传来，唐晓迅速回头，随即懊恼捶胸，打到哪儿了？哇，火势真的好大，她也错过好多！

狄青余光瞥见唐晓以一己之力揍得那趁乱作妖的家伙倒地不起，眼眸带了些笑意，却见周遭温度又上升了许多。胡锐见这些个回合过去局势仍僵持不下，对自己能力极度自负的他已有几分不悦，又见狄青还有余力分心去注意别的，无名之火一蹿而起，竟违反了规定，破例使出大招。

他很快凝聚了一团火球，眼看就要朝狄青扔去。

狄青皱眉怒斥："胡锐，你疯了？这可是在学校！"而后全身气势也无保留地外放，围观群众都被震得如疾风拂面，统统回神，只听见狄青吼道，"跑！"

众人便一哄而散。

唐晓却因为担心狄青，没有后退，甚至朝他们更靠近了一步。

狄青蹙眉，随后尽全力以气御剑，以雷霆之势破开火球，一剑劈下，火势尽去，胡锐躲避不及，被剑气扫到，冲击力将他震坐在地上，制服破开一道口子，似乎受伤了。谁知他随手又朝唐晓扔了个小火球过来。

狄青早有察觉，可刚刚为提醒学生，又全力迎了胡锐一击，精神力消耗过大，只得在劈下一剑后就迅速朝唐晓这边扑来。千钧一发之际，狄青一把将她揽入怀中，一个翻滚避开攻势，但裸露在外的肌肤不慎被火尾灼伤。

"混账！你们怎么敢？！"突然，一道声音夹杂着几分气急败坏朝他们大吼。

便见一个高官模样的人领着一大群人匆匆赶来。

其身后尾随之人明显分为两支队伍，左边以贾博士为首，跟着狄九及霍莉等人；而另一边由严西城领着整个异能队。

场面一度有些难堪，周茜已翻身坐起来，抚额作痛楚状，会隐身的家伙被狄青用剑柄击伤了鼻子，捂着脸一手鼻血，另两人伤得不算太重，最严重的似乎还躺在地上没爬起来。

附加一群受惊的“非专业”学生……

“你没事吧？”唐晓担忧地问。

“你有没有脑子？火也没烧到你，怎么把你脑子烧坏了？”狄青劈头就是一顿骂，“这种情况下你能不能有多远滚多远，你……”害我担心……狄青倏地住嘴，低声咒骂了一声，被燎伤的左肩有些疼。

唐晓乖乖地闭上嘴，迅速打量狄青，发现他没什么大碍，才松了口气。她刚刚也没想太多，就是特别害怕他会被那个大火球砸中。

“胡锐，这是我们研究院的人，你怎么可以随便动？”贾博士抢先开了口。

胡锐鹰眼一眯，透着几分戾气，因身高，他虽摔坐在地上，仍有惊人气势。

“胡锐老师，您还好吗？”

“教官！”

“您没事吧？”

严西城一拨人已迅速围住了胡锐。

而霍莉已很有眼色地开始清理现场，让其余不相关的学生离开，她身后的几个看起来是医疗队的人，将周茜等人带了下去。

狄九靠近狄青，迅速打量了他一番：“没伤到？”

狄青啧了一声：“死不了。”然后一爪子扣在唐晓的头上使劲揉了揉，“以后遇到危险多想想自己的腿，它们长着就是为了让你奔跑的。”

也不知从何时开始，他的心态居然改变了，以前为了她好，会推她去危险的地方以助她成长，但现在，竟看不得她有半分危险。想到这儿，他突然更加不爽，加重了手上的力道，压着她不让她抬头。

“啊，你放手放手……还不是怕你受伤……”

“呵！”狄青居然有点开心，但他掩饰得极好，仍旧揉着唐晓的头，“要你管！要你管！”

“到底发生了什么事？！”眼看自己被忽视了的邹铭副校长吹胡子瞪眼睛，一肚子火无处发泄。

“邹副校长，”胡锐慢慢地站了起来，破开的制服上慢慢渗出了血，但他全然不顾，仍是一副大义凛然的样子，沉声道，“我怀疑，唐晓与我校前些日子突然暴毙的那两个学生的事……”他慢慢睨向唐晓，一字一顿，“有关。”

第六章

救救我！狄青

啊呸！

唐晓心想见了鬼了，唯一的关系就是那天不小心偷听到有人暴毙！

霍莉早有先见之明地将场子清理干净，现场只剩下他们几人和胡锐、严西城等人，基本都是稍微知道些内情的人，所以都没有过于惊讶。

而邹铭副校长更是身经百战见识广的人，除去一开始的愤怒，他很快冷静了下来，没再露出更多的表情，而是慢慢睨向唐晓，皱了皱眉。

这个丫头的事迹他也略有耳闻，贾易为了她的事跑来找过他好几回，因为觉得一个丫头片子也翻不出什么大浪花，就都随了贾易。据说这女孩是个人才，可学院最不缺的就是人才，他也就没太将她放在心上。胡锐并不是信口开河的人，他这么说，就肯定有一定的依据，必须好好斟酌一番。想到这儿，邹铭副校长问："贾易博士，那两位学生的事校方很重视，这段时间不是你在跟进调查吗？情况到底如何？”

“事情还在调查中，尚无定论，贸然怀疑唐晓，老夫觉得并不妥当。”

“贸然？哼！”胡锐冷笑了一声，“作为研究院院长，贾博士您这包藏私心的行为，是不是有失公允？您要如何对那两位无辜殒命的学生交代？”

“胡扯！我贾易活这么大岁数，行得正坐得端，用不着你来指指点点！邹副校长，这事我调查清楚后自然会给校方和那两位学生一个交代，而不是像胡教官这样从哪儿道听途说，就把帽子扣在我学生的头上！”

胡锐并不理会：“人，我一定要带走。”

霍莉站在贾博士身后，望着胡锐道：“胡教官，有什么事，不如等处理好您的伤口再说？”

“带人。”

狄青仍旧挡在唐晓面前：“我说了，有本事你们就试试看。”

眼看刚才的局面又要重演一次，唐晓硬气了一回，直接问：“说半天，我和那两人的事到底有什么关系？”

邹铭副校长一直不动声色地打量着唐晓，眼下她所有的反应都像一个“不知情者”。他思索着她反应的真伪，接了一句话：“贾易博士，您是不是调查到了某些让胡锐教官‘道听途说’的事？请你简单说一下现阶段的调查结果。”

贾易瞄了一眼唐晓，微微思索了一下：“之前向校方汇报过了，那两人的死因经确认是一致的，都是高活度血细胞分裂导致血管爆裂而死，经检测后基本可确定为两人内服药物所致，最可怕的是两人在确定死亡之后，血液在无循环流动的情况下，血细胞仍能自主分裂……我们在这种血液里提取到一种复合 X 元素……”

“这种复合元素，你身体里面也有吧？”胡锐突然对唐晓道。

唐晓一时无言以对，对，这种复合因子确实是她通过实验发现的，当初她妈妈的病也是因为这种元素得以短暂康复，但这种因子带来的副作用，也让她们不得不中止药物的使用。想到这儿，她突然往严西城的方向看了一眼，想起他曾经对她说过的那些话，想起狄青说的那个神秘组织，有个念头在她脑子里一闪而过。

但胡锐没给她机会深入思索，他又接着道：“你一个人从伽纳森林回来却毫发无损，是不是可以说，你其实受过伤，只不过你的自愈速度比常人快，而且快到不合常理的程度？”

“我……”唐晓第一次发觉身边有一群聪明人时有多可怕，就好像所有想掩饰的行为其实都留着一大堆蛛丝马迹。而胡锐能有今天的地位和他心思缜密不无关系。

“不，你一个人肯定无能力独自闯出森林。”他又看向狄青，笃定地说，“你帮了她对吧？”

唐晓飞快地抬头看了狄青一眼，不料他正好也瞥向她，一对上她的眼睛，就迅速移开视线，有一丝尴尬。她便想到，或许胡锐说的是真的，在她以为她最无助的时候，他其实陪在她身边，以一种特殊的方式。

狄青没直接否认，只嗤笑了一声道：“你没这个能力，不代表别人没这个能力。”

“逞口舌之快算什么真本事，敢不敢让她在无人帮助的情况下再进一次森林？”

“没人需要向你证明什么。”

胡锐冷哼了一声：“一个口口声声说自己独自闯过伽纳森林，自认为强过所有新生的家伙，却连基本的诚信都没有的。”

狄青耸耸肩：“不是自以为，她确实强过所有新生，她不是把你们异能队的人打趴下了吗？‘哎哟哎哟’爬不起来。还是说你们异能队比新生还弱？”

在场异能队众人心想：承认或不承认都让人好不舒服。

胡锐虎目一瞪：“你这是找死！”

“我不找，它跟你比较熟。”

“姓狄的！”

眼看两个人一言不合又要开打，邹铭副校长气得吼道：“都闭嘴！”

胡锐保持着最后一丝理智：“贾博士，你到底站在什么立场来维护她？”

贾易终于拿回话语权：“我说了，你可以用事实依据支撑，但目前并没有！虽然她体内的确有那种元素，但现在能确定的只是这两种元素是同类物质，具体的成分仍待进一步分析。况且她入校后，前几天都是昏迷状态，一醒来就被你叫去操场，后又转移到了你办公室，再之后就一直待在医学楼，行踪都有监控，没有迹象表明她和那两个学生有过任何接触。二者，那两个学生本身不同年级，也不在一个地方，调查显示他俩根本就没有交集，也不像是会随随便便吞食异物的孩子。到底在什么情况下接触到的药物，并出于什么原因吞服的，为什么是他们，目的是什么，一切都是未知数。而且我也说了，你可以私下找她谈谈，而不是带着你的异能队在大庭广众之下将她带走，你身为教官，难道会不知道猜疑与流言会对一个孩子的心灵造成严重的影响吗？”

胡锐其实也没料到周茜会这么大胆，假冒他的口令，带了几个人过来抓人，结果不但没抓到人，还丢了这么大的脸。但对外，他必须维护异能队的形象，这件事他必须要承担下来，所以也没否认，直接说道：“我不相信能从一个不诚实的学生口里询问到什么，所以我建议用催眠术。”

“我不赞成！别以为我不知道你所谓的催眠术，你是想让你那个学生以他的精神力强制干预吧，直接从意识里套取信息，我早说过这种行为会对人的大脑神经细胞产生刺激，极有可能会造成不可挽回的后果，她有可能就因此傻了废了！我不能冒这个险！”贾易严肃道，“只是有可能，所有的只是你的猜测，我并不认可。”

如果真是这样，也未尝不是一件好事。

胡锐看着唐晓和狄青，有些警觉及愤怒，没想到狄青居然有精神力压制的本事，如果不是他手下留情，今天废了的人极有可能就是周茜。

“这是以我的专业知识为基础进行的合理推断！”

“推断对我而言就是猜测。我也推断催眠术是安全可行的。”

唐晓已经没心思再听他们扯什么了，只感觉一阵后怕，后背发凉，如果今天不是刚好上的体育课，如果不是刚好有狄青在，她现在恐怕已经直接被催眠了。

她最想隐藏的秘密不但藏不住，还极有可能变成一个傻子。

太过分了！她怒瞪胡锐，突然觉得眼前的这个人，这个被称为老师的人，是那么冷血残酷。

唐晓突然上前一步拉住了狄青的手，那修长手指带来的温热触感，能给她带来安全感。她迅速地组织着语言，但最后她决定先表达一下自己的愤怒：“胡说八道！”

唐晓平地一声惊雷般开了口之后就一发不可收拾了，她直接对上胡锐：“你行你就先让人催眠了试试，试完了再说安全不安全、可行不可行！人家火箭上天前还得试飞呢，你就靠张嘴，咋不自己上天呢？复合X元素的成分是……”唐晓说到这儿，突然捂住狄青的耳朵，甩了句“你别听”后就吼出一串专业名词，然后放开狄青的耳朵继续握着他的手，理直气壮地冲胡锐那边的人吼，“现在我说出来你们都知道了，那你们是不是都和那两个人的死有关系了啊？胡教官，看您那表情是不是您没记住？要不要我再重复一次啊？”

狄青默默地红了耳根，觉得刚刚看到她捂住他耳朵就以为她要亲上来的自己脑子进水了！他想说她根本没捂住，其实他听得到她的声音，只是也没关系，他看着她的脸压根就没心思注意她到底讲了什么。

他感觉自己的心不受控制地扑通扑通乱跳，而且她的手牵着自己，压根就没办法平复心情。

唐晓完全没意识到自己的举动给狄青造成了怎样的影响，她只关心对面那群家伙有没有听懂她在说什么，又看着贾易说：“博士，你们已经确定了这种元素是导致那两位同学死亡的主要原因了是吗？”

在贾博士点头回应之后，她接着道：“我们分析一下，首先这个试剂并不是传统意义上的杀人毒药，如果目的是直接杀死他们，那么没必要选择这种方式，所以我更倾向于那两个人被人试药了。试药的目的无非就是证明这个药的功能及危害，所以胡教官您是假设我作为关系人，拿着药给那两位同学试药了对吧？胡教官认为我从伽纳森林回来之所以没受伤是因为我有自愈能力，好吧，我承认。反正你一手一个火球大家都接受得好好的，我这情况也不算什么吧。从时间上来判断，我吞服药剂的时间比那两个人早，那么你们有没有想过，既然我已经得到了最好的结果，我何必再拿两个不相干的人来试药呢？试药难道不是基于不确定药性，所以‘你先试试，试了没事，我才放心吃’这样的黄金定论吗？也许你们要说了，我是知道药效，所以卖药。刨除我现在没有一分钱收益这话不提，我们先究根，药从哪里来？你们不是知道我家地址吗？学校的录取通知书是你们寄给我的吧？去查啊，我买过什么药剂，在哪儿做的实验，实验目的……”说到这儿，唐晓看着严西城，“实验目的是什么，而来学校之前那大半年我干了什么，家里还剩下什么，去查啊！”

唐晓望着严西城，隐隐觉得自己想通了些什么。

她收回视线，抓紧了握着狄青的那只手，只感觉如果严西城出于某种目的而找人试了药，并造成了这种可怕的后果……她完全不敢想！她突然觉得有些乱，但在没有实际证据之前，她并不想让事情发展到不可挽回的地步。

或许和那个想独占专利的组织有关?

她思索了很多可能性，然后吸了口气继续道：“我以为，在这个学校，突然有人想请你吃颗糖，你都得好好思考一下为什么，所以让这两人试药的人，是他们都信赖的人，而且他们应该被许诺了某种好处。而这个让别人试药的人，也应该知道这种药剂有某种药效，但是不确定，我觉得你们可以从这个方面入手查查。”唐晓见无人回应，又道，“疑罪从无，事实上，如果你们真的觉得这件事和我有关系，那应该是你们找证据来证明我有罪，而不是我用证据证明我无罪。此外，我最想知道的是，如果你们用催眠法发现我是无辜的，然后我的大脑因此受了损伤，你们谁来承担这个责任？”她望向胡锐，“您吗？您到时是打算给点钱意思意思，还是就说一声对不起？我真傻了，这些对我来说有用吗？”

胡锐抿着嘴不说话。

“那你呢？你也会说要别人试试，所以你是不是在服药前，已经找了很多无辜的人试药了？”一个异能队的人突然说。

“我不会找‘人’试药，我没有那么无良。而且说真的，会造成人暴毙这样严重后果的药，就算同批试药的另外五个人都没事，你敢吃？”

“你不是吃了吗？”

“如果我说我十八岁买醉的时候，可能把这种试剂当酒喝了你信不信？”

那人一脸不相信的表情。

“真的。”唐晓认真道。

“那怎么你没事，他们死了？”

“那啥异能队的大哥哥，怎么你有异能，而大多数人没有？”

那人无言以对。

“最后，作为教官您的学生，我想说，”唐晓直直地望着胡锐，“我鄙视你！”

“我鄙视你！”

这句话掷地有声，唐晓此刻也顾不上她这番言论会造成怎样的后果，了不起退学，她瘦小的身子站得笔直，站出了属于她的精气神，竟弥补了她和胡锐的身高差距。她一字一顿道：“我在你身上只看到了傲慢与偏见，敢问一句，今天这情况换作任何一个异能队的学生，你当如何？

“至少，不会选择那所谓的催眠术吧！”

“好了！”这时邹铭副校长终于展现了他的威严，他清了清嗓子，“这件事疑点重重。贾博士，既然您这边已经查到了死者的死因，那么接下来的调查，就由此为突破口，您和异能队协同调查，必要时可以借由外部力量，力求尽快将事情的真相调查清楚。无论事情是否有充分的证据做支撑，不允许用会造成不确定结果的非常手段来获取信息。”这话算直接打了胡锐的脸，因而邹铭又安抚道，“胡锐老师，你赶紧去医疗队看看伤口，你可是一年级及异能队的主心骨，可不能出什么差错。”

“至于你，唐晓，”邹铭皱起眉头一脸严肃，“因公然顶撞老师，造成恶劣影响，扣除积分五十分，望你痛定思痛，改过自新。”

说完，他神色复杂地瞥向狄九，那意思就是“拜托把你这麻烦精侄子管好一点”，然后又说了几句话就让大家散了。

临走前，贾博士安抚了唐晓几句，意思是事情一定会水落石出。唐晓就问了一句，为什么他这么信任她。贾博士干咳了一声，大概是说她晕倒被他捡回去之后，做检查前全身都被剥光了，连指甲缝都检查过，没地方藏药，然后又说那两个人确实没机会和她接触，通过中间人接触的可能性也不大，说已经着手查受害者的关系网了，让她放宽心。

唐晓有些感动了，被人信任的感觉还是很好的。告别贾博士后，唐晓准备回宿舍，狄青没说什么，但那架势就是坚持要送她回去，唐晓也由着他，走到一半，她突然好奇地问了一句：“你就没怀疑我？”

狄青沉默了一下，轻轻嗤笑：“就你那点智商，干不出这事。”

什么叫那点智商！唐晓啥感动都跑光光：“滚！我可是天才美少女。”

“什么少女？”

“美少女！”

狄青仗着身高优势从头到尾睨了她一眼，沉默。

“你不说话是几个意思？！”

“什么少女？”他于是从善如流地再问了一次。

“美少女！美少女！天才！”

“来，看我一眼。”他突然勾唇，笑容一闪而过，“对美有没有新的认知？”

唐晓腹诽：绝交！

不能否认的是，因这样的对话，笼罩在她心头的阴霾消散了不少。

“谢谢。”她说，“谢谢你……”

狄青一伸手按着她后脑勺往下一压，不让她察觉他泛红的耳根：“蠢！”

太蠢了！这蠢丫头，离了他简直活不成了！

狄青平平安安地将她送回了宿舍，在他看来，邹副校长今天的态度已经很明显了，没有确切证据前不能动唐晓，想来异能队也不会杀个回马枪。

而且左肩被烧得有点疼，狄青思考着要不要争取个异能队的特教来当当，一群兔崽子闲惯了，得好好整治整治了！他便是揣着这样的心思告别了唐晓。

至于唐晓，直到爬上宿舍楼梯的时候，才后知后觉地想起，这么一闹，全校都将误会她和狄青有什么不可告人的关系。

还有刚刚那场异能队擒贼大戏，她将直接荣登热门搜索第一名……

“唐晓为什么会被抓？”

“唐晓和狄青是什么关系？”

“狄青为什么救唐晓？”

想到最后，唐晓简直是怀着视死如归的心推开宿舍门的，结果宿舍三个人看到她，皆神色复杂，然后一言不发地散开了，没人要抢厕所洗澡，也没人说几句给她添堵，包括最爱一口一个“特招生”的尤佳佳。

唐晓带着疑惑将事情梳理了一遍，突然意识到，大概因为她揍了人——揍了异能队的人？异能队都敢招惹，所以少说几句免得挨揍？

嗯，她突然意识到，只有拥有绝对的实力，才能远离是非！

“如你所见，唐晓不能再留。”

是夜，学院隐秘一隅。

严西城不说话，若有所思。

“这次周茜错有错着，成功激化了胡锐和唐晓之间的矛盾，胡锐这个人看着正气凛然，其实固执又傲慢，短期内他不会对唐晓改观，看看有没有什么机会可以利用，要做得神不知鬼不觉……你有没有在听我讲话？”

“你还不明白吗，药剂在她身上成功了。”严西城眼底闪过一丝狂热，“她拥有‘自愈’能力，而且药剂也没对她身体造成不良影响，她仍活着。”

“别想药剂了！”那人斥道，“老大让计划暂停，你可知道贾老头那家伙心思细腻得很，很可能再查出点什么！和那两人接触的人你记得处理好，我就不明白了，你怎么会捅这么大的篓子！你当初不是说很有把握吗？”

“我要唐晓的血液。”他的试剂只差一点点了，就差一点点了！肯定是哪里出了问题，只要有她的血液，只要有她的血液，他一定能成功。严西城斯文尽退，眼神透着疯狂，他已经顾不得那么多了，对！只要有她的血液！

“不可能，全学院戒严，你没有机会动手！而且老大说了，计划暂停！”那个人察觉到严西城的变化，出言制止。

“没机会，那就制造机会；学院内不好动手，那就在外面动手！”严西城已经不闻不顾了，他早先本想对唐晓采用老办法，循序渐进，但一直被各种琐事缠身，抽不出时间和唐晓接触，而且他看出来了，她对他已经不再如从前般完全信任了，但，这又如何呢？

“严西城，你！”那人的声音随着她被严西城突然推向墙面而中止，不知何时他摘下了眼镜，一双狭长的黑白分明的凤眼微微眯起，他将她紧紧锁在墙与他之间，声音温柔中夹着不容拒绝的魅惑：“告诉我，你会想办法。”

“我会想办法。”

像是受了什么诱导，她喃喃重复了一句，眼神有点放空，接着她眼中的迷惘渐渐消散，骤然清醒后忽地给了严西城一巴掌：“你竟然敢对我下手！”

严西城淡笑着摸了摸她打的地方，浑不在意的样子，气息吐在对方的脸上：“你说了，你会想办法的哟。”

那人猛地推开他，眼底闪过一丝狼狈：“好，我来想办法，但我也说了，唐晓不能留。”

“有她的血，她人还留着干什么？”严西城想起她以前崇拜依赖的目光，“我相信她很乐意牺牲的。”

呸！那人似是在心里啐了一口：“怎么会有女人看上你这个人渣。”

“我是人渣啊。”严西城笑得很温柔。

唐晓一夜好眠。

夜风，沁凉如水。

这些日子太平静了，就连先前不断传出的流言也在一夜间消失殆尽，似乎被什么力量所干预，周遭人嘴巴都闭得紧紧的，她和狄青轻易退出了舆论中心，绝大多数人有意识地避开她……就连尤佳佳，也再未听见她多说一句。

这不正常。

只是唐晓也不可能傻呆呆地凑上去问为什么我这么有话题性，但是你们不讨论我啊，所以最好的办法就是顺其自然，继续过她的小日子。

她目前最上心的就是药剂，如今她能确定的是，她研发的药剂是不可能致人死亡的，当时做实验的小白鼠都活着，她妈试药后初期反应也不强烈，是后期抵御不了血细胞分裂造成的痛苦才停了药，包括她自己也活得好好的。她抽血结果指向性很明确，她当初吞下去的药剂应该就包含这个药剂的成分。

就这点而言，那两人吞服的药剂基本配方或许真的与她有关，但肯定有人对配方做了改良或添加了什么有刺激性的不确定元素。会不会是严西城干的？

她突然想起那天站在胡锐身边一直不言不语的严西城，眼镜虽然掩饰了他的神态，可不小心泄露了死死盯着她的目光。现在回想起来，他竟如邪兽捕食般，带着势在必得与一丝丝邪佞。只是当时她的注意力不在他身上，忽视了这点，如今想来，竟后背一阵发凉。

她的心跳开始加速，难以说服自己那天所见是错觉。再想到严西城，想到他从前的温柔细腻、体贴入微，都似乎笼罩了一层虚伪的面纱，她不由得心境复杂，才发现当对他的迷恋淡去，关于她对他的认识与设想都渐渐糊成一团。他站在迷雾之后，那么遥远，那么陌生，好像她喜欢的那个他，从来不是他。

唐晓强迫自己坚强起来，她开始回忆当天晚上她到底喝了什么，可是大概因为那天喝酒过量，记忆仍是一片空白，而更早之前因反复实验调整了配方剂量，那些或添或减的时间节点她也有些记混了，无法确定最终拍板的那个配比。

最好的方法就是给她足够的实验设备，让她复制出来。

思及此，唐晓打算越级找贾博士商量破格让她使用实验室的事，然而她后知后觉地发现整个学院陷入一种奇怪的氛围之中，绝大部分人自主地以绝对的热情投入到训练中去，感觉像要进行一次史无前例的大会演一般，一副严阵以待的样子。

贾博士就像是消失了，唐晓根本见不到他。

走在学院里，各样的色彩也多起来了，操场上大小团体都在进行各样的排练。直到这个时候，唐晓才发现，其实这个学院人也不少。

事实上，自打发现这点变化，唐晓的粗神经才稍微敏锐了点，她发现就连她宿舍里的其他人也都有了任务，尤佳佳和徐艺晴应该参加了舞蹈队，曾君也加入了合唱团的样子，偶尔凑一块讨论快来了，好好表现，争取机会之类的话题，她一靠近，她们就一哄而散，好像什么绝世机密会被她听去了。

她真恨自己，咋就抑制不了八卦这个天性呢！

只不过根本没有人能来告诉她发生了什么事，狄青似乎也被征用去干活了。自打那天一别，他就没再露过脸，就托人带了个口信，说一切平安，暂时不会有人来找她麻烦，被委托来传话的那个姑娘锐利的目光几乎能在她身上烧出个洞来。

就这样，在这种诡异且透着一丝庄重的氛围中，又煎熬了几天，她终于等来了她的任务——去伽纳森林外围采草药。

呃……采草药干什么？

“学院有数十载难逢的贵客到，得为他准备一些特别的礼物，他们对伽纳森林的特殊植物很有兴趣，博士说刚好你可以去开开眼界，磨炼磨炼，顺带放松放松心情。”——这是霍莉姐的原话。

唐晓对伽纳森林的印象实在不佳，各种猛兽的血盆大口，混着血的腥臭味和泥土味，充斥着她的记忆，大多是不怎么美好的画面。想到这儿，她有几分犹豫。

“放心，没有十足的把握，贾博士也不会让你去。”霍莉是个人精，一眼就看出她的为难，一针见血地道，“咱们实验室早些年研发出了一种药剂，喷在身上可以在一定时间内隔绝人的体味，并散发出大多数兽类厌恶的味道，加上一整支护卫队跟着，还有你几位师兄师姐，你不会有生命危险的。”

“呃，我不是这个意思，只是……”只是她潜意识里有些不安，可又不知道怎么表达。

“说真的，你不想去就算了，这事本来就轮不到你。前两天的《草药学》小测你不是满分吗？贾博士想着给你点奖励，让你见识一下书本上面没有记载的珍稀植物。唐晓，贾博士绞尽脑汁给你开后门，你若不识趣，没人会勉强你。”霍莉对她向来直接，“行了，没啥事我就走了，你的意思我会转告贾博士的。”

“霍莉姐，我要去！我去！”其实听到“珍稀植物”四个字，她就败下阵来了，想想觉得自己肯定是多心了，连忙答应下来。

“不勉强？”

“不勉强！”

霍莉这才露出笑容：“行了，那个药剂咱们已经投入使用数年了，可是咱们贾博士的研发大作，要不是研制成本高，耗材稀有，失败率高，你信不信现在整个学院的人都能在伽纳森林里横着走？”

“嘿嘿嘿，我信！”

“那好，你简单收拾点远足的行李，明天一早就出发，一同去的都是经验丰富的人，领队还是我的师兄呢。除去路上的时间，只需待两三天，放心，不会比你当初只身闯森林难熬的。”

“嗯嗯，我没有不放心。”

送别了霍莉姐，唐晓也压下了心头那丝不安。只是临出发时，她还是下意识地揣上了当初报到那会儿抽中的那把匕首。

贾博士说，哪怕当时她整个人陷入了昏睡状态，手里还是紧紧握着那把匕首，就由着她抓着，后来回宿舍的时候让她留作纪念。

没事，就当带着去采草药吧。

不得不说霍莉姐说的这个贾博士研发的药剂是个神器，一行人从迈入伽纳森林开始，一路走来就没碰到过一只猛兽，偶尔会瞅见几只野山鸡，大概因为嗅觉不大好？

领队确实经验丰富，每到一处都细致地做了记号，加上指南针之类的设备带得齐全，虽说吃的只有压缩饼干加罐头之类的，但一路深入伽纳，她真的学到了不少东西。同行的师兄师姐都是博识的人，也不吝于将所知所晓告诉她，几天下来，她长了不少见识。

唐晓觉得自己确实是多心了。

这天清晨，唐晓起了个大早，喝了口水，就瞧见同帐篷的何敏师姐也起来了，大家伙不多会儿就相互协作收拾好帐篷，吃了点干粮搭配野果，又要启程了。

“咱们今天再走一段就原路折返了。药效应该差不多没了，大家把药分分，给自己喷上。”领队吩咐完，就小心地从包里掏出药剂，可以看到存量不多了，但基本可以应付余下的行程。

唐晓的嗅觉是很敏锐的，当何敏师姐往自个身上喷药剂的时候，她就隐约察觉到空气中有一丝不同寻常的味道，在以往的药剂味道中，夹杂着些特殊的膻臭气，但也不是太明显，大概是林子里的味道吧，唐晓并没有太放在心上，接过何敏递过来的药剂，也往自己身上喷。

喷了几下，唐晓就皱起了眉头，她觉得这个气味有些不对劲，大概因为和空气接触时间久，发生了些轻微的化学反应？她心里打了个问号之后，为了安全起见，还是将全身喷了个遍，然后就跟着大队伍继续前行了。

还没走出多远，突然，领队给了个手势，大家出发前都接受过培训，每个人都很有默契地停了下来。就在这时，领队突然一脸凝重地轻轻吐出几个字：“往回走！快！”

似是怕惊扰了什么。

一行人不敢有丝毫耽搁，毕竟这可是传闻中的伽纳森林，二话不说转头顺着来路一路小跑。护卫队的七个大汉都摆出了防御性的姿势，有人甚至掏出了猎枪。所有人大气都不敢出，闷声小跑着，气氛显得格外凝重。

唐晓也感觉紧张感来得太突然，只不过她好战的意识似乎觉醒了，大概是嗅到了一丝不同寻常的气息，她感觉自己的肾上腺素再度上升，踩着落叶往回赶，居然还有几分欢快。

她都快要紧张死了！

唐晓觉得她迟早要被自己折腾疯。噢，快跑快跑！

突然，跑在最前方的人停下了脚步，一行人陆续被迫停下脚步，被迫背靠背聚拢在一块。

“啊——”张敏无法自抑地惊恐地尖叫了一声。

“扑通！扑通！”

在剧烈的心跳声中，唐晓望着一群目露凶光的狼慢慢包围了他们……

唐晓默默地把匕首掏出来攥在手里，她快折服于自己的第六感了，然后默默吐槽自己的运气值。眼看聚集的狼越来越多，好像整个森林的狼都聚集了过来。她的心脏扑通扑通剧烈地跳动着，豆大的汗珠一滴一滴地顺着太阳穴往下滑，她却不敢、也没有空隙拭去。

她终于相信当初误入伽纳森林深处时，应该是狄青跟着她，帮她扫除了一些障碍，她才会一路上只碰到些个形单影只的兽类。是的，当时的她若碰上了这样一群猛兽，绝对尸骨无存，这才是真正的伽纳森林，这才是众人对她活着走出去心存疑惑的真正原因！

同行的两位师姐已经忍不住哭了出来，何敏师姐攥着她的手已经抖成了筛子，似乎以仅余的理智强装着镇定，没有直接崩溃。护卫队反应迅速，立马背靠背地缩小成一个圈，将她们药研所和生物制药系的三个女生围在中间。然而，大家心底都涌现了一丝绝望……

“我不想死……”

唐晓听到背后的师姐带着哭腔说。

“这些畜生是从哪里蹦出来的？”一人咬牙切齿地道。

“大家顶住，干完这一票，回去请兄弟们吃香的喝辣的！”

“顶住！”

“大碗酒！”

“大块肉！”

护卫队几个人明知道希望渺茫，却都夹杂着脏话应了下来，之后就再不吭声了，武器紧紧地抓在手里，空气里只听得见厚重的呼吸声。

氛围凝重得让人窒息。

眼前的狼较一般的狼身形更大，四肢有力，目露凶光，放眼望去有二三十只。它们合作无间地将包围圈逐渐缩小，排头的三只全身弓成进攻前的姿势，咧嘴发出低低的嘶叫。就当唐晓的注意力放在它们身上的时候，突然，左边一阵骚乱——

狼！

突袭！

一位护卫队的大高个扑了上去，圈住了那只突袭的黑狼的脖子，手中的刀立马挥了过去，但这狼群彼此间竟合作无间，另一只灰狼迅速扑上来，直接咬住了大高个的手臂，一阵撕咬。

顷刻间，所有的狼蜂拥而上，几人围起来的小防护圈瞬间土崩瓦解。

“砰！”

“砰！”

两声枪响，眼看一只灰狼被逼退，平地上翻滚了一圈，低吼一声又飞快扑来。

“保持队形！”护卫队队长大吼，“边战斗边撤退！”

可哪有那么容易，当狼群一拥而上，很多人早已自顾不暇，所有的事情发生得太快，事态在极短的时间内发展到不可收拾的地步……

“啊啊啊啊——”只听见旁边的李师姐连番尖叫，一个黑影凌空将她扑倒在地。

“砰！”千钧一发之际，又一声枪响，只见护卫队的一个瘦高个肩上还悬着一只野狼，却尽职地朝李师姐这边补了一枪，那狼被精准地一枪爆头，血浆喷溅了李师姐一脸，她连声尖叫后受惊过度昏厥过去。

“撤退！”那瘦高个怒吼了一声，试图甩开肩上的狼，但又有一只迅速咬住了他手中的枪，疯狂撕咬。

每个人都陷入了艰难的处境之中，唐晓被满眼的激烈撕搏激出了血性，恰好一只野狼亮着獠牙向她扑过来，她又一次先于思考有了动作。事实上，她全身的细胞都处于巅峰状态，五感也比从前更敏锐，加上军训期间诸位教官对她刁难，她四肢在不知不觉中有了肌肉线条，神经发射细胞也充分调动起来，和之前的自己比起来，她可以说是脱胎换骨了。

只是此刻的唐晓没空思考这些，在野狼还悬在空中的那零点几秒的瞬间，她迅速侧跨一步，向前，匕首精准地刺向它的眼睛，当初只身与野兽搏斗的那些日子积累的经验也发挥了作用，只刚刚听见一些动静，匕首一拔，身子就半蹲了下来，险险避过从身后扑来的野狼。

唐晓一刻也没有耽搁，蹲下，起身，不到一秒，迅速撤开。

她骨子里的外星灵魂告诉她，战死，是每个海盗星人引以为傲的事，但这一刻，她拒绝被这个观念所影响，活着，才有无限可能！

她离瘦高个很近，此刻那人手臂上还挂着一只狼，他的猎枪快被夺去。唐晓也不手软，大张手臂借力，一刀狠狠扎进了那只野狼的后头骨，拔出，再扎下。

那人得以脱身，以枪托一扫，扫开一只狼后，迅速补了一枪，然后朝唐晓投以感激的一眼。双方又立马投入下一场搏斗，此刻他的肩膀已是血肉模糊，鲜血淋漓。

此刻，护卫队的一个壮得跟熊一样的大汉突然爆发力量，他捡起一截断木，将数只野狼扫走，几个人终得机会再聚一起，但此时每个人的身上或多或少都挂了彩，他们将力量迅速拧成一股绳，试图撤退，而他们的职责是保护她们。

对现在的他们而言，她们只是累赘……

然而和学院里那些还未成长起来的学子不一样，这群人是真正的烈血汉子，在他们的眼睛里看得到烈性与执着。

死，也要死得有担当。背负着愧疚而活，终其一生将被桎梏住。

唐晓瞥见一个人将被爆头的野狼拨开，毫不犹豫地将李师姐背在背上，何敏师姐也一直被队长护在身后，庆幸的是，她们看起来都没受伤。

野狼也死伤了不少，但打斗的动静太大了，而且血腥味已经弥漫开去。唐晓发觉，先前她觉得不妥的那股奇怪的味道还在，甚至更浓烈了一些。

这时，野狼群发起了第二次进攻。

人的体力和精力始终是有限的，野狼的轮番进攻让一群人很快处于险境。唐晓也在围攻之下负了伤，一只狼咬住她左臂以下的腰背处撕扯下块肉，小腿也受伤严重，但毕竟她有自愈能力，对比护卫队，她的情况算是很好了。

可这种微弱的小庆幸，很快就被更多新伤口所湮没。

血肉恢复的速度已然跟不上受伤的速度，她的匕首也不知在跟哪只狼的搏斗中丢失，赤手空拳的她在与这群在森林中游走捕猎的野狼抗衡中，终告失败。

她拼尽最后一丝力气躲闪开又一次进攻，不远处的护卫队队员一个接一个倒地不起，她感觉力量在逐渐流失，眼泪突如其来，模糊了双眼。

救我……

救救我……

狄青……

好痛，我好痛……

救救我！狄青，你为什么不在，你听得到吗？

救救我……

此刻，顺着护卫队留下的记号，一路追踪前来的狄青心中被一种不祥的预感所笼罩，不由得加快了脚步。

“慢点！你上次的伤还没痊愈，胡锐又给你新添了彩，这些日子你为了搜索证据，也熬了夜，别绷太紧！”因不放心也跟了上来的狄九，依旧改不了爱絮叨的本性。

“我不放心。”狄青甩下一句，脚步却没有放慢。

“有什么不放心的，你还信不过贾博士特制药的药效？再说他们的行程原本就得这么多天，现在应该在回程上了，你操什么心？”

狄青没说话。

见他不搭腔，狄九自讨没趣，摸摸鼻子睨了一眼被兜在包里的黑猫，还是一脸纳闷：“还有我真的不明白，伽纳森林这么危险，你带只猫来干什么？”

“喵！”黑猫库普舔了舔爪子，类人般睨了狄九一眼，作骄傲状：要你管。

突然，它接收到一股强烈的求生意识，像触电般浑身颤动，全身绷紧，“喵喵”尖叫了几声，飞快地将脑电波传给背着它的人：“快！狄青大人！唐有危险！在那边！快！”

狄青呼吸加快，也不怕惊扰了其他野兽，使足全力朝库普所指的方向飞奔而去。

等等我！唐晓！

唐晓被头狼踩在脚底下的时候，她感觉所有生的希望都被剥夺了。

可她还是凭着意志力抵挡着它的血盆大口，手给你咬，不要咬脖子！不要！

然而那只狼居然嫌弃她手的味道，用爪子将她的手臂一踩，如千斤般坠在她身上，她顿时觉得呼吸困难。

头狼的大嘴已经朝她打开。

就在这生死关头，突然一道蓝色的激光切豆腐一样划开了那只头狼的颈部，身子和爪子还保持着原来的姿势，但头慢慢偏离了它原本应该的位置，滑落，掉在了她的脸上。

嗯，没错，掉在了她的脸上。

狼大嘴里的恶臭熏得让她五脏六腑翻滚沸腾，干呕了几声，才感觉恢复了一丝丝力气。

事实上，唐晓被突如其来的变化惊得目瞪口呆，脑子还处于当机状态。她推开狼头，愣怔地望着一秒钟前还是一只恶狼的生物，它的脑袋被刀削了，如今只剩下蓝光横扫后的切面，看起来光洁平整，各种血管似乎被封了口，血并没有喷涌而出。

而当她恢复了些力气，推开恶狼躯干的时候，周遭的场景让她联想到了她以前玩过的一款游戏，蓝光所及之处，一只又一只狼无不被切、切、切……横切、竖切、平切、斜切，三只一刀切……树叶在空中肆意地旋转，翩飞。

几分钟前她经历的难道是一场假恶战？

她顺着蓝光望去，原本被茂密的枝叶笼罩的森林上空破了一个大缺口，炽热的阳光透过缺口照射下来，一个白色光影在那光束中潇洒流畅地挥动着手中的光剑。

那个人为什么可以悬浮在半空中？她试图努力思考，可是她好累，她好累……好想睡……

她无力地躺在了地上，轻轻闭上了眼睛，可阳光好强烈，刺得她好不舒服，直到光被什么遮挡，她又睁开了眼，一个曾经在梦中出现过的银眸少年，翩然立于眼前。

心脏，被什么东西揪得紧紧的。

“你叫什么？”

“凌初。”

“从今往后，你就是我的人了。”

“你太弱了，凌初。”

“但是别怕，我会保护你！”

“你是我的。我也是你的。”

杀！

杀！

杀！

唐晓的脑子一瞬间被塞进了好多好多的信息，她突然尖叫了一声，然后听到那少年用一种她明明很陌生的语言问：“你是谁？”

“凌初。”她张嘴说了一句她从未接触过的语言。

然后，陷入深深的昏迷……

狄青顺着库普所指一路狂奔，只是走到一半，库普像是失去方向般“咦”了一声，原本一直催促狄青前进的所有脑电波突然消失。

“在哪里？”狄青已然有了不祥的预感，他的心猛地揪紧，这种不安感如山间常年缭绕的迷雾般缠绕在心间，他加重了语气，“在哪儿？”

“我……我不确定……”

库普突然有些茫然，就在不久前它重新和唐建立了精神联系，虽然很薄弱，但可以确定求生的意识强烈，可就在刚才，所有的联系突然断了。

库普将精神力尽可能外放，仍无法捕捉一丝回馈，真的，没有了……它感觉自己被一种陌生的情绪牵引，难受，慌乱，隐隐地还有一丝痛……

库普在和唐建立主仆关系后，它的情感一直是以唐的为指引，但博利亚海盗星球的人，天生少了根弦，情感向来直接且浅薄，它深以为然。所以当初唐突破海盗星人天生的感情局限，一副为了凌初赴汤蹈火的模样，让它错愕不已，但更多还是对情感参不透，哪怕现在接受地球人各种丰富多样的情感熏陶，大多时候它还是纳闷且不解。

它不明白为什么被老师骂一骂会哭，为什么嘴上说着讨厌却巴巴等着男朋友的电话，不明白上个厕所为什么要手牵手，为什么它消失个三两天那小姑娘会红着眼含着泪……

但这一刻，它深刻体会到来自它背后这个男人身上弥漫着的一种叫作绝望的情绪，这种情绪与自身的死亡无关，那是一种在情感上做出某种判断后，情绪断崖式下坠，悬在万丈深渊处的无助感。

对的，无助感，来自这个强大的男人。

“那……那边……”库普生平第一次撒谎——使用这个来自地球人的低劣技能。

狄青没有回应它，但迈开的步子承载了他的希望……

方向大致是没错的，只是越临近，库普就越强烈地感觉全身有种躁动感，一股气味激起了它进攻、撕咬的欲望，它压抑住了这种情绪，抽动了一下猫鼻子，抱怨道：“这里有一股我厌恶的味道，我想咬人。”

狄青未搭理，自这里开始，他发现地上的脚步痕迹有些乱了，应该是有什么突发状况发生。而库普说的味道他也有所察觉，心中起疑，再追踪了一小段路，就看到了搏斗的痕迹。

空气中还夹杂着血的腥臭味。

他心一沉，皱着眉一声不吭地顺着味道探去，不远处一个男人了无生气地侧躺在地上，他身边还有一只野狼的尸体，可他不敢停留，他顺着战斗的痕迹继续向前，拐过几株大树后，入眼是一片狼藉。

血和野狼的尸体交错纵横，树木上留有子弹打过的痕迹，被撕裂的衣衫杂乱不堪地掺着血散落在地，几个大汉姿势不一地躺在附近，无一不显示出这里之前发生过一场恶斗。再向前一小段距离，眼前豁然开朗，整片树林像是被横扫过，密林上空凭空出现一个大洞，毒辣的太阳光与眼前的一片狼藉交错相映，惨烈悲壮，触目惊心。

狄青自认见识过不少场面，却没有任何场面如这次一般让他胆战心惊，无形的压力自四面八方向他袭来，他感觉呼吸困难，脚步沉重。

“救、救救我……啊！”

他顺着声音望去，只见一个女生像是攀扶不稳，直直从大树上坠下。

千钧一发之际，狄青用精神力将她一托，让她平安着地，然后箭步上前，稍作检查，发现她都是皮外伤，伤情不算严重，便蹙眉问道：“唐晓呢？”

何敏恍然间才发现自己活了下来，她瑟瑟发抖，方才队长将她往树上一抛，用自身将狼引走，之后……想到之后所见的场景，她强忍已久的情绪瞬间崩溃，“呜哇”一声大哭出来，惊叫道：“啊，血！好多血！”

“唐晓呢？”库普也急着用脑电波插话。

受了惊的何敏未发现这声音的出处，只是继续哭喊着：“我不知道！呜呜……”然后像是想起什么，突然瞪大眼睛，“唐晓、唐晓……她被狼吃了！”

“你胡说八道！”狄青沉着脸，说，“你先休息一下。”随之又扩大搜索圈，在不远处找到了护卫队的队长，他身负重伤，但精神尚可，躺在大树旁喘着粗气，显然也是死里逃生。狄青与他四目交接，见他仍血流不止，就迎上去，从随身的背包里掏出一些应急物品给他做了简单包扎。

“我、我没事……”队长断断续续地说，“你……你先找唐晓……”

狄青动作迅速地包扎起他流血的部位：“动脉受损，流血过多，你休息下，养养元气。”

“对、对不起，我应该……应该抽个人……保护她的，她自己、自己……加入了战斗……”

狄青缠绷带的动作顿了一下，攥着绷带的指尖压得发白，而后冷着脸弄好，绑好结：“她人呢？”

“被……被群狼叼走了。”队长说罢，低头不再说话。

狄青咬紧了牙：“方向。”

队长抬了抬手指，如失去方向般左右指了指，突然无力地垂了下来：“我……我不确定……”

“你让他歇口气吧！”狄九拍了拍队长的肩膀，安抚道，“活着就好。”又掏出来一颗药丸让他吞了下去。

“你善后。”狄青甩下这话便打算再去找人。

“等等，狄青！这片林子是野狼圈，但我刚刚一路走来，察觉附近的猛兽已经有了躁动，血腥味太大了，那些野兽迟早会围过来，还活着的人必须先行撤离！先看看还有没有伤员！”不待他回答，狄九又严肃地接着道，“你带那只猫来是有特殊意义的吧？它能和唐晓建立联系感应？你……问问它唐晓在哪里？”

库普缩了缩脖子，姓狄的人都好可怕！

“感应不到？”见狄青并没有否认，狄九也沉默了一下，蓦地声音放软，“我很遗憾，狄青。”而后他迅速拍板，“但凡有一线希望，我都支持你去找她，但是现在，咱们先救人！”

狄青僵着身子一动不动，库普窝在他怀里，全身僵硬，大气都不敢出。片刻后，他终于迈开了步子，朝最近的伤者走去。

李嫣被大块头以身体护住压在身下，并无大碍。而大块头肩膀背部臀部被咬得鲜血淋漓，但经过包扎后也保住了命。另外两人关键时候爬上了树，全身上下不同程度受伤。持枪的瘦高个和另外两个人身受重伤加体力透支，处于昏厥状态，但都还有一丝气息。

护卫队七人加两个女生全部活了下来，这不得不说是一个奇迹。

狄九和狄青将所有人搀扶到一块，给他们喂了药，伤口该处理的都处理了。不得不说贾博士给的药确有奇效，处于昏迷状态的三个人也终于醒了过来。大家静坐了一会儿，喝了点水，恢复了些体力，人也精神了许多，眼看彼此搀扶着就能出发，李嫣毫无预兆地开口：“我们就走了吗？唐晓呢？救救唐晓吧……救救她！”李嫣在这次战斗中受伤最轻，说完她捂住脸，猛地大哭出声，“本来她倒下了，有两只狼已经离开她身边了，但是见我们还在被攻击，她突然爬起来掏出……掏出贾博士的药剂往身上倒，所有的狼都被她吸引了过去……

“我也不知道为什么所有的狼都被她引走了，我看到……我看到她拼命地跑……我想让她跑快点，快一点……可是、可是……呜呜呜，她被狼叼走了……

“我们不救她吗？我们就这样走了吗？”

所有人都陷入了沉默，几个大男人不约而同地红了眼。

“她才十八岁，才十八岁啊……不管她了吗……

“那她怎么办……她该多害怕啊……呜呜呜……”

除了哭声，空气中弥漫着一种让人窒息的沉默。

大个子大吼了一声：“生要见人，死要见尸！我们找她去！”

“走！和那群畜生拼了！你们几个受伤严重的，带着两个姑娘先走！”

“不！我也去！”

“还有我！”

狄九当机立断道：“都闭嘴，凭你们现在这样子，去了也是送口粮，是要搭上我和狄青吗？先离开这里。”

大个子红了眼：“难道我们就这样走了？”

这一瞬间，狄九竟不敢看狄青。他不着痕迹地睨了那只猫一眼，琢磨着要怎么和它沟通，它的脑电波已经在他脑海里响起：“走吧，有危险的味道。”

唐晓她……狄九试图和它确认。

“走吧。”库普发现自己居然有了地球人的情绪，它下意识地在躲避“死”这个字。

狄青望着狄九，将贾博士配置的各种药剂抛给他，平静地道：“你带人先走。”

“你一个人留在这里，我不放心……”

狄青突然勾了勾嘴角，似是在笑，却悲伤得让何敏和李嫣瞬间泪崩。

他说：“她还在等我。”

唐晓觉得意识有些涣散，头痛欲裂，恍惚中她看到自己豪气地拍了拍银眸少年的肩膀，笑得霸道：“以后你就是我的人了。”

她一个人操控着太空微型舰，闯进尼基亚妮β星球，枪林弹雨中夺下了女王皇冠上的银色宝石，肩上和大腿各挨了一枪，却带着张狂的笑回到海盗星，回到他的身边，献宝似的掏出宝石，说：“凌初，给你的，配你。”

她不顾族人的反对，牵着他的手走到父母的墓碑前说：“来瞧瞧，这是我未来孩子的父亲。”

她拒绝了族里最强战士的求爱，将他紧紧护在身后，说：“比我弱又怎么样，我喜欢。”

她托着腮，身后的星海连成一片，星云瑰丽妖魅，她就望着他，望着他，说：“我喜欢你，凌初。”

一幕一幕在她眼前闪现……直到她感觉魂魄归位，缓缓醒来，满脸是泪。

她缓了缓神，发现自己处在一个绝对陌生的环境里，和寻常的房间不一样，墙壁是由一种她未曾见过的金属制成，隐隐泛着银光。

不过……活着的感觉真好。她感觉回忆渐渐回笼，突然，她发现围在她腰间的两条手臂，指尖修长，白得隐隐带着透明质感——背后有人！

她惊恐地发现这一点，试图将手臂掰开，可那样苍白的两条手臂，却如铁臂般将她紧紧桎梏在怀中。她的动作惊醒了手臂的主人。

他开口说了一句话。

唐晓哭笑不得，这是哪国语言啊，听不懂啊！

唐晓察觉自己被换了一个姿势，和身后的人面对面，他的长相以地球人的标准来说偏于稚嫩，一双眸子冰冷又透着无辜，是纯粹的少年模样，漂亮得像个瓷娃娃。

看起来并没有什么威胁……但唐晓深知，这只是假象。

“我终于找到你了，唐。”凌初微微一笑，好像唐晓现在的模样更符合他的审美，“现在的你更好看，唐。”

“你在说什么？”她真的听不懂啊！

他开口说的一通莫名其妙的语言，翻译过来就是一通乱码，完全听不懂啊！唐晓越发觉得诡异，头皮发麻，最重要的她在梦里见过他！

她尽可能诚恳地摇着头：“我听不懂！”

怕对方也听不懂她的话，除了头，她双手也剧烈地摆动着，试图掩饰心底的慌乱。

“你放开我！请先放开我！”她猛地想起在梦里他残酷无情地斩杀了“唐”的族人，还有切水果一样切狼的狠厉手段，只感觉后背一阵阵发凉。而令她奇怪的是，脑海里的那抹意识原本还会影响她，但在有血海深仇的大仇敌面前，她居然没有一丝冲动。

好像她的那抹外星意识彻底消失了……

这本应该是让她庆幸的事，但此刻她突然有些慌乱，她觉得这种情绪很复杂，就像看了部电视剧后，电视剧里的大反派突然站在她面前，她却完全不知道该怎么面对这个人……啊不，外星人！

外星人的心思叫她怎么猜！

“你、你你……认错人了！”唐晓把心一横，闭着眼睛直截了当地说。

第七章

求求你，放我走好不好

“& ￥#%&……”

说人话，唐。

“我听不懂……啊！等一下，你能不能离我远点，我有点怕。”

“&& ￥#……%……”

你这样我们没法沟通。

“完全听不懂。”

“% ￥￥#%&……4&&……”

“真的听不懂，啊，别靠近！远一点……”

“&&%……% ￥%……”

“这儿是哪里？能不能放我走？你这种行为在我们地球属于非法拘禁，当然了，之前你救了我，我表示很感谢，不过……我……”唐晓觉得这个叫凌初的外星人目前表现出来的态度应该是认错了人，过往的记忆片段拼凑起来，大概就是霸道星际女土匪强掳外星小王子，结果小王子一路靠演，诱敌深入，最后一举灭了霸道女土匪的整个星球。

难不成这个外星小王子最后发现自己真的爱上了唐，所以寻回来了？

找来地球也真的是个技术活，可是找错人了啊！

外星“唐”的意识并没有占据成功呀！虽然“唐”的意识有时会对她的行为造成影响，但她还是她，是纯种地球人啊，严格说来，外星“唐”已经不在了，消失了……

这个过程解释起来有些复杂，唐晓隐约记起昏厥之前，她似乎说了什么她自己也听不懂的话，难不成就造成误解了？啊，天！——她后知后觉地发现，他救她应该是因为误会她是“唐”了。那么，如果解释清楚，凌初也确定认错了人，又会如何对待她？

切了她？

唐晓被想象中的血腥的画面惊得快要窒息，要不要承认？可如果暂时承认这个身份，被欺瞒被背叛最后背负了血海深仇的“唐”又会做些什么？

唐晓不敢想，想起曾经的“她”依附在她身上后她做出的种种举动——“她”一定会义无反顾地冲上去吧，哪怕面对的是深渊是死亡。她觉得脑子乱糟糟的无法思考，甚至在这一瞬希望“唐”真的出现，解决掉这笔陈年旧账，只可惜……

她想，或许“她”正是因为深受刺激而陷入沉睡状态，她总觉得，跨越星海虫洞而来的“唐”并不会轻易地消亡。

或许，某一天的某一刻，“她”会再次出现。

只是对不起，真的对不起，现在的她没有勇气冲上去……有一种仇恨因为没有切身经历，她没有那种孤注一掷的冲劲。唐晓觉得百感交集，纠结来纠结去，最终选择了沉默。

“&￥￥#……”你是不是在生我的气？

听到他又开口说话，唐晓抬头，只见凌初一脸“算了，即使这样你也难不倒我”的表情，表现出了十足的耐性。他调出手环，“嘀嘀嘀”按了几个按钮，不一会儿自手环处出现全息投影，展现出一个四四方方的机械类的矮胖造型，上面还长着两个黑洞洞的大眼睛。神奇的是，这个投影居然有情绪，此刻因为释放出来看着有点激动的样子，劈头就是一通外星语。

凌初似乎给了它什么指示，它回过头，竟变幻为一条袖珍的金龙，然后它居然歪了歪头向她打了个招呼，说的是一口标准的普通话："您好，星际超级智脑金金为您提供星际通用语翻译服务，凌初殿下说：早上好，你很漂亮！"

他绝对没有这么说……不过，智脑这种传说中的高科技居然真的存在！

只授令"打个招呼"的凌初全然不知金金说了什么，只是突然能沟通了，他似乎一时间也不知道怎么开口，于是望着唐晓那张对他而言还有些陌生的脸，一阵无言。

金金自作主张地又开了口："历经千辛万苦终于将您找到，凌初殿下表示这是命运的安排，就让往事随风而去，让您与他携手共建美好未来。"

唐晓心想：唬我呢，凌初刚刚明明没有开口说话！

凌初心想：打个招呼就这么长，地球通用语好难学！

不过，既然能沟通了，唐晓试探性地开口："我……"她开口后又有点犹豫，怕踩雷，但想了想问道，"那天在森林里和我在一块的人，他们……还活着吗？"

"凌初殿下，她说您非常帅。"

凌初清了清嗓子，有点高兴："谢谢。"

"放心吧，他们都还活着。"金金"尽职"地翻译道，那天它确实检测到了生命体征。

"这是哪儿？"唐晓再次问。

"您目前身在探险者号。"

"探险者……号？"

"是的，探险者号是目前星际最先进的穿梭飞船，它拥有完美的线条设计、一流的操作指挥室……"金金介绍道。

"什么？飞船？"唐晓打断它。

"咦？分析数据显示您现在很惊慌，鉴于您之前有昏厥的经历，建议您放松心情平复情绪。如果您是担心已离开您的母星，那么请放心，您目前还在地球上；而如果您是担心驶入外星系无氧气供应，那么也请放心，我们所在星球是类地球环境的，虽然重力系统及呼吸环境不一样，但会在您适应之前，提供足够的氧气……”

没离开就好，唐晓微微松了口气，抽空检查了一下自己的身体，发现原本多处触目惊心的伤口已经愈合，不得不感叹自愈能力真是行走的作弊器。按照上一次受伤后昏睡时间推断，不知道这次昏睡了多久，待紧绷的神经稍稍放松，她才发现自己饿了。

不过目前她的自由受限，还得保持高度警惕，于是她又抬头望了一眼长相特别具有欺骗性的凌初，抿抿嘴，决定忍着。

金金自动智能地扫描了唐晓的身体状况，又道：“您目前的饥饿值快到达临界点，致使体力值也在危险区域，请问需要用餐吗？”

“要！”察觉自己应得太快，唐晓有些难为情地干笑了一下，才发现凌初一直目光灼灼地望着她。

这种感觉太诡异了，让她全身都不自在。她下意识地避了避，但他的视线仍旧肆无忌惮地盯着她。唐晓低下头，却还能清晰地感觉到他灼热的目光。

“呃，金、金金……你能不能让他别看我？”唐晓实在被看得心里发毛，忍不住开口。

“她说了什么？”凌初敏锐地察觉到她瞄了自己一眼，迅速地问道。

事实上，他也发现唐不一样了，举动、神态以及最关键的相貌，若是过去的她，恐怕老早就扑上来大战了三百回合，可是回想起她在求救时释放的强烈脑电波，以及昏迷前的那一眼，那一眼怨愤仇恨中又夹着些许恨而不能，他便百分之一百确定是她。

也只能是她。

当初他放了她一条生路，甚至偷偷帮助库普完成星际跳跃，就觉得她是能活下来的。只不过，他没想到寻找的过程这么漫长，多少个在星际漂泊的日子，久久不能入眠。

金金说他爱她，过去它偷偷跟着星际交流部队穿梭星际，从这个名为地球的星球取回很多文字音频，深入学习，从大千世界、人际交往，学到人情世故、世事变迁，最终得出了这个结论。

他爱她。

可是，爱是什么？

爱是看着她充满恨意决绝的眼神，心里那点隐隐的痛吧；爱是因为她不在，她的点点滴滴都不敢想；爱是找不到她，从此这茫茫宇宙，只剩下了无边际的黑。

可是，你在哪里？

金金强大的数据库分析显示，倘若库普便是这冥冥之中所受的指引，他跨越千山万水而来，终于找到了她。

找到了，心，终能安放。

他想告诉她，博利亚海盗星人常年以盗劫为生，以战斗为荣，打砸掳掠，杀人越货，周边星系无不深受其扰，欲除之而后快，因而星际维和部队立下军令状，不惜任何代价都要将其清剿。即便不是他，也会是其他人，他只是将损失降到了最低……

他想告诉她，那天他和她们族长谈了，只要他们肯签订并遵守星际和平协议，以后不再抢劫杀人，便可保全部人不死……但结果，族长坚决反对，战斗一触即发，他没有时间告诉她。

他还想告诉她，恨他也没有关系，只要人还活着，哪怕是一张陌生的脸，只要她还在，就好。

是的，很奇妙，凌初感觉如今的唐敛去了锐气之后，变得平和，又带点小小的坚持和倔强，偶尔还会流露出些许羞涩，这让终于舒服地睡了一觉的他，觉得很有意思。

“她说她感受到你的热情，她很喜欢。”金金持续“尽职”地翻译道。

凌初点点头，看得更专注。

还好这种尴尬气氛被迅速送过来的食物打破，但唐晓看到那一盘绿莹莹透明到发亮，外表Q弹无比的虫状物体时，只感觉仅有的胃酸迅速翻腾，这是食物？

“这是来自u星球的绝顶美味，向来只用于招待星际权贵政要，内含丰富蛋白及高度分支的半乳糖甘露聚糖，嫩滑多汁，滋阴补肾，还可以增强肌体的抵抗力……”金金滔滔不绝地介绍这道菜品，这道菜在虚拟世界简直就是它的最爱！

唐晓皱着眉，摆出一副宁死不屈的样子，她心里只有一个想法：她死也不要尝这个！

“她看起来不喜欢吃这个，给她一点地球食物。”受主观意识影响，凌初认为看起来呆呆蠢蠢的唐也格外顺眼。

“好的，殿下。”金金摆了摆它漂亮的金尾巴，诚挚地传递着主人的意思，“您好，殿下请您务必吃了它。”它强调了“务必”两个字，在它单纯的世界里，好东西是要分享的。

看起来呆呆蠢蠢的天才美少女唐晓握了握拳，做了一个艰难的决定：“替我谢谢他救了我，但是，我想离开这里，我想回学校，我……什么时候能离开？”

我饿！我要吃东西！

“她说什么？”凌初为自己不懂地球方言而恼火，决定今晚就开始学习！

金金微微一笑：“她说，地球这么大，她想去看看。”

在伽纳森林深处，有一棵古树，据说已盘踞了上千年。那枝干虬曲苍劲，被岁月刻上了黑色的皱纹，它见证了风雨雷鸣、岁月枯荣，却仍枝繁叶茂，焕发着生机，在这森林一隅，站出了顶天立地的气势。

狄青听族里来森林里历练过的长辈们说，这棵树有灵性。

已经是第七天了，他找遍了他认为有希望的所有地方，然后下意识地走到了这里。

库普默默地跟在他的后面，只见他愣怔地望着那棵树。

库普听到狄青在心里说：我狄青行于世，向来不信天地，不信神佛，只信我自己。

可如果您真的有灵，能听见我说话，我恳求您，诚挚地恳求您，让她活着，哪怕……我与她，此生再无缘相见。

狄九回到学院的第一件事，就是迅速组织人员将寻药分队被狼突袭的事追查到底。

首先可以确认的是贾博士的药没有问题，几人包扎后，在药的作用下，和增援部队碰头之前的这一路没有再遇到危险。

而先不论狄青那只猫的由来，它在临别之前以脑电波的形式传递了狄青的想法，整件事不是意外，而是人祸，这与他的想法不谋而合。

回顾整件事，护卫队所有人都说野狼聚集的速度很快，而且攻击性及针对性很强，又不约而同地提到最后一次使用贾博士的药剂，当中夹杂一股特别的味道，而这点狄青也通过那只猫告诉了他，残留的味道能激发兽性。所以问题还是出在药剂上，这与先前的结论是冲突的。

那么，会不会是拿错了药？

护卫队长否定了这个可能性，所有药剂的领取都有着近乎严苛的流程，当中有几道确认环节，他们自己也再三核对过。倒是说到这儿，队长又提到了一个细节，他们原本已经按原出发人数领取了药剂，但后来被告知唐晓会加入队伍，补充了两瓶。

考虑到药剂的时效性，队伍向来的惯例是先领用的先用，如果问题就出在补充的这两瓶上，那么，狄九不得不将之前学院学生暴毙的事和这次事件联系起来，毕竟这两件事都指向了唐晓。

有人想害这个女孩，而这女孩身上一定藏着某种秘密。

他想了想，唐晓对那两人暴毙的事即使不知情，整件事应该也与她是有所关联的，这又牵扯到了她研发的药剂。

考虑到Z组织对她的追捕，狄九心里大概有了数——学院里混入了Z组织的人。这真是个让人伤脑筋及伤感情的推论啊。不过要确定这点，还需要人手来调查，然而现如今整个学院都在紧锣密鼓地筹备着欢迎外星交流团到来的相关事宜，人力物力有限，抽调不出人手。

不过学院因寻药分队被袭击的事件，暂且采取封闭式管理，不再安排任何外出活动，也不允许任何人私自离开学院，由他来安排管理，等于全学院的人都在他的监控之下，他倒是可以借由这个机会，揪出潜伏之人。

狄九理了理余下的线索，虽然寻药分队最后一次使用的装药剂的瓶子已经丢失，但唐晓为引开野狼倒在身上的那瓶药剂的瓶子却被捡了回来，里面还有些许残留，他已将其交给了贾博士的团队进行分析。

昨天霍莉告诉他，试剂的检验结果显示一切正常。

一切正常……呵。

还好他留了个心眼，将残留药剂留下了一部分，否则还真是死无对证。现在药已经托人交给族里的药学专家进行成分分析，除去路上花费的时间，过几天应该就会有结果了。

如果药真的有问题，那么他可以确定的是，想伤害唐晓的人，就混在贾博士的团队里，只是不晓得到底是一个人还是一群人。

Z组织还真是无孔不入啊，当初为了拉拢他和狄青花了血本，而现在他们又无声无息地潜入了学院……

一定要肃清！

想不到此事因唐晓而起，而唐晓又因此事而终，狄九突然不胜唏嘘。

再想起执意留在伽纳森林的狄青，狄九心里一阵泛酸。

那小子，从小就拧巴，脾气差、嘴巴毒，也不懂什么人情世故，小时候因身边缺乏同龄玩伴，而忘了教他怜香惜玉的正确做法，后来进了学院，因长相好、能力强迅速受到女生追捧，只是他不开窍，嫌这个麻烦那个麻烦，每天摆出一副“别惹我”的臭脸和“你敢惹我，我敢劈你”的架势，成了一只雪岭孤鹰。

现在狄九自己也说不清当初叫狄青替他去保护唐晓到底是对是错，他想不明白，狄青和唐晓接触也不算太久，进了学院也没有你侬我侬相亲相爱的，怎么感情突然就这么深了？

想起那天狄青站在林子里，不声不响，那种从骨子里散发出来的悲伤，令狄九心有戚戚焉。他隐隐猜到一个事实，他这个唯我独尊的侄子动了心。

而且，不知什么时候，动情至深。

或许没有这件事，狄青那家伙压根就不会发现自己已经动情动心了吧，这小子从小就是个大写的、行走的麻烦，他一直期待能有个情投意合的姑娘陪伴他，与他相知相守，但如今……如今只希望、哪怕只有万分之一的希望……

希望她活着吧。

时间过得真快啊，眨眼就半个月过去了。

还好这小子没有“殉情”这条神经，否则他真不放心留狄青一个人在那儿。鉴于他之前有独自在伽纳森林生活两个月的经历及能力，狄九心想，就放任他为了那渺茫的希望，再尽最后一份努力吧。

总之，等这次外星人造访交流活动结束，他就去森林里抓人了。学院也要适时清查一番了。

这段时间，唐晓发现自己成了地陪。问题是，虽然她是地道纯正的地球人，但没有手机导航，她连走在生活了十几年的B市都有可能迷路。

所以她目前的任务也就是陪吃陪喝。

探索者号飞船上自带屏蔽系统，不会为人所见，而且好像签署了什么星际和平协议，所有的外来飞行器及外星人，在未接受正式邀请前，是不允许进入公众视线的，所以他们选的旅游路线都是风景好、没有人的地方。

他们去看了绵延无边际的荒漠，去无人岛看了看海，去了大峡谷，也去瞄了一眼活火山。这一站，说是要去看雪山……

这一切，对唐晓而言，都是折磨。

大概也是受“唐”在她梦中呈现的那些画面影响吧，她潜意识对凌初有生理排斥，当然也有害怕的成分，虽说他并没有将那激光剑时刻背在身上，但要解决她是分分钟的事情。因而每次他稍微靠近一点点，她就全身不自在，又不得不反复提醒自己不要激怒他，啊，真巴不得他能滚回外太空，消失得越远越好！

更重要的是，她现在迫切地想要回学校，一来虽说知道师姐和护卫队的伙伴们还有气息，却不晓得最终被救了没有，二来她有点想狄青了……

在妈妈去世之后，他是这个世界上她唯一能依靠能亲近的人了，他大概也会为她担心的吧。

“到了！”金金因为担任着翻译的大任，因而自从上次被放出来，它就再没被收起，这让它尝到了前所未有的甜头，也敏锐地察觉到唐晓极有可能是改变它待遇的关键。

所以它选择了雪山，这个生态环境和它的星球最为接近，它隐隐觉得，此番唐晓应该是要跟殿下回母星的，嗯，提前适应一下也好。

它也狗腿地将这个想法传达给了它尊敬的殿下。

凌初内敛地点了点头。他望向唐晓，不知怎的，在类似他母星的环境中，他突然有种奇妙的心理，想与她独处。于是他顺手关闭了金金的外示按钮，然后，又一次把手递给了她。

这是以前她最爱做的动作，在博利亚海盗星上，她一次又一次出其不意地抓住他的手，牵着他走遍海盗星的每个角落。

“听着，这片土地以后都是我的，你往前面看，说，你喜欢哪个星球？告诉我，我将来把它打下来送给你！”

对，这就是博利亚海盗星人，他们蛮横不讲理，桀骜、自我，喜欢的就抢来，从来不顾及别人的感受。

初时他很是排斥，事实上，只要他想，她其实牵不到他的手，可他最终没有拒绝，那只手牵着的，是关于胜利的捷径。

他真的不喜欢海盗星，不喜欢那里的温度，不喜欢那里的环境，那里的空气总是很干，呼吸都会带着尘沙，甚至弥漫着淡淡的血腥味，也不喜欢……她。

可她是海盗星年轻一辈最受宠的姑娘，是最有可能继承王位的人，她能力强悍，野心勃勃。金金分析，她能提供让他轻易打入内部的机会。只是他没想到，这个机会来得这么容易……

凌初从过去的回忆中回神，眼前的姑娘已紧紧握着拳，大概怕他生气，回避般绕过他率先出了房间。

其实只要他想，他可以轻易牵起她的手，她没有半点抵抗的余地，可是他并没有这么做，他想给她不一样的自由。意识附身在地球人身上之后，她的表情丰富了许多呢，真的很不同啊。

凌初第一百零一次感叹，然后摸摸鼻子，跟着她走向飞船的门口。

“那个……”唐晓突然开口。

也就在她开口这一瞬，因为怕她拒绝，凌初突然做了一个大胆的决定——他迅速下令舱门打开，然后几乎同时向前一迈，趁她不注意一把拽住了她的手，并以飞奔的姿势，冲进了漫山冰霜之中。

北风呼啸，冰雪皑皑，寒风肆意，雪花纷飞，翻飞出翩翩的乐曲，凌初突然觉得这一切都美不胜收，这熟悉的场景让他精神一振，稀薄的氧气环境更是让他感觉四肢轻快，周身舒畅。

更重要的是，他牵着她的手……软软嫩嫩的手。而且她没有拒绝，她大概从来没有见过这样的美景吧，或许她也同他一样，沉浸在这醉人的美景之中！

直到奔跑到了雪山之巅，他才停下脚步。四周白茫茫的一片，他却能感受到心灵的沉静。他的银眸银发，也恰如其分地融入了其中。然后，他试图分享喜悦般回头看了唐晓一眼。

呃？

这个冰棍是谁？

唐晓蕴含万语千言般，无声地望了他一眼。

她原本想说“您就打算让我穿这么少出去吗”，结果门就开了……

她还没来得及表示抗议，就被拽出去了。外星人都这么不按常理出牌吗？

唐晓觉得自己简直想吐血，一出门，那冰霜便如刀子般割在她的身上，这得有零下五六十度吧？才几秒钟，她就感受到来自骨子里的寒意，落在她身上的雪花接触到皮肤的微热就迅速凝结成冰，吐出的气都能被冻成冰碴儿，鸡皮疙瘩也被冰成冻疙瘩。他还要领着她跑，更加快了雪花扑面的速度……

而且她缺氧！

这种刺骨剜心的冷，这种呼吸困难的感觉，让她体内活跃的细胞分裂频率都降低了……

她会死！

因此等凌初停下脚步，良心发现地回头看她一眼时，她只有一个想法：你现在看我是想嘲笑我吗？

唐晓被冻得瑟瑟发抖，她的怒火被零下五六十度的温度冻得一点不剩，缺氧加刺骨的寒冷，让她突然两眼发黑，晕了过去。

“唐！”凌初被突发状况弄得措手不及，但尚存的理智让他迅速分析出这种让他舒适自在的环境，可能对她来说，有些难以适应。

望着从前那个总是喜欢挡在他面前的气势冲天的女孩，突然间变得这么孱弱，凌初的心情有些复杂，但大概不管哪个星球的男性生物，对弱小者天生带着保护欲，他感觉心底的一根神经突然被拨动了一下。

他上前一把抱起唐晓，又冲回了探索者号飞船。

嗯，这大概是唐晓经历最短的一次旅行了……

金金又被放了出来，它观察了一下唐晓的状况，一副“我是专家”的表情，对凌初说：“殿下，这种情况在地球可以做人工呼吸！”

然后它服务到家地将人工呼吸的画面展示出来，把看热闹的表情藏得极好，诚挚地说：“照做吧！殿下！”

“我拒绝！”凌初道。

凌初喜欢银白色，这种纯净的色彩承载了他所有的喜好，如果不是金金坚决反对，他还想穿一身银色战袍来着。他不喜欢杀戮，他愿意将所有的伤害降到最低，因而一刀切对那些狼来说，或许是最轻松的死亡方式。

他这么说只想表达他喜欢干净，这个动作脏——他做不到！口水交换什么的，难道不是交换细菌？

金金只差给这个缺心眼的主子一个白眼，当然了，它还没这个胆。

不过……凌初睨了一眼唐晓，她因冻伤，嘴角上还有点未化的冰霜，因时间不算太久，微微泛紫，嘴唇的轮廓也是他喜欢的样子……

她现在其实很需要他的拯救吧？

这段时日，他在恶补地球相关知识，尤其她这个年龄段喜欢的爱情故事，如果这个动作可以减少她对他的恨，那么他想说，他……

就在凌初犹豫不决的时候，金金已自行开启了舱内冻伤处理系统，唐晓躺着的床自行运作，当着凌初的面被送进了医务室。

凌初心想：我想说，我愿意……

金金心想：我好棒！主子求表扬！

关闭系统！

凌初心想：说好的智脑，智慧呢？

得益于及时的冻伤康复处理，加上自愈能力，唐晓又一次从鬼门关绕了一圈，醒来时已基本无大碍了，却心有余悸。

探索者号如今处于观赏模式，原本密封的舱体幻化为透明玻璃状，舱内维持二十六度的舒适恒温，舱外霜雪纷飞，看样子他们还停留在雪山之巅。

真是……死在这里都没人知道……

唐晓突然觉得有些委屈，她想家了，可是她没有家。

其实在某个方面她和“唐”是一样的，她们都孑然一身，孤苦无依。

她多想有个舒适的小窝，窝里有个人，为她常亮一盏灯，让她在苦了累了开心难受时，有个念想，有个盼头。她也想像同龄人一样，除了上学放学，空闲时看个电影追个剧，或者约几个朋友去吃个大餐，逛逛街唱唱歌，再买几条花裙子装扮一下自己，不顺心了还能找家里人吵一架，然后撒个娇喊句爸爸妈妈……

可这一切，这么简单的一切，她都不可以……都不可以……

想着想着，她心里一酸，眼泪夺眶而出。

“你、你很难受吗？”凌初一直等候在旁边，唐晓自苏醒后，发了一会儿愣，竟完全无视他的存在，爬起来坐在床上，下巴抵着膝头，持续呆呆愣愣了好一会儿，看起来像极了被遗弃的孩子。

在他们星球，遗弃罪是死罪，所以眼下她这个模样莫名地戳中了凌初的死穴，他一时有些慌乱，而接下来的事更是让他手足无措，她、她哭了！

“还是你很痛？冻伤处理系统并没有损坏，那、那是哪里不舒服？”

眼泪这种东西于他、于从前的唐都是不可能存在的物体，包括整个博利亚海盗星人及他母星的同胞们，都是流血流汗不流泪。凌初看着她流泪，就仿佛胸口被什么重重捶打般，闷闷的，有点喘不过气。

这……到底是有多痛？才会痛到流眼泪？

“你、你别哭……”凌初一时间也不知道要干什么，脑子短路的他没想起唐晓根本听不懂他的话，也没想起要把金金放出来。

“放我走……”唐晓抹了把眼泪，哭得稀里哗啦，“放我走……好不好？求求你，放我走好不好？”

“金金！”听到她开口，凌初迅速放出了金金，然后通过这段时间两人在交流对话中对她的反应，隐约察觉有些不对劲，便严肃地说道，“好好翻译！”

金金大气不敢出地原封不动、绘声绘色地将唐晓的话传达给凌初。

凌初深深地望了唐晓一眼：“‘好’字用地球语怎么发音？”

金金进行了简易的汉语拼音教学之后，凌初冲唐晓点了点头，发音有几分干涩：“好。”

“哎？”唐晓正哭得投入，听到这话还以为自己听错了，错愕地抬头，不小心用鼻孔吹出个透明小泡泡，“真、真的？”

小泡泡“啵”的一声，破了……

凌初望着她，忍了忍，还是“扑哧”一声笑了出来。

啊啊，鼻涕好可怕，但是，唐呆萌呆萌的好可爱！凌初清了清嗓子，重复了一次，这次字正腔圆了许多，他说：“好。”

金金兴冲冲地摆动着小金龙的尾巴，问唐晓：“啊，怎么弄的？快教我快教我！我要学！”

唐晓想翻白眼。

“唐刚刚说要去的地方是哪里？”凌初问道。

“先把她送回当初救她的那个地方。”

“她要去杀狼？”凌初有些疑惑，“我替她杀了那些狼，她是不是有些不高兴？”

“不，殿下，据我推断，她想要去的地方百分之九十九点九应该是蓝星特别军事学院。”

“这么巧？”

“是的，殿下。”

“那她刚刚又说了一大通，说的什么？”

金金大概总结归纳了一番：“她的大概意思是，如果嫌麻烦的话，也可以先送她回她的祖国，其他的事情她自己来想办法，然后说她祖国人非常多，可能会违背咱们签署的星际和平协议，所以觉得有些麻烦我们，请我们想想办法。”

凌初点点头：“唐真可爱，怎么会麻烦呢？”

金金说：“殿下，抱歉无法理解她‘可爱’的点在哪里，不过这大概就是中国人说的，情人眼里出西施吧。”

“西施？”

“西施在中国人看来就是美人，就好像我们族人看待尊贵的波拉女王陛下一般的美人时的感觉。”金金拍着马屁。

“唐？她和我母亲长得不一样。不过以前的唐皮肤有点黑，现在的唐如果头发也是银色的，那就更好了。”

金金说：“会有那么一天的，她们一族的人在年老的时候，头发都会变成白色。”

凌初满意地点点头，然后又问：“所以，你上个星期已经通知蓝星特别军事学院的文化交流活动延期了是吗？”

“是的，已经通知校方推迟两个星期。”

“告诉他们，我们今天就会到。”

金金微笑：“太好了，他们一定会很开心的。”

金金不知道，这种没有提前通知的突击式检查，搁在哪个年代都不会受欢迎的……

而一个字都听不懂的唐晓，感觉自己会被卖掉！

探险者号飞船内的显示屏，对比着地球各个时区的时间，现在已经是十一月中旬，距离伽纳森林被野狼突袭事件过去已然一个多月了。

唐晓归心似箭。

说实在话，如果可以，她真的一辈子都不想再踏足伽纳森林，她这辈子最痛的两次经历都发生在那里，然而她别无选择。其实从当初学院录取通知书隐瞒地址，就知道学院并不对外公开，世上绝大多数人应该不知道学院的存在吧，所以她下意识地将学院的名称隐瞒了下来。

但是……

金金还是那副老样子，它摇了摇虚拟的尾巴，和她闲聊：“以探险者的速度，从这里到蓝星特别军事学院大概只要一个小时的时间，这还是因为需要躲避正常航线，速度应该跟你们古代小说里的孙悟空差不多了对吗？”

唐晓有点惶恐，学校被暴露了！不是我干的！

凌初见她已经止住了眼泪，心里松了口气，然后又叽里咕噜地跟金金说了什么，用拗口的声音说道：“你、还、疼吗？”

不得不说凌初的学习能力很强，他之前更多在学习人际交往，潜意识里他还是觉得唐其实会说他们的语言。是的，星历五千六百年，从星际间的交流开始，除了签订和平互不侵犯条约，还推广了星际通用语，至今已经有两百年历史了。

想到这儿，凌初真的想吐槽地球真是太偏远了，而且语种太多，还排外，对外来事物接受能力差，绝大多数地球人还保持着“世上并没有外星人”的陈旧观念。也是近些年，才逐步接受了一些星际交流活动。

唐晓现在看到凌初，就会回想起自己用鼻子吹的那个泡泡，这让她很尴尬：“喀喀，不疼了，谢谢。”

“不客气。”凌初说。

“所以孙悟空翻腾十万八千里到底需要多少时间？书上只说了一个跟斗，但按抛物线来计算，这个跟斗到底得翻多大呢？”金金说着说着，把自己幻化成了孙悟空的样子。

如果直接降落在学院的操场上，学院方会不会以为被袭击，然后爆发冲突啊？会打起来的吧？

“你们能不能停得离学校远一点？”唐晓也觉得自己老这么提意见迟早有天会被揍，但是她也没办法啊。

她感觉自己正在阻止一场世界大战的爆发。

听了翻译的凌初殿下从善如流地道：“可以。”

“你通知学院的人，我们需更换降落地点，让他们提供远一点的地址。”

金金对主子的命令向来无条件遵守，又以特有的无线波联系方式，通知了学院相关联络员，成功将严阵以待的校方人员再度搞得人仰马翻。

“谢谢啊。”

唐晓松了口气：啊，感觉做了一件大好事。

下飞船之前，凌初换了一套正装，是符合地球人审美观的白色军式制服，搭配长靴、军帽，银白色的长发被束起，露出两只尖尖的耳朵，看起来英气挺拔，精神抖擞。

唐晓自作多情地想：呃，给我送别不需要这么隆重吧？

飞船具体停靠的位置唐晓一时也没办法分辨，但周边并没有什么动静，大概可以确定停在森林一隅，并不在学院内部，否则这个时间，恐怕飞船会被包围吧……

舱门缓缓打开，凌初率先走了出去，步履有力，忽略掉他略显稚气的相貌，其实他极高，身段极好，皮肤白得发亮，却不显得病态，还是挺赏心悦目的，也难怪外星“唐”当初对他一见钟情。

不过，他这是要出去干什么？

唐晓一肚子疑问跟在后面走了出去，然后，她就被湮没在一阵热烈的掌声之中。

一群看起来格外眼熟的人一个个笑眯眯地站在飞船下方，正领头鼓着掌，之所以看起来格外眼熟，是因为他们和学院宣传栏上贴出来的校高层相片上的人基本上一个样。

咦？其实就是本人吧！

然后仪仗队鼓乐团奏起了欢迎的乐曲，一群漂亮的姑娘列于飞船两旁，面带微笑，笑容得体热情。

所以，发生了什么？唐晓被眼前的场景惊了一惊，然后就愣在原地不敢走了。

这个时候凌初特有绅士风度地转身，然后将手递给了她。

这已经是他不知道第几次做这个动作了，唐晓还愣着，所以无意识地将手递了过去。她这个动作似乎让所有人的动作都微微一僵，接着，她看到了狄九。

那狄青呢？她精神为之一振地迅速在人群里搜索他的身影，可是……这儿没有，那儿也没有，都没有。

唐晓像是被泼了一盆冷水般大为失望，还有些莫名其妙的委屈。不过还好她也没看到胡锐，大概因为脸上那道疤太可怕，不适合出现在这种场合？

不过，这群人总不会是在欢迎她，难道是在欢迎凌初？

欢迎凌初？！

唐晓因自己的后知后觉蠢哭了，她突然想到早前学院其他人的奇怪表现，他们很明显就是在准备会演啊，为了欢迎外星人？我天，难怪不能说。

还没回神的唐晓身子被凌初一带，他已领着她顺着飞船的梯子往下走。

她还没走几步，一个女生似乎看清楚了她的相貌，突然惊叫了一声，音乐也乱了几个音节，然后那个女生迅速地被旁边的人捂住了嘴。

她显然是被吓坏了。

为什么？

唐晓不知道的是，就在她被判定为生还无望的第三个星期，恰好银星小王子宣布到访改期，在狼袭事件中受伤最轻的李嫣和何敏师姐牵头，发起了把唐晓作为舍己救人的典型模范，组织全学院学习的活动。

狄九当时忙着其他事，等发现时，这个活动已经扩散到了全学院，根本停不下来了。

总归就是集中宣传教育了她舍身引狼，最终葬身狼腹的伟大壮举，学生还自发地举办了悼念活动，她的种种事迹被广为传播，勇闯伽纳森林、单挑异能队的师兄之类的。

而她在新生报到大会时，颇具传奇色彩般活着走出了伽纳森林，邋邋遢遢地指着无人机说以为自己死定了时被捕捉到的相片，也被修得一副狂“跩”酷炸天的模样，被当作遗照正摆在操场边上供路过的人献花呢……

就连校方也一举奖励了她三千积分，让她一跃成了年级第一，甚至挂上了总积分榜的尾巴，大概意思就是让她风风光光地走。

对此浑然不知的唐晓跟着凌初一路走下了飞船。

众人的眼睛完全不知往哪儿摆，都不知道是看外星小王子好呢，还是看她好，索性两个一起看。

还牵手！

简直不能忍！

学院的龚校长已领着队伍迎了上来，他从容淡定，微笑着望着凌初，打着招呼：“欢迎欢迎！”

然后一个穿着白色套裙、梳着中分干练马尾的女人微微上前一步，尽职地开口翻译，竟是一口标准的星际通用语。她长着一双让人一见难忘的漂亮凤眼，眼角微挑，满目风情，而且皮肤白皙，笑容得体，显得漂亮又大方。

待看清了来者的模样，唐晓立马一副迷妹模样，啊，是温宴师姐啊！

她的偶像啊！

啊，温宴师姐还是好漂亮，好喜欢！

若说唐晓自入学后就自带学霸属性的话，那么温宴师姐就是传说中的学神。

唐晓上小学的时候还是懵懂无知的，但她至今仍记得小学开学那一天，当时已上五年级的温宴师姐穿着白色校服搭配蓝色及膝裙站在台上，笑容灿烂。

在任何地点、任何时间都会有人提起她，说她得了什么国际大奖、什么全国冠军、什么竞赛第一，还说她玩得了数独，弹得了钢琴，还跳得了街舞，有时在校园里见到她，总感觉她身上有种特殊的光彩，让人移不开眼。

唐晓不由得心生向往。

后来在初中参加生物知识竞赛的时候，唐晓有幸和她近距离接触过。当时她的老师把高中部的温宴师姐请来给他们做辅导，讲如何调整赛前心理，那会儿师姐立于台前侃侃而谈，后来还私下和她聊了几句，笑着对她说了声“加油”。

她不禁想，世上怎么会有这么优秀的人呢？

如果说老师对她还算偏心，那么师姐就是老师们捧在手心里的珍宝，因差距太大，让人无法产生嫉妒情绪。后来她一路追随着师姐的脚步上了市重点中学。说句不夸张的话，走到哪里，哪里就有关于师姐的传说。

如今，该怎么说呢……唐晓除了见到崇拜对象有点激动外，还有种他乡遇故知的感动，啊，熟人！

“师、师姐……”唐晓终于按捺不住情绪，轻声地偷偷打了声招呼。

只见温宴望了她一眼，似乎在迅速搜索有关她的记忆，但笑容已经恰如其分地展现出来，大概场合不合适，她并没有正面回应。不过，唐晓已经很满意啦！

温宴似不经意地瞥过凌初牵着唐晓的动作，而后就以大局为重，以一口流利的星际通用语继续和凌初沟通。

她先一一介绍了在场的院领导，再次表示欢迎之后，在转移场地前传达了校长的意思：“您好，凌初殿下，我们学院其实有专门的飞船停靠坪，会有人负责飞船的日常保养及维护，如果您不介意的话，可以将飞船挪去那里，服务也会更周到一些。”

哇，完全听不懂，师姐好厉害！外星语说得超溜！

“这个我知道，”凌初微微笑道，“请帮我问问唐的意见。”

“好的。”温宴微微一愣，随即地冲唐晓微微一笑，“唐晓，对吗？”

哎？

“您、您还记得我？”唐晓有点兴奋，“对对，我就是唐晓！”

不知怎的，看着眼前这个女孩，温宴的心情突然有点微妙，只是她面上不显，微笑着点了点头："凌初殿下想咨询一下你的意思，飞船能不能挪去学院？"

"哎？挪去学院不会给校方添麻烦吗？"

不挪才是添麻烦……温宴要不是修养好，都想当场敲她一棒子，基本可以推断出把飞船停靠在这里就是她的主意，而这个主意直接导致临时集合的欢迎队伍成员一边心里骂人，一边马不停蹄地往这边赶，还得保持形象。

不过，为什么凌初会这么尊重她的意见，还摆出一副唐晓说了算的态度？

"唐晓？"龚校长搭腔，"难道是为了救人，牺牲自己那个？你……"

"牺牲？"唐晓反应迅速，"没没没，当时的确实情况有点危急，但是凌初救了我……"

"哦，是这样，那有没有受伤？"龚校长望着面色有点略苍白的唐晓，敏锐地察觉到凌初对这个女孩的不同，表示了亲近的意思，"待会儿让医疗队再给你检查检查。"

"谢谢，我已经没什么事了……"唐晓惊觉自己突然成了焦点，脸上隐隐有灼热感，她缩了缩，发现凌初居然牵着她的手！她暗暗用力试图抽回自己的手，但失败了。

"告诉凌初王子，感谢他救了我们学院的学生。"龚校长让温宴传话，显得很和蔼，"我们在学院设了宴，为了表示感谢，不如请挪步。"

然后他望向唐晓："当然了，还有你，总是不断创造奇迹的小英雄。"

唐晓感觉自己被贴上了什么了不得的标签。

"那你们先走，我带唐把飞船开过去。"凌初小王子直话直说。

听完温宴师姐的翻译，刚想说自己压根不会开飞船，还是靠自己双腿走回学院的唐晓，却被狄九抢了先。

狄九道："校长，我觉得，唐晓这次的先进事例被全院师生广为关注，她的生死安危也让人牵挂，如今她刚回来，建议还是先让医疗组给她做个全身检查。"

是是是，就是这样，唐晓适时咳了两声，居然还把手抽了回来。

温宴恰如其分地翻译完，心里别样的滋味隐隐有发酵的趋势。

“我们给她检查过了。”凌初道。

温宴微笑着道：“是的，我们也相信殿下的检测设备是全宇宙最先进的，只是，我们对心率、血压、呼吸频率的监测指标可能存在差异，建议由我们再检查一次。”她微微顿了一下，接着道，“或许您可以咨询一下唐晓同学的意见？”

凌初想到去了趟雪山，明明舒舒服服的环境，唐却被冻得面青唇白，还痛得掉眼泪，莫名有几分心虚，可一想到她可能要离开自己的视线，更有几分不舍。和金金沟通了一下，在听到“按地球人的理论，适当的距离反而可以促进情感”之后，他犹豫地望了唐晓一眼，最终还是点了点头。

反正学院在这儿，人也跑不到哪里去。再见到时，感情就会大大地升温啦！凌初乐观地想。

然而见到唐晓一边咳一边毫无犹豫地跟着那个高个子走了，凌初又觉得委屈，想着他们也听不懂星际通用语，就冲着温宴严肃地补了一句：“你记得把人给我送回来。”

话里话外无不透着“不送回来唯你是问”的意味……

可是，为什么是我？温宴无语。

温宴望着得到允许，自以为偷藏着开心的小表情、实际完全暴露的唐晓，心情越发复杂。

作为去年的优秀毕业生，这次温宴回来其实很风光——特邀星际通用语实时翻译员，这个行业的人，不夸张地说，全世界不超过五个。她成功赶在这次交流会之前，取得了翻译资格。

想起给她发证的还是个长耳朵的外星人，说出来又有几个人相信呢？每每想到这儿，平素淡定惯了的温宴都会有点骄傲。总的来说，星际通用语翻译，算她这辈子最引以为傲的事。唉，其实这也没什么，不用大惊小怪……

然而并没有！

除了零星的客套的感叹与称赞，所有人的注意力都被一个人夺走了——唐晓。

温宴自幼天赋过人，几乎可以说过目不忘，但世上有太多人根本不值得记忆，她也不想花哪怕一秒钟去回忆这些人，但“唐晓”这两个字对应的那个女孩，几乎不花力气就能记起来了。

只不过记忆中那个捧着书忐忑地追着她叫师姐的姑娘，很难和这个众人口中舍身救人、见义勇为、经历颇为传奇的特招生联系起来，应该是同名同姓吧。习惯了站在金字塔的顶端，狭小的空间里挤进来另一个人，她难免有点不舒服。

为了让自己表现得更好，温宴还是下了苦功夫的。虽然凌初殿下突然改期不在她的预料内，倒也为她争取了更多时间充分准备，连很多生僻的词汇她都一一攻克了，养兵千日用兵一时，凌初的突然到访，她反倒成了最放松的那个——是时候表现了，哪怕她更喜欢低调，但还是想受到全场瞩目……

然而并没有！

唐晓，又是唐晓！

直到那个看起来还是怯生生带着几分羞涩的女孩被凌初牵着走到她面前，她还是无法将众人口中见义勇为舍身救人的强悍妹子与之联系起来，反倒是过去关于她的所有记忆越发鲜明。

当她在众多领域绽放光芒的时候，她反复听到她最尊敬的导师秦博士夸奖唐晓，说她执着认真，有想法肯钻研什么的。

秦博士当年特地从新生中破格挑选了唐晓，后来还引荐她进了蓝星特别军事学院，就是因为高二那年，她曾在生物制药上有所成就。后来温宴为了展示自己，辅修了好几门课程，也不负众望地表现拔尖，然而秦博士待她不如最初亲切了。

她只得努力去回想那个叫唐晓的女孩，哦，她还给她做过辅导呢，长得还凑合吧，看起来不算聪明，也不够自信，没什么特别啊。

“只要你肯努力，说不定能超越我。”温宴已经记不起当时她说这话到底是敷衍还是出于好意，或许她更想说“其实不管你怎么努力，也不一定能超越我，但是你已经很棒了”之类的话吧。

然而唐晓超越了她，十五岁，天才少女。

呵呵呵。媒体还真是喜新厌旧啊。

直到秦博士这次追随地球星际访问交流团出发去外太空，她才逐渐淡忘了这个名字，而现在……

温宴也说不清心里的感受，她慢慢攥紧了拳。

唐晓一路也假装咳两声，但脚步是轻快的。

“得了，别装了，再装肺就要咳出来了。”狄九说。

唐晓摸摸鼻子：“狄老师，狄、狄青呢？”鼓乐团的欢迎音乐已经听不见了，估计已经跑得够远了，她赶紧发问。

“狄老师？狄青也是你老师吧。”狄九不知怎么觉得手被牵过的唐晓有点碍眼，而且，刚刚那个什么凌初的看她的眼神不对，觉得还是先把人带远一点为妙。想到这儿，他总感觉有点替自己的侄子不爽呢。

然而现在不是纠结这些细节的时候，当务之急是先把人找回来，免得媳妇跟外星人跑了。狄九斜了她一眼：“他还在森林里。我来想办法通知他，你先等等吧。”

“他怎么……”

“在找你啊。全世界都以为你活不了了，只有他还抱着希望。行了，你现在先跟我回学校收拾一下，也确实要检查一下，别被当成什么活标本做了什么……”

唐晓只感觉眼眶一热，坚决地道：“不！我现在就要去找他！”

第八章

我说，以后危险的事我来做

唐晓跟着狄九走进伽纳森林，越深入，那天濒临死亡的绝望，还有关于全身撕裂般的疼痛记忆就越深刻，不免心有余悸，仿佛下一刻，野狼就会从哪里蹿出来。

可狄九并没有察觉她的小情绪，他的脚步也并未为此放缓一点，她略显吃力地努力跟上狄九的步伐，怀揣着忐忑与些许的害怕不安，走着走着，她突然想起了从前。

就在几个月前，她离开了实验室，每天无所事事地在家里思考着下一餐吃什么，身上穿着一成不变的花睡衣，偶尔出去买点东西，路遇一点纠纷都巴不得绕道走，生怕惹上麻烦。

而现在的她打过老虎杀过狼，爬得了树，顶得了嘴，干得了架，在备受瞩目中也努力摆出骄傲的样子，拥有神奇的自愈能力，还见过外星人，坐过宇宙飞船，把别人一辈子闻所未闻的生活都经历了一遍……

她竟变成这样的人了呢……

想到这儿，唐晓突然“扑哧”一声笑了出来。

见狄九听到声响，回头莫名其妙地盯着她，唐晓的心情竟意外地放松，她勾起一抹微笑，道：“我每次离开这里都发誓再也不要回来，否则会蠢死，但我每次都回来得义无反顾，可我还是好喜欢这样违背誓言的自己。”

唐晓加快了脚步跟上狄九，只感觉脚下轻盈了几分，大概是狄九年长于她，也没什么威胁，她主动开口：“我之前的生活从某种角度来说勉强算安逸吧，不愁吃不愁喝，不用干活，生活自由。爸爸妈妈去得早，一个人无论做错什么事，都不会有人骂我。不小心剪指甲剪到肉就是天大的事，和人交流的唯一机会是收快递收外卖。没事干了，躺在床上就是一天，有兴致了打游戏也是一天，出去逛荡也是一天。喜欢看电视购物频道，喜欢听主持人吹牛皮，账户里的钱也够花很长一段时间。可即便这样，我还是感觉生活空虚，孤独寂寞。”

“我刚刚在想，就算老师你让我现在必须回到从前，否则下一刻就会被狼咬死，我也一点也不想回去，即便真的回去，我也一定要将这一切重新经历一次。所以老师你说，我到底在害怕什么呢？”

“老师你说，猪知不知道它们是被养来吃的？”唐晓深吸一口气，笑道，“蠢死就蠢死吧，我现在一点也不害怕了。”

她说完挺直了背，大步流星地往前走去：“我要找到狄青，我要谢谢他，谢谢他在那个飘雪的日子爬上了我家阳台，给我带来了不一样的生活。没有他，我不一定能找到来学校的路；没有他，我不会这么快成长起来；没有他，我可能早就死在了伽纳森林……我一直以为我是不幸的，可是，我现在才发现我其实是多么幸运，有他这么好的朋友，有这么棒的人生经历，我要谢谢他。”

唐晓说着说着，眼泪滑出眼眶，却感觉潜藏心底的畏惧一点一点消失。是啊，前有猛兽又何妨，一路荆棘又何惧？在路的尽头，有一个家伙还在锲而不舍地寻找自己，让她觉得，她一个人活得并不孤独。

想到这儿，她竟觉得眼前的森林变得可亲起来。

“是往这边走吗？老师你快点，狄青还在等我呢。”唐晓催促道。

狄九一直默默听着，听她说完后，不禁勾了勾嘴角。

他在这个女孩子的眼神里看到了前所未有的坚定，此刻的她全身散发着一种独特的光芒，竟让她看起来光彩夺目、神采飞扬。

“臭小子，眼光还不错。”狄九嘟囔。

“什么？”

“没什么。我是说，你和那个外星人是什么关系？”

“一言难尽。”

狄九沉默。

“不过老师，咱们也没必要跟外星人交朋友，对吧？”

狄九挑眉：“不是朋友？”

“若是朋友，至少世界观得一样吧？咱们跟他的差别都上升到宇宙观了，语言不同，生活方式也不同，再说他应该很快就要回他自己的星球了吧，没必要交朋友了对吧？当然，我不是歧视外星人啊，但是在雪山之巅呼吸新鲜空气这种交朋友的方式，还是能免则免为妙。”而且，她和那个外星“唐”也算是同一阵营的人，哪怕做不到为她报仇，远远避开还是做得到的。

“可他看起来很喜欢你。”

“不是我，真的不是我。”唐晓认真地解释，“老师，待会儿狼来了，您还是得冲在前头啊。”

“这里应该没什么狼了吧。”

“啊？为什么？”

“谁知道呢？”狄九笑笑，“大概因为狄青也是个傻小子吧。”

有时候时间久了，狄青也不知道自己在坚持什么。

每一天似有目的、实际漫无目标地游荡在森林中，每一天在渺茫的希望和无尽的绝望中挣扎，有时浑浑噩噩地小憩半会儿，可那个没良心的家伙啊，连梦中都吝啬于与他相见。

所以，她还活着吗？

唐晓，你还活着吗？

狄青不知道该给自己什么答案，好几次他经过那棵树，那棵传说中有灵性的神树，诉以最诚挚的祷告，可是神树没有听见，人依旧没有归来。渐渐地，他感到麻木，背在身上的剑也越发沉重起来。

剑啊剑，你保护不了我最想保护的人，那么，背着你又有何用？

他把剑取下来，以仅存的精神力操控着剑在一旁的树上刻下印记。

事实上，狄青已经记不清这是第几个印记了，这样那个总是自称天才美少女的家伙，哪一天从哪个树洞里爬出来，看到这些，就能顺着记号找到他。

她饿吗？

伤好了吗？

害怕吗？

想他吗？

还……活着吗？

他也奢望着在树上发现印记，奢望在这无尽的森林里的哪一个角落，看着她蓬头垢面灰头土脸的，指着他的鼻子哭着大骂“你怎么来得这么晚”。

对不起……他来晚了……

狄青几乎沉溺在这种自责的情绪中无法自拔，如果当初他阻止她来多好，如果当初他跟在她身边多好，如果当初他多个心眼检查一下她带的药水多好……

如果……

如果你活着……多好。

“狄大人，你多少吃点吧！”库普震撼于地球人这种浓烈的情感，感觉自己竟有一点点感同身受，见狄青没有理会它，它锲而不舍地继续道，“这两天您的体温有点高，精神也有点不济，这样下去您身体会受不了的。虽然您身手了得，但这么高的作战频率，若没有足够的休息，您的身体很难恢复到最佳状态，这样再碰上作战的状况，恐怕会很危险。”

狄青一言不发，当他回过神来，他又一次站在了神树附近。他自嘲地勾了勾嘴角，立在树跟前，一动不动。

也不知过去了多久……

“喵！”

库普浑身一个激灵，随后它全身毛直立，耳朵尖尖地竖起，精神力外张，试图再一次捕捉它刚刚的认知。

感受到被满地落叶隐匿的脚步声越发靠近，库普一时间也不知该如何反应："狄、狄青阁下……是是是……她、她她她……"

它尖锐的精神力频率惹得狄青蹙了蹙眉头。

是谁？

"狄青！"

一个声音远远地飘来。

谁？谁在叫他？

"狄青！"

那声音虽远，却太过熟悉，熟悉得让他的灵魂都不自觉地微微战栗。是谁？是幻听？狄青觉得有点热，胸口也有点闷。

"狄青！"还是那个声音，远远地，似乎又近了一点。

这一刻，狄青觉得脖子都有点僵硬，可库普还在用脑电波疯狂地喊着"狄青阁下狄青阁下"，吵得他脑袋发涨。

闭嘴啊！狄青觉得这段时间自己的精神力快要枯竭了，可他仍耗尽力量精神压制了库普，只因为那个恍若幻听的声音仿佛甘霖，轻轻润湿了他久旱的心。

他立于那棵传说中的神树之前，缓缓地，朝着那个声音传来的方向转去……

"狄青！"

远远地……

"狄青！"

远远地……

"狄青！这里！"那声音近了。

终于，一个身影闯入了他的视线，小小的，远远地，穿梭在林子里，完好无损，却也……蠢得要死地在伽纳森林里毫无顾忌地喊着他的名字——会招来野兽啊，还学不乖吗？

虽然周边的野兽被他收拾得差不多了……

还是这一切只是幻觉？难道是他刚刚太累了，在不经意之中睡着了？

真不想醒过来啊……

不自觉地，狄青竟有点眼眶发热。

“狄青！”只见她稍稍停了一下，冲他拼命地挥着手。

他艰难地揉了揉眼睛，觉得呼吸困难，如果这是梦，真不想醒过来。

哪怕是梦，还是觉得她跑得太慢、太慢……

眼看她越跑越近，狄青竟有了一丝近乡情怯的情绪。这么久以来他没洗澡，没刮胡子，没打理自己，他想拼尽全力地抱住她、抱紧她，却更怕最终抱着的只是一缕空气。

他从来不知道，他原来是这么胆小的一个人。

眼看她离自己越来越近，记忆中的那张脸，此刻带着几分焦急与欣喜。他知道那圆溜溜的眼睛笑起来的时候会眯成一轮弯月，他知道她委屈的时候，嘴角会不自觉地抿紧向下，他熟悉她脸上的每一个表情……

突然，他像是惊醒般迅速回过身来，寻了这么久，找了这么久，他有些不敢相信眼前的这一切。他低着头往前走去，试图回避什么。

不，他不能让眼前的这一切消失！

她会消失、她会消失……

他感觉自己的眼眶发热，太真实了，他不想醒过来。

“狄青！”唐晓眼看他明明看到了自己，却突然转过身去，还越走越远，她一时间有点蒙，但不管了！她猛地加速向前，冲冲冲冲，冲上前去从后面一把抱住了他。

“狄青！狄青！是我呀！”

这一抱，两个人都微不可觉地轻颤了一下，然后唐晓就感觉眼泪不可抑制地簌簌涌了出来，有点委屈，有点愧疚，又有点心疼，因他的狼狈而心疼。

好臭啊，酸酸馊馊的，想到那个颜如舜华的他，想到那个总是又“跩”又酷、举手投足都是范儿的他，在这里苦苦寻找了她那么久，把自己折腾得这么狼狈不堪，她就觉得心里堵得慌，胸口闷闷的，好像压着一块大石头，还被锥子敲得刺痛。

大概他并不想自己如今的糟糕模样被她看见吧。

居然把自己折腾成这副邋遢模样，抱着他，唐晓的心越发酸涩，眼泪流得更为汹涌。她想告诉他，这样的他在她眼里还是帅得惊天动地：“我……”

唐晓一张嘴，却发现千言万语不知从何说起，泪水模糊了视线，她什么都看不清，她顿时大哭：“狄青！狄青！”

狄青僵着身子一动不动，心底却有一块石头隐隐落地，是……是真的。

没有消失。

她活着。

他低头看着她环抱着她的双手，她抱得很紧，指尖因用力甚至有些发白，却还是软软嫩嫩的，是记忆中的模样……他僵着身子听着她放声大哭，只感觉这是他听过的最悦耳的声音。

她活着，没有消失。真好，真好啊。

他轻轻地、缓慢地、慎重地眨了眨眼睛，泪花有点模糊双眼，他怕看不清楚。

许久，他终于开口：“唐……”他清了清嗓子，这么长一段日子他几乎没有开口，嗓子哑得厉害，可他还是艰涩地喊出了她的名字，“唐、唐晓？”

原本快止住的泪水又一下泛滥成灾，唐晓在他酸臭的衣服上死命地揩了揩眼泪鼻涕：“嗯！是我、是我！”

狄青瞄了一眼那棵古树，它苍老沉稳地挺立于天地之间，生机勃发，郁郁葱葱。

他猛地低下头，单手捂着眼睛，指尖用力得发白，全身绷得极紧，像是压抑已久的情绪突然爆发，随后他仰起头，似乎想把眼泪收回去，泪水下是他释然的笑，他深吸一口气，喃喃道：“谢谢……”

谢谢你。

谢谢你还……活着。

他将另一只手覆盖在唐晓的双手之上，用力地、死命地握紧。

不放开了，再也不放开了。

狄九远远地看着他们两个，吸了吸鼻子把酸涩压下，嘟囔了一声：“反抱回去啊，白痴！”

“你是笨蛋吗？不，说你是笨蛋简直侮辱了笨蛋的智商，你脑袋里装的都是糨糊吗？把内裤穿在外边就以为自己是超人了？保卫地球，拯救全世界？”

两人保持单一的姿势很长一段时间，最后还是唐晓觉得不好意思先松开了手臂。

哎呀，帅得这么惊天地泣鬼神的男人，抱起来总感觉有负罪感啊！

直到她松开手臂，狄青才发现自己犯了蠢，刚刚没抱回去吃亏了！错过机会了！

只是历经了这次，狄青也算看清楚了自己对她的感情，虽然她呆呆蠢蠢的，又是个麻烦精，但他自认为解决麻烦的能力还可以，所以就勉为其难地接收一下，总不能把她放出去折腾其他人吧。

后背有一大块是湿的，但看在她真挚的眼泪的分上，他决定暂时大方地原谅她。

想到这儿，狄青只感觉自己整个人都活了过来，虽然头脑还有点发热，精神却意外地好。他的嗅觉也终于苏醒了，只觉得自己身上的酸臭味能熏死林子里所有的飞禽走兽。

这样糟糕的状态简直是黑历史，所以见识了他这一面的她要是敢翻脸不认人，就不要怪他心狠手辣。

“你早干吗去了？开始怎么不跑？不知道两条腿的作用吗？请问它们存在的意义到底是什么？”狄青恼怒道。

唐晓抿嘴：“它们是狼，又不是兔子，跑不过……再说了，大家都很勇敢，都没跑。”

“你以为他们不想跑？”

唐晓嘿嘿赔笑：“他们都还活着吧？”

“还活着。”狄九搭腔，因为没想到狄青是这样的，狄九的心情意外地很不错。

“那就好。”

“好什么，你就要被拿相框框起来，搁在墙上受人瞻仰了你知道吗？”

“已经被框起来了。”狄九又搭腔，可惜没人理他。

“再说了，你也知道它们是狼不是兔子，你还全部引过去，你是嫌自己死得不够快吗？还是说，你自以为能跑得比狼快？”

“我要充分发挥双腿的作用嘛……”

“就你那两条萝卜腿，穿上风火轮还嫌它们重，能发挥什么作用？你自己说！”

刚刚明明是你说让我跑的……而且我一双美腿哪里像萝卜了？哪里重？只是现在唐晓不敢顶嘴：“大家都很勇敢啊，胖哥一直把李师姐护在身后，何敏师姐也被保护得很好。再说了，换作是你，你能见死不救？”

“我会救那是因为我有本事，你就不能想想办法自救？他们也说了为你争取点逃跑的时间，是你一根筋要留下来共同进退的。如果没有那个外星人，你的小命不就……”

没了……

一想到这个可能，狄青就一阵后怕。

唐晓敏锐地察觉到他情绪不对，安抚道：“好了好了，下次我会先想办法自救的。”

“还有下次！”狄青忍无可忍，“以后你去哪儿我去哪儿，这个没得商量。”

“我上厕所你也去啊？我洗澡你也跟着去啊？”

狄青心想：说好的不顶嘴呢！

唐晓努努嘴：“话说回来，你真的没事吗？刚刚你体温有点高啊，要不要休息一下？”

“见到你就来气上火，体温怎么可能不高？”

“他吃了药，这药的药效不错。再说了，伽纳森林不宜久留，你也出来两天了，该回去了。”

狄九看戏是看得很欢乐，但该作的打算他全部安排到位了，虽说来得匆忙，但是准备工作早已安排好，毕竟原本就打算在交流会之后就接狄青回去。加上他一直关注着狄青留下的印记，所以领着唐晓来找人很有目的性，虽说也花了两天，但算很顺利了。

“你就没一件衣服换一下吗？快熏死我了。”狄九抱怨。

“闭嘴！来找人没多带两件衣服，你是在提醒我跟你死磕到底吗？”

“我是你叔。”

“你不是我叔，你已经死了八百回。”

“唐晓求抱求安慰！”

“滚！”

回程也很畅通，狄青将一路的猛兽清理得差不多了，加上贾博士的药，他们三人只花了两天，就到了狄九事先安排好的直升机停放处。

虽然吃了药，看起来也很精神，但狄青的体温还是一直偏高。为了安全着想，三人一路都没有耽搁。一路上，狄青看起来还算轻松，可刚在直升机上坐好，他就昏沉沉地靠在唐晓的肩膀上睡着了，仿佛先前的自若表现全是假象。

“放心吧，这家伙从小就是个小怪兽，没事的。”起飞前，狄九回过头来稍微安抚了一下唐晓。

唐晓皱着眉头点了点头，但还是很担心。

第一次疲惫成这个样子啊……狄九眯眯眼睛抿抿嘴，突然严肃地道：“你要是敢辜负他，我绝不会放过你。”

唐晓正摸着狄青的额头，听到狄九似乎在说话，但因为螺旋桨的声音太大，她没听清，只抬头“啊”了一声，狄九已回头操控直升机去了。她不得不感慨一句学院里真是卧虎藏龙，狄九老师也不是普通角色。

不多久，狄九遥遥望见停在学院飞船停靠坪上的探险者号，心隐隐有些沉重。

刚刚和他的人通信，对方的第一句话就是：凌初王子很生气，后果很严重。

凌初怎么都没想到地球人检查身体需要地球时间将近五天，五天！

虽然这五天他也没闲着，学会了一些基础对话，但见不着唐，他就觉得浑身不自在，尤其是在历经漫长寻找重逢后的别离，先前的那种不安情绪扩大到了极致。

“都怪你，如果不是你说保持适当的距离可以促进情感，我是绝对不会允许唐离开我的视线的。”

“殿下，请允许我提醒您要说地球语。”金金用地球语字正腔圆地提醒道。

“我、很、生气。”凌初还算理解了金金说的这句话，事实上，这也是他下的命令，所以他还算配合地以地球语再表达了一次，然后觉得不尽兴，又换成星际通用语，“而且你在帮助地球人说服我，说什么‘义’字当头，唐是去履行责任，什么责任要履行五天？已经五天了，你又阻止我去找，说什么过度的热情会吓退她，我现在有理由质疑你的分析能力。”

“殿下，请允许我提醒您要说地球语。”金金假装没听到后半句，尽职地重复道。

“我……很、生气！”凌初想来想去也没想到别的词来表达自己的不满，没办法，他会的词汇还不多，“要找人而已，我们的雷达系统不是全宇宙最先进的吗？”凌初强调。

“殿下，请允许我提醒您要说地球语。”

“我很生气！”凌初这次说得极溜。

“给您报告一下，因为根据……”

“说人话。”凌初皱眉。

“根据星际和平法，所有超越星球原住民文明的高科技，一律不得使用，免得对该星球造成不可预料或不可挽回的后果，除非得到星际审议团的审议通过。三天前，我已经把您的要求递交上去了，如果顺利的话，明天审议团就会开庭审议。”金金道，“而且上次在伽纳森林，您违规使用光剑，对森林里的那些小可爱进行了惨无人道的屠杀，因没造成太严重的后果，我已经擅自帮您处理了它们的尸体，并且进行了掩饰。在此请允许我提醒您一句，能掩饰那是因为它们在某种程度上并不算真正意义上的地球原住民，所以审议庭即使发现了也会睁只眼闭只眼，可一旦涉及地球人，事件的性质就不一样了，所以，请您限制光剑以及一切超地球文明的高科技。”

“我很生气！”他想了半天还是没找到合适的词汇，“如果这次唐回来对我的感情并没有加深……你、就死定了！”

凌初要求学校提供关于唐的视频资料，所以看到了关于唐晓被记录下来的精彩一幕。镜头里的她邋邋遢遢，他心里还是有点嫌弃的，但是她的眼神亮得发光，尤其她说那句话时的那个眼神，不知怎么就戳中了他，大概那才是记忆中的唐应有的样子吧。

不过，她羞怯的样子也很可爱。

长得也很可爱！

“尊敬的殿下，请允许我提醒您，我们应该可以撤回向星际审议团提出的使用超文明科技的使用申请，唐小姐在一分钟前已经进入了学院监控范围。”

“Yes ！”凌初蹦出一句，然后嗖地一下就蹿了出去。

金金作为智脑，一般是贴身服务的，它用地球语尽职地提示着它尊敬的王子殿下：“左转。

“不，左转，您的方向错了，这是右。

“直行，直行！殿下，您这是向左。

“殿下，那是卫生间。

“殿下，我说过了那是卫生间。”

“危险警示！危险警示！您试图重新启动超级智脑系统！”

金金嘟嘟响了几声，然后画风一变，迅速5D投影出整栋大楼的结构图，然后恭毕敬地说道：“殿下，已为您用绿色、黄色、蓝色标识出三条通向操场的正常路线，而最快捷的方式是红色，您可以直接走到这条走廊的尽头，从窗口跳下去。当然，请允许我提醒您，这有损您星际王子的尊贵形象……”

话音刚落，凌初已奔至走廊尽头，自窗口一跃而下。

当直升机停稳，唐晓刚将狄青靠在她肩膀上的头挪开，狄青就惊醒了过来，他猛地一把扣住了她的手腕，皱着眉挣扎着睁开了眼睛，并喊了一声：“唐晓！”见她还在，他明显舒了一口气，显得极其没有安全感。

唐晓望着他的黑眼圈以及遮掩不住的疲惫与憔悴，心里的酸涩感更重了。

这一个月来他消瘦了许多，脸颊显得更有棱角，刚刚枕在她的肩膀上的头还有点硌硬。半张脸的黑密胡须掩盖了他原本极其俊美的相貌，唐晓感觉心里很不是滋味，还夹杂着些莫名的感动。她另一只手搭在他的手背上，轻轻拍了拍，声音也放软了：“我没走，刚到学校，你还可以再睡一会儿。”

“不睡了，醒了。”狄青向来相信自己的直觉，尤其刚刚眼角余光扫到库普那家伙突然抑制不住地瑟瑟发抖，他觉得事情有点不对劲。

唐晓也发现了库普的不对劲，问它：“你怎么了库普？”

可预想中的脑电波对话并没有出现，她又询问了几次，库普都像是不存在般没了声响。当直升机的螺旋桨缓缓停止，狄九的声音突然传来：“先别下去。”

只见远处那栋十六层楼高的建筑上，翻身跃下一个身披银色斗篷的身影，和狄青身手不同的是，他并没有借助任何施力点，直直跳下，然后身影隐匿在了前面那座教学楼之后。

狄九侧身望了唐晓一眼：“来找你的。”

这并不是疑问的句式，是的，他就是来找她的，唐晓无奈地承认了这点，她吸了一口气，望了一眼库普，知道它为什么缩在那里不说话了，这家伙在害怕，害怕暴露。

唐晓认真地望着库普，这种时候她也没想着再隐瞒，就说道：“你不用藏了，他之所以来找我，就是误把我当成了你的主人唐，你知道她的意识有时候会影响我的行为，我好像说了什么外星话，引起了他的误解。不过我见温宴师姐也能讲外星话，所以还是有途径可以学习的吧？能不能把这个当作理由？当然这不是重点，重点是在这之后我明显感觉到唐的意识消失了，我想告诉他，我不是他以为的唐……”见库普还在发抖，唐晓戳了戳它，“而且你之前不也说感觉不到唐的气息了吗？所以你才会也误解我已经死了吧。虽然很遗憾，但你也是知道你的主人已经不在了吧。虽然有些过分，但拜托你帮我解释一下，毕竟你的话更有说服力。当然，如果你觉得为难的话，我也不会勉强你的……”

“杀了他！杀了凌初！”

就在唐晓以为库普是因为害怕而发抖时，突然，一个声音如惊雷般在她脑海之中轰开。

唐晓头痛叫了一声，就抱着头跌坐在座位上。她只感觉脑袋在一瞬间涨得厉害，好像要爆炸一样，疼痛难忍。

“杀了他！杀了凌初！”这个认知像是用刀深深地刻在她意识中，她头脑刺痛得厉害，顷刻间就大汗淋漓，整个人像是被操控了般失了魂。

下一刻库普“喵”地惨叫了一声，被甩出去。

接着，唐晓脑袋的疼痛渐渐退去，她两眼发蒙地慢慢恢复意识，发现狄青正神色紧张地望着她。

刚刚……发生了什么事？唐晓发现头脑有一瞬空白，库普的声音如闪电般迅速掠过脑海，她死死皱着眉，太阳穴胀得发疼。

狄青的剑突然飞起，直直刺向摔扑在地的库普，黑黑小小的一只看起来孱弱而惹人怜惜……

唐晓想出声制止，可她发不出声音，只见那剑险险地停在黑猫的面前，狄青冷冷地开口："滚！"

有时候意识侵害所造成的后果，很有可能是不可逆的，这样浅显的道理，它难道不懂？狄青想起这些日子这只小猫的陪伴，一时间心情十分复杂。

唐晓想说点什么，但大概受了刺激，声音一时还没有恢复。

而库普大概也是精神力透支，眼睛抬了抬，然后陷入了昏迷。

"把它交给我吧。"狄九突然开口道，他从驾驶座上站了起来，望向唐晓，"虽然我并不清楚整件事的来龙去脉，但你不是说了吗？它或许能帮你向凌初解释。在解释清楚之前，你还是得应付他，记住他的身份——来自外星球的贵宾。像他这种身份，校长和翻译肯定是要全程陪伴的，校长应该在赶过来的路上，而且因为你一开始并不在接待的名单中，没有受过接待培训，我唯一能提醒你的是，你目前和他的接触，属于星际间的交流活动，意义非凡。所以你说的每一句话都得经过思考，不能表现得怯弱，也不能高傲，一切以和平友好为重。你要尽量安抚他的情绪，不能一味地委曲求全。记住，我们有属于我们自己的民族尊严。你目前的状态不适合和他接触，待会儿我来应付他，不过他肯定会坚持要见你，校长也肯定不会拒绝，总之你现在先养养神，以应付接下来的事情。"

唐晓知道狄九是认真的，便慎重地点了点头，然后靠在椅子上闭上眼休息。

狄九又望向狄青："我要告诉你的只有四个字——大局为重。"

然后他迅速地整理了一番仪容，走过去把库普捡起来抱在怀里，发现它气息还算平稳，伤得也不重，于是安排接机的人先把它送走。下机前，他凑近狄青，附耳道："事情也没有那么糟糕，按照目前的星际和平法，跨星球联姻是不允许的，少数的通婚是必须通过星际审议庭审议的，凌初是王子血统尊贵，是不可能通过审议的。”见狄青冷着脸没有搭腔，狄九拍拍他肩膀道，“我先下去了。”

“我们可以先撤。”狄青说。

“不，你们现在撤已经来不及了，我觉得，他应该是连接到我们学校的监控系统上了，所以我们直升机一进来，他就直奔这里。不能让他感觉我们在逃避他。在飞机上待着吧，你也休息会儿，以不变应万变。”

“我知道了。”

温宴作为唯一的翻译，是被安排进行贴身服务的，当然这点得往正当的方面想。她休息的房间，也有幸被安排在凌初王子所住的客房隔壁的隔壁。

然而，贴身服务对象从窗户跳下去了！

从十六楼跳下去了！

她也很绝望啊！

校长，您就不能将所有窗户都装上防盗网吗？

她一边安排人通知校长，一边死命按电梯下行键，并顺带诅咒这个时间点所有使用电梯的人。她只想说：这个黑锅，我不背！

凌初的斗篷是带有自动调节重力系统高级功能的，而鞋子也自带动力驱动装置，因此唐晓第一次看到凌初的时候，他确实是悬浮在半空中的。是的，这就是传说中的超越等级文明的高科技。

然而他刚飞出大楼，大概触动了什么警报，原本守在大楼附近的护卫们听到声响，都一脸惊恐地围了过来，还有不少人直接对他展开了双臂。

不好意思，好想笑。

踩在他们头上好像不大好。

金金换了个嗓子警示着：“哔哔哔，形象！请注意形象！在外请维护星球王子的形象！”

凌初这才稍作收敛，换了个优美的姿势平稳着地，一时间所有人都重重松了口气，然后换成一副惊愕不已、目瞪口呆的表情。

唉，他就说不需要护卫了吧。凌初无奈地想。

一个领队般的人不卑不亢地表达了他的意思，凌初只听懂了几个词，就是“不好意思”“等”“一起”“需要”……

不等！

不一起！

不需要！

不！不！不！这都挡不住他去见唐的路！

挡我，你就死定了！

你也死定了！

你、你、你，还有你，全部死定了！

金金淡定地提示着：“请注意，这种行为违反星际法哟，想一想还是可以的。”

见带头的那个人还在强调“等”谁之类的，凌初问金金：“为什么每次都要等那个翻译的女人？有几个词翻译得也不到位，她的翻译证是谁给她的？你为什么不直接出现？”

金金感慨：“因为我也是超越地球现有文明的超高科技产物啊。”

凌初就这样以维护星球王子形象的优雅姿态，畅通无阻地走到了直升机降落的地方。

远远就看见狄九面带微笑站在飞机旁，一副恭候大驾的样子，再想到就是这个家伙以健康检查的名义把唐带走了，凌初就很讨厌他。

然而为了保持形象及风度，他还是“友好”地冲狄九点了点头，随后就直接切入正题：“唐晓呢？”

他虽然说得不算流畅，但咬字还算清晰，发音也很准。

“她还在睡觉，可能有点晕机。”狄九微笑着道，“等她睡醒，马上让她来见您。”

而踩着高跟鞋一路狂奔过来的温宴，好不容易卡在这个时间节点出现，难得她之前在学院打下的底子还在，还有十余米的时候她就放缓了脚步边走边尽快平复了呼吸。

靠近时她只微微喘息着，还是完美地保持了微笑服务的良好形象。刚才她隐约听到了狄九最后两个字，以为说的是安排翻译来见凌初，微笑着接了一句：“您好殿下，我来了。”

凌初直接无视了她，望着狄九开口，态度前所未有地坚决：“我、现在、就、要去看她。”

“殿下，这个当然没问题，不过女孩子需要化点淡妆，而且外面太阳有点强烈，请移步接待厅，我稍后就带她去见你。”

“我……”凌初讲得有些吃力，“我不信任你的话。”

温宴心想自己终于派上用场了，好开心！

“殿下说他不大信任你。”

狄九微笑，瞄了温宴一眼，微微耸肩：“唐晓例假来了有点不舒服。”基于温宴先前给他侄子狄青惹的破烂事，狄九不介意顺带给她使点绊子。

温宴和金金都一脸呆滞：“例假”是什么东西，没学过。

而凌初等不及翻译，他直接开了鞋子上的动力驱动装置，趁所有人都没反应过来，直接飞到了直升机的舱门口。

唐晓还闭着眼睛，但多少是缓过神来了，头也不那么疼了，而狄青就在她旁边，托着腮看着她，完全无视了机舱外的纷扰。只是一个人突然扒在直升机舱门边还是挺打眼的，两个人都望了过去。

凌初说过，他喜欢一切洁白无瑕的东西，喜欢飞雪带来的冷冽冰清，还有寒风呼啸而过后的沁人心脾。然而这一刻，他感受到了同唐晓在雪山上那一瞬间呼吸困难的滋味。

好臭！

好难过！

他要窒息了！

天哪！他的爱人竟在这种地方，忍受这惨无人道的折磨！

“我很生气！”他认真地道。

唐晓现在的状态绝对称不上好，脸色有些发白，额前的头发也湿湿的，看起来有些虚弱，可就是这种和从前的唐截然不同的视觉反差冲击，竟让凌初觉得有点心疼。

胸口闷闷的，很不畅快，很生气！

“哔哔哔，愤怒值临界警示！愤怒值临界警示！”

金金将声频调到尖锐等级，意图警示。一般来说，金金是在识海里和凌初沟通的，但事发突然，它的声音外扩了出来，这种程序设置同时是对其他人的警示，这个时候该跑了。

“是男人就不能忍！而且刚刚那个人试图阻止我！”凌初冷着脸道。

“殿下请克制情绪！请马上克制情绪！”

“不使用高新科技就没事了对吧？”凌初攀在直升机舱门上的手一握，原本很坚硬的机门一角直接变形。

“哔哔哔！警示：愤怒值指数极易造成死伤！警示：愤怒值指数极易造成死伤！”这个时候，该赶紧跑了！

“啊——”唐晓突然尖叫一声。她本来就头疼，但就在刚才，也不知发生了什么事，明明听不懂的外星语，竟然自动在脑子里匹配了相应的解释词组，凌初和金金的对话，她居然听得懂了。

居然每个字都听懂了！

而那声音现在还如魔咒般缭绕在她耳旁。

“别吵了！都别吵了！”唐晓吼完，只感觉心慌得厉害，突如其来的情况转变让她措手不及，而这一点绝对不能让凌初知道，否则她真的没法解释……难道库普刚刚抖啊抖，其实还对她做了什么？

更可怕的是，只要一看到凌初，她脑子里就突兀地迸出那句话，杀了他。虽然意识行为并没有受到操控，但她害怕突然哪一天她被洗脑了做出什么可怕的举动来，后果会很严重。毕竟现在她的行为，牵涉两个星球的事。

哈，这么荒谬的事说出来她自己都不相信！

凌初突然被唐晓吼得一愣一愣的，像是被当头泼了盆冷水，嘴巴微张，显得有些错愕，待回神后情绪稍稍收敛，委屈值直线上升：“唐……”

唐晓被他叫得心烦，想到外星唐和他过往的烂账她更心烦，不好好待在外星球，跑来地球干什么？好吧，是顺带救了她一把，就算是因果循环吧，那也应该了结了啊！

唐晓吸了一口气，讽刺的话脱口而出：“王子殿下，您不能好好地在休息室里休息一下吗？我觉得您挺喜欢雪山的，或许您可以前往那里降降火消消气！”

狄青听出唐晓情绪不对，猜测这或许是库普造成的，怕她干出更出格的事，便往前一步，挡在了她的面前，对凌初道：“谢谢你救了唐晓。”

居然还有个人！

凌初这才看清狄青。脸上那黑黢黢的一片毛发是什么东西？好丑！还臭！简直不忍直视！

对美还是有追求的凌初王子直接摆出了嫌弃脸：“我没兴趣和你沟通。”

被下了死命令的温宴好不容易爬了上来，但门口就那么大，被凌初占据着，她矮半截地尽职翻译完，然后向舱内望去，略过那个一脸胡子的物体后，视线停留在唐晓身上，愣了愣，暗暗握紧了拳——怎么又是她！

温宴第一次被一种叫嫉妒的情绪包围……

“王子殿下还有什么事吗？”眼看围观的人越来越多，唐晓撇撇嘴，“没什么事的话，我想先回宿舍休息。”

说完，她就堂而皇之地摆出“哎呀，不舒服，难道这点要求您都不答应”的表情。

凌初碰了个软钉子，这实在也是很新鲜的体验，在听了金金的翻译之后，他摸了摸鼻头，表示不大乐意。

可当他的不乐意刚表露出来，唐晓的眉头就迅速蹙起，她越过狄青，直直地盯着凌初，一言不发。

这个眼神……

在短暂的对视之后，凌初的表情也渐渐地冷下来，他微微敛眉若有所思，突然整个人以往后退的方式，飞离了机舱口。

然后，缓缓下降。

落地后，他深深地望了一眼直升机舱，转身离去。

机舱内因凌初的突然离去，陷入了一种诡异的沉默之中。

狄青回头望了一眼唐晓，见她似乎还在发愣，便唤了她一声：“唐晓？”

“啊？”唐晓像是突然惊醒般回应道，她摸了摸眉头，显得有些迷惑，随后甩甩头望着狄青，“你没事了吧？还发烧吗？至于凌初，不要理他，我觉得他简直莫名其妙。你先回去洗个热水澡，好好休息一下。我先把老师叫上来。咦？”

唐晓这会儿终于瞥到了在接送梯上只露了半个身子的温宴，这让她有点惊喜：“温宴师姐？你也在啊？”

刚刚差点被凌初踢到头的温宴腹诽：存在感这么低好不习惯！

只是温宴现在并不打算追究这些，她隐隐觉得这个胡子男的样子有点熟悉：“这位是？”

“我先送你回去。”狄青出声打断了唐晓的作答。

“啊？不用，真不用，我头已经不疼了！”

狄青细细打量了她一眼，见她确实无甚大碍后才道：“也好，让狄九送你。”他没太坚持，事实上他的状态真不是太好，精神力有点透支，要不是意志力惊人，他恐怕会直接摔在唐晓面前。

“不，让老师送你。”

“我坚持。”

“我也坚持！”

狄青实在是有些支撑不住了，他暗暗掐了掐自己，强打起精神，原本想挤出一个笑脸来安抚一下她，但脱口而出的话还是一贯毒舌：“脸白得像鬼的家伙没有坚持的权利。”然后轻轻敲了敲她的额头，“别吵，等我睡醒了去找你。”

“温小姐？”底下有人喊。

被下令贴身服务的温宴来不及追问答案，她深深地看了狄青的背影一眼，然后噔噔噔地去追王子殿下了。

回宿舍的路上唐晓一直被人注视，舍身救人的英雄奇迹般归来这件事，长了翅膀般在学院里迅速传播开来。

但此刻的唐晓没有心思去注意这些，她觉得自己的状态不大对，是的，正常来说，她的性格并没有这么尖锐，对凌初也并没有那么反感。

就连凌初似乎也察觉到了什么。

可是，刚刚明明没有被操控的感觉……唐晓一深想便觉得更可怕，难道她和外星唐的意识在某种程度上已经融合在一起了？

库普……她默默念着这个名字，觉得很有必要和它好好谈一谈。

凌初作为外星使者，是有政府任务在身的，只不过那五天因为有情绪，他任性地拒绝了所有交流活动。而这次和唐晓分别后，他接受了学院所有的活动安排，每天行程排得满满的，各种会演开展得如火如荼。

温宴也完美地尽到了一个贴身翻译的职责。

唐晓回归集体也进行得很顺利，一来因为宿舍的人都有任务在身，二来她第二次从伽纳森林全身而退，谁都不可能再对她有半分质疑。五个字足以应对所有人——有本事，你来。

只是在喧嚣之后，大家还是会偷偷讨论一下，听说她消失多久，狄青就在森林里找了多久，回来后简直变了一个人，这就是真爱吧？

可听说那个外星王子殿下为了她闹情绪，不参加活动，还上演了跳楼秀！

咦，不是说王子被她赶走了，已经不理她了吗？

啊？你不知道啊？好像说那个王子让校长帮忙，空运了一飞机鲜花回来，我估计是有什么大动作啊……

鲜花？真的？送给谁啊？

话题讨论到这儿，大家都神色复杂地偷偷望向正在认真听课、好像毫不知情的唐晓。

送给谁？

天知道……

这些天每天只进行一场专项表演，也是在不影响学院日常秩序的前提下，更多是文化交流，旁听课程，以及自由活动。而这天的表演开始后，后台便忙成一团，大家都在准备自己的，谁也没有注意其他人。

在表演厅负一楼地下室的某间杂物房，悄然无声地进去了两个人。

屋内因未开灯，光线昏暗，一身材窈窕的女子背靠门而立，感慨道：“那个唐晓还真是命大，这样都弄不死她。”

“我说了，我要她的血。”阴影之中，克制着情绪说话的男人，正是严西城。

“我知道，没看到我已经尽力了吗？意外的事谁也不想。”

“她死了要她的血还有什么用？！”

“放心，基于她血液中药剂的特殊效果，即便她死了，她体内的血液在一段时间内还是会保持活性。我估算了时间，提前潜伏在附近了，只要她逃离战斗中心，我就有把握取到她的血，谁知道她居然还来一招舍己救人，这倒是出乎我的意料，我还以为现在的小姑娘都很自私自利了。”

“我要她的血！”严西城强调，他整个人显得有些浮躁，大概因为等了太久，他此刻的表情带着几分不耐烦，甚至隐隐透着些许疯狂。

“我也说了，不可能！”那女子皱着眉，“唐晓现在太受瞩目了，一个狄青一个狄九，现在连那个外太空来的王子似乎也对她情有独钟，加上她目前有光环在身，全学院都在盯着她，你让我下手，你疯了？”

“我不管，我只要她的血！”

“不可能！”女人再次强调，“你忘了那群人回来后都说药有问题？虽然我们的检测结果显示正常，但以狄九那个人的聪明才智，绝对怀疑到医疗队来了，但我相信他现在还没办法确定是谁，若在这个时候露出马脚，简直就是自寻死路。”

“你不管，我就自己动手了。”

“严西城，你疯了？老大也说了一切计划暂停。”

“暂停？你让我怎么暂停？我为这个计划付出了多少心血难道你看不到？我明明已经研发成功了，明明已经成功了……”严西城喃喃道，“谁知道在实施阶段会出现这样的问题。一定是哪里还有疏漏，一定是。这段时间我快等疯了，只要有她的血、只要有她的血……”

那女子突然蹿上前，一把拽住严西城的领子，以几乎相贴的距离低吼道：“你听着西城，你我从小一起长大，你吃过多少苦受了多少罪我都知道，你跟我走到这一步都不容易，我不希望眼睁睁看着你葬送自己的大好前程！清醒一点！”最后几个字她说得咬牙切齿。说完，她又将严西城拽得更近，严肃地强调，“记住我说的，不要动唐晓，不要动她！不要动她！至少不是现在！相信我，你想要的你都会有，拿出你的耐性，那才是你最宝贵的东西。”

“咦，西城你在这里啊，我就说刚刚明明看到你往这个方向来了却找不着人，躲在这里干什么……”就在这个时候，周茜边说话边推门走了进来，走廊的灯光一下子从门口透了进来，在看清他身旁的人之后，她突然拔高了音量，难以置信地道，“你们在干什么？！”因周茜向来以严西城的女朋友自居，所以此刻她很愤怒，“你们为什么会靠这么近？不！为什么她会在这里？”

周茜自从上次偷袭唐晓却反被狄青的精神力所伤之后，家族前辈们会诊，都说她还需要一定时间才能完全恢复，而狄家也不是她的家族所能招惹的，感觉报仇无门的她情绪一直不佳，如今眼前的场景更是刺激了她。

一张嘴，她的情绪更为激动：“严西城，难道你不知道自从经过上次那件事，我们异能队和他们研究所的人已经势不两立了吗？”

严西城早在她出声的一瞬间，就收敛起所有的着急与焦躁，他微微笑着试图安抚她的情绪：“冷静点周茜，我当然知道，只是……”他显得有些为难，“我手头上有些研究方面的难题，只有她能帮我……”

“骗人！”这段时间眼看一脚踩进棺材的唐晓又风风光光地回来了，周茜早就气不打一处来，想到这点，所有压抑的负面情绪瞬间爆发，她也顾不上形象了，嚷道，“你是不是看见她跟唐晓关系好，想借由她和唐晓套近乎？”

周茜越想越觉得这个可能性很大。怎么会这样呢？她觉得难以接受，明明唐晓那个死丫头刚来那会儿浑身上下都散发着废材的气息。再一想到严西城早和她有一腿，周茜双眼就蒙上了嫉恨。

“你倒是说说遇到了什么研究难题？说啊！”自认为占理的周茜完全没了形象，显得有些咄咄逼人，“胡锐老师不是已经在着手组建我们自己的研究小组了吗？而且这段时间你一直鬼鬼祟祟的，到底打的什么主意？”周茜越说越激动，“你说！你是不是看到她变强了，所以改变主意追悔莫及了？你是不是还对她念念不忘？”

“呵呵呵……”女子的笑声突兀地打断了周茜的话，她微微抬眸，姿态妩媚地将食指抵在唇间，“你这样，很危险哟。”

话音落地，严西城快如鬼魅般闪到她旁边，一个手刀，周茜应声倒地。

严西城冷冷地睨了她一眼，看起来冷漠无情：“不能留了……”

唐晓发现她心态调整得还不错，对各种非议已经从耿耿于怀过渡到无所谓了，当务之急是先将落下的课程补回来，她还想争取早点进入实验室，将药剂重新配置出来。

听到关于凌初的消息，已经是一天后的事，那时她刚睡醒，听曾君说他接受了各种行程安排，会很忙，这多少让她舒了口气，反正和他的接触越少越好，最好老死不相往来。

倒是狄青的状况让人挂心，说好来找她，却连续五天都没见着人，不过前两天她向狄九打听了情况，说是没什么大碍，可能太累了睡得有点久，唐晓就琢磨着这天上完课主动去看看他。

这天一早，她刚出宿舍楼，远远就看到一个高个子身穿军绿色迷彩T恤加牛仔裤站在宿舍楼前的大树底下，也没干什么，举止间魅力四射的样子，那风骚的站姿除了狄青不会有第二人。

大概是察觉到动静，狄青向这边望过来。他修剪了头发，剃干净了胡子，精神看起来好了很多。周遭频频偷窥的视线，证实了他已重回颜值巅峰。

他身后还是背着那把剑，搭配起来意外协调，似有光芒在身。哎，背着武器到处逛，这种特权全学院除了他好像也没谁了，唐晓感慨。

狄青和她视线相对后，原本面无表情的脸上，突然浅浅地勾勒出一抹笑来，也不知怎么的，唐晓隐隐觉得他的笑与以往有些不同，若真要说有什么变化，那就是从前他看她的目光中总有种“这谁家的熊孩子”的嫌弃，如今变成“这是我家闺女”……

喂！想太多！

唐晓因这个莫名其妙的想法有些脸颊发烫，甚至因心虚觉得无法直视他，于是走过去的步子就变得有些犹豫，总感觉想法万一被看穿她会死于非命！

果不其然，她磨蹭了一会儿，狄青的笑容就敛得干干净净，仍是一贯的嫌弃表情：“快点！”

管他的，打死不承认就是了！所谓伸手不打笑脸人，唐晓挂着笑容就迎了上去，笑眯眯地喊他：“狄青，怎么样，身体好些了没？”

“嗯。”狄青应了一声，“瞎操心。”

“是是是，你最牛你最棒，你是世界第一。”

“贫嘴。”狄青斜了她一眼，却眼角带笑，“你呢？精神好些没？”

“我是谁？我可是你教出来的！”唐晓握拳展示了一下手臂肌肉，“老虎都能打死几只！”

“以后，”狄青敲了敲她额头，“打老虎这种事交给我。”

唐晓：“哈？”她是不是幻听了？

“我说，以后危险的事我来做。”狄青一本正经。

唐晓心想：我做错了什么，我好慌！眼前这人怎么可能是她认识的那个狄青？

此时正是早饭时间，校道上往来的人很多，他们的对话便落入了来往的人耳中。

唐晓还在思考狄青刚刚一番话“背后的意义”，狄青突然问：“待会儿要吃什么？”

“哈？随便。”

“我记得你煎的蛋味道还不错，好久没吃过了。”

唐晓一脸错愕，怎么感觉他的潜台词是想吃她煎的蛋？

“煎蛋容易，但得有器具。”

“我宿舍有。”

“现在？”

他似乎认真地思考了一下，一副惋惜的样子：“晚上吧。”

这种诡异的对话是咋回事？

唐晓后知后觉地发现，今天他们之间的距离也不对，以往因为狄青腿长，迈一步总会拉开些许的距离，和她保持着两三米的距离，如今就隔了一条手臂的距离，基本上抬抬手就能牵住他的手，总感觉这是很亲密的距离……没看见周遭妹子的视线差点能在她身上烧出洞来？

唐晓下意识地放缓了脚步，想拉开与狄青的距离，然而狄青总是刚好离她一步左右。他的手还随着摆动的幅度，若有若无地蹭过她的手。

唐晓觉得自己脑子里有“狄青说不定要牵我的手”这个想法简直太荒谬！

“待会儿什么课？”他又问，打断了她的胡思乱想。

“无机及分析化学。”

“我也去。”

“你……”唐晓在心里翻了个白眼，你听得懂吗？

“你这么闲？”

“病着呢，休养。”狄青说得理所当然。

刚刚说她瞎操心的是谁！唐晓撇撇嘴：“很无聊的。”

“有你在不无聊。”

这样她会胡思乱想的！唐晓眼瞅着他突然甩了个“谁叫你是我家亲爱的”眼神过来，她整个人都不好了：“你你你……”

你是不是烧坏脑子了？

啊呸，这话给她一万个胆子她也说不出口啊。

“你最喜欢吃什么？”他打断她。

“都喜欢。”

狄青的眉头皱起来了：“说个最喜欢的。”

“煎蛋吧。”

“哦，说好了今晚上去我宿舍煎蛋。”狄青心里还是有点紧张的，一般人谈恋爱都说些什么？他没谈过不知道啊。

为此他特地上网搜索了一番，回答都是拉拉家常，投其所好，美食美妆，她所感兴趣的八卦，等等。还有一点提及频率非常高的，那就是要适时展现幽默感。

嗯……家常什么的——她父母双亡，叉掉，这个不能聊。

爱好——生物化学，他不懂，不过没关系，先陪她上几天课。

美食——煎蛋，虽然她好像兴致索然，但今晚可以再深入挖掘一下。

美妆——她完全不化妆。

八卦——这个是啥？

最后一点展现幽默感……

狄青也去问搜索器了，然后他决定现学现卖。

“你知道什么动物最喜欢问为什么吗？”

唐晓抬眸瞄了他一眼，默默地在心里翻了个白眼：“笨蛋。”

狄青心想：这是他的台词……

说好的她回答为什么，然后他边说“喜欢问为什么的小傻瓜”边亲昵地揉揉她的头发呢？

“天上掉下一张脸，你要不要？”

唐晓：“谁的脸？”

狄青心想：应该说“要”的那个姑娘呢？说好的边说“厚脸皮的小傻瓜”边轻轻捏捏她的脸颊呢？

“三点水加一个来是什么字？”

“涞。”

“三点水加一个去字呢？”

唐晓觉得今天的狄青脑子有坑：“法。”

狄青：说好的“去”这个读音呢？说好的边说“不识字的小傻瓜”边敲敲她的额头呢？

狄青蓦地冷了脸说了句：“笑一个。”

“哈？”

“给小爷我笑一个。”然后他双手齐下，捏着她的脸颊往两边拉了拉，将她嘴角拉出上扬的弧度后，才心满意足地放了手，“待会儿吃什么？”

唐晓腹诽：这厮绝对烧坏脑子了！错不了！

唐晓惊悚地发现，狄青真的跟着她来听课了，加上共同进餐加并肩同行再加“窃窃私语”……

他们的关系会被误会吧？已经被误会了吧！

碰巧今天讲课的是一位高年级的师姐，一进门，那师姐就激动地冲着狄青尖叫。

狄青冷冷地说：“我来旁听一下，好好讲课。”

“是是是！”那师姐一激动就吐词不清。

他偏偏还老神在在地不断提问，那师姐打了鸡血般回复得那叫一个慷慨激昂，一节课下来什么都没学到，他还在那儿不懂装懂，说这同学讲得还可以。

可以什么啊！真是水土都不服，就服你！

第一节下课的时候，唐晓正打算对他晓之以理，动之以情一番，学院的广播系统突然叮咚叮咚地响了，广播员优美的嗓音响彻学院上空：“请唐晓同学马上到学院一号体育馆看台。请唐晓同学马上到学院一号体育馆看台……”

第九章

她是谁？她到底是谁

要不要响喇叭啊？还嫌她不够出名啊？！这是课间时间啊，不是逼着全部人去围观吗？！已经开始围观了！

唐晓也想假装听不见忍忍就过去了，可是喇叭像是坏掉了，一直循环。上课铃都不响了，一直在重复“请唐晓同学马上到学院一号体育馆看台”。

来了啊！测算过路有多远吗？给人走路的时间啊！还喊！

狄青同样冷着脸，光瞧这与学院作风不相符的二傻子行为，他就知道又有妖孽想害人，不过……他似乎想到什么，突然露出意味深长的笑容来，拍了拍她肩膀，道：“你先去。”

“你呢？”

狄青终于有机会摸摸她的头：“我随后跟上。”

哎？

他居然真的走了！刚刚上课死命要跟着来的是谁！唐晓犹豫了片刻，在喇叭的催促下，一个人忐忑不安地往体育馆赶，当然了，围观的群众还是很多的。临近体育馆的时候，有人迎上来，领着她往看台走去，一路隐约听到人声鼎沸，感觉整个体育馆都坐满了人。呃，学校居然有这么多人？

难不成是给她颁发什么“见义勇为”奖？前两天和两位师姐碰面的时候，她们只差没抱着她痛哭流涕，而且听说她现在好像点名声？

不过，好香啊，哪儿来的花香？越往前走，那芬芳馥郁的味道就越强烈。

正疑惑着，已到了通道出口，唐晓一眼就看到校长站在那儿笑眯眯地望着她，一副“此处有陷阱”的架势。

她感觉自己有点被赶鸭子上架，再多走几步，眼前是一片花的海洋，色彩缤纷、形态各异的花簇拥着，沁人心脾的气息缭绕在枝头，绚丽地定格成一幅醉人的画面。

她感觉被谁推了一把，放缓脚步走到看台上，原本烦人的广播停了，换上了一曲优美的乐曲，那音符宛若跳跃在花瓣上。而凌初，悬于体育馆中央的半空中，披风轻轻张开，似是随风而动，他手捧一束鲜花，与她遥遥相对。

这几天凌初一直住在飞船里，他总是不自觉地回想起那些在无际宇宙漂泊的日子，那样了无边际的黑，每一次回想都让他心悸。

然后他的思绪便回到了从前，回到那个初见的日子，金金的分析大多是正确的，博利亚海盗星人喜欢美好的东西，一次刻意的偶遇，她入局了。

那时的她还是那个以为自己无意间捡他回去的女星盗，眉宇间带着特有的张狂，对待敌人心狠手辣，对待他却倾注了全部的热情。

“我喜欢你。

“我喜欢你，我对你一见钟情了。

“啊！好喜欢，太喜欢了！”

在带他回博利亚海盗星的路上，她总是不厌其烦地重复这些话。她又问：“你叫什么名字？”

“凌初。”

金金急得半死：“您不应该说出您的真实姓名！”

可是，对将死之人，何惧将姓名暴露？

“万一她听说过您呢？”

那拿下她，也不在话下。

“你太弱了，凌初。我好担心啊，想取我性命的人那么多，万一误伤了你怎么办？”她一脸担忧，“我决定了，以后你就跟我学搏斗术。记住，我教你搏斗术不是为了让你帮我，而是让你保命。万一我出事了，你就跑吧，跑得越快越好。”那天她的笑容格外单纯。

海盗星人向来以战死为荣，可她让他跑得越快越好。

是……傻瓜吧，这样的智商，果然……死得早。

但是，想起那一幕还是会心痛呢。

直到那个阳光明媚的日子，她晕倒在他怀中，唤了他一声：“凌初。”

他在地球上学会了一个词汇——救赎。

那天，他感觉自己得到了救赎。然后一天一天，感受她的不一样，也是一种乐趣。

直到真正的她再次出现。

是的，他知道那才是她，那天在直升机上的那个眼神，那充斥着霸气的凝视，才是真正的她。可就是那个眼神，让他居然有一点点想逃，事实上他也确实逃了。

如果说第一次找到她，她的出现及呼喊让他有种失而复得的惊喜，那么这一次，他有种得而复失的恐惧。

其实他一直都知道这些日子的她不对劲，可他还是固执地认为那是她，也只能是她。

可那一刻，他有些不知道该怎么面对她。

看着那样的眼神，他有时会反问自己，他是不是早已经彻底失去了她？

不，他不允许这个结果出现。绝不！

“温馨提示、温馨提示：殿下，已过了用餐时间。”

“金金，你知道，当初毁灭海盗星球的那束激光，并不是我下令的。我更倾向生擒、招降。”他突然道。

“殿下知道，海盗星人不会投降。”

“我知道，”透过玻璃投射进舱内的月光那般清冷，凌初遥望着星空，目光凉凉，“我一直都知道。”所以，结局都是一样的，她的族人会死，她也会死。

吾宁死不降——那是她刻在骨子里的骄傲，即便是错的，也义无反顾。

“殿下，那个身体不是唐的。”金金突然道，“地球人是一种很神奇的生物，他们明明那么弱小，但有的时候能凭借一种叫意志力的东西，创造很多突破常识的奇迹。而且他们大脑的开发程度普遍只在百分之十左右，却拥有不凡的创造力，所以从某种角度来说，地球人很可怕，他们潜力无穷，这也是星际社会愿意与之交流的原因。他们身上有太多的未知值得我们学习。就这点而言，简单直接的海盗星人，哪怕是借助 π 星球人的精神力，也不一定能从意识上完全掌控地球人。”它客观地分析着。

“嗯。”凌初道，“这我也知道。”

“殿下英明。从唐目前的行为举止来分析，她的主导意识还是原本的地球人唐晓，但偶尔会被唐的意识侵占，虽然这种意识侵占会在某种程度上进行融合，可身体细胞的记忆、长期的神经反射以及自幼接受的教育，注定她会以地球人唐晓的意识行为为主导。所以殿下若是想找回从前那个完完全全的唐，是不可能的，但不妨碍她以这种方式继续感知世界，殿下应该可以心安了。这次交流会结束后，殿下便可以了无牵挂地离开了。”

洒在凌初身上的幽幽月光，映衬着他一头银丝，这已经是他思考的第三个夜晚了，最终他拨通了和校长沟通的联系器：“请、务必、帮我、一个忙。”

他用地球语生涩地说。

这才有了眼前这一片花的海洋。

“金金你知道的吧，星际审议庭是不会同意我和唐的联姻申请的，因为她是罪恶的海盗星人。但是唐晓有可能。哪怕是万分之一的可能，我还是想争取一下。我想向唐晓求婚。”

“不要啊！殿下！”金金感觉自己几乎使出了洪荒之力，“星际审议团是不会同意的！”

“所以我说我要争取。”

“王后殿下也不会同意的！”

“我会争取。”

“唐晓也不会同意的！”

“我会争取。”

它也不会同意的！

金金生平第一次有了从此死机再也不重启的冲动，呜呜呜……地球好危险，它要回母星！

凌初知道，地球上有一种仪式叫“公开道歉”，还有一种仪式叫“公开求婚”。

敢公开表示有诚意，知道的人数越多，表示诚意越大，只是根据现行星际法，他们的身份还未完全公开，这已经是他可以请来的所有人了。基于凑热闹是大多数地球人的兴趣爱好，喇叭这一招显然很奏效。

纵观历史，有一骑红尘妃子笑，有褒姒一笑失天下，虽然有点祸国殃民，但君王不早朝这招搁在雌性生物的身上还是奏效的，加上绝大多数女人还是喜欢花这个基础理论，凌初感觉准备工夫基本到位了。

就赌她那百分之一的虚荣心吧。

再说了，曝光在公众面前自然就有来自公众施加的压力，他的身份毕竟是外星王子，多少要给他面子，不能直接打脸。凌初不否认自己耍了点心机，但他更希望她看到他的决心，看到他一往直前，不给自己留退路的勇气。

他希望前路再难，她也能和他一路前行。

眼看她来了，那是她，也只能是她。

若你不是主导，是否说明，她对你的恨，也减少了那么一点？凌初安抚了自己有些紧张的心情，然后扬起了他认为最诚恳最美好的笑容，说出了那句他反复练习了无数次的话——

“唐晓，请你嫁给我。”

来自外星的王子殿下向地球人求婚了！

镜头对着那个女孩，正是这段时间频频上学院新闻头条的唐晓。

她眨巴眨巴眼睛，一脸迷茫的样子。然后，她把视线别开了。众人通过大屏幕，看到了她眼里的茫然、震惊与抗拒……

抗拒是什么反应？一时间所有人的心里波澜顿起，凭什么呀？这不科学！

王子好帅呀！而且，外太空王子这个身份是不是说明他很有钱？

“好像要拒绝的样子……”有人在底下轻声讨论。

“为什么？”

“因为狄青吗？”

“对比之下，我可能会倾向于王子殿下呢……”

“可是狄青师兄也是难得一见的鬼才啊。”

“哼，还倾什么向啊，你不知道吗？王子母星拥有目前宇宙较为先进的能源系统，校长在替王子张罗这一切的时候透露了一点口风，对于联姻，他还是乐见其成的。而且，买卖不成仁义在，你懂的。”

底下议论纷纷，唐晓想闭着眼睛说一声“做梦”的时候，人群里不知谁带头吼了一声：“嫁给他！”

接着，所有的杂乱有了一统的方向，“嫁给他”“嫁给他”的声音此起彼伏，最终一统为有节奏的呐喊——

“嫁给他！”

唐晓感到了所谓来自公众的压力，但嫁给他是绝对不可能的！

“我反对！”

就在场内人齐齐呐喊、唐晓焦头烂额的时候，一道声音凭空而出，若惊雷乍现，隐隐似有回音般在气势上震住了所有人。所有人感觉耳膜被震，捂耳之际，整个场子瞬间鸦雀无声。

接着，体育场的正东方出现了一个人影，众人还未看清，只见那身影凭空而起，轻盈地踩着体育场观众席，闯入众人的视线，快到前台之处如蜻蜓点水般借力而立，双手展开，轻巧地跃入花海之中。

这么骚包的姿势，唐晓认识的人中能做到的，也唯有狄青了。

果然是他！

这一刻，唐晓满心里掩藏不住欣喜。只见他此时换上一身藏青色长袍，单手握剑，相较凌初他身居下位，气势却丝毫不输。他朝凌初的方向抬眸懒懒一睨，轻哼一声：“我们的地盘，只有你一个人出风头，如何是好？”

说完狄青微微一笑，一时间所有的花瓣被一道无形的力量轻轻托起，与风吹过不同，那些花瓣缓缓升起，悬在空中，红、橙、黄、粉，遍布在他周遭，而后他指尖一动，以飞快的速度挥剑一舞，那花瓣便轻盈地随着剑气，如泼墨水彩般，勾勒出流水般的弧度。

他长剑如芒，足不沾尘，轻若游云，身形伴着乐声而起，随意地挽了个剑花，跃起、回身、挑剑，动作看似轻柔，实则招招带着杀气。

无数的花瓣随着他的舞动而蹁跹，好不容易相聚在一块，下一刻又因他气贯长虹的一招突然破开，散落一地又再被撩起。他在花瓣中翩然游走，远远看去，只感觉花海之中剑若霜雪，他若游仙，清姿卓然。

唐晓眼一眨不眨地望着狄青，只觉得被迷炫了眼。他的每一个姿势每一个动作，都像一幅承载了岁月的水墨图，荡气回肠。

许多年以后在场的人仍清晰地记得这个画面，关于美是什么，狄青给出了不可替代的答案。

众人因狄青的突然出现，短暂地忘记了上一刻凌初的求婚。

被众人忽略掉的凌初就很尴尬了……

他的身影缓缓地升高，而金金只得在他脑海里尖锐地提示着：“哔哔哔，愤怒值临界警示！愤怒值临界警示！”

“殿下请克制情绪！请马上克制情绪！愤怒值指数极易造成死伤！光剑为高危武器，严禁使用！高危武器，严禁使用！”

“不使用就没事了，对吧？只要留他一口气就还能治好，对吧？”凌初记得这次交换的礼品中就有一把宝剑，因为挺喜欢，他就放在随身携带的储物格里，他冷着眸子说完，居高临下地扫视了一眼被破坏的求婚现场，突然亮出剑，调整了重力模式，不等众人反应，直直朝狄青冲去。

看着凌初冲向狄青，唐晓惊呼了一声，心简直跳到了嗓子眼，但狄青的反应极快，他没有半点犹豫地对上了凌初的剑。

凌初的力道大得惊人，加上他冲下的气势，硬碰硬绝不是明智之举，狄青在对碰的那一刻便了然于心，使了巧劲，四两拨千斤地卸了他七分力道。

凌初扑了个空，皱眉，反手一挥又是力道十足的一次攻击。他的招式直接粗暴，却简单奏效。

狄青也不惧，敌刚我柔，他大多借力打力，十几个回合下来，也不落下风，只是两人的心里都是震惊的，毕竟都向来独孤求败惯了。凌初也险险避开一招，足下动力系统一动，人又冲出数米远，持剑而下。

这么大的体育馆，只能听到武器碰撞的声音。

“让他们停下来，狄青是疯了吗？那是外星贵宾！”

“校长，这种情况下狄青没有第二个选择。”有人理智地分析，刚刚那一招，不挡就死了。

“他就不能挡得不那么明显？他若有技巧一点，说不定凌初殿下此刻的怒气已经消了！”只是校长说完自己也觉得可能性不大，他叹了口气，“快快快，调动护卫队，还有医疗队，把应急小组的所有人叫来，想办法叫停，快！”

“是！”

“校长，或许，他们……只是切磋切磋吧。”又有人安抚道。

那人话音刚落，对面看台就发出了尖叫声，原来是狄青在躲避的时候靠近了观众台，凌初却毫无避讳地一劈，剑锋所及之处，墙体轰然撕裂。

“让所有人撤离！”唯恐其他人被误伤，校长当机立断。

“是！”

唐晓这边的看台因校长的话起了骚动，她大概确定了一下广播室的方向，就在观众台的上方，不多会儿喇叭里就传出了“请所有同学有序撤离”。

唐晓忧心忡忡地看着打斗中的狄青与凌初，担心狄青受伤，回想起那次凌初救自己时使用的那把光剑以及光剑的威力，她就心慌。

还好……凌初这次并没有使用光剑。

在场的人听到广播，纷纷站起来，跟随着广播的指引撤离。

而场内的两人，斗得浑然忘我。

狄青并不想伤及围观群众，可凌初的招式太狠太快，而且能违反重力定律启动加速模式，加速度冲击力的杀伤性太大，狄青只能不停地更换接招地点。而且，他不能受伤，一流血就止不住……这让他多少处于被动状态，再加上前段时间体力严重透支，虽然休整了几天，却还没达到最佳状态。

几个大招过后，他就应付得有些吃力了。

“只有你能阻止他们。”

就在这一刻，唐晓听到有人在耳边说话，她吃了一惊：“谁？”

“跟我来。”

因大多数人在撤离，整个体育馆显得很混乱，但终归训练有素，混乱中还维持着基本的秩序，更多人还是乐意留下来给狄青助威。在这场星际间的切磋之中，出于自豪感，所有人都毫不犹豫地站到了狄青这边。

这个节骨眼上显然不会有人关心她，所以被呼唤的唐晓微微有些错愕，回头看到是霍莉姐，她顿时放下心来。

“霍莉姐？”

“是我，博士不放心你，听到广播就让我来看看你有什么需要帮助的。现在形势不容乐观，快点，我们去广播室，只有你能让他们停下来，恐怕得通过广播才能让他们听见。”

“好。”唐晓跟着霍莉走了几步，随口一问，“广播台不是在上面？”刚刚明明看到那位老师往那个方向走来着，而且她们这边是主席台，相对而言座位较少，也没坐满，现在大多数人撤离了，道路还算畅通。

霍莉直接白了她一眼：“那边也能走，不过这边更快，人比较少。”

“哦。”唐晓总觉得哪里不对劲，但她也来不及深思，只是隐隐有些心神不宁，感觉今天霍莉姐穿得特别质朴。

对了，她今天没戴眼镜。

唐晓跟着她拐进了一条小通道，通道口不算太大，大概不是撤离的主通道，也确实没什么人，就这点不得不佩服霍莉姐的远见。

她们拐了个弯后，就直接进入了体育馆的后台。霍莉在前面边带路边说：“从那里顺着阶梯上去就行了。”

虽然人不多，但通道到处都能听到撤离的人的脚步声，噪声有点大，可刚拐了个弯，突然听见前面带路的霍莉尖叫了一声：“唐晓！小心！”

唐晓条件反射地摆出了防御姿态，然而还是太晚，只见一个人影突然蹿出，直接击晕了霍莉姐，她还没反应过来，后颈处就被人重重一击，口鼻立马被带气味的手帕捂住。

狄青！

这是昏迷前唐晓唯一想到的人。

“砰！”狄青勉强挡下一记重击，退开七八米，整个后背撞在看台的围墙上。

可就在凌初第二次进攻逼近的时候，他并没有再出手阻挡，而是抬头往唐晓原本应该在的位置望去。

“殿下小心！请注意死伤！”千钧一发之际，金金再度出声提醒。

凌初微微挑眉，剑尖一偏，剑身险险擦过狄青耳边，深深插入墙壁之中。而后他皱了皱眉，也朝唐晓的位置望去。

人呢？

唐晓被带进了一条相对隐秘的通道，进了体育馆下方的防空洞。

随后她被甩在一张躺椅上，手脚被镣铐锁住。

大概是体内的血液循环系统异于常人，迷药的成分被迅速分解消化，当她被推进防空洞的时候，唐晓隐约是有意识的，她能感受到身边的人，以及他们的呼吸。

不止一个人。

唐晓拼命想睁开眼，却感觉很是吃力，摸索了一会儿后，突然有什么利器在她手臂上狠狠一划，刀刃的冰凉触感让她微微一震，片刻后，她感受到鲜血涌出身体。

“居然还有反应。”她听到有人说。

谁？好熟悉的声音……

“啧，伤口愈合得好快，不是亲眼看到还真难以相信。”另一个声音说，居然是个女声。

然后那把刀迅速又无情地再次割在她的手臂上，一刀、两刀，四刀、五刀……痛感这才传递过来，连皮带肉，锥心地疼，而且闭着双眼，那皮开肉绽的触感更加真切，剧痛难忍。

是谁？

“接下来就交给你了，你小心。”男人说。

“我知道。”

“唉，”那声音似乎带着惋惜，“我还是觉得你这样做太冒险了。”

这是……严西城？

严西城！

大概因为闭着双眼，除视觉外的一切感官都特别敏锐，她甚至能感受到他说这话时的虚伪。

怎么是他！唐晓这才惊觉自己很久没再想起过这个名字，才发现她其实也可以这么健忘。他在收集她的血，他要这个干什么？

呵……还能干什么？唐晓恍然大悟，联想起早前他带着她的研究成果迅速消失，重遇后见他一副大义凛然、忍辱负重的样子，还傻乎乎为他找理由找借口，现在想来觉得自己蠢到家了。他分明就和那两位师兄的死脱不了干系，如今又想用她的血进行深入研究！

“不，只有这样，我才能死心！这个药的配置既然与她有关，那么阿祖的死她就绝对脱不了干系！”她听出了那个女声的愤恨。

不！不是她做的！唐晓挣扎着想开口为自己辩解，可是感官虽在，她肢体上仍不能动弹。

“唉，教官都说了暂时不追究，其实你不需要这么着急，他已经在着手调查了。”严西城一副为她着想的样子。

“你放心，这件事与你无关，谢谢你帮我。”

“别这样，我也是想找到真相。你……真的打算用那招？”

“你先回去吧，那个叫霍莉的应该很快就会被人发现，唐晓这事瞒不住，但至少不要把你牵扯进来。”那女生明显在转移话题。

“得知真相后，记得第一时间通知我。”

唐晓听出了他声音里的凉薄，然后她感受到有人凑近了她的脸，呼吸轻轻地吐在她的脸上，指尖也若有若无地拂过她的脸颊，那触感让她寒毛直立，毛骨悚然。

“真可惜……”她听到他用几乎听不到的声音轻轻地说，“下次见到你就是笨笨的了。”

严西城，你这个骗子！

唐晓感觉自己早早就陷入了一场阴谋。骗子！唐晓心里怒吼，却无能为力，然后她听到他离开的脚步声……

不要走，你这个浑蛋！她为自己居然迷恋过他而感到耻辱！

可她心中的愤恨并不能改变什么，整个空间里只有那个女人沉重的呼吸声和不知道从哪个空间传来的脚步声，寂静得让人害怕。

手臂上的痛提醒着她这一切还没有结束，她感觉到那个女人有了动作，不多会儿，一大盆冰水迎面泼来。

水冲撞进她口鼻之中，冷呛感让她呼吸困难，几近窒息，微张开口，便有水呛进咽喉，胀呛得厉害，她剧烈咳了几声，终于睁开了眼。

“啪！”

唐晓的面前亮起了一盏昏黄的灯，她因不适应眯起了眼睛，手脚被铐无法擦拭脸上的水，她甩了甩头将水珠甩开，勉强睁开眼睛，急忙解释道：“不是我……”

她的声音在她看清面前的人时突然消失……她只看到一双瘆人的眼睛，静幽幽地毫无情绪地望着她，径直入侵了她的意识，瞬间摄住她的心魄。

你是谁？一个声音问，带着不容拒绝的冷意。

“我是……唐晓。”她喃喃道。

你在哪里？你看到了什么？

“我……我在哪里？”唐晓疑惑地望了望周遭，发现自己突然置身于她多年前居住的那套小房子，屋内的一切都显得陈旧而温馨，一种别样的暖意轻柔地覆盖了她，再抬头，看见她妈妈正捧着碗热汤从厨房里走出来。

湿意漫上她眼眶……

“傻孩子，还愣着干什么？来吃饭了。”妈妈瞪了她一眼，笑着亲切地说，“快来，你爸应该也快到家了，真是的，又加班！”

爸……爸？

再看看，你在哪里？

那个声音打断了她的思考，循循诱导道，再想想，你看到了什么？

唐晓有些茫然，周遭变成冷冰冰的白，她妈妈面色苍白地躺在病床上，眉头紧蹙，似乎忍受着剧烈的疼痛。

“妈妈！”唐晓大喊，“你怎么了？妈妈！”

你在哪里？你在哪里？显然这也不是她想要的答案，那个声音再度打断她。

想想看你最常去的地方，你在哪里？是不是你经常待的研究所？

对，研究所……

周遭的场景再次突变，仍旧是冰冷的白，唐晓迷茫地扫视了一圈，研究所？是了，这确实是她所熟悉的研究所，白色研究台上搁置着各种各样的器皿瓶罐，旁边的黑板上写满了公式与化学符号……

你在研究什么？

“我……”现实中的唐晓突然剧烈地挣扎起来，音量突然拔高，“该死的，还是失败！妈妈的病又加重了！要赶不上了、要赶不上了……”

睡梦中，她手忙脚乱地捣鼓了一下面前的试剂，却意外发现自己竟无从下手……泪水模糊了她的双眼……

“我在干什么……我到底在干什么……”

说，你研究它是为了什么？

为什么要害人？

脑海里的声音音量突然提高，受了刺激的唐晓脑袋快炸开般剧痛难忍，意识一片迷乱，乱糟糟地纠结在一块，突然，她眼前的场景变成了一片星空，周遭火光乍现，乱石飞舞，凌初站在她对面，目光冰凉……

“你太弱了，唐。”

“啊——”唐晓凄厉地叫了一声。

我是谁？

我在哪里？

我是谁？我到底是谁？

那个女人也察觉到了唐晓的变化，并且发现她有些脱离意识掌控，她加强精神力控制，明显有些着急了：“回来！说，你研究试剂到底是为了什么？”

可唐晓并没再回应她。

她原本跟随唐晓视角看到的场景变成漆黑一片，唐晓兀自挣扎起来，神色痛苦，镣铐因她的动作哐啷作响。

“睁开眼睛，看着我！”因情况有点失控，那女生也顾不上其他，冲上前紧紧扣住唐晓的双臂，强迫唐晓与她对视，并释放出全部精神力，试图再一次控制她。

突然，唐晓睁开了眼。

她的目光蓦地一变，变得凌厉，摄人心魄。

那女生微微愣神，接着整个人猝不及防地被反弹，似乎意识受到严重反噬，吐出一大口鲜血，然后晕了过去。

唐晓整个人的气质明显有了不同，同样的一张脸，现在却有种凌人的气势。她靠坐在椅子上一动不动，显然有些发呆。

“喵！”昏暗的地下室，居然在这个时候响起了一声猫叫。

一只黑猫从门缝处轻轻挤了进来，它轻巧地跨过昏迷的人，立在唐晓面前，停顿了片刻后以脑电波喊了一声：“大人。”

唐晓淡漠地睨了它一眼。

库普毕恭毕敬地道：“整个学院的人都在找您。”

过了很久，她突然开口，满是嫌弃：“长得真丑。”

库普沉默了一下：“喵。我就知道您会嫌弃我。”

唐晓没再搭理它，她皱着眉头看了看锁在她手腕处的镣铐，再扯了一番，解不下来，未犹豫就着铐子边缘一用力，握拳处卡在手铐口，她再狠狠一用力，嘶啦一声，以蹭掉一大块皮肉的代价获得自由。

那种肉眼望去疼痛难忍的伤，仅让唐晓微蹙了一下眉头，然后她静静观察了下慢慢愈合的伤口，勾了勾嘴角：“这个能力还不错。”

接着她又以同样的方式，让左手也恢复自由，然后有点嫌弃地道：“痛感比以前强，力道没有过去大。”

她又低头看了一下自己：“我的胸呢？”

库普沉默。它随着您先前的牺牲灰飞烟灭了……

“凌初那个贱人呢？”

“他也在找您。”

“明知道不是我，他居然向她求婚。”唐晓啧了一声，目光微沉，昏黄的灯光下，面若冷却的灰烬，透着无尽的凄凉。

“唐……晓呢？”库普突然壮着胆子问。

“她在那个没有伤害的世界里，和她父母团聚呢。”唐晓站了起来，说得一口流利的普通话，“是了，我就是她，她就是我。”

这段时日里，唐感觉自己经常处于一种游离状态，常常一不小心就察觉不到自己的存在。当她再一次意识到自己仍是独立个体，是在凌初出现后。

那汹涌的恨意几乎将她湮没，因为他们整个星球从事行业的特殊性，套用一句地球人的话，人在江湖走哪能不挨刀，按理他们一早就做好了战死的准备，所以这恨意中还夹杂着被背叛的耻辱与怨恨。

那个浑蛋，必须死！

必须死！唐握紧了拳，心底涌起深深的恨意。

“大人现在打算怎么做？”

“先回宿舍。”

“喵？”库普有些疑惑。

“现在的我，还杀不了他。他身上那种高密度防护衣，别人不知道，却瞒不过我，炮弹都伤不了他，更别说普通的利器。等我想想该怎么做，反正他必须死，让他多活几天也无妨。”

有个思维清晰的脑子，唐发现许多以前执着的事情突然间都变得不重要了，当然她更不想承认自己以前就是个单细胞物种。

会思考的大人好可怕！

库普踩了两脚躺在地上的那个女生：“那这个人呢？杀了她吗？”

唐睨了她一眼，只要掐住她的颈部，一拧，就能轻易结束她的生命。

不要！

一个突兀的想法冒了出来，唐蹙了蹙眉，说：“没有她，我也无法完全恢复意识，就饶她一条狗命。”

“是的大人，大人仁慈！大人英明！”

唐在黑暗的地下室摸了一会儿，很好，迷路了。

“你是怎么来的？”

“受您的意识传召，大人。”

“从哪儿来的？”

“那边。”库普比了比通风口，表示很无辜，“这个地下室大概是用来应付紧急情况的，门的质量不错，而且都被锁死了。”

“废物！”

因为刚好碰上体育馆人员疏散，监控系统无法捕捉到所有人的身影，无法判断唐晓有无跟着人群离开，所以目前寻人小队一部分还留在场馆内，另一部分分散到外围寻找，而霍莉在唐晓被带走的那一刻就起身迅速消失了。

这一边金金在获取监控画面后，飞速地在每一帧画面里过滤了每个人的脸，有些人只有侧脸、背影及头顶，也采用高新科技分析排除，因为数据量庞大，它花费了好些时间，最终给了凌初一个答案：有百分之九十八点七的可能性还在体育馆内。

然后它结合体育馆的立体结构图，分析当时唐晓所在方位可能的离开路线，排除掉几个有监控点的，剩下的路只有两条。

凌初并不打算依赖学院的寻人小队，所以他自己单枪匹马去找了，他的求婚还没有结果呢。

这边狄青在停止了争斗之后，第一时间联系上了狄九，也以最快的速度调出了监控录像，只是他的侧重点不同，他发现南边的广角摄像头原本能捕捉到主席台的画面，但从人群开始疏散起，镜头像是被谁处理过，刚好错开了唐晓所在的地方。

“她是被人带走的。”发现了这一点，狄青直接下了定论。

“我也这么想。”

“当时我和凌初在打斗，以她的性子不可能擅自离开，我猜她应该是试图阻止我们……”狄青微微沉思，“体育馆已经都找过了？”

“刚找到地下室，那里寻常人不知道怎么去，而且当时人很多，唐晓在众目睽睽之下被带走，应该没有反抗或者被控制了……”恰好寻人小组的通信切了过来，狄九听罢，望向狄青，“地下室的通道被锁住了，我猜如果她是被带走的，那十有八九在那里。”

“走。”狄青抓着剑就往地下室的通道走，“我觉得熟人的可能性比较大，而且肯定是她相对比较信任的人，在学院，她信任的人一双手都能数过来，一个一个查行踪。先前说的那个潜伏在医疗队里的卧底，藏不住了。”

“一定是个你跟我都很熟悉的人。”狄九感慨。

“是我大意了，我以为短时间内不会有人对她动手的……”

“没事，想想她那个强大的、你我都梦寐以求的自愈能力！呃……”

狄青狠狠瞪了狄九一眼，狄九悻悻地闭了嘴。

正是因为那个能力，所以她每次刺骨地痛，可能就这样被轻描淡写地掩藏了。

他不希望她再受伤。

所谓不是冤家不聚头，凌初和狄青在找唐晓的路上又撞上了。

二人对视了一眼，互不搭理，只是地下室的防火门实在是结实，从里面被人反锁，一时间难以打开。狄九就顺口问了一句有无其他通道，还没等到回答，凌初直接亮出了光剑，昏暗中绿莹莹的光映绿了所有人的脸，他二话不说对着被反锁的大门咻咻咻就是几剑。

绿光闪烁间，那扇防火材质的厚重大门被轻易切割成块状，停滞了两三秒后，轰然倒塌。

狄九的脸色有些凝重，刚才凌初大概出于邦交礼仪，并没拿出这把剑，否则别说过招了，稍不留神躲闪不及，缺胳膊少腿恐怕难以避免。

凌初切了门就收起了剑，然后睨了狄青一眼，大概意思是“本王子还有很多手段没使出来，否则亮瞎你双眼”。

凌初率先朝通道走去，不料，一个身影突然从左边蹿出，一阵疾风般冲着他攻击而去。狄九职责所在，反应极快，冲着身边的人喊了一句：“保护王子！”

然而场上局势变化太快，众人一时也插不上手。好在凌初也不含糊，他一招反制，出手就是杀招，不过那攻击者身形一闪，闪避得也快，退后一步后又接一招，凌初边拆招，边在昏暗中望了对方一眼，待看清了那张脸，凌初原本凌厉的动作停滞，愣了片刻。

就趁着这空当,唐握拳一挥,“砰”的一声闷响,凌初的下巴狠狠挨了一拳。

“殿下！”

金金的警报“哔哔哔”地响了起来：“受到攻击！受到攻击！自动启动三级预警，防御模式开启！进攻模式开启！”

然后凌初原本的制服竟发出轻微的咔嚓声，数秒钟完成了盔甲模式更替，一看就是全副武装的样子。

而唐也早有预料，一拳得手便退开一步，蓄势待发。

下一刻，凌初直接关闭了金金的应急系统，武装系统解除后，他深深地看了她一眼，道：“唐。”

唐回望，眼神狠厉，却隐隐有泪。

四目相对，周遭的一切都仿若喧嚣之后尘埃落定，全世界都安静下来，只有彼此略显沉重的呼吸声。

凝视过后，唐吸口气不作声，表情淡漠地收回视线，转身，背影决绝。

凌初，你到底有没有爱过我？

哪怕一点点、一个瞬间，你、到底、有没有爱过我……

可是凌初，这些都不重要了。你与我，终将执剑相见。

唐发现自己刚刚揍了他一拳的手此刻居然在微微发抖，她紧紧攥住拳头，不想让情绪泄露，她昂首挺胸，脚步坚定。

就当她与狄青擦肩而过时，狄青突然面无表情地拽住了她的手臂，他看着她，冷冷地问：“你是谁？”

唐没有抬头看他，侧了侧身子，试图摆脱他的桎梏。

但狄青的力道很大，他表情淡漠，不容拒绝地重复道：“你是谁？”

一道光束突然射向狄青，对危险的直觉反应让他条件反射地松开了手，避开一步，然后朝攻击的方向望去。

凌初开口：“放开她。”

唐并不想再过多耽搁，狄青一松开，她就迈步离开，库普默默无声地朝唐靠近。狄青试图再次阻止她，狄九一把拽住了他，低声道：“从长计议。”

其他人还未从刚刚发生的一切中回神，事情似乎就已告一段落。昏暗中，狄青望着唐离去的背影，握紧了拳，哑声道："不是她……"

库普跟着唐，突然用脑电波问道："大人似乎有点害怕狄青阁下？"

"我感觉他很危险。"破天荒地，唐以脑电波回应。

"难道不是凌初更危险？"

"不，我感觉他更能影响唐晓的情绪，这对我来说更危险。就在刚才，我感受到一丝情绪波动，那波动不是我能控制的，我能做的，就是离他越远越好。"唐加快了脚步，"真是可惜了，他长得很漂亮呢。"

库普默默翻着白眼："那……我们接下来该怎么做？"

"有些很重要的事啊……"唐勾了勾嘴角，"譬如取了我的血拍拍屁股走人那家伙。"她顿了一下，一些习惯性的思维方式让她的思路异常清晰，"刚刚意识侵占，你说你看到了严西城那家伙的实验室？"

"是，那女的就是实验室的一员。"

唐沉思了片刻，说："去找胡锐。"

胡锐发现，全世界都在找的那个人，现在竟站在他办公桌前。

这让他生出了一股名为"荒谬"的情绪。

对这个女孩，他一直没有好印象，她的存在就像个漏洞，包含了所有的不稳定因素，随时可能引发一场大爆炸。事实证明他的预感没有错，这段时间学院里发生的意料之外的事，都和她有关。

尤其上次一战，她居然把他异能队的一个精英打趴在地，严重折损了异能队的形象，而上次被她攻击的那个学生因颜面受损，领了个任务就离开学院了。

这边刚给她扣上一顶不尊师重道的帽子，她就立马来一出舍己救人，提升了自身的形象。以为她无法生还了吧，结果她又平平安安地被外星飞船风光地送了回来，哼！倒是好手段呀。

胡锐双手相握，身子前倾，双肘抵靠在桌上，抬头看着她道："稀客，不过……"他慢慢冷了脸，"贾博士没有教导你做人要尊师重道吗？我说了不见。"

唐勾勾嘴角，一副无所畏惧的样子，说话也自然带着从前的一点霸气："我有事找你。"

胡锐压了压火，直接按下通话键："来个人把我房间里的家伙拖出去。"

唐也不在意，事实上地球上很多东西都让她觉得很新鲜，她转了转他对面位置的转椅，微微挑眉："大义灭亲这种事你敢不敢做？"

胡锐眯着眼不说话。

"不敢？"唐挑衅般挑挑眉，顺手摸了摸胡锐桌上的小摆件，嗯，这个漂亮，好想抢回家。

胡锐总觉得唐晓今天的行为有点怪，但又说不出个所以然。

他微微思索，道："天子犯法与庶民同罪，做错事自然要受到责罚，我胡锐绝不偏袒任何人。"

"行了，少废话，跟我走吧。"

唐拍拍手，顺手捞了他桌面上一件在地球上名为"打火机"的东西，刚想揣进口袋……

不可以！她脑子里又突兀地闪出一个念头。

唐努努嘴，不情不愿地把打火机掏出来直接甩给胡锐，道："吸烟违反校规！鄙视你！不过你身上那点火苗连支烟都点不着吗？"她毫不掩饰脸上的嫌弃。

胡锐身上"咻"地燃起一团火，他冷着脸盯着她："你看我点不点得着？"

"哟哟，老师恐吓学生，这不恰当吧？"因为和胡锐的过节还历历在目，唐自行代入，说话也不客气，"行了，少废话，跟我走吧。"说完就转身准备离开他办公室。

一条火蛇倏地蹿自唐的背后，在离她后脑勺还有三两寸的时候，唐突然转身，火蛇在她面前险险地停住，唐也不慌乱，睨了他一眼："该起来了，老师。"

胡锐死死盯着她，抿紧了唇跟着她站了起来。

还在体育馆主持收尾工作的狄九，在唐晓去找胡锐之时，就收到了消息，他思前想后，还是告诉了狄青。虽然不清楚唐晓身上究竟发生了什么事，但于情于理两人都得去支持她，当即决定直奔胡锐的办公室，一路疾行，正好碰上了领着胡锐出来的唐。

见到狄青，唐暗暗嗤笑了一声，飞快别开了视线，感觉身体里有股类似于护犊的情怀在作祟，哪怕他的高颜值让她有些心痒，也还是不敢和他有任何目光接触，就怕意识行为脱离控制。

真是没想到啊，狄青这家伙对她情绪的影响居然这么大……

唐告诫自己，这事先告一段落，一定要离这个男人远一点。她暗暗加快了脚步。

狄九在学校里也算是能做主的人，哪怕胡锐和他并不对盘，却也不能阻止他带着狄青跟上。

至于狄青，从头到尾都冷着一张脸，眼神死死锁定在“唐”身上，只觉得心里憋着一口气，不上不下，焦躁难安。尤其看到那张他熟悉的脸上露出与他决定守护一辈子的那个人截然不同的表情，就感觉有一只无形的大手死死抓着他的心脏，令他呼吸困难。

她是谁？

他猛地回想起库普拥有的“意识侵占”功能，难道她中招了？从库普的表现来看，这个意识侵占的人与它是有关系的，如果它不是地球生物，那么这个人又是谁？真正的唐晓去了哪里？还存在吗？是不是受到刺激就会回来？

他满脑子都是这样的念头，只想狠狠抓着这个白痴女人摇晃，问问她为什么意志这么不坚定，被不知从哪儿来的阿猫阿狗侵占了。但他不能冲动，在弄清楚事情的来龙去脉之前，在没有十足的把握之前，他不能冲动。

想到这儿，狄青有点委屈，有些郁结，更多的还是恐慌，怕她万一回不来……

同样一张脸，如果换了一个灵魂，那么对于他，又有何意义？

队伍终于停在厚德楼前，这里算是异能队的驻点，联想起她刚刚那句“大义灭亲”，胡锐抿紧了唇：“你带我来这里干什么？”

“你不是想查清楚暴毙的那两人究竟怎么死的吗？”这话如惊雷般震住了所有人，唐突然笑了笑，盯着“厚德”两个字，关于它们的释义立马浮上心头，因而她笑容略带讽刺，她睨了一眼胡锐，“答案就在里面哦。”

“你是说，药是从异能队流出去的？哼！荒谬，证据呢？”

“你当初不也没证据就直接抓人？”作为一直依附在唐晓身上的一缕意识，唐对那种被冤枉的情绪也算是有所感觉的，她盯着胡锐嗤笑了一声，“放心，捉贼拿赃，待会儿你千万要看清楚，你最得意的学生正在研究的是什么东西。”

狄九心里有了想法，迅速开启了录像功能，然后通知附近的相关人员立刻来厚德楼，一方面安排人向校长汇报，一方面私下联系了贾博士，请他务必独自过来。

胡锐犹豫了片刻，瞧着唐晓一副胸有成竹的样子，心底打起了鼓，会是谁？他脑子里闪过几个名字，然后一一排除，最后才冒出“严西城”三个字。他顿了一下，下意识地按响了他的通信设备，结果无人应答。

胡锐步伐很沉，甚至比当初得知侄儿和狄青决斗后受伤的心情还要沉重。不，任何人都有可能，但西城不可能。胡锐冷着脸，只感觉脸上的伤疤因为某些记忆隐隐作痛。

之所以对唐晓的经历感触不深，是因为他们才是从炼狱里爬出来的，掺着实打实的鲜血与汗水。

严西城的异能是肢体强化。然而这并不是他的天赋技能，而是后天的基因突变。刚开始他并不看好严西城，只是严西城从来都是带着微笑坚持下来，无论多苦多累，面对多大的困难，对他而言永远只是轻描淡写的经历。

他不是天才，但他足够努力。

像唐晓这种更多凭借天赋，在太阳底下坚持两个小时就哭闹着说自己在坚持在进步的家伙，在他看来简直就是个笑话。

虽然西城成功了，但是他的技能施展需要付出太大的代价，所有肌肉撕裂再重组，只能换来几个小时的强化，得花数十天才能恢复。所以西城不能随心所欲地施展他的强化技能，为了跟上异能队其他人的脚步，他只能更努力地让自身更强大，挤出时间研究适合他的药剂以节约成本。

是的，他不是最有天赋的那个，但他绝对是最努力的那个。

胡锐脚步沉重，他是把西城当作接班人培养的，他信任他。想起那次他带队进入伽纳森林历练，意外中毒，异能无法施展，在与兽类的搏斗中差点丧命，是严西城义无反顾地选择了强化，苦苦坚持了数个小时生死搏斗，终于拖延了时间，拼回了一丝生机。

那次严西城救了他们所有人，异能退去后，他变成了血人，了无生机，到鬼门关走了一遭。可这件事他闭口不提，他低调、谦虚、好学、上进。在严西城的微笑背后，藏着太多太多不为人知的辛酸苦楚。这一切，唐晓怎么能比？

比自愈能力吗？那种逆天的技能对严西城来说诱惑太大了。胡锐的心更沉了，那次严西城在床上整整躺了一个月，花了更多时间复健，所有的努力他都看在眼里……

只是，心里隐隐的不安又是怎么回事呢？胡锐不知道。回神时，他已站在了实验室大门前。

作为异能队的领队，他的权限范围是只要刷个脸，就能进去。

“开门吧，他一定在里面。”唐说。

如唐所料，严西城已经有些魔怔了，他一得到唐晓的血，就迫不及待地赶到了实验室。

实验室位置不算隐秘，只是异能者中参与研究实验的人不多，每个人也有自己独立的研究空间。按照最危险的地方最安全的理论，许多秘密研究他都是直接在公开的实验室进行的，因为大多时候大家互不干预，所以这些年他都隐藏得很好。

这段时间异能队已开始组建新的科研队伍，因而实验室处于半封闭状态，此刻并没有人。

严西城一到这儿就觉得整个人都活了过来，感觉自己格外亢奋，毛孔外张，心也跳得飞快。是的，目前所有的一切都按照他的计划在进行，唐晓失踪、变傻的整个过程都避开了监控，即使东窗事发，也不会有人怀疑到他头上来。

最重要的是，他严西城即将完成一项伟大的创举，而这个创举说不定可以改变人类的发展历程，令他成为新人类之父！

他小心又亢奋地将装有唐晓血的器皿拿出来，一般血液长时间静置后会呈现凝固状态，但她的血不一样，这么久了，仍保持鲜活。他下意识地舔了舔嘴角，眼神灼热，透着癫狂，然后小心地用器具取出一管，小心地滴了一滴在显微镜前，放大状态下活跃的细胞分子，他整个人都禁不住兴奋地颤抖。

这是世界上最美的画面！

是了，只要唐晓变傻，以后她的血对他来说就可以予取予求。

这种亢奋的情绪，疯狂的念头，让他没有在第一时间发现有人进了实验室。所以当实验室的密码锁被解开，唐领着好几人进来时，严西城还没从实验中回神，直到胡锐的声音响起："西城，把你的东西收拾一下，有客到。"

严西城的心脏怦怦直跳，他听到了一个声音："血还有很多，要不要再拿点？"

严西城因实验被打断而蹿起的邪火隐隐压了几分，但眼睛充血，牙根咬紧，为什么？为什么她会在这里？为什么每次遇上她总会出现意外？她刚刚不是处于昏迷状态吗？为什么像是笃定是他干的？圈套？陷阱？

不、不，残留的理智告诉他一切并没有发展到不可挽回的地步。但他并没有控制好自己的表情，略显狰狞，但终归多年练就的隐忍占了上风，他笑得有些僵硬："老师，各位好。"

话一出口，严西城的理智便又回来几分："老师这是带人来参观吗？"然后他还算淡定地收拾起桌面上的瓶瓶罐罐，"恕我直言，研究成果作为知识产权是需要被保护的，恐怕我必须拒绝在场所有人对我研究项目的关心了。"

"你的研究成果？呵！"唐冷哼了一声，"你的研究成果是剽窃我的吧？"她开门见山地道，"就你搁在镜片上那滴血，也是我的吧？DNA 验一下就知道的呀，我敢保证完全匹配。说起来，你刚刚用刀划我的那几下取血的痛楚，我可是记忆犹新啊。"她望向胡锐，"至于那些瓶瓶罐罐，胡老师，里面的成分很精彩哟，应该有你想要的东西。检测结果出来，您的脸可别太疼呀。"

"谁来检测？你吗？谁都知道你站在我对立面，没有第三方的前提下检测毫无意义，我不信任你，难保你不会动手脚。"

"我来！"贾博士终于赶到，"我以我的人格与信誉担保。"

"贾博士，我敬重您，可惜，唐晓是您的得意门生，还是不行哟。"

"整个实验过程全程录制监控，开放权限让你们异能队的高层参与！第三方就让你指定一个，人品能让我认可即可，如何？"

"呵呵……"严西城突然轻轻地笑了起来，"我真的搞不懂，这么大阵势是吓唬谁呢？”他边说边攥住那管血，并拿出提前预备的硫酸试剂，试图倒入试剂管里，并摧毁所有研究试剂，但就在这一刻，早有提防的狄青精神力迅速外放，那些瓶瓶罐罐直接飞起。

呃……这个场面好眼熟……

严西城手里紧攥那管血，处于有些失控的癫狂状了，他猛地将来不及倒入试剂的硫酸直接泼向了唐晓。

“放肆！”胡锐大吼一声，相对密封的空间内燃起一片火焰，吞噬了泼过来的硫酸，空间内顿时散发出刺鼻的味道，随后胡锐像是情绪失控般，火舌四窜，直接蔓延并吞没了严西城的试验台。

贾博士与狄九同时大喊一声：“慢！”

他们阻止不了胡锐，试剂管遇高热膨胀，碎了一地。在火光中，显微镜及那滴血皆被燃烧殆尽，胡锐感觉自己一直坚信的理念开始扭转。

烧！都烧掉！

火蛇蔓延，也吞噬了狄青控制的那些。

严西城便借此空隙，将那管血一饮而下，而后将瓶子甩进了火里，他舔了舔嘴角，在火光的映照中露出谜一样的微笑。

“胡锐！住手！”贾博士怒吼。

胡锐猛地回过神来，那熊熊燃烧的火焰顷刻消失。

狄九招呼身后的人：“现场一切封存，给我查，包括严西城的住所、经常去的地方，统统查清楚！贾博士，请您尽量查看一下有无残留药剂还可以拿去化验。”最后他板着一张脸，“胡锐，你刚才的所作所为我全部录制了下来，我一定会向校长投诉的，你这是包庇。先把严西城带走！”狄九总觉得严西城那抹笑容看起来不舒服，又下令道。

“谁敢！他是我的人，自然得交由我来处理！”胡锐冷冷地道。

场面一度僵持。

“我敢！”狄九向前一步，亮出了与校长的视频通信画面。

校长的声音透过屏幕传过来：“胡锐，严西城的一切事宜立马交由狄九全权负责！即时起效！”

胡锐抿紧唇，望了一眼严西城，看清他表情后，愣了愣。

严西城仿佛事不关己般一直带着诡异的微笑，下一刻有人过去控制他，他也不反抗，擦肩而过时，他轻轻睨着唐，眼神仿佛嗜血……

后会有期。唐看到他嘴巴微动，无声地道。

严西城被带走了，唐看着胡锐，他背挺得笔直，仿佛在维护他最后的骄傲，一些话唐没过大脑脱口而出：“这么相信一只白眼狼，受伤最深的人还是你，我就不补刀了，胡老师。”

“贾博士，辛苦您了。”狄九道，“然后……我想借这个机会，把一直潜伏在您身边的人揪出来。希望和您互相配合。”

日子仍要继续，还在继续。

贾博士亲自带队对严西城的住所及活动场所进行全面搜索，因为他是突然被抓的，许多痕迹并没来得及进行掩饰及销毁，又或许他大胆断定不会有人怀疑到他的头上，搜查队在他的宿舍发现了暗格，并搜到了被制成成药的不明药丸。而在等待检验结果的这段时间里，校方在女生宿舍发现了暴走的周茜……

周茜整个人似乎因忍受剧烈疼痛而处于癫狂状态，双眼瞪大，表情狰狞，青筋鼓起，全身血管扩张，理智全无。这种不正常的状态很像是药物所致，好在发现及时，紧急处理后，周茜被迅速送出学院接受专业治疗。

联想到她与严西城的关系，原本一些云里雾里的事渐渐明朗……

胡锐因护短的举动太明显，被校方暂停一切职务，并禁止他探视严西城。原本在学院里横着走的异能队彻底沉寂下来。

但事态总归是向好的方向发展的。硬要说有什么不同，那就是明眼人会发现贾博士的私人助理霍莉，那个踩着高跟鞋、身材火辣的御姐，没了踪影。

以上，便是学院人能八卦到的事态极限了，即便所有人都好奇前些日子那场轰轰烈烈的求婚仪式的后续，也极有默契地闭口不提，那件事就如礼炮一般，绚丽绽放，又哑然消逝。

而当事人，唐、凌初、狄青，身在其中，无法抽离，却未再前进，局面一下子冷了下来，每个人似乎都在思考着对策，毕竟如今的局势就像是个被撑到极限的气球，任何的接触和施压，都可能造成失控爆炸。

大家都不希望情况激化。

一方面关于凌初的欢迎活动全面停止，而原本放置在操场悼念唐晓的所有东西也被无声无息地撤走。因学员原本就不多，在严西城事件发生后，校方宣布实行宵禁，一旦入夜，全体学员不得外出，因而天一黑，学院就变得死一般的寂静。

这样的安宁，如风雨来临前的平静。

凌初感觉这已是他的极限了。

夏日的炎热在不知不觉中退去，忽如一夜入秋，回神时才发现虫鸣都不知在何时没了声音，天气清凉了许多，这本该是让凌初感觉舒适的温度，然而他却越发焦躁不安，背着手在学院安排的客房里踱来踱去。

“殿下，系统显示您最近的情绪指标很糟糕，再不疏导很容易产生心理疾病，请让金金帮助您。”虚拟的金金一本正经地道。

凌初并未搭理它，只是脚步顿了一下，似乎陷入了沉思——这些日子有时长夜无眠，他感觉自己终于要面对她了。他稍稍迟疑了一下，开口问道：“让你准备的那些资料弄好了没有？”

“准备好了殿下，不过……”

“我觉得我很糟糕，金金。”凌初开始更换外出服，“唐真正出现的那一刻，我心里居然在想，要是她不出现就好了。但是我要找的，一直是她，不是吗？我明明是为她而来啊，可为什么我会有这种念头？”

“殿下……”

“这些日子我一直在想……”凌初并没有再说下去，他收起了金金的虚拟投影，走出客房，心里终于做出了一个决定。

凌初去找唐的时候，她再度光明正大地逃课了。

这个入秋后的下午，天气尚算凉爽，学院前两天发了新制服。深山之中四季分明，走在校道上已能窥见落叶，偶有强风拂过，候鸟惊飞，颇有几分萧瑟。

唐躺在床上，百无聊赖地发着呆，想着要不要去刺杀凌初玩玩，可也不知怎么就是提不起劲。这次苏醒后，她总感觉自己遗忘了某个很重要的细节，她感觉这细节甚至重要得能决定她接下来的计划。

但无论如何，她不爱读书。事实上她真的不知道那一堆看不懂的字母和数字有啥魅力，在她还没能主导这具身体的时候，有好多个晚上她都发现自己捧着书看啊看，哪怕现在，脑子里也时不时蹿出一堆化学符号。

可是她没兴趣。

事实上她现在对什么都没兴趣，只是晚上反复磨她的匕首，哦，不是她的，是她从胡锐的办公室里顺来的，出门时，她没抑制住自己对这把匕首的渴望。

库普卧在她大腿上。她把玩着匕首，从前她每天都花很多时间在锻炼上，肆意挥汗，享受搏击的快感，只是……还是没劲，大概觉得自己报仇无望？还是这个人类深入骨髓的身体记忆，排斥了她报仇雪恨的念头？她不知道，也不想深究……

突然，库普耳朵抖了一下，对着阳台摆出了防御姿势。

唐皱眉，迅速从床上一跃而下，视线刚望及阳台处，就看见凌初如幽灵一般，悬空在她阳台前，一言不发地盯着她。

当初求婚时他有多高调，此刻就有多低调。

还敢来！唐愣了愣，迅速冷了脸，星际通用语脱口而出："你来干什么？"

"来看你。"

"来看我，最好留下你一双狗眼！"

凌初隐隐叹了口气，秋风瑟瑟，吹卷起他银丝般的长发，他那双可以完美诠释冰冷的银色眼眸微微眯起，就那样静幽幽地望着她，还是记忆中她喜欢的模样……

"这样会引发地球和我母星之间的大战的。"凌初说完，轻轻一跃，翻进了阳台。

唐忽地红了眼，二话不说反手握起匕首就攻了上去。相比唐晓，她的姿势更狠戾，也更流畅，举刀而落，那个动作她仿佛练习了成千上万次，然而这次凌初没有让她，不过两招，就将她紧紧控制在怀中。

"你放开我！"

凌初突然勾了勾嘴角："这一招是你教我的，还记得吗？"

"我不用你来提醒当初我有多愚蠢！每想起一件与你做过的事，就像一把利刃在我心窝上狠插一刀！凌初，你和我的结局，不可能两全！"

“你以前确实不聪明。”凌初轻叹，但他的力道并未减弱，牢牢地将她控制在胸前。

唐火冒三丈，试图通过踩脚趾、掰手指等手段脱离控制，却失败了，她只得拼命地挣扎：“你放开我！”

“在绝对的实力差距面前，有些抵抗太微不足道了。”

宿舍里突然投影出一些画面，高新科技的展示，让她仿佛重新置身于宇宙之中，这个角度，似乎置身于飞船中……

这个画面她很熟悉，唐慢慢停止了挣扎，她有些贪婪地借此回忆从前驰骋宇宙的感觉，但随后，画面突然晃动了一下。

似乎飞船被逼停，下一秒她在画面中看到了熟悉的面孔，薇薇安、杰克，还有刘森大叔……她蓦地红了眼，眼眶微热。

接下来的画面，一帧一帧地展示着那些她所熟悉的人，对一群毫无抵抗能力的外星人进行抢夺杀戮。画面是无声的，但那无声画面所承载的，是那么沉重。血在她眼前飞溅，断手断脚交替，她母星的人下手从来干净利落。画面仍在迅速地切换，她看到也有外星人为了他们所珍惜的东西奋力反抗，然而她母星的人毫不犹豫地手起刀落，无区别地对那些手无寸铁、试图反抗的外星人进行屠杀……

被抢的是那艘飞船，所有人被屠杀殆尽，而后她母星的人以茫茫星海为背景，扬起了胜利的笑容。

唐莫名地胃中翻滚起来，心中掀起惊涛骇浪，不得平静，不得安宁。

“你们星球的人，在其他星球人眼里，就是一群害虫。”

画面一变，出现一群奇形怪状的外星人，他们面上带着微笑，似乎在举行什么庆典活动，突然警报声响彻天际，她母星的人乘着飞船自四面八方从天而降，随手扔下几个弹药，“砰砰”几声巨响，火光四射。

镜头在摇晃，她感觉头痛欲裂。

当一个又一个人在她面前倒下，当那惊恐的眼神与她相对，她感觉自己的世界观受到了冲击，生出了深深的愧疚感与负罪感。

她突然听到凌初用一种她既熟悉又陌生的语言说：“这些被镜头记录

下的画面，都是真实发生了的，你们身在其中，却从未真正感受过他人的痛苦吗？”

“当时那群狼攻击你们的时候，你在想什么？”

杀了它！杀了它们！

谁？谁在讲话？

唐的意识猛然紊乱起来。

“抢夺，是采取暴力手段，建立在他人的痛苦之上的……

“我跟在你身边的那段日子，你带我走遍星际，并没有伤害别人，可你们星球的人在不同的地方恣意杀戮。那个时候，你们想要下手的对象是星际联邦政府，你说，有人来犯，如何能忍？”

不能忍啊……他没有错……

不！谁没有错！是他啊！是他亲手杀害了她所有的同胞，他们全部死于他的阴谋，死于他所设下的圈套之中，如何没有错？怎么没有错？

“啊——”几近崩溃的唐疯狂大叫，“放开我！放开我！滚！”

她是谁？她到底是谁？

第十章

我可不可以喜欢你

眼见唐的状态确实不对，凌初放开了她，眼底闪过一丝不忍与心疼，然而下一刻唐对他发起了疯狂的攻击，招招狠绝，刀刀致命，可凌初这次并未退让，每一招都完美抵御，唐越发焦虑，到后来破绽百出，一个扑杀，自己摔倒在地。

虚拟的画面消失。

她迅速地爬起来再度向凌初进攻，摔倒后再爬起来，进攻再进攻，重复再重复，直到精疲力竭。

“啊——”差距！实力的绝对差距！

唐放弃进攻，疯了一般打砸宿舍的东西。她需要发泄！所有东西被她横扫在地，然后她整个人大汗淋漓虚脱地倒在一片狼藉之中，重重地喘着气。

因为长期的意识附着，她的意识在潜移默化中接受了唐晓的世界观，一停下来，那满目的鲜血与被掠夺者眼中的恐慌，都让她呼吸困难。

这具身体的大脑长期以来的认识与是非观，迫使她将从前所有的认知打破后重新构造，她的思绪从未如此凌乱，意识上的冲击让她一度崩溃。她重重地喘息着，但一合上眼，那些画面又会大量涌入她脑子里，她族人的面孔与形象慢慢地扭曲，慢慢变成了狰狞……

好可怕……她被自己的想法吓到了。

不！那只是我们的生活方式！什么问题都没有！

好可怕、好可怕……

“啊——”唐再度惊叫出声，她捂住头，疯狂地甩着，“滚！都给我滚！！”

她突然拿起匕首，狠狠在自己手臂上划了一刀，一脸狠绝地望着凌初：“因为笃定我杀不了你，你心底在嘲笑我对不对？你滚不滚？你滚！滚——”

金金的声音凭空响起：“殿下，唐目前的脑电波格外紊乱，精神状态极差，你若坚持待在这里，极有可能对她的精神产生更严重的刺激，造成不可挽回的后果。”

凌初望着她，静静地望着她，将她所有动作纳入眼底，神态一如那个灭她一族时的夜晚，高傲，又带着些许怜悯：“你好好想想，我回去等你的回复。”

他双脚轻轻离地，身体渐渐后移，但他的声音坚定：“抛却过往，你才能涅槃重生。目前你还在地球人的身上，只要你愿意，我们可以继续从前的生活，你失去的记忆我可以帮你找回，即便你不愿想起，我们也可以创造新的回忆。我已经提请星际审议厅审议，申请联婚，只要我们意志坚定，没有什么能阻挡我们。”

“滚——滚！”

凌初顿了一下，停在阳台上方：“潜伏在你身边，这是我的选择，或许给你造成了极大的伤害，如果有机会重来，我或许不会选择这个方式，我……也曾努力……”

唐发现原本已经消失的画面再度出现，这一次，她看到她的族长站在她面前。

“族长……”唐红着眼扑了过去，想扑进他怀里大哭一场，却扑了个空。

他目光沉沉，表情凝重，似乎还有个人站在他的对面，她听到那个声音在说："我是螺旋星系第五行星银星的王子，带着维稳部队前来对你招降。

"我喜欢唐，她很好，哪怕是为了她的未来，你们也应该接受我的建议，我可以免你们全部人不死。"

族长开口："唐知道吗？"

"她不知道，不过星际维和部队的战舰已将海盗星包围，我也破坏了你们的能源点，没有战斗舱，你们一个也走不了，投降吧。"

族长突然冷笑一声："海盗星的敌人这么多，成为战俘后，等待我们的会是什么结果，你会没想过？那个时候，你又打算将唐置身何处？你以为，你的星球，你的族人，会同意你和战俘之后结成连理？"

"我会努力的。"

"总有努力达不到的地方。少废话，动手吧。"

"我等你。"凌初最后说。

随着他离开，所有的画面戛然而止，却似有余韵，震撼人心。

唐愣了好长一段时间，眼珠子才缓缓转了转，她感觉心痛得不能呼吸。

她终于记起她缺失的那部分记忆是什么了。

终于记起来了……

他们海盗星人向来散落各地，是她，强烈要求族长答应她与凌初在一起，并自作主张举办了一场订婚仪式，私下召集各地的族人回归，他们看在她的面子上纷纷赶回来，才让凌初有了一网打尽的机会。

原来如此……原来如此。

"啊——"唐泪流满面，泣不成声，"啊——是我，该死的是我啊……啊——"她自灵魂深处，发出刺骨锥心的悲号。

该杀该剐的人是她啊！一直都是她啊！是她啊！都是她的错！是她啊！

她蜷缩成一团，整个人因深受刺激瑟瑟发抖，并封闭了所有的意识沟通。库普在旁边心急如焚，却毫无办法，"喵"地叫了一声，当机立断决定先去找狄青。

唐在地上躺了许久，泪水濡湿了她耳边的头发。突然，她一个激灵坐了起来，整个人面无表情，如行尸走肉般挪出了宿舍。

她毫无目的地下了楼，这时正是整个学院的上课时间，宿舍楼里空荡荡的。因最近发生的事情太多，出于安全考虑，学院设立了安全哨点，有警卫瞧见她状态不对，刚想开口询问，就被她一掌劈晕。

然后唐一路向前，因不想被人打扰，哪里偏僻无人她就往哪里走，最终走向了学院明文规定的禁区——艳霞湖区。

通向艳霞湖还有一大片林子，打眼处竖了一块牌子——禁止通行。由于最近发生的事情太多，学校调离了人手，因而此处无人看守，唐一头钻了进去，只感觉林子里深幽寂静，看不到一个人影，也不知走了多久，终于穿过了这片树林。

眼前豁然开朗，放眼处是一片清亮的湖水，波光潋滟，美不胜收。

这里之所以是禁区，是因为这片湖看似静谧，实则深不可测，内有不少暗流旋涡，下不得水。且它横隔在学院与伽纳森林之间，形成了天然的屏障，湖里也不乏未知的凶猛湖兽，隔岸也有凶兽吃水，听闻这些年也陆续出过事故。

学院的人大多将校规奉若圭臬，少有不遵循的。

沿着湖岸又走了段路，唐停下了脚步，愣愣地望着眼前的湖水。

此刻的艳霞湖蓝幽幽的，宛若一块纯天然宝石镶嵌在密林绿茵之中，令人心旷神怡。唐就这么呆愣愣地望着，直到艳霞漫天，霞光万道席卷云雾升腾，映得波光粼粼，灿烂绚丽，叹为观止。

好美，太美了。

看惯了星海宇宙，竟被这狭小一隅的景色震撼，唐自嘲地勾勾嘴角，望着夕阳西沉，她在岸边呈“大”字形躺下，感觉有点冷，而后眼睁睁地望着月色被云层掩盖，入了夜，便是死一般的静寂。

“我的星球，就像这个样子。”周遭没有人，唐却突然像倾诉般开了口。她顿了一下，又道，“我出生在一个贫瘠的星球，那里到处都是黑黢黢的一片，种不了庄稼，长不了瓜果，没有花草虫蛇，没有飞禽走兽，什么都没有，但那是我的母星。我的父母说，我们被先祖流放至此，为了生存，我们尝试走出去，学会了掠夺。他们用抢来的东西养育了我，漂泊游离在茫茫宇宙之中，回来时也会伤痕累累。他们告诉我，要抢得赢别人，就必须比别人强大，否则等待我们的，只有死亡。”唐目露哀戚，“于是我很小的时候，就被他们扔去各种危险的地方，死里逃生千百次，不过就是为了变得强大，为了继续生存下去，为了子辈们丰衣足食，然后你告诉我，这是错的……呵呵，现在你告诉我这都是错的……从来没有人告诉过我对错啊。我父母都死了，因为技不如人，但不退缩便是光荣，我没想过要复仇，这是我们自己选择的路，死也要硬着头皮走下去，这也是错的吗？”

唐望着漆黑一片的夜空，眼角泛泪，然后疲惫地合上了眼：“这个地方对我来说好陌生，可是我觉得这里真好，不用抢，什么都有，有吃有喝，不用为了孩子的将来担惊受怕，不用把他们扔到自己也觉得可怕的地方，不用每天想着东西快吃完了，下一次去哪里抢夺……可是唐晓，别人的东西是不能抢的吗？为什么呢？你们人类把家禽圈养起来，等它们长大了就宰了吃掉，这就是对的吗？

“那些被我们伤害的人，他们因为比我们弱小，便求助更强大的人，来灭掉相对弱小的我们，就是对的吗？”

唐笑出来，笑声越来越大，那笑声在空旷的湖面上空飘离消失，倍显苍凉。

风吹散云层后，月色轻轻地笼罩在她身上，映得她肌肤似雪。

“我好喜欢他……看到他的第一眼，我就好喜欢他。”她像是陷入了美好的回忆，脸上竟有了一丝小女人的娇态，“遇到他之前，我的世界里只有黑色，宇宙的无边黑夜，贫瘠黑灰的山头，冷冰冰的战舰，痛苦不堪的训练，我看不到未来在哪里，只得日复一日地苦苦寻求出路。可是他不一样，他有一头轻盈的银色长发，一双能看透世事的漂亮眼眸，冰清高冷，只一眼，便让我心甘情愿地沉沦。他就像宇宙中最亮的一颗星球，照亮我的世界……你说，他是不是真的为了寻我而来？”唐开口问，可寂寥的湖岸，没有人回应，“我是不是杀不了他了？”唐闭上眼，“其实你没必要这么抵触，我知道即便我不退让，你也很快就能夺回这具身体的控制权了……陪我聊聊吧。”她将手伸向夜空，“以前一伸手，就仿佛能触碰到星空，可是那些陨石碎块很危险，稍不留神就会送命。你知道吗？月亮在宇宙中小得宛若尘埃，可现在我觉得它好美……”唐沉默了一会儿，“其实我心里知道，这些年我们的族人越来越少了，往往上次见面还是三个人结伴出去的，下次回来就只剩一个。星际社会各星球对我们的防范措施加强了，配备了各类高新武器与护卫军，联合起来打击我们，我们的死伤一直都很严重，而我的后辈也有许多来不及长成便夭折了，我们海盗星一直走在灭亡道路之上啊……我只是不甘心，不甘心啊……”唐突然笑了笑，“真舍不得这个会思考的脑子。”然后她坐起来，慢慢走向湖水，一步一步，轻轻蹚入水中，冰冷的湖水先是漫过她的脚踝，又漫过了膝盖……

“凌初！”唐突然冲着茫茫湖面使劲喊了一句，“你这个浑蛋！

“我恨你！我恨你，凌初！我诅咒你生生世世不得解脱！

“凌初……”

声音戛然而止。

唐哑着声音，轻声说：“有机会你能不能帮我咬他一口，让他也撕心裂肺地疼，让他……”

记住我。

最后这句话，唐没有说出口，她朝着湖中央走去，当水漫过胸前后，她屈起双膝，放任自己沉下去，湖水漫过了她的口鼻……

“咯！咯咯咯！”不多会儿，唐晓就在湖水里挣扎起来，她狠狠扑腾了一会儿，却发现自己越沉越深，被淹没的恐慌与窒息让她极度害怕。

会死……

不，我不能死！快思考！快思考呀！

她强迫自己保持冷静，努力去回想不会游泳的人溺水自救指南，然后强迫自己放轻松，待停止了挣扎后，身体果然随着水的浮力慢慢向上，她抓住机会调整姿势尽量将头顶向后，努力将口鼻露出水面——新鲜的空气灌入口鼻，她贪婪地大口呼吸。再沉入湖水时，她不再那么恐慌，而是尽可能使身体浮于水面。在辨清了方向后，她有些笨拙地学着别人的游泳姿势扑腾双手，让自己离岸边近一点……

唐晓的学习能力极强，在掌握了自救的基本技巧之后，还算有频率地呼气吸气，就算呛了水也强迫自己放松。察觉自己又往前游了几米后，她就尝试着双脚探底，居然让她一举成功，待稍稍站稳，她就拼命地摆动双臂，迈开步子，在激起的重重浪花中走向岸边。

一出水面，她便双膝跪地，瘫软坐下来，只感觉心如擂鼓，一阵阵后怕，再吸气时剧烈地咳嗽起来。好冷！她整个人湿淋淋的，水珠沿着她发梢滴落在地，一阵秋风吹过，刺骨的寒意让她瑟瑟发抖。

“呜……”唐晓回神后呜咽了一声，“哇”的一声大哭了出来。

她既心酸又委屈，全身虚脱地躺在地上，口鼻都呛得难受，脑袋昏沉沉的极度疲惫，感觉只要一合眼，就能睡死过去。

不能睡！唐晓狠狠掐了一下自己，止住了哭声，却止不住委屈的眼泪，拼命告诉自己不想死就不能睡。

然而下午冲着凌初的那一通爆发，加上之后的种种，皆让她体力透支。不不，要相信你拥有的自愈能力！唐晓给自己打了剂强心针，虽然手脚俱软，却强打起精神，挣扎着爬了起来。

已是深秋了，早晚的温度相差极大，气温骤低，唐晓因全身湿透，只感觉寒风一吹，体温便被迅速带走。她费劲地动了动身子，却还是被冻得口唇发白、全身冰凉，可是……在听了那个外星唐的心路历程之后，哪怕她最后这个举动很可能会害死她，她也没办法再对外星唐过多指责……

死者为大。

直觉告诉唐晓，这一次，她彻彻底底地离开了她。

加油！

唐晓凭借自己的意志力，一步一踉跄地向来时的路走去。

狄青的门被人敲了半个多小时，看来充耳不闻并不能很好地解决问题，他忍无可忍地打了个电话给狄九，让他把人拖走，对方却表示无可奈何——温宴的行为得到了校长的默许。

这不知进退的女人！狄青寒着脸开了门。

“狄青！”见他开门，温宴扬唇一笑，一点不耐烦的样子都没有，“饿了吗？”她提高手中的保温食盒，站在门边很温婉地笑道，“我带了吃的。”

狄青皱了眉头：“不吃，滚。”

就在他关门的一瞬，温宴拎着食盒硬往他屋里挤，狄青着实不喜欢与其他女人有肢体接触，便往旁边避了避，让她得了逞。

这是学院安排给狄青的单身宿舍，空间不大，狄青本来就高，温宴一进来，空间就更显狭小，空气里弥漫着纯粹的男人气息，让温宴稍稍红了红脸。

狄青看都懒得看她："一个女的硬往男人屋里钻，你知不知道'脸'字怎么写？"

温宴假装听不懂，显得很淡定，微微一笑，像是给自己打气："我算是想明白了，要追到你，就不能要脸。自尊、气节、骄傲、形象，我都不要。"她微微低头，露出为爱隐忍抛却自尊的表情，再抬头看他时目光坚定，"你就算赶我出去，我也会继续敲门，反正欢迎活动都停止了，我目前没有任务在身，我就是黏定你了。"

一把剑倏地凭空飞起，"咻"的一声直飞向温宴，险险擦过她的发梢，插在她背后的木门上。狄青没有废话："滚！"

温宴抿嘴调整呼吸，一脸倔强，定了定神道："你就算把这把剑插在我胸口，我也会这么做。狄青，我喜欢你，我就是喜欢你，我知道胡煜丰的事让你对我有误会，但是没有关系，我愿意用我的诚意打动你！你让我待在这里好不好？我保证不吵你。"

"不好。"狄青看都不看她，容忍度达到极限的后果，就是他用精神力直接将她控制住，毫不留情地甩出了三楼。

温宴的声音随着一阵风声逝去："我不会放弃的……"

狄青抓了抓头发，烦躁不已。狄九那个浑蛋最近也不知道中了什么邪，信了"温宴比唐晓更适合你"，对温宴的所有行为都采取不参与、不干预、不阻挠的"三不政策"。明知最近他被唐晓的事搞得焦头烂额，还在这个关键的时刻来掺和，他恨不得一巴掌拍死狄九那浑蛋，但因为分身乏术，只得暂且放他一马。

在严西城被抓之后，狄青就未再干预狄九的"抓内奸"行为，而是托关系联系到了外星文化部的陈锋博士，陈博士在外星文明及风土民俗这块很有研究，并一手建立完善了目前地球人所知的最齐全的外星人种数据库。正是因为这个数据库，他了解到拥有"意识侵占"这个技能的种族是来自 π 星球的智慧型生物，它们因为个体实战能力太差，通常会建立主仆契约，与之相互依存。

看来库普十有八九来自 π 星。

然后他和陈博士探讨了一下现状，觉得唐晓目前的表现有点像“意志侵占”的最高级别——完全意志侵占，只不过要完成这个步骤的条件非常苛刻，所以也不好下定论。总之，π 星人虽然精神力强大，但意志力薄弱，这种完全神态意识上变为另一个人，并不像 π 星人所为。

狄青也这么认为，他参考了库普前后的表现，在了解 π 星人的依附天性之后，揣测真正参与其中的很可能是它的主人，回想起来，这件事早在他初见唐晓那会儿就露出了端倪，正因如此，唐晓偶尔会表现出来的“脱轨”行为，就能够解释了——有人在她身上尝试过意识侵占，但因为条件苛刻，没有全部完成，却也不算完全失败……

另一方面，从凌初的表现来看，他绝对是认识唐晓的，准确来说是认识侵占唐晓意识的那个人，并且他们之间肯定发生了某些不为人知的纠葛纷争。

想起“唐晓”使的那些招数，招招都是冲着取凌初的命去的。他们之间到底有什么仇什么怨?

于是狄青特地从侧面了解了一下凌初这个人，还蛮好打听的，他是螺旋星系第五行星银星的王子，排行老幺，最近在一次星际剿匪行动中立了大功，将星际匪类一网打尽，一战成名。

除此之外，他并没有其他特殊事迹。另一方面，银星是倡导和平的星球，本身在外交上不存在敌人，也未听闻有什么内部争斗皇室纠纷，结合如今的“唐晓”表露的匪气……狄青心底隐隐有了大胆的推断。

侵占唐晓意识的这个人，一再表现出和凌初势不两立的态度，其身份极有可能是星际悍匪。既然是悍匪，为什么凌初要对她一再避让？因为感情吗？

星际小王子喜欢上了宇宙悍匪？

事实上，这种狗血剧情狄青一点也不关心，他只恨这事千不该万不该把唐晓牵涉其中。那么问题的关键就是，他要用什么方法让唐晓摆脱意识侵占？

是的，一定有什么办法能唤醒唐晓的真正意识……

狄青深吸了一口气，强迫自己冷静，觉得有必要去了解一下真正的唐晓，或许只有那些过往才能唤醒她的自我意识。

“喵！”

一声急促的猫叫打断了他的思路，狄青浑身一僵，目前整个学院只有一个人身边有猫！他朝声音发出处看去，只见那只小黑猫正在疯狂地扒他宿舍窗户，试图引起他的注意。

这就是个帮凶！狄青这一刻恨不得掐死它，然而看小黑猫焦急的样子，他猜测一定发生了什么不可控的事，但一想到唐晓被意识侵占，他仍是怒火中烧。

“救救唐！狄青大人！”库普终于用脑电波和他建立了联系，爪子乱挠，语气焦急。

这一路它用了意识侵占的技能，折腾了好一番才找到这里，如果不是刚刚感受到了狄青的精神力波动，免不了还得折腾，感谢上苍！感谢那个女人！只是，现在唐的状况很危险。

狄青沉默了片刻，来不及思考是不是圈套的问题，将剑拔了出来，用精神力推开了窗户，并让那只黑猫凌空飞起：“带路。”

一路上狄青猜测了无数种可能性，库普会主动来找他，肯定是因为事态已经很严重了，会是什么事？当他看到被砸得满地狼藉的女生宿舍时，只感觉心跳突然加速，这印证了他的想法，直觉这是意识崩溃的一种体现，难道她们在抢夺身体控制权？

不，难道两败俱伤？

“你们到底是谁？”狄青心里被强烈的不安笼罩，寒着脸问道。

库普这会儿正担心唐，听到他的话，犹豫了好一会儿，终于开口：“她叫唐，是博利亚海盗星球人，逃难至此……凌初，都是凌初！那个浑蛋居然试图逼走唐！”

“逼走谁？”

“他想逼走唐！那样的行为深深刺激了唐的意识，这样一闹，她可能就完全丧失控制能力了！对，就是凌初！那个家伙用阴谋导致了唐的灭族，如今知道唐不会和他在一起，他又试图逼走她！他不会有好下场的！”

“不对，逼走唐是什么意思？不过无论凌初为何这么做，逼走那个唐，对我来说，没有害处不是吗？我不管你们是谁，”狄青猛地揪起库普，“唐晓呢？”

“我不知道！”

“说！她把唐晓带去哪里了？”

“我不知道，我真的不知道，大人！”库普被狄青掐得有些难受，它挣扎起来，而后解释道，“其实你根本不用担心，唐的意识控制从一开始就只是暂时的，她的举动和身体记忆大多时候不吻合，她以前从没有一天放弃过训练，可这些日子她居然躺过去了……她不去思考怎么报仇，只想着一大堆的生物化学公式……事实上，就算你们什么都不做，她也很快就会被夺走身体控制权的，因为唐晓的自我意识在慢慢苏醒……”

“那到底苏醒了没有？”

“我不知道，她后来完全不和我沟通，她的脑电波极其紊乱，我不知道她会干什么，我总觉得她可能会伤害自己。都怪凌初！大人！救救她，不，救救她们……”

“你是说，凌初来到这里，做了些事，加速了你说的那个‘唐’的意识崩溃？甚至可能影响到唐晓？”

“是的！”

“确定？”

“确定，我确定！她们两个现在是捆绑在一起的，一荣俱荣，一损俱损！”

狄青冷着脸：“唐晓若有什么三长两短，我不会让你好过。”

“喵！”库普凄厉地叫了一声，感觉精神力受到了攻击，头痛欲裂。

狄青一把扔开它，冲出门去，这才发现女生宿舍不多远的哨点倒地的警卫，当即联系了狄九让他查看监控，顺便让他在不惊动凌初的前提下多派几个亲信帮忙找人。

学院占地宽广，这一找，眼看就到了下半夜。

狄青一直将精神力外放，去捕捉异常的精神波动，毕竟库普说唐濒临崩溃，那么她的精神力一定异于往常，另一方面也花了点时间筛选监控，却并没有捕捉到太多她的身影，在她最后消失地点附近，狄青将所有她可能去的地方都找了，甚至猜测她藏匿在哪个房间。

最后无处可找，才想到了学院的禁区，只是那里往常有人看守，若是有动静，早就有人上报了。怀着试一试的态度，他终于在入口处发现了一些痕迹，但入夜后这里缺乏照明，视野极差，狄青也顾不上其他，一头钻了进去。

皇天不负有心人，狄青终于捕捉到了唐晓的精神波动，待寻过去时，她已经步履蹒跚、摇摇欲坠了。

但这一刻狄青无法判断她的身份，不知道她到底是谁。他在离她十余米处停下了脚步，掏出随身携带的手电筒，射向了她。

唐晓也听到了动静，呜呜呜，她居然迷路了！

这一刻要不是还有自愈的能力支撑着，她早晕死过去了。听到声响后，她先是后退了一步，随后手电筒的强光让她被迫眯起了眼睛，也不知为啥，手持手电筒的那个高大黑影，让她有种莫名的心安。

"谁？"她张嘴问了一句。

对方沉默了片刻："你是谁？"

"呜呜呜，呜哇……"一听到这熟悉的声音，万般委屈涌上心头，所有被压抑的情绪瞬间释放。狄青！是狄青！她感到情绪涌上后双腿虚软，可她不能倒！不能倒！是狄青啊！她只感觉在这一刻见到狄青真好，真好……"狄青！"她大喊一声，也不知哪儿来的力量，朝着他的方向全力奔跑而去，那是光的方向，是温暖的方向！

狄青听到她喊，全身一僵，下一刻她已经紧紧抱住了他，放声大哭。

唐晓……

是唐晓，他的唐晓回来了。

狄青这才发现他一直紧紧攥着的拳头有些颤抖，这一刻他无比感谢上苍，可刚刚放下的心在拥抱她的那一瞬又迅速提起，他着急地问："怎么全身都在抖？衣服怎么全湿了？怎么这么冰？"

"呜哇，狄青……"唐晓靠着他的胸膛摇了摇头，决定先感动完再说，"呜呜呜……狄青，是你吗？呜呜呜……"

"不要说没用的！你掉水里了？坠湖了？"瞧唐晓正沉浸在情绪宣泄中无法自拔的样子，他也懒得啰嗦，一把横抱起她，迈开腿如履平地般朝出口飞速跑去，先去医学楼。

"呜呜呜……我、我以为我活不了……我怕……"唐晓也顾不上矜持了，死死勾住狄青的脖子，贪婪地感受他肌肤传递过来的温暖，大声哭诉，"路好长，怎么走都走不到头……”

“乖，我来了。”

“呜哇……”唐晓搂紧他，放肆地宣泄不安。

好不容易走出小林子，奔了段路却发现整个学院突然灯火通明，警铃大作，一副紧急戒严的状态，狄青抱着唐晓揪住一个人问情况。

那人显然认得狄青，没有隐瞒：“严西城突然强化，打伤了看守他的人，大闹医学楼后，跑了！”

狄青低咒了一声，眼看医学楼已经不安全了，当机立断先把唐晓带回自己的地盘，唐晓心里也像有一万头野马奔腾而过，这年头，总有妖孽在作妖！那个严西城怎么还没停歇？

“我在。”见她没说话，狄青像是安抚她般，突然道。

唐晓抬头望着他，发现他的目光在通明的灯光下显得前所未有地认真，又听见他说：“这一次，我无论如何都不会离开你。”

“扑通、扑通……”她的心跳突然加速，只感觉自己好不容易止住的眼泪，又盈满了眼眶，她紧了紧手臂，偎在他胸口，没有说话。

到了他宿舍，狄青想先把她放到床上，然后去调试热水，然而唐晓在被放下时下意识地搂紧了他，拒绝般微微弓起身体。

狄青知道她没有安全感，又心疼又好笑：“再不放手，是不是要我帮你洗？”

流氓！唐晓抬头瞪了他一眼，终于意识到和狄青的姿势过于亲密，她红了脸，顶了一句：“有本事帮我洗！我全身是湿的，怕弄脏你的床！”

这是他的唐晓了，发飙时骂人也很可爱……只是某个画面太美，他不敢想。他没回嘴，而是直接把她扔在床上，然后从旁边的衣柜里翻出了一床棉被，直接盖住了她。

“只有淋浴，你将就一下。”狄青边说边进了卫生间，调试了水温，然后看了她一眼，回避了一下，“你先进去，我给你找换洗的衣服。”

“不想动。”唐晓有点赌气。

“知道你累，不想动，知道你身上发生了很多事，有一肚子委屈，但先咬牙坚持一下，洗个热水澡换身衣服，我现在找不到其他人来帮你。”

虽然我很想帮你……狄青觉得自己脑子里冒出这念头很可耻。

“嗯。”唐晓应下，其实这个画面她好像经历过，算起来其实他们也曾同居一个屋檐下，也争过卫生间，闹过矛盾，见过他穿着背心荷尔蒙爆棚的样子，只是那个时候她心思单纯没有多想，现在想想，与男人同处一个空间，其实是很危险的事。

所以……现在她的心思已经不单纯了吗？

“是不是要我帮你洗？”

他的话突然又在她脑子里响起，呸呸呸！

因为莫名其妙的羞耻感，唐晓迅速从棉被里钻出来冲进了卫生间，猛地关上门，不多会儿就听到他的声音自门外传来：“毛巾都可以随便用，是干净的，衣服……暂时只有我的。”

“我要长袖的，厚的！”提完要求，她沐浴在热水之下，大概是加速了体内的活性细胞运作，感觉整个人都复活了，啊，她觉得自己也是顽强啊，就像一只打不死的小强。

“放门口了，自己拿。”

唐晓舒舒服服地洗了个澡，再穿上衣服，出门看到刚刚被她弄湿的床上用品换了一套，心底那些满满的有些发胀的感受再一次出现，除此之外眼眶还有点热。

唐晓甩甩头，擦拭起头发来。这是间典型的独立小间宿舍，摆设很简单，也没有过多装饰。他的长袖 T 恤套在她身上直接到达膝盖，休闲长裤更是长出大半截，上面弥漫着他的味道，这不禁让她脸红心跳。

也是这种感觉，才让她有了真实感，她吸口气调整了一下呼吸，然后活动了一下手脚，心中有感慨，她终于回来了啊。而另一方面，因为她强大的自愈能力，除了有点饿，她感觉透支的体力又恢复了那么一点点。

嗯，这段时间无论怎么折腾都没有感冒过，感觉病毒细胞全部被杀死了，自己像个超人一样棒棒的，这点挺好，但作为一个女人，却并不算太完美，感觉都不能装柔弱了，想想看做饭切到手，“哎呀，老公我疼”几个字说出口后手指已经愈合了……

想到这儿，唐晓把自己逗乐了。无论如何，唐的消失总算是了了她一桩心事，至于其他的，以后再说。她系好裤带，卷起袖口裤腿，走出了房间，发现狄青正在小厨房里捣鼓，空气中飘着姜汤的味道，混合着电饭煲里已经漫出的粥水清香，很暖。

“饿了吧？先吃点，再喝点汤，然后去睡一觉。”

见唐晓穿着他的衣服，一言不发地坐在他的小茶几前，很乖很配合的样子，狄青心底软得一塌糊涂，不自觉地放柔了语气。

一时间两个人都没说话，沉默地用完餐，狄青打破了沉默：“今天你累了，有什么事明天再说，我来收拾，去睡吧。”

唐晓很乖，一个指令一个动作地回了房间，狄青后脚跟上想给她带上门，刚躺下的她瞬间坐了起来，有些着急地喊了一句：“不关门！”

“嗯。”知道她没有安全感，狄青没强求，大概怕影响她睡眠，随手关了客厅灯，只留下厨房的昏黄壁灯。

夜很静，或许外面为了抓严西城鸡飞狗跳，但这一刻唐晓什么都不想管，她揪着被子，感觉自己很累，却不想睡，她其实有很多很多话想倾诉……

“狄青……”

“嗯？”狄青应得很快，似乎一直关注着她的动静。

“没，就叫叫你。”

“睡吧。”

又过了一会儿。

“狄青？”

“我在。”

“你还没弄完啊？”

还有两个锅子啊，小姐姐。

“快了。”

“你……睡哪儿啊？”

“你不用管，睡吧。”

“哦……”唐晓把被子盖住头，没一会儿又掀开，忍了忍，没忍住，“狄青，我睡不着。”

“吵着你了？”狄青将碗放下，夜已深，随后厨房的小灯也关了，她清楚地听到他似乎在沙发上坐下。

又是一阵沉默，唐晓努力地竖起耳朵听着，可是狄青像是不存在般完全没了动静，她的心又提了起来，怕他突然走了，试探的声音因此有点急："狄青？"

那边隐隐叹了口气："该睡了。"

"哦。"唐晓还是表现得很乖，听到他声音，心又安定了不少，"你睡了吗？"

"没。"

"怎么还不睡？"

"因为你一直在说话。"

"哦。"

又过了会儿："狄青？"

"狄青！"

"你够了，唐晓。"

听这语气，唐晓反而很放松："狄青，你反正没睡着，我们聊聊天呗。"见他又没反应，她继续喊，"狄青！"

"你说吧，我听着。"

"你说严西城这一次逃跑会干点什么？你说他逃到哪里去了呀？"

"不管他逃去了哪里，我只知道一点，有我在，他永远也别想再伤害你。"

"哦……我相信你。"

"凌初的身手好吧？"

"哼。"

"比你好？"

"他胜在装备好。"

"不带装备你能赢他？"

"能。"

"哇！"虽然隔着一道墙，但是唐晓觉得从未和他如此贴近，"狄青，你好棒！"

哼，狄青耳根有点发热，一脸骄傲。

"狄青？"

“嗯。”

“我……”唐晓突然忆起在艳霞湖看到的绝美景色，“改日你再陪我去艳霞湖看日落好不好？”

“好。”

“日出应该也很美，日出更向上一点。”

“嗯。”

“狄青……”

“嗯。”

“狄青。狄青？”

“嗯。”

唐晓咬牙，语速飞快：“狄青，我可不可以喜欢你？”

这次是长久的沉默。

唐晓一直提着心，听到他突然道：“蠢。”

“那是可以还是不可以啊？”

“你不是号称天才美少女吗？自己想。”

“想不出来。刚刚我在水里快死了的时候就在想，我不能死，不能就这么死了，长这么大，除了那一次不靠谱的暗恋，我还没谈过恋爱呢，说什么都不能死。

“那个抢我身体的外星灵魂，留了一大堆遗言就走了，这次是真的走了，我有感觉的，我是真的唐晓，是真的，货真价实，如假包换。你……让我喜欢你好不好？”

唐晓感觉太累了，这一刻他回不回应她，都不重要了，只要知道在隔壁房间的沙发上，他正躺在那里就好。

她安心地闭上眼：“其实这段时间我也一直是有感觉的，我感觉自己做了一个好长的梦，反正无论她想干什么，我都一直用意念在说‘不可以不可以’‘不要去不要去’，我觉得还是有效果的。我真的很害怕，狄青，这样闭上眼睛我也怕，我怕再睁开眼我又不是我了，又被另外一个人取代了，那种感觉真的好可怕，脑子里明明想的是这样的，可是做出的偏偏是另外一件……如果我真的再也回不来了，你会怎么办？”见等不到回应，她又道，

"狄青？"

话音刚落，她欲睁开的眼被一双温暖的大手挡住，他悄无声息地走了过来："感受一下，黑暗并不可怕，不要害怕闭眼，记住这个感觉，当这只手离开，要想着握住它，一定要握住它——不能不回来，绝不能……"

那个后果他承受不起。

话音一落，他覆盖在她双眼上的手掌离开，唐晓急忙一把拽住了这只手，然后在黑暗中睁开了眼。

走廊上的声控感应灯突然亮了，昏暗的光穿透玻璃映射进来，她听到他有些低沉的声音："我知道我这样做或许是乘虚而入。你刚刚说你可不可以喜欢我……"

唐晓觉得他的手又大又暖，此刻突然反过来扣住了她两只手，他看着她的眼神是那么温柔、那么认真。这是一双漂亮到极致的眼眸，那样的眼眸用那样醉人的眼神看着对方，足以让对方沉沦，唐晓下意识地屏住了呼吸。

"这就是我的答案。"

说完，狄青轻轻地吻上了唐晓的双唇。

啊，要死了啊……啊啊啊！

她该怎么办？她的心都快跳出来了！

刚刚发生了什么事？

唐晓因害羞把自己蜷成了一只虾，她感觉嘴唇酥酥麻麻的，心脏扑通扑通地跳，脑子嗡嗡嗡响，后背因为他的靠近，烫得可以煎鸡蛋。

但其实两个人还是有点距离的，他只是侧躺在她旁边，一本正经的样子，唯有左手握着她的手，感觉他闭着眼睛也没什么动静。

可是，躺下了，他居然躺下了！啊喂，这是单人床！

察觉到她的不安，狄青慢条斯理地道："够了，睡觉。"

"我、我在睡。"唐晓的姿势其实挺尴尬的，背对着他蜷着，但手又在他手里……

"你要掉下去了！"

我知道！不要你提醒！还不是因为你！

"这姿势舒服吗？"

不舒服！超级不舒服！所以你挪一下屁股好吗？！

“睡得着？”

啊呀！狐狸尾巴露出来了！

唐晓独居的时候，实在无聊了也会上网找些乱七八糟的网络小说来打发时间，这句话隐含的意思她听出来了！真的听出来了！

“睡得着”加问号等于“睡不着的话咱们一起来……”

她点头如捣蒜：“睡得着睡得着！只是我睡觉有个毛病，喜欢一个人……”

“想都别想，”狄青打断她，“这是我的床，要下去你下去，客厅那个沙发窝不下我。”

咦？什么人！画风变了！

唐晓恼了，亲一下拍拍屁股就想走人？她一个鲤鱼打挺坐了起来，走廊外的灯光又亮了：“你……”

“你再亲一下，或许我会考虑。”狄青闭着眼老神在在地道，但羞红的耳根出卖了他，还有意识地在她手上摸了一把。

唐晓一边试图抽回手，一边踹了他一脚，瞪他：“你下去！”

狄青微微抬眼睨了她一眼：“胆子挺肥。”

“你……”然后唐晓被整个人拽进他怀里。

“床够大，睡吧。”

“不对，狄青，你放开我！把话说清楚，谁睡沙发……”

“冷不冷？给你温暖一下。”

“狄青你不要脸。”

“是你先追的我，还说我不要脸。”

“谁先追的你！”唐晓使劲掐了他一下，“你说谁先追的你！”

“狄青，我可不可以喜欢你？”狄青像模像样地学她说话，满脸得意，“这件事我可以说一辈子……”

“啊啊啊，不听不听我不听，你不要脸！”

唐晓还在挣扎，但狄青怎么也不放手，再开口时，他声音放柔了许多：“睡了，天都快亮了。”

唐晓想了想，还是放弃了挣扎，她不死心地枕在他肩头强调：“刚刚那句话忘掉，忘掉，知道吗？”

“哎，要忘掉可以，那你得亲好多好多下……”

唐晓狂翻白眼。

“不对，情况不对！你怎么就亲上了？你是不是喜欢我好久了？没错，照理你不该对我的事这么上心啊……嗯嗯嗯……”

唉，送上门来的，狄青心满意足地又吻上了她。

“你先走，我还有事。”强化后的严西城扛着霍莉在一个监控死角停下，然后拍拍她的屁股，打算走人。

“站住，你是不是还要去找唐晓？”

“醋劲不要这么大，亲爱的。”

“你疯了？好不容易把你救出来，你这个时间去找唐晓？严西城，你引以为傲的理智呢？”

霍莉那天配合严西城抓了唐晓之后，她的心就一直悬着，结果唐晓失踪的事暴露得比她想象的要早，且发动了全院的人去找，尽管她觉得整个计划天衣无缝，但出于女性的直觉，她直接躲了起来。只是因为担心严西城，人并未离开学院。

学院的占地面积相对于它的实际学生人数而言实在是太大了，闲置的建筑不知凡几，作为有心之人，霍莉掌握了整个学院的监控布置图和建筑分布，在学院这么多年，别说狡兔三窟，四窟、五窟也不在话下。

果然，见唐晓领着人抓了严西城，就知道东窗事发了，她的第六感又一次救了她。

“乖，不用你管。”严西城难免有些敷衍。

“不用我管？”直到这一刻霍莉终于爆发了，“我们奋斗了这么多年，苦了这么多年，好不容易爬到今天这个位置，如今都被你葬送了，你现在说不用我管？而就在半个小时前，我拼死拼活地把你从里面捞出来，你说不用我管？严西城，你的良心被狗吃了？”她强忍着泪水，狠狠拽住他的衣衫，“你现在只能跟我走！”

“有没有第二个选择？”

“那你去死好了！”

“那你怎么还要救我？”强化后的严西城身高至少高了半米，手脚肌肉结实，他舔了舔嘴角，那笑容应该是温和的，却因为过度强化的肉体显得扭曲，“还说不是喜欢我？嗯？”

霍莉咬牙：“我真恨我自己，没办法拒绝你，只是严西城，小时候欠你的那条命，我还给你了，早还给你了！”

“啧啧啧，瞧你这委屈的劲。”严西城突然低头舔去她脸上的泪水，他力量极大，将猝不及防的她压在墙上，一路舔到她的嘴角，压低音量道，“听你的，我都听你的。”

霍莉猛地推了他一把：“你滚，我不欠你了……真的不欠你了……”

“是是是，我的好霍莉。”他有节奏地轻抚过她的头发，“承认爱我真的那么难吗？”

“爱你？呵……我爱得起你吗？不要把我和那些女人相提并论。”

“没有那些女人，你看着我的眼睛，”他低头直视她，“自始至终，只有你一个。我对你怎么样，难道你还不清楚？她们从来就只是我利用的对象，对你才是真的。”

“我不会相信你的。”霍莉悲哀地发现，现在的她已经无路可走，她的生命里从来就只有一个严西城，所以明知道前面是一条血路，她还是会义无反顾地走下去。

他将她搂入怀中，催眠般道：“可是，唐晓的血是圣物啊……”他勾了勾嘴角，“以往强化，我多少会失去理智，可这次我感觉自己充满了力量，我必须要找到她。哦！对了，组织的人呢？告诉老大，我终于找到了药剂配方的关键，药剂推进计划可以重启了，就是唐晓的血啊！哈哈哈……”

霍莉沉默了一下：“以后不会再有这个计划了，组织已经完全放弃我们了，现在你和我都只是弃子。”

“胡说！”这段时间严西城感觉自己难以克制情绪，尤其强化后的他，只感觉怒火几乎要将他吞没，好不容易被抑制的野性喷薄而出，他一拳捶在旁边的墙上，厚厚的墙居然被他捶出一个大坑。

“你疯了？冷静！”这个地点是霍莉提前侦测好的，一般不会有人来，但眼下的情况谁也说不准。

"不，关键还是唐晓，我要唐晓……"

霍莉一把抱住他，安抚道："好的，我知道了，我会帮你的。但是严西城你听我说，哪怕这次喝了她的血之后，你的强化功能进化，这一次也是那之后的第一次强化，不知道能维持多久，不知道有没有后遗症，你还是先随我找地方藏起来，留得青山在，不愁没柴烧。他们在明，我们在暗，只要有耐性，你想要的，都会有的，这是你教会我的，不是吗？老大放弃你的计划，但我没放弃，我会帮你的！"

"你……会帮我？"

"会！"霍莉坚定地说，即使是地狱，她也随他去闯！

霍莉从小苦日子过怕了，所以无论她表现得多么自信骄傲，也改不了储存物资的习惯，没想到这个习惯救了她。学院闲置的几个据点她都安排好了，再不行，也有地道能通往外界，就连贾博士配的躲避兽类的药她也储备了许多，所以她现在根本不担心。

"都听你的。"严西城如变脸般突然又面带微笑，那笑容在夜色之中显得格外瘆人，实际上他全身的细胞都在叫嚣着要去找唐晓，每次只要这个念头一出现，他就全身战栗，他死死握着拳，睨着霍莉，"你上次说的秘密通道在哪里？"

"你是要……"

"捕猎！你猜得对，这里现在不安全，而且，我迫切想要知道我到底强大了多少。"

学院戒严了一夜，但还是没能搜查到严西城的去向。

向来在维护校园安全方面表现积极的异能队，这一次都匿了身影，不见动静，气得校长吹胡子瞪眼，直接授权狄九重新整治队伍。

不料异能队这次倒挺团结，聚集到了一起，每个人都递交了外出试炼申请书，场面一度非常难看。

胡锐在这个时候反倒站了出来，当着校长的面撕了所有人的申请书，冷着脸挨个瞪了过去，瞪得所有人都不敢吱声。大概经过了几天的思考，他总算是醒悟了过来，只沉着脸说了一句："还记得你们当初的誓言吗？"

在长达数秒的沉默之后，异能队一众你看看我，我看看你，异口同声道：

“誓死维护学院安宁！”

“去吧，把那个浑蛋给我抓回来！”

“是！”

而这时候，唐晓还在狄青的怀中呼呼大睡，昨晚她明明跟自己说好的一定不能睡，可还是没扛住疲惫，沉沉睡去。

许多个夜晚，她都会梦到唐和凌初相处的那些片段，梦到自己在广袤漆黑的宇宙星海中苦苦锻炼，梦到那些不属于自己的过往……然而在狄青怀中，她找到了期盼已久的安宁。

一夜无眠。

只是这个本该宁静的早上，好吧，其实已接近中午了，这个本该宁静的中午，被一阵有节奏的敲门声打破了。

温宴是这样想的，昨天又一次被扔下楼，但着地时还是稍有迟缓，所以及地时仍只算小摔，不算太疼。

所以……他还是怜香惜玉的，不是吗？何意百炼刚，化为绕指柔，她始终坚信只要她日复一日地坚持，就没有她征服不了的高山。

可惜再登门时他不见了人影，是落荒而逃了？

呵呵，说一点不难过那绝对是骗人的，但逃避说明在意不是吗？

温宴只能这么安慰自己，她也觉得这样的自己纯粹是犯贱，可一世为人，不活得肆意妄为一点，谈何快意江湖？说到底她不得不承认贾博士说得对，她是被宠坏了。可别的男子看不上眼，能怪谁？

当年的胡煜丰，她确实是考虑过的，他也称得上英俊高大，又有异能在身，背后有家族支撑，还有个在学院里说一不二的叔叔，所以言谈举止中，她并没有拒绝得太明显，保持了进可攻退可守的距离。

只是这份思量，在遇到狄青之后，就只是纯粹的思量了。

她直截了当地拒绝了胡煜丰，并直接表明了心态，不料胡煜丰一根筋认死理，认定是狄青横插一脚，硬要挑战他上擂台，还耍了花样把自己弄折了，倒是让她夹在中间里外不是人。胡煜丰失去异能之后，胡锐也看轻了她几分。

然而这些都不能成为她放弃狄青的理由，那日见他在体育馆耍的那一套精妙绝伦的剑法，她只感觉一颗心黏在他身上挣不脱也逃不掉，算是认栽了。目前最让她心神不宁的，还是她想不明白唐晓这个人在狄青心里到底扮演着怎样一个角色。

情人？不像。朋友？又稍嫌亲密。

如果那天与唐晓在一块的那个络腮胡子就是狄青，那么……

不……她安慰自己，他这些日子并没有找过唐晓不是吗？他们闹崩了？而且唐晓也不简单，不但贾博士对她赞不绝口，还勾搭上了凌初。

说到底机会是人创造的，想到这儿，她嘴角勾起一抹自认为最得体最漂亮的笑容，等待着她心仪的那个男子开门。

扔一次没关系，两次、三次也没关系，五六次也无所谓，只要她坚持。

对，只要她坚持。

这些过往与事迹，将来老了，还能作为笑谈说予子孙辈，想到这儿，她心底竟滋生了一丝感怀，继续敲着门。

狄青闭着眼睛都知道敲门的是谁，原本的好心情大打折扣，再瞧见一直安静躺在他怀中的唐晓快被吵醒了，更为不爽，手臂有些发麻，可是……这是爱情的重量。

“嗯……”唐晓不适地皱了皱眉，脖子好酸，大概是因为睡得沉，一直保持同一姿势的关系，随后她也听清楚了扰人睡眠的敲门声，嗯……敲门声？！

唐晓从迷迷糊糊的状态突然惊悟，啊！谁在敲门？她看着略显凌乱的被子，脑子里迅速浮现出四个大字——抓奸在床！

唐晓心里的小人作捂脸呐喊状，瞌睡虫全被吓跑，不行不行，躲躲躲，先躲起来！

“衣柜里有空位。”

“对对对，衣柜……”

“蠢！”见她还真的在考虑躲起来，狄大爷顿时不爽了，“哪儿都不准去，跟我来。”

和他在一起是什么见不得人的事吗？狄青非常不爽。

啥？

去哪里？

唐晓顶着蓬松松乱糟糟的头发，松垮垮地穿着狄青的衣服，一脸迷糊地被狄青拉到门口，开门就看见了外面站着的笑得温婉又美好的温宴师姐……

温宴……师姐？

很好，师姐温婉美好的笑容很明显僵住了。

“来，你跟这个女人说，就说我是个有主的人，让她别老怀着不切实际的幻想，打坏主意。”狄青霸气十足地说道。

第十一章

包括我的后半生

唐晓觉得简直要尴尬死了，她觉得自己有必要说句话，嗯……

“早。”她说。

温宴一副惊呆的样子。

气氛果然更尴尬了。

唐晓心想，如果温宴师姐的眼睛是显示屏，那么上面的弹幕绝对飘满了十万个“为什么你会在这里”……其实这也是她想问的，从师姐打扮得明媚动人，手里还提着食盒来看，她还算比较快捷准确地捕捉到了关键信息——温宴师姐对狄青有意思。

这怎么能行！

偶像和爱人只能二选一的话，她果断选爱人！所以说，肤白貌美能力强的前崇拜对象喜欢上本人的男朋友了怎么办？急，在线等！

唐晓毫不客气地在崇拜对象前面加上了个“前”字，嗯，就是这么现实，怪我咯？

就当唐晓犹豫着要不要重复狄青的话的时候，温宴僵硬的嘴角居然又上扬了。

她假装听不懂狄青的话，但扣在食盒上的五指因用力而发白，她看似很随意地应和道：“早，师妹怎么在这儿？吃了吗？一块吃吧。”

居然还有这种操作？

这是什么意思？表现得这么熟稔，很明显不是第一次，这段时间她还在和唐做思想斗争的时候，确实也没看到狄青来，不开心……

但是，狄青推她出来挡刀的行为也算是明确了态度，不过他有人嘘寒问暖送饭，还是让她心里有点酸涩，不开心……

她暗暗掐住了狄青手臂上的一块肉。

狄青挑眉：“掐我干啥？这个时候你应该跳出来重复一次我刚刚让你说的话。”大概怪她不配合，他还轻轻敲了她额头一下，然后望着温宴说，“温宴，我说了，我对你没兴趣，你的喜欢已经给我造成了困扰。这么喜欢我宿舍的门，我就拆下来送给你，别再来敲门了。然后我介绍一下，这是我女朋友唐晓。”

呃……这个时候应该说什么？唐晓觉得还是应该简单粗暴点：“嗯，我……”

“你什么都不用说，”温宴打断她，“唐晓，我正式向你发出擂台挑战。”

“哈？”唐晓一脸迷糊。

“待会儿我就去学校擂台管理处登记。”

唐晓一脸茫然。

“擂台项目你来选，比什么都可以。”温宴并没有情绪失控，她说完，抬眸认真地望着狄青，“我没有别的目的，我只想让你知道谁才是更好的。”

“等……”

“咱们擂台见。”温宴最后竟还能面带微笑，走得一点也不失风度。

学院自创建以来，就有擂台比试的传统。

比试项目可以自定，文斗武斗皆可，双方可约定胜利条件及战利品，一般视为荣誉之战，学院鼓励这种以斗促进提升的方式，登记过后，会安排专业匹配的人员当评审，还规定胜利者可以无条件获得输的人百分之十的积分。

这一点的诱惑很大，不过基于积分的珍贵，大部分人出手还是很谨慎的，倒是有些积分落后的人，为了能留在学院，愿意放手一搏。

一般而言，被挑战者无理由拒绝应战，会被视为技不如人，毕竟不战而逃这个名声不怎么好听，但被挑战方不愿出战的话，可以提出苛刻的挑战条件如“全部积分”之类筹码的令挑战者退却，当然这也要考虑到挑战方的实战能力，不要没吓到对方，自己还栽了进去。

另外，若挑战者退缩，被挑战者可以无条件获得发起挑战者百分之五的积分。

因此，擂台赛向来是学院众人关注的焦点，若是实力旗鼓相当的两人，通常场面会很好看。只是上次狄青与胡煜丰那次比斗造成的后果较为严重，加上狄青对院内各项纪录的挑战，致使积分数一骑绝尘。因差距太大，这两年参与擂台的人寥寥无几，热度也大不如前了。

所以在狄青简单解释了一下擂台是啥之后，唐晓满脸黑线：“我还是想拒绝，可不可以？”

“不可以。”温宴说上擂台管理处登记，等于正式发起挑战，她和被挑战者唐晓的名字都要上公示榜的，按照温宴之前的知名度，以及唐晓这段日子出的风头来说，她要是不应战，肯定会被众人的口水淹死。

“可是，师姐很厉害啊，我要跟她比什么？”

“嗯，比什么都好，别比脸。”他说得一本正经，眼眸却隐隐带笑，“比脸你还真比不过。”

“滚！”

“嗯，家里有我一个做颜值代表就够了。”

唐晓愤怒。

“就算拉个平均分也挺高的了。”狄青笑。

“啊呸！”

“要不比剪刀石头布吧？哎呀，警告你不要再敲我的头……捏脸也不可以！狄青！”

“裤子掉下来了。”

“又骗我，你去死！”

凌初已经把自己关在飞船里三天了，并断绝了一切外界联系。明明做了决定，他却第一次对自己的决定产生了怀疑，这导致他思绪凌乱，把自己搁在冰床上，放空。

金金毕竟是人工智能，它只能模拟人的思维，并不能真正独立思考，所以当所遇行为超出数据库时，它无法理解此刻凌初的所作所为。它也没有情感，但通过自我学习，努力模拟人的情感，因而它总觉得那天殿下将一个濒临崩溃的唐晓独自留在宿舍的行为不对，那天殿下离去时的情绪波动让它感到了“落荒而逃”的味道，它无法评判对错。

殿下回到探险号飞船，将自己封闭了起来，金金被释放出来控制飞船运作，它觉得这样的殿下太凉薄……

这个时间，它仍在尽一个人工智能应尽的职责。

“主人，刚刚收到来自星际……”

“我是不是做错了？”凌初打断它，大概太久没说话，他的嗓子有点哑。

“殿下认为自己哪里做错了？在金金眼里，殿下做什么都是对的。”错的也是对的。

“那个地球女孩，应该拥有我与唐过往的全部记忆吧？”凌初问。

“是的，理论上应该如此。”

“我不知道，我觉得与她相处更舒服。”凌初眼底透着茫然，“或许她更符合我心中对另一半的设定，或许对于她海盗星人的身份，我潜意识里是排斥的，或许我接受不了她明明站在我对面，却用仇视怨恨的眼神看着我……我不知道……”

“殿下，您在‘她’的指代关系上，让金金有些混乱。而且，请允许我重申一遍，刚刚收到了星际审议团的警示函，您因为违规使用超地球文明科技，被正式警告，正式纳入监视范围，缩短了您在地球的滞留时间，通过计算，只剩下十四天，逾期不归将强制遣返。提示：请勿再违规使用高新科技。”

“我提出的联姻申请呢？”

“予以驳回，联姻申请须当事双方共同申请，单方面申请无效。”

凌初继续躺着。

过了很久，凌初道：“好的，我知道了……”

又过了很久，冰床上又传来了命令：“我要去找她。”

这三天，唐晓果然看到擂台榜上出现了自己的名字。

LED显示屏啊，高清的啊，超大字幕滚动播放，然后因为没其他名单滚动，名字完全定格啊！驻足的人还挺多！

如果真的有热搜榜，她的名字热度估计还压在“严西城黑化”上面……

毕竟还在学院，唐晓自己心虚，当天就回了宿舍，回去时那个被她一顿打砸的宿舍已经恢复了原状，宿舍的人对她连连侧目，本来道歉的话都准备好了，那三位妹子居然都低着头直接走出了宿舍。

这不是她的锅啊！唐晓有口难辩，更糟糕的是，她现在进退两难，擂台赛迎战准备时间是七天，她认真审视了自身的能力，发现自己没有特长。做实验还不错，阅读理解能力还不错，画个简笔画还不错，耐力还行，拳脚功夫好像……有进步？关键是以前温宴师姐的形象太高大，她现在吃不准啊。

要不，闭上眼睛跟她打一架？

“温宴好像是跆拳道黑带。”

唐晓捂脸呐喊——不战了不战了，被口水淹死算了！

就在唐晓焦头烂额的时候，学院里又发生了一件大事：地球第七批星际交流团回来了。

巨大的喷气装备停靠在校园东西面的巨大操场上，显得霸气十足，唐晓怎么想都想不明白，为什么这玩意儿可以上天。

唐晓是被临时召集过来的，她在队伍最前头看到了许久不见的贾博士，贾博士表现出少有的兴奋，但那兴奋遮掩不住他眉宇间的疲态，看得出来，霍莉一事对这个原本精神矍铄的老人造成了很大的打击。

听狄青说，那天是贾博士决定将严西城从扣押地点转送到医学楼，给他做一次全身检查，不料被霍莉钻了空子，利用对医学楼结构的熟知程度，伤了几个人，坏了不少东西，让医学院大受损失，所以这两天贾博士忙得焦头烂额。

唐晓自己也有一屁股麻烦事，因此申请实验室使用权什么的决定暂且搁置，今天来参加这种集体性质的活动纯粹凑个人头，出乎意料的是，她居然在归来的星际交流团的队伍里发现了秦教授。

唐晓有些兴奋，可如今秦教授明显有光环在身，并不是她这个级别够资格迎上去的，她只想着回头找个机会向秦教授表示一下谢意。她余光瞥见贾博士终于露出久违的笑容，乐呵呵地和秦教授来了个拥抱，一副多年好友的模样。

欢迎活动结束后，唐晓去找狄青吃了个饭。如今他暂停了特教身份，一方面加强了训练，一方面配合狄九追踪严西城，防止他杀个回马枪。

午饭后，唐晓去了图书馆学习。这段时间被外星唐主控身体，她压根就没好好看过书，所以她必须把落下的功课补上。她正认真啃着书，接到了贾博士的传话，让她过去一趟，狄青不愿让她再落单，也跟着去了。

唐晓没想到的是，秦教授居然也在，因为知道狄青的人品，贾博士并没有让他回避，四人面对面坐下。眼看着送上门的表达谢意的机会，唐晓还是挺感恩的，十分配合地聊了聊日常事务以及她的心路历程，秦博士也说了一些在外星球的趣事。最后，话题终于落到了严西城身上，大概是想到这事太出人意料，两位老师的面色都有些沉重。

秦教授突然问："唐晓，你对你母亲的病因，有没有什么看法？"

见秦教授突然提及她妈妈，唐晓心里一紧，语气有些着急："教授您是不是发现了什么？"

秦教授沉默了片刻，说道："你妈病发有些突然，我觉得有些疑惑。你们家并没有相关的遗传基因，历年的体检报告显示也是正常的，若没有诱因，怎么一点征兆都没有就病得这么重？再说了，后来你妈停药后病情也基本稳定了，怎么又突然发病？虽然她最后是因意外去世的，但送来医院后我还是多留了个心眼，留存了点你妈当时的化验血样和胃溶液，只是普通的设备查不出个所以然，我便托贾博士帮忙检测一下，他刚刚把结果给了我，两者……都存在放射源，很微弱，很难察觉，不过这个放射元素早被禁止销售了，一般也不会存在于家具涂料里面。加上你们共同生活，你妈有事，而你没事，就这点而言，你母亲的病因就很可疑了……"

唐晓因这个消息震惊得久久不能回神。

贾博士道："上次你的特殊能力曝光之后，我派人去调查了你，你的背景很干净，干净得反倒像是被谁刻意抹去了一样，所以我一直不懂为什么你会发现 X 元素并吞服。不过刚刚老秦说你之前一直在他人的资助下做实验，所以我想，之前资助你的那个人，就是严西城对吧？”

唐晓点了点头，眼眶泛红。

“这个严西城，年纪轻轻，倒是布了一大盘棋啊，他大概没料到我推荐你来了学院吧。”秦教授感叹。

“多亏了狄青，若没有他，我或许早就无声无息地死在家里了。”唐晓咬紧了牙根，“严西城根本就没想过我能活下来。”

“哦？”秦教授微微挑眉，“我很好奇，你小子怎么就误打误撞救了唐晓呢？”

“我去求药。”

“只是……”长久以来的遗憾及悲痛令唐晓攥紧了拳头，狠狠捶在沙发上，想到枉死的妈妈，她只感觉一种愤怒涌上心头，让她难过得无以复加，情绪有些失控，“为什么是我……为什么是我……他为什么会选上我……”

回答她的，只有沉默。

为什么呢，她只是一个默默无名的学生，拿过几个听起来挺牛但知名度不高的小奖，为什么要赔上她妈妈的性命！

“我知道。”狄青突然道。

面对唐晓瞪大的眼睛和两位老教授探究的眼神，狄青微微垂眸，避开了他们视线。沉默片刻后，他道：“我们狄氏一族天赋异禀，精神力及肉体锻炼方式自成一家，但很多年前被仇家诅咒，但凡男性，自出生起都会得一种不能流血的病，这作为族内的秘密，族人皆守口如瓶。”

“这些日子发生的一切，只凭严西城一己之力是不可能完成的，他肯定借助了 W 组织的力量。这个组织向来邪恶且隐秘，一直想拉拢我们狄家，我们不为所动，只想寻找机会试图一举捣破这个组织，这当中明争暗斗不断。只可惜，前些年他们知晓了我们家族的病因，并以此为借口要挟，步步相逼。那次狄九被逼入绝境，病急乱投医之下找到了你，确实也多亏媒体对你的药剂的夸大，错有错着吧，你那支药对我们的病竟然有奇效。然而 W 组织逼得我们太紧，所以这几年我们都不敢再与你接触。但狄家突然降低的死伤率，还是引起了他们的怀疑，他们最终找到了你。我想大概他们觉得你的药会是制衡我们的关键，便安排严西城借口出任务找上了你，看得出来，药剂的研究方向，是止血生肌……”

“为什么、为什么……”说话中，唐晓的眼泪涌出了眼眶。

“而我找你，一来确实是因为药快用完了，但最主要的还是想保护你。W组织那边放出话来，说掌握了我们狄氏一族的命门，他们查到了你身上，按照他们的行事作风，很有可能会杀你灭口。我只是庆幸自己赶上了，现在想想你那天晚上的情况很可疑，为什么你会吞服大量试剂……”

“唉，”贾博士感慨，“只能说，这是不幸中的大幸，你的自愈能力应该是这样意外获得的。”他看了一眼秦教授，“当初你的药剂分析报告表明，除了加快血细胞生成，还有可能触发异能，只是这件事我们不敢宣扬，毕竟很多只是假设及猜想，如今看来，在你身上得到印证了。”

狄青默默望向唐晓：“把你牵扯进来，很抱歉。”

唐晓的眼泪再抑制不住地疯狂涌出，所有的负面情绪喷薄而出，她倏地站起来大吼：“所以我妈妈被当成‘激励’我奋力研究的诱饵，然后一命呜呼了，对吗？所以我还要感谢自己大难不死必有后福吗？我不要这该死的自愈能力！我不要来这见鬼的破烂学校！我只要我妈，只要我妈！病急乱投医……呵呵，病急乱投医……”

唐晓一步上前，揪住狄青的衣领，吼道：“为什么要找上我！为什么要投到我这儿来！你说啊！为什么啊！”虽然仅存的一丝理智告诉她这事不该迁怒狄青，但无处宣泄的愤怒让她爆发了，“你们流血难止就是病，我妈妈就活该被当成试验品吗？”

“唐晓，你冷静点，这事只是意外。”

“这不是意外！这哪里是意外！我妈妈是被害死的，她是被害死的！”唐晓吼完，觉得脑子快要炸掉了，胸口沉闷得厉害，她一把松开狄青的领口，狠狠擦了把眼泪，冷了脸，怒吼一声，“严、西、城！”

“我要报仇！我要找到他！”她望向狄青，“你说这几天学校都找遍了也没找着他对吗？那他会逃去哪里了？伽纳森林吗？他对我的血特别痴迷不是吗，所以他一定会来找我的对吗？但我等不了了，我要找他！我一定要找到他！”

唐晓吼完，转身就往门外走，狄青立马起身拽住她手腕：“你要去哪里找他？”

“不用你管！”

“找到了他又怎样？强化后的严西城根本不是你能对付的。那天贾博士也在场，如果不是躲闪及时，他可能当场就被撕碎了。你就算拥有自愈能力又如何？比得上被撕碎的速度吗？这件事交给我，我一定会给你一个交代！”

“不用你惺惺作态！”唐晓吼完，和狄青同时一愣，下一秒手腕处传来的疼痛，“疼，你放开我！”

“我所做的一切，在你眼中全是惺惺作态？”狄青沉声问。

这个时候的唐晓大脑已完全停止了运作，她只有一个念头，那就是发泄。她红着眼挣扎道：“我说疼！疼！你放开我！”

狄青下意识地松开了手，唐晓拔腿就往外跑。

狄青望着空荡荡的手，露出一抹苦笑，随即追上去在出口处截住她，并一把将她拽进怀里，他深吸一口气道：“无论你找不找得到严西城，伽纳森林都不是现在的你所能去的地方！”他沉下脸，“你哪儿也不能去。”

“不用你管！”

“你看我能不能管！”

“放手！”唐晓被激得胡乱挣扎起来，狄青唯恐力道太大伤到她，不敢太过用力，但唐晓的反抗粗暴又激烈，他一时也拿她没有办法。挣扎中，一个人影突然横插入他二人之中，并趁狄青不备，迅速将唐晓拽向他那边，并退开了好几步。

狄青憋着气看清了来人，只感觉一肚子气憋在胸口火烧火燎，这当口凌初还冒出来搅局真是吃饱了撑得。他根本不想搭理凌初，冷着脸硬声硬气地冲唐晓喊了一句：“过来。”

唐晓觉得自己疯了，这一刻看到凌初竟觉得像看到救星，失控的情绪竟让她向他走了一步，并伸手勾住了他的手臂。明明察觉到狄青语气不对，她却仿佛同他杠上一般望向他：“以我现在的能力，伽纳森林确实去不了，”她抬头看着凌初，“但你可以去对吗？”

不等凌初回答，她望向狄青：“上次那群野狼，他只用了两三秒就切成了块状，这本事你自问有没有？”

狄青感觉自己也到了爆发边缘：“过来！”

“我偏不！”

狄青耐性耗尽，管他外星球外太空，直接拔剑向前。

“嘀嘀嘀！”警报声疯狂响起，“警报！警报！受袭！受袭！”

凌初是特地来找唐晓的，金金连接了学院的监控设备，要找到她并不难。他躲避了这么些时日，知道在地球的日子不多了，他想用剩下的时间弄清楚所思所想。

凌初将唐晓往身后拉，同时试图拔出光剑，不料金金的警示再次响起：“不可以殿下！您已经被禁止使用超地球文明科技，再使用一定会被强制遣返的，那您将成为宇宙史上第一位被强制遣返的王子殿下！”

然后金金直接拔高了音量喊：“警报！警报！受袭！受袭！”

学院自然是派遣了护卫队的，因为这次外出凌初并没有跳窗户，所以大部队一个不落地全部跟着他。一见狄青拔剑，个个严阵以待地包围上来，有几个还是狄青授过课的，深知他的厉害，有人直接就往他身上扑。

狄青外放精神力，将一干人等全部震开，却坚持持剑攻向凌初。

这时贾博士与秦教授也追了出来，贾博士见这群小年轻一言不合又拔剑，说了句“我的天”就扯着嗓子喊：“狄青你住手！”

外星来宾哪能说打就打的，还讲不讲礼仪，讲不讲风范了！

唐晓也不示弱地直接迈步向前，挡在凌初前面，剑气险险掠过她发梢，她硬是一动不动地杵在那儿冲狄青喊：“你砍啊！你砍啊！你要砍他先砍我！”

三人僵持了一会儿，狄青持剑瞪了她一眼，忽地将剑一收，剑刃朝下，狠狠朝地上一插，剑身入地三分。

随后他一言不发转身就走，留下一群护卫面面相觑。

“多有得罪！”贾博士朝凌初拱了拱手，又看了一眼唐晓，开口，“我去劝劝他，你冷静一下，之后再谈。”

唐晓倔强地在原地静立了好一阵，直到几人背影消失，只感觉双腿突然有点发软，她低头看了一眼插入水泥地面的剑，眼眶又有点濡湿，她吸了吸鼻子去拔剑，却发现那剑入土极深，纹丝不动。

她仿佛较劲般拼命地拔，直到一只带着凉意的手搭在剑柄处，帮她把剑拔了出来。

唐晓没有说话，她接过剑，闷头就走。凌初跟在她身后没说话，后面吊着护卫队一大串尾巴。

唐晓的记忆力还是不错的，狄青领着她走过一次，她便又原路回到了艳霞湖。但因为这里是禁地，凌初的一大群尾巴试图阻止她，不过再想想人多势众，要死一起死，便闭着眼睛都跟着过来了。

这是唐消逝的地方。

重回这里，唐晓百感交集，那天唐说的那些话犹在耳边，人还是那个人，却也不再是那个人。

“这里、很……漂亮。”凌初用蹩脚的地球语打破了沉默。

虽不同于银星的皑皑白雪，但这里的美同样惊心动魄。而且，也不知怎的，他对这里有种莫名的亲切感。

“你想她吗？凌初。”唐晓突然问。

“什、什么？”

大概是美景如画，又或许是持剑走了这么长一段路，唐晓有种虚脱般的疲倦，情绪在宣泄过后沉淀下来，唐晓发现其实她并不期待凌初的答案，她想狄青，好想狄青……

一想他就感觉情绪再度失控，唐晓无助地抱着剑蹲了下来，大颗大颗的眼泪往下掉，她感觉就是自找的，可是，她控制不了。

“你、怎么了？”凌初问。

“呜呜……”唐晓哭出声，她知道不应该，明知道不应该，偏偏控制不住……她现在好难过……出于隐私保护，护卫队站得比较远，她有种想倾诉的冲动，可现在唯一能倾诉的对象，是个外星人。

唐晓擦了擦眼泪，闷声说：“我知道金金是人工智能，我也知道它现在应该已经在翻译我的话，可是我待会儿想说的，不想让第三个人听到，你能不能关闭它？”

唐晓没想到金金偶尔也是不那么听话的人工智能。

关掉它，没门！

凌初敏锐地捕捉到金金翻译长度上有问题，说：“你知道的，这趟远门的官方配置中有一个星际通用语翻译器，如果你这句话翻译有超过三个字的误差，你就进小黑屋去，不要出来了。”

宝宝好委屈，宝宝不开心。金金闷闷不乐地翻译完，做好被关的准备，然而殿下慎重地按了另外一个按钮，然后假装已经把它关闭的样子……真是让它大跌眼镜啊——虽然它没有眼镜。

“其实我没有真的怪他，可我就是控制不住想冲他发脾气……”

唐晓望着清亮潋滟的湖面，艳霞湖还真是一个倾诉的好地方啊。

“我心里清楚，如果狄九找我拿药是错，那么真正错的人，是拿着药剂去参加比赛的我，我当时不就是为了让药剂得到展示吗？刀本身没有错，错在使用它的人……我也不知道我在说什么，可我就是好气，好难受，一想到那些日子我妈妈在病床上忍受的痛苦或许都是我造成的，我就觉得心里难受。我忍不住想，或许有些事是可以避免的，如果我的警惕性高一点，不那么相信一个陌生人，如果我没有研制那个药剂，没有去参加那场比赛，狄九没有拿到那瓶药，一切都会有所不同吧……”

这些日子她真的好累，受过伤，遭过罪，挨过打，遇过委屈，被人陷害还面对过死亡，甚至得和外太空来的冤魂抢身体……唐晓重重地呼了口气，吧嗒吧嗒地掉眼泪，所有的情绪上涌，声音也带着哽咽：“我……好想我妈妈……好想好想……我想回家……”

这样乱发脾气的我，是不是很让人讨厌？

其实当年妈妈的病来得太急太蹊跷，她隐隐觉得奇怪，却没有深究，后来戳穿了严西城的真面目，她偶尔也会产生一些可怕的想法，却也不敢深想，如今真相揭开，也没有想象中的那么浑然不知，可她还是好气，抑制不住地生气，气自己无知。

所以她忍不住想发火想宣泄，或许因为对象是狄青吧，她吃准了他，只敢冲他发脾气，哪怕会伤害他……

然后他把剑插地上了！

想到这儿，唐晓的眼泪差点逆流成河，更觉委屈，恨不得把眼泪鼻涕都抹在剑上。

他当着她的面，把剑插地上了！

“你要不要跟我去外太空？”

啥？

“你、要不要、跟我去……外、太空？”他把外星语转换为普通语，一字一顿说得很艰难。

“散心……”

“我到时、可以……把、你、送回来。”

凌初，终于在地球学会了撒谎。

他只是觉得，这样蹲着地上掉眼泪的唐晓，很软……想摸。

“我要回去了。”唐晓突然意识到自己犯了错。

她现在才是病急乱投医吧，随便是谁的大腿就能抱了？冲动是魔鬼啊，只是当时那个情况，还真是谁来了都可能抱。唐晓禁不住责怪自己。

她抱着剑又领着一大串尾巴灰溜溜地回去了。

回想起来，她十八岁的那个生日仿佛还在昨天，却总感觉经历了太多。

“我往那边走，请殿下您不要跟着我了。”唐晓冲凌初点点头，“还有，谢谢。”

“我、等你回复。”凌初说得很认真。

“你把金金叫出来吧，金金——”她慢慢地说，“我知道你听得懂这个。”

然后不等凌初回话，她接着道：“凌初殿下，我不喜欢你，而且我知道你喜欢的那个人也不是我。是的，我拥有关于她的记忆，你知道我说的她是谁，但是那些画面对我来说，就像是一场电影，凄美且震撼人心。但我希望你能清楚，我和她是不同的个体，我与她的经历、情感、个性都截然不同。我不知道今天你为什么来找我，但很抱歉，我先前说的那些话我统统收回，请你不要放在心上。而且……”唐晓深吸了一口气，“我今天有点累，我还有许多必须去处理的事，所以很抱歉我现在并没有精力代替她去处理她与你之间的种种恩怨，但我答应你，在我自己的事情告一段落之后，我一定会抽空和你好好谈谈，谈谈我所知道的她的事情。”

凌初看着她没有说话。

唐晓不再说话，静静等待凌初的回复，他蓦地笑笑："我、等你。"

这句"我等你"，和唐听到的那么不同，唐晓突然打心底同情起已真正消逝的那个外星女孩，甚至眼前这个完全不识"情"字滋味的凌初王子。

会后悔的吧，在蓦然回首之时……她突然有些不忍。

"谢谢。"唐晓强迫自己回神，落荒而逃。

"这、这是女生宿舍……"

当唐晓怀抱着剑，心情沉重地爬上宿舍楼，一拐弯看见靠着她宿舍大门站着的大门神，一副凶神恶煞、人挡杀人、佛挡杀佛的架势，她不自觉说话都有点磕巴。

一个大男人，就这么站在女生宿舍门口，真的好吗？

这会儿刚巧是吃完晚饭回宿舍的时候，她宿舍那三人站在门口一副活见鬼的模样，不敢进门，不知怎的，唐晓觉得有点好笑，她发觉自己竟然有点同情她们。

"你……"

狄青打断她："我的剑呢？"

我怀里呢，这么显眼，你看不见啊？唐晓心里愤愤然，但没吱声，想到他离去前那个背影，倔强地抿紧了唇。

"我的剑呢？"狄青又问。

现在知道来她门口站着，晚了！唐晓抱着剑，心想就不给，有本事你来抢啊，要不是没力气，也给你插地上去你信不信。

狄青居高临下地睨她一眼："我说我的剑。"

明知故问也得有个度！唐晓就这么抱着剑面对面和他僵持着，但不可否认，气过了之后，在这里看到他，她内心深处还是有点开心的。哼，就勉勉强强原谅他一点点。

"剑呢？"

——在那里啊！唐晓抱着啊！宿舍另外三个急于进门的妹子恨不得直接吼出来，可是她们没这个胆，事实上，连尤佳佳也被唐晓磨得没了脾气。

不理，就不理。唐晓心想。

"你还知道要拔出来，"狄青冷哼了一声，"还不算太蠢。"

“你这么聪明倒是别守在我宿舍门口啊！”

——也是我们的宿舍门口！强烈申请换宿舍！三个妹子同时在心里吼。

“我只是来拿回我的剑。”

“没见过。”

——那你怀里抱着的是啥？

“骗子。”

“瞎子！”

——不要打情骂俏啊，喂！

“不好意思，我想和唐晓单独聊聊。”狄青突然说。

——聊啊！学校那么大！要聊随便去哪儿聊啊！妹子们也只敢默默吐槽完，自觉地散场，彼此用眼神给对方鼓劲，一定要找个气场上能压得过狄师兄的男人暖被窝！

“开门，进屋。”

“这是女生宿舍！”唐晓重申，但迫于淫威，她还是开了门。只是，她的气场明显弱了点，狄青也是察觉到了，给了她一个眼神。

“不是要让凌初带你去横扫伽纳森林？去啊，开个飞船，激光武器一弄，林子夷为平地，但是你确定严西城在那儿？不怕误伤？有撑腰的翅膀硬了就能飞了？”说着狄青又吃醋了，语气阴阳怪气的。

“砍人本来就不对，喏，你的剑！”唐晓错开话题。

见她平静了下来，狄青也调整了下情绪，突然道：“狄九找你拿药之后发生的事情，确实有点出乎我们的意料，但我们已经尽量在想办法弥补，包括……”他正色望着她，“我的后半生。”

唐晓：“嗯？”

“至于严西城，不用你说，我也不会放过他。还有，很抱歉……”狄青放软了声音，“在那段你最需要人陪伴的日子，在你最彷徨无助的时候，我没来得及认识你伴你左右。我来得太晚，对不起……”

唐晓倏地红了眼：“是我对不起，乱发脾气……”

“我是气你护着他，还跟他走了。”

“是他跟着我。”

“听说他还要带你去外太空散心？”

为什么他连这个都知道？不对啊，这算同步消息了吧！

“你……”

狄青不想瞒她：“护卫队里有我的学生，我转身的时候，通过通信器让他多多留意你。”

“是监视我吧！”

“去外太空散心哦，机会难得，不去？”

“那我去了？”

他气笑了：“试试看。”

“啧啧啧，你这破剑自己拿着，敢再插地上试试！”

“知道你胆子小，吓唬一下你就害怕了，会冷静下来好好思考。还有阿姨的事，我很遗憾，我还想跟她说声谢谢，她把你教得很好。”我很喜欢。

唐晓抿抿嘴，握拳道：“抓住严西城！还有，和那什么W组织势不两立！终生以捣毁它为己任！”

“嗯。”

“那……可以放我舍友回来了不？”

凌初离开唐晓后难得有心情在学院里四处闲逛，便看到了擂台公示榜处LED显示屏上高亮发着红光的“唐晓”两个字，别的文字不说，这两个字他可是专门学过的。

待搞清楚前因后果，凌初直接向管理处提出了申请，于是榜单上又多了一行字——被挑战者：狄青。

这个消息很快就传到了狄青的联系手机上，他毫不犹豫地应下挑战，而且毫无疑问地选择了武斗，并把迎战时间定在了唐晓与温宴比赛的同一天。

擂台？不说还好，唐晓几乎忘了这茬，啊啊啊，这糟心的日子还没完。

“那你们的战利品是啥？”唐晓多嘴问了一句。

按说凌初不是本校学生，狄青也早已毕业，所以规定上的积分奖励就没有了意义。在规劝无果之后，擂台管理处秉持着“外宾至上”的原则，让凌初自行选择战利品，当然，也得建立在狄青自愿原则之上。

于是凌初所说的，被工工整整地转换为汉字，一字不落地发送到了狄青的手机上：“我知道你们地球有种文化叫‘比武招亲’，上擂台站到最后的那个人是可以迎娶新娘的，所以我必须胜利。”

狄青嗤笑了一声，难得回复了一句：“‘比武招亲’早就过时了，土包子。”

不服？打到你服！

于是狄青和唐晓的名字都悬在擂台外的显示屏上……

嗯，一对，挺好。

接下来的几天，狄青有针对性地给唐晓进行了一对一培训，是的，她不怕死地也选择了武斗，师姐跆拳道黑带就黑带吧，死就死吧，怎么说她也打过老虎斗过狼，有比较丰富的实战经验。

一个星期下来，唐晓自己都吃了一惊，虽然现在没有外星唐的加持，但没想到拳脚功夫的那份记忆还在，确切来说，就好像本来一窍不通的人突然开了窍，再比画起来，就成了一种本能了。总而言之，硬要让她总结一下自己的状态，那就是打通任督二脉，达到实力巅峰。

六天过去，擂台赛便来临了。

这日唐晓起了个大早，对着镜子莫名感觉紧张。她穿了件贴身T恤加迷彩裤，梳了个马尾，虽然简单，却是青春逼人的模样。

出门前她披了件外套，听到宿舍其他三个妹子对她喊了声加油，莫名觉得开心。一出宿舍楼，就见狄青早已经候在那里，虽然今天也是他比试的日子，但他看起来很是放松，晨光在他身后洒下，宛若从画中走出来。

他今天很有默契地和她穿得很相似，见到她的穿着，他勾唇笑了笑，勾得唐晓心微微一颤，她深吸了口气，迎了上去。

“这次擂台赛关注的人很多，现场应该会爆满，像严西城那么聪明的人，不会放过这个机会，我已经交代了狄九，待会儿我比斗的时候，你坐在他旁边，记住，提高警惕。”

唐晓连忙点头。唉，一大早就对着她耳提面命。

作为第一个应战的人，唐晓上台后还是有点紧张的，站在她对面的是她曾经视为追逐目标的温宴师姐，而现在，记忆中的师姐似乎不再像过去那般遥不可及，她如今是她即将面对的对手，即将击败的对手。

不知怎的，唐晓突然有了这份自信，在伽纳森林里面对凶猛的野兽她尚可不倒，身负自愈作弊神器的她……其实是为难师姐了啊。想到这儿，唐晓的笑容也变得自信起来，朝师姐摆出了进攻的姿势。

“双方准备好了？”

“预备——”

“开始！”

唐晓踩着落音主动出击，这些日子狄青对她的培训成果毫无保留地展现，她没给温宴丝毫喘息的机会，出拳，侧身，再出拳，躲避，臂挡，腿踢，抓住破绽，命中——整套动作行云流水般流畅迅猛，唐晓在温宴诧异的眼神中将她打倒在地。

然后趁她未爬起之际，唐晓一拳险险停在温宴鼻尖处。

“师姐，认输，脸没那么疼哦。”

“你！”

得罪了！唐晓一咬牙，松开拳头并掌，往师姐脸上一压，将她再度推翻在地。

明明唐晓不算用力，温宴却感觉脸火辣辣地疼。

观众席一片哗然，一切来得太快，待裁判宣布胜负，许多人尚未回神。

唐晓上前拉了温宴一把，突然眯眼一笑，凑近她耳边道：“那个叫狄青的男人，是我的、是我的、是我的。”

重要的事情重复三遍。

第十二章

我的天才美少女

唐晓下台后才发现手心全是汗，狄青说得很对，这场比赛关注的人很多，座无虚席，直到她走下来，还有人在鼓掌。

狄青旁边坐着狄九，而库普就窝在狄九的怀里，有一下没一下地摇着尾巴。

好久没见这只傻猫了。这段时日它一直由狄九照顾着，听说自从外星唐消失，它就蔫蔫的，好像还绝食了几天，前两天才终于肯用点餐，恢复了精神。

“唉，反正一只猫的寿命也就十来年，到时再去陪主人吧！”

一想通，库普就开始找事干，听说唐晓要和人打架，立马表现出了兴趣，颠颠儿地跟了过来，如今见她得胜，便用脑电波向她表示了恭喜。

唐晓点点头，再望着狄青带笑的眼眸时，她发现自己无所畏惧。

“出手很果断。”狄青先开口。

“你可以夸得再明显一点。”

“也对，”他勾勾嘴角，“挺不错，不愧是我教出来的好徒儿。”

唐晓觉得自己又想翻白眼了。

广播已在通知狄青上台，他回头远远望了一眼对面的凌初，摸摸她的头，道：“待会儿我一定要赢，上次那样华而不实的招式也不会再使出来，正因为必须全力以赴，我在场上就分不了心思来关注你。记住，哪里都不要去，好好待在狄九身边，等我取胜。”

“好！”

唐晓一脸慎重地应了下来，心扑通扑通跳得厉害，觉得比自己上台比赛紧张千百倍，一路目送狄青上台，觉得这样的他帅翻了，然后紧张地等待比斗开始。

然而就在狄青与凌初面对面在场上对峙的时候，也不知道是不是心理作用，她突然感觉腹部一阵绞痛，紧接着肚子就咕噜作响，翻腾起来，这不是靠“忍”字可以解决的问题啊，她捂了捂肚子，只得起身去趟卫生间。

这种“生死攸关”的大事，狄九自然不好阻拦，拍了拍库普的背，似乎和它交流了一番，只见它轻巧一跃，尾巴直立，优雅地跟在了唐晓身后。

唐晓没有纠缠这点，决意速战速决，捂着肚子赶往卫生间。

怎么会这样呢？她今天没乱吃什么啊，除了早餐，也就赢了温师姐下台后喝了口水，怎么会闹肚子？

这个时候卫生间根本没有人，也对哈，狄青和外星小王子凌初已经快开打了，大家都跑去围观了。然而唐晓始终觉得有些不对，但一时也说不出个所以然，她瞄了一眼库普，一边往洗手间赶一边问：“你什么时候和狄九关系这么好了？看样子，你很喜欢他？”

“他和主人很不一样，主人算四肢发达、头脑简单，他是四肢发达、头脑也发达，看起来很有智慧，没办法，智慧型的生物对我们有莫名的吸引力。”

“很遗憾我吸引不了你。”唐晓撇嘴，捂了捂肚子，发现那一阵强烈的翻腾感过去，感觉就轻缓了不少，“那以后你打算跟着狄九？”说着，她打开了隔间门。

“大概吧，反正我也没有力量能挣脱，不是你们地球人说的吗？要搭配一个铲屎官。”库普传递消息后，声音听起来有点不满，“麻烦你快点，我还想看看世纪大战呢……小心！”

但库普的警示还是晚了一步，刚关上隔间门，一股气体便从头顶处喷来，猝不及防之下，唐晓吸进了一大口，就见到霍莉戴着口罩卡在门口，露出那双熟悉的眼睛，眼神淡漠得可怕。

“你……”

唐晓顿觉背脊一阵发凉，强烈的眩晕感袭来，霍莉没废话，一把将她扯出隔间，随之一个黑影也不知从哪里冒出来，无声无息地绕到她背后，单臂直接钳制住了她。

一个濡湿的触感滑过她耳边，让她恶心得胃里翻腾。

那是一个她很熟悉的声音：“又见面了，唐晓。你，逃不掉了。”笑声特别瘆人。

“严西城！”

唐晓很想说点什么，很想做点什么，却抵挡不住药效发作，四肢发软。

“狄九！有人偷袭！”

库普拼尽全力释放出脑电波，并试图上前挠戴口罩的两个人一爪子，却被霍莉一脚踹开。好在这段日子它和狄九建立了微妙的心电感应，卫生间离体育馆并不远，只一墙之隔，隐隐能听到人声鼎沸。

只一墙之隔！

昏迷前，它拼尽全力释放了一句：“狄九！”

确实是不远，狄九其实有点不放心，唐晓前脚刚走，他后脚就站起来走到了视线可触及卫生间入口处的位置，打擂台的体育馆里坐满了人，卫生间离得也不远，又有库普跟着，每个关键位置也都安排了警卫，即便发生什么紧急情况，也来得及。

只不过，长久以来对危险的预判与感知，让狄九隐隐有些心神不宁。

“狄九！”

该死！当第一声响起，狄九便箭一般飞速冲向卫生间，并按响了警报器。

唐晓也几乎在同一时间被拽进了卫生间的最后一个隔间，这里长期上锁，会让人误以为是杂物间，加上这个体育馆已许久不用，这两天才有人粗略打扫了一番，不料里面居然暗藏通道。

唐晓想反抗，但四肢绵软无力，加上严西城的力道大得惊人，横在她胸颈部的手臂宛若有千斤重，压得她难以呼吸。

他们并没试图弄昏她，似乎有另外的打算。

“救……”好不容易挤出一个字，她口鼻就被捂住，她只能被迫跟着严西城的步伐走，而霍莉紧跟其后，进入通道后迅速关门上锁，将一冲而入的狄九阻隔在外。

进入通道，门一关，突然的黑暗让唐晓半眯起眼睛，而捂在她口鼻上的手也微微松开，阴湿的空气涌入，她被呛得一阵咳嗽：“你、你们到底想干吗？”

“想干吗？”霍莉突然笑了，这些日子因为躲藏，她脸色有些发白，唐晓看不真切，但感觉眼前这个迅速消瘦的女人，已不像从前那般意气风发。她指尖突然刮过唐晓脸颊，直到见到血痕，才轻声问，“你说我想干吗？”

“值得吗？”唐晓咬牙反问了一句。

霍莉下意识地看了一眼严西城：“贱命一条，没什么不值得……”她突然笑了，“学院里的人数十载来已经贪图安逸惯了，除了那片林子，还有他们畏惧的东西吗？”这些日子，校方突然加大了对整个学院的清查力度，搜索并发现了三个落脚点，其中还有个小仓库。而西城的身体状况已经不足以支撑他们穿过伽纳森林，只能待在学院，再这样下去，他们只有绝路一条。

是的，西城的身体状况很糟糕……

他的异能就是后天受药物影响激发的，本身就存在缺陷，喝了唐晓的血，确实能最大强度地激发潜能，但也致使他的血液异常狂暴，当异能退去后进入肌体休整期，他就必须忍受常人难以容忍的剧烈疼痛。

最可怕的是，一旦他休息下来，肌肉群组停止运作，血液就疯狂躁动，让他苦不堪言。是以这些日子，他几乎没能睡上一觉，整个人痛不欲生、生不如死，逼着她给他注射镇静剂才能稍微镇定一下……

看着被折磨成这样的严西城，霍莉觉得心痛不已，却毫无解决办法。屋漏偏逢连夜雨，在这个时候，学院开展了彻底的清查活动，他们就这么迫切地要将他们逼上死路吗？

既然不能睡觉，那么就干点什么吧！霍莉的眼底迸出了浓浓的恨意。

事实上这个时候，没有了组织的支撑，他们就算拿到了唐晓全部的血也没有用，难得严西城也终于认清了这一点，如今的他只有一个疯狂的念头——报复！

好在老天终于开了次眼，居然弄出个擂台赛。

“呵呵……”严西城阴险地笑了，“留着你的命，正好可以看看我们想干吗。”

“你们逃不掉的！”

“你还不知道吗？”霍莉越过他们，推开了不远处的一扇暗门，“我们没打算再逃了，你说，若是有机会杀掉凌初，是不是会引起一场星际大战？你说，面对那些超文明高新武器，地球会不会不堪一击？”

“你们疯了！”

“疯了就疯了吧……就想问问你，水好喝吗？”

唐晓瞪大眼睛：“是你们做的手脚！嗯……嗯嗯……”她嘴里被霍莉塞进一块带着药剂味道的手巾，令她感觉剧烈的恶心后又是一阵眩晕，但严西城的力道特别大，钳制得她无法动弹。

今日的他有些怪异，除了阴恻恻地笑几声，更多时候保持着沉默，甚至保持着理智没有直接伤害她……他们到底在计划着什么？杀凌初？不，她见识过凌初的本事，他们应该没这个本事。

到底是什么？

唐晓被强行带着出了暗道后，横穿过安全通道，又闯进了另外一扇门，再次被带进另一条通道。

体育场内应该已经打了起来，外面一片嘈杂，感觉离得很近。

而且，越来越近。

“全体注意！全体注意！”狄九没截住人，没有贸然往里追，空气中还弥漫着未完全消散的药剂味道，他皱眉直接打开通信器，“严西城已现身，并挟持了唐晓，现在通知校内所有人力赶往五栋擂台体育馆待命。一小队组长安排一个人到A2出口处卫生间，其余人就地维稳。”

“是！”

“二三四五队分别负责ABCD所有出口，严查所有有门、窗、通风口，地毯式搜查，注意人质安全！厕所杂物间可能存在暗格，男女卫生间皆不要放过。”

“是！”

狄九又迅速赶到A出口，往场内一望，狄青已与凌初交上了手，只是与上次不同，凌初的装备似乎有所变化，他那把光剑在匿去荧光之后，竟变为一把纯黑的长剑，看起来锋利无比，狄青的剑也不差，剑身在空中碰撞，铿锵有声。

看台上坐满了人，似乎都全身心投入这场激斗之中，哗然与叫好声不断，然而狄九总觉得哪里遗漏了……是的，人太多太集中了……

一定有什么他疏忽的地方，狄九当机立断地赶往广播室，觉得应该先让这场战斗停下来，毕竟唐晓生死未卜。可才赶了两步，他就猛地停下脚步，不行，来不及，凭借直觉，狄九下意识地通知一队且抽调四五队的人出来组织人员疏散。

可仓促间，成效不佳。

场内刀光剑影。

少了光剑的加持，仅凭身手，凌初略逊于狄青，可胜在天生神力，招数出其不意，偶有奇招。此番狄青略去了许多繁杂招式，返璞归真，卸力于无形之间，一来一往的激烈碰撞下，凌初隐隐处于下风，可赌上银星人的尊严，他也使出了浑身解数，一时间两人打得难解难分。

相较之下，唐晓与温宴的比斗就像是开胃小菜，他俩的比试才是所有人心中的绝味佳肴——打的人全神贯注，看的人酣畅淋漓，因而最外围的人被疏散时，都因不明所以配合度较差。就在此时，几下爆燃声同时响起，伴随着尖叫声，整个体育馆像是在热油中倒入沸水，“吱”的一声炸开了锅。

观众席乱成一团。

爆燃产生的浓烟，触发了馆内的灭火装置，然而喷水系统却仿佛失灵般，只有薄薄的水雾溢出。

“不好！”当敏锐地嗅到略带刺激的味道时，狄九大叫一声，“全部捂住口鼻！”

另一边，霍莉神情淡漠地扔掉了手中的控制器，这里和擂台仅隔了一扇门。

唐晓甚至能看到门的隙缝处透出的隐隐的光。

她一脸惊恐地望着霍莉，她听到了与她摁下按钮同时响起的燃爆声，她想叫，想挣脱，双手却使不上力。突然，严西城拿开了塞在她嘴中的手巾。

“狄……啊——”

呼喊转变为一声惨叫，一把匕首被严西城狠狠地刺进了她的后腰处，随后，严西城毫不留情地抓住刀柄，狠狠一转，剧烈的疼痛瞬间令她再一次痛呼出声。

霍莉，就在这时推开了门。

狄青与凌初几乎同时在一片嘈杂声中捕捉到了唐晓的痛叫声，也几乎同时停止了打斗。随后狄青迅速扫视全场一圈，望向了声音传来的大概方向，在看台之下，他看到一扇暗门被推开……

“唐晓！”

当看到她被挟持的样子，狄青目眦欲裂，心神俱裂，他怒吼一声便见到严西城居然又掏出一把匕首在她后背处狠狠刺入。

唐晓死咬着牙不再出声。

霍莉趁他二人不备，将一个小型炸弹直接扔向了凌初。事已至此，她也没打算活了，若真能杀了凌初，她就能让整个地球陪葬。

然而凌初的防护服居然在这个时候警铃大响，直接将这个程度的攻击屏蔽了。

失策了，霍莉咬牙。

凌初只微微抬眼瞄了她一眼，全然不将她放在眼底的样子。

火光之中，狄青目眦欲裂，他死死攥紧了拳，精神力全面放开，试图去控制严西城。不料严西城似乎早预料到，第四把匕首拿出来的时候，他整个人气势大放，在极短的时间内完成了强化，只见唐晓被他突然增大的力道箍得面色发白，严西城冷酷地勾起嘴角，毫不掩饰地散发出狂暴的气息，似乎能直接与他的精神力相抗衡。

“你到底想怎么样？！”狄青怒吼。

就在这时，凌初手中的剑猛地迸发出幽幽荧光，他也因怒意濒临爆发，却在下一刻全身发出一种高频率特别刺耳的嗡鸣声，在场所有人都被那声音影响，面露痛楚之色。

金金自然也不会将霍莉那小儿科程度的攻击看在眼底，它紧急提醒："殿下请慎用！光剑杀伤力极大，极易造成误伤！"

此刻抵御力最高的，是强化后的严西城，他依旧蛮横地将手臂抵在唐晓颈部，似乎并未过多受到音波影响，他另一只手再次拧动了唐晓背后的刀柄。

唐晓痛得冷汗淋漓，紧咬的下唇已渗出了血。

"不要轻举妄动哟，不然你们将见识到我拧断一个人脖子的最快速度。"

"你到底想怎么样？！"狄青持剑的手已被握得发白，但他强迫自己冷静下来。

严西城勾唇冷冷一笑，冲霍莉使了个眼色，霍莉从声波的影响中抽身而出，配合地扔给他一把匕首。

"那就先让我见识下你们一族的病状，让我见识一下什么叫流血不止。"

狄青二话不说用精神力操控匕首飞向自己，随手接过来毫不犹豫地在自己身上刺了一刀。

"不要！啊——"唐晓拼命捶打着严西城的手臂，他却丝毫不受影响。

"啧啧，对自己够狠，可惜不够……"

狄青手起刀落，又是一刀下去，再补一刀。

鲜血迅速濡湿了他的衣衫。

他抿紧唇道："放开她。"

"不要！不要啊！"唐晓的眼泪夺眶而出，迅速模糊了她的视线，可她知道这个时候她不该哭，也不能哭，"你这个傻瓜！蠢蛋！我不痛的啊！你忘了我的能力了吗？你走，你走啊！"

"是吗？"严西城低喃一声，握着刀柄，左右旋转。

"嗯……"唐晓痛得五官拧成一团，痛不欲生。

"我知道你的能力，自愈的能力，可如果刀一直插在你身上，你说会发生什么事呢？会是伤口自愈把刀推出来，还是会因为异物，肌肤在不停地为了自愈生肌而产生剧烈疼痛？就像现在这样……"严西城在她耳后深深地吸了口气，缓缓地移动刀柄，"嗯？"

“你……这个疯子……”唐晓冷汗淋漓，面色苍白。

“你不要动她！”狄青咬牙往前走了一步。

“不要乱动哟。我可是什么都看得清楚，包括你打算用精神力做的那些小动作……”严西城非常聪明地把自己的后背隐匿在黑暗之中，他兴奋地看着这一切，发出了让人毛骨悚然的笑声，可那笑声又倏地止住，“可为什么是你！为什么不是我！为什么你不会被反噬？为什么在你身上没有副作用？为什么？”

伴随他的每一句为什么，他握住刀柄的力道就更大。

“啊——”唐晓终于忍不住大喊出声。

“住手！”狄青双眼泛红，心痛欲裂。

“你倒是过来看看啊。”严西城掏出了别在腰间的又一把匕首。

凌初被地球人的残忍一面震惊得无法回神，这一刻，他发现自己的手居然无法抑制地微微颤抖。按照银星人的行为法则，若为了最后胜利，必要的牺牲是允许的，所以抓人质这种做法，其实是一种很愚蠢的行为，但是……

他下不了手。

就在这时，霍莉突然扔给狄青一瓶药：“猜猜看这是什么药？”

“啊——啊——”唐晓猛地尖叫起来，那应该就是致使学校先前两个学长暴毙的药，是严西城研发的失败品。

整个体育馆火光蔓延，人群乱成一团四处奔走，可她眼里再看不到其他，只有狄青，只有狄青！

不要！

“吞下去。”

“不要！不要吃！”

唐晓整个人都快疯了，他们是故意的，他们是故意让她说话，想看着他们垂死挣扎，这两个疯子！

“别吃，狄青！别吃啊！你吃了，他们也不会放过我的，狄青！”

“啧啧。”严西城又举起了匕首，强化后的他，在力道、速度以及对精神力的抵抗，都达到了极致。

眼看那匕首又要刺下去，狄青毫不犹豫地将所有药丸倒入口中。

“嚼碎，吞掉。”

“不要啊——嗯……”

严西城猛地掐住了她的脖子，直言道：“你说，如果她窒息，会不会死？”

为了避免加深她的痛，狄青一一照做，他慢慢咀嚼那些药丸，吞咽。

在唐晓无济于事的挣扎中，严西城微微松开手，面目狰狞地笑出声来。

唐晓终于得以喘息，原本她的手一直试图掰开严西城的手臂，这一刻她心痛得全身都在颤抖，电光石火间，她拔出插在她后背的匕首，反手朝严西城的脸部狠狠一扎。

严西城猝不及防，哪怕躲闪得极快，仍被锋利的匕首划伤了脸。且因他躲避微微松开手劲，唐晓抓住时机，忍着剧痛向下一蹲，也多亏他们意图刺激狄青而扯掉了她口中的布，又或许因为疼痛刺激，她的四肢终于恢复了力道，瞬间体力爆发朝狄青的方向奔跑了几步。

“西城！”霍莉喊了一声，又迈了一步想抓住唐晓，却还是晚了，让她逃出了暗道。就在这一瞬，霍莉瞥见狄青操控着剑飞速地朝严西城刺去。

“小心！”她惊呼一声，动作快过大脑地横挡在严西城前面，生生挨下了这一剑。

“霍莉！”严西城倏地红了眼，肌肉偾张，怒火冲天，“我要杀了你们！”他一个大步冲出暗处，直接卸了门，朝狄青与唐晓扔了过去。

阳光之下，竟可清晰看见他肌肉下那爆裂的血管，显然已超出了他身体的负荷。

凌初光剑魅影一闪，门被切开，所谓强化的严西城保持着投掷的动作，似乎定在了原地，数秒后，他的身子缓缓地似乎要分裂为二——就在此时，凌初身上银光大现，全身发出让人炫目的光晕，这光几乎笼罩整个体育馆。

待银光散去，严西城却消失了。

场面太残暴了，不要看！

金金略带焦急的声音在凌初的头脑中响起：“殿下！我的王子殿下！您知不知道您刚刚杀害了他星球智慧生物？您将面对的是星际审议庭的审判，如果罪名成立的话，您可能被关禁闭！噢，您不但会被强制遣返，还可能成为新星历第一个被关禁闭的王子殿下！噢，我该如何处理这具尸体？噢，我该如何向陛下交代……”

“闭嘴。”凌初看着唐晓扑到狄青的身上，不可否认他心底其实是震撼的，刚刚的一些事，他看不大透，不说别的，往自己身上扎刀子这件事，他就做不出来。

这一刻他突然发现，他输了。

四周火势蔓延，不得不说，这种高温让他这种喜欢寒冷的外星人不大适应。

护卫队趁乱围了过来，领头的一瞧翻译官温宴小姐傻愣愣地在看台上望着一切却毫无反应，心中焦虑，只能比画着表示要掩护他撤退的决心，凌初已打开了超重力装置，直接飞出了场馆。

药效几乎在剑飞出的那一刻发作，狄青感觉身体内有一股狂暴的力量在撕扯着他全部的经脉血管，他隐约可以听到体内血管爆裂的声音。如洗经伐髓般的疼痛遍布他全身，他强忍着，望着唐晓朝他扑来，高悬的心终于微微放下。

“对不起……”这是他唯一能说的，他想伸手拭去她的眼泪，却无法抑制地大吐了一口鲜血，陷入了昏迷。

对不起，又让你受伤。

对不起，又让你流泪。

“狄青——”

喷雾都是被稀释过的，不至于使人昏迷，却会让吸入之人四肢发软。爆燃的是一些不起眼的小装置，声音大，火势却不大，却因为附近被有心设置的一些助燃物，火势迅速蔓延开去。

明明在擂台赛开始之前，他就安排了人对整个场所进行了清查，然后闭馆封锁，怎么会……还有内鬼吗？

狄九心情沉重，但必须避免伤亡，让全部人撤离。危难面前，他保持了冷静，安排组织人员逃生，然而通信器内接二连三传来的信息让他震惊。

“报告，医学楼烧起来了！”

“报告，教学楼烧起来了！”

“报告，宿舍楼烧起来了！”

“消防设备呢？”

“起火点皆有助燃物，一般灭火器作用不大，而喷水灭火装备统统出现故障。”

“马上派人去修理。”

“观看擂台赛的人数众多，绝大多数人出现四肢无力的症状，严重的甚至昏厥，人手严重不足。”

“想办法！”

狄九感觉学院正陷入一场巨大的灾难当中，他强迫自己冷静下来，赶到广播室，依照监控的画面安排逃生线路，却发现镜头中的狄青似乎已经和严西城碰了头，此刻生命垂危。

此刻的狄九分身乏术，只能选择相信狄青了。他身居其职，必须先担起整个学院的安危，以学生为重。他焦头烂额地处理着，突然视线被一阵强光笼罩……

又过了几分钟，学院西南方向突然传来强烈震感，不多会儿宇宙飞船横空出现。

整片天空以飞船为中心，形成了巨大的旋涡。

随后，大片的雪花飘扬而下。

这场对于特别学院来说巨大的灾难，止于一场鹅毛大雪。

这次星际审议团对凌初违规使用超地球文明高新科技及杀害地球原住民的事情反应迅速，但因为凌初搭乘的飞船将能量源转化为大雪形态，导致消耗严重，不足以支撑返程，所以他并没有立即被遣返，而是由离地球最近的星际组织派出人员携带新能源赶赴地球。

哪怕是最近，这个过程仍需大半个月。

这大半个月，狄青一直躺在飞船内的冰床之上，并接受了来自银星的医疗科技诊治。庆幸的是，他的肌体功能基本恢复正常，但因摄入药剂过多，对脑部造成了冲击，这个修复时间稍微有点长，然而一旦恢复，他的精神力将再上一个台阶。不得不说，唐晓的血起到了关键的作用。

那天脱险后，唐晓全身鲜血淋漓，见他吐完血了无生机的样子，她只感觉悲痛欲绝。别无他法，她冒险滴了点自己的血进他口里，只恳求上天仁慈点再仁慈点。后来天降大雪，他俩都被一道光收进了探险者号，那场景简直跟拍科幻大片似的。

庆幸的是，唐晓血液中大概有种特殊成分，确实对狄青体内的狂暴气息起到中和作用，保住了他一命，虽然昏睡的时间有点长……但不管怎样，他至少在慢慢康复了。

凌初一直默默地看着这一切，看着唐晓不眠不休地照顾狄青，竟生出了一种复杂的情绪。

按计划，明天审议团派的人将抵达地球，他即将离开。

他想念那个人。

疯狂地想念那个人。

他感觉自己突然被一种名为寂寞的感觉一层一层地包裹，这种感觉和以前独自在宇宙漂泊的滋味有点相似，又不尽相同，同样是爱，他却隐隐有了不同的认知。

看见唐晓轻轻地抚摸过狄青的额头，他突然觉得心揪得难受，想出去喘口气。

走出船舱，入目的是蓝天白云，芳草茵茵。虽然探险者号的能源不足以支撑返航银星，但在地球范围内旅游一下还是可以的，然而他的眼前慢慢变为那片浓墨般的漆黑。

“你说，这宇宙中，还有除了黑色以外的颜色吗？”

他想起唐这样问他。

“银白色。”

“像你的头发这样的？”

他没作声。

“真美。”她感慨，“你知道吗？我的族人在抢回来的资料中见过一些关于地球的信息，听说那里有好多好多不一样的景致，我们以后去那里好不好？好不好？好不好好不好？”虽然没等到他的回应，她却突然露出孩子般的笑容，一把抱住他，“不去也没关系，只要你在我身边。”

“在想什么？”唐晓突然打断了他的回忆。

“想她。”

金金在翻译的时候，多嘴问了一句凌初心中的疑惑：“他为什么会为你往自己身上插刀？”

唐晓笑了笑，说：“唐也会的，为了你。我知道你应该很好奇唐心中所想，但重要的是，究竟你心里怎么想。在我看来，凌初，你喜欢的不是她，当然你喜欢的也不是我，你喜欢的是一种被爱的感觉。我想，你根本就不知道怎么爱人，在你的世界里，你自己才是第一位吧。‘这件事如果她这么配合我，结果肯定会更好’，你心里大多是这样想的吧。你真的想过她吗？还是你想念的其实是那种被爱的感觉？是因为寂寞，还是因为愧疚？”

因为金金的同步翻译，凌初有些狼狈。

“你们地球人就是喜欢妄自揣度别人的心思，我爱的是她！”

“可你亲手送走了她，为什么呢？你不远万里来到地球，却做出这样的抉择，为什么呢？”

“你不要说了！”

“因为你不敢面对你曾经享受过的‘被爱’的感觉，因为你的一个抉择，而彻底消失。你们真的回不去了。可是凌初，在这么长的时间里，你到底是因为没有爱情难过，还是因为没有她？我只想问你，如果重来一次，你有没有更好的解决问题的方法？你站在她的角度想过问题吗？她跟我说过，当时的她没有退路，你应该知道的，那是一个贫瘠的星球，什么都没有，所以请你想想在那里生活的那段日子，你吃的是什么？喝的什么？住得习惯吗？在你讨厌他们抢夺的行为方式时，思考过除了抢夺，她和她的族人有其他选择吗？你没有，你没有去深究过他们为什么会变成那个样子，你只是看到了他们强掳豪夺的表面，你让他们投降，却仅仅是投降罢了，以后的路他们要怎么走，你没想过，你也没想过如果她真的投降，你们该如何走下去，或许因为走不下去，让你觉得为难，你会再一次舍弃她。”

“我没有舍弃她！”

“你舍弃了她，‘如果她消失了，或许我就不会这么为难了。’你一定产生过这样的念头。”

“没有！我没有！”

“所以追根究底，你最大的问题，是作为一名男性，你从来没想过未来，而且在感觉为难的时候，你会逃避，会下意识地选择一条让自己轻松一点的道路！”

“我爱她！我为她来了这里！”

“可你莫名接受了当时拥有部分记忆的我，你想过吗？你第一感觉是‘啊，我终于找到她，我终于不用这么愧疚了’，然后就心安理得地与我相处，而不是‘曾经发生过那样的事，我要向她解释，寻求她的原谅’，你知道两者的区别吗？”说到这儿，唐晓突然站了起来，“她并不是善于表达情感的人，或许有些事你们俩都是身在其中看不真切，但是无论如何，我只想你知道，曾经有一个女孩爱过你，哪怕你永远站在她的对立面。”

凌初突然一把拽住了她，他望着她，想说些什么，却也不知道要说什么，最后一把抱住了她。

“这次你救了整个学院，救了狄青，谢谢你。”

“她……还爱我吗？”

唐晓推开他，在他手臂上狠狠咬了一口，直到见血，她才松开口。

“哔哔哔！”金金再一次警铃大作，“受到攻击！申请切换到反击模式！”

凌初彻底无视了金金，他觉得疼，却不知是手上还是心里。

“这是她让我做的。”唐晓看着他，“我知道，她让我这么做，是希望你永远记住她。但我做不做，还重要吗？”

重要吗？

凌初突然发现全身冰凉，那种冷意让他有几分茫然。

是啊，还重要吗？因为那个她，那个说要为他打下整个星球的她，爱着或恨着他的她，已经烟消云散了，既不会继续爱他，也不会找他复仇，真正消散了……

就在这时，舱内的警示铃大响，唐晓突然眼前一亮，金金告诉她，只要这个声音响起，就是代表她的狄青醒过来了！

她推开凌初，拔腿就朝狄青所在的地方奔去。

结果，船舱突然抖了一下，下一秒，唐晓发现自己被“吐”了出来，面前是一片蓝天白云，芳草茵茵，实际就是荒山野岭之中。随之，探险者号好像生气一般，化作一道光影消失在了天际之间。

天哪，难不成她因为说真话被嫌弃了？

不过她很快看见了不远处的狄青，他面色苍白，整个人还是显得很虚弱，但她从未觉得他像今天这么好看，从未！

“你醒了！”唐晓含着泪直接扑了过去。

“废话。”狄青说完，却直接被她扑倒在地，“痛死了。”他的语气还是一如既往的嫌弃，他的动作却相反，他用尽力气抱了回去。

“我们被抛弃了。”

“嗯。”

“我也不知道这是哪里！”

“嗯。”

“那怎么办？”

狄青闭上眼，这段时间他虽然一直昏睡，但精神力异常饱满，充盈地围绕着他，他能感知到附近的事情。刚才察觉凌初有“异动”，他就强行令自己清醒了，如今多少有点四肢乏力。

“不怎么办，让我好好抱着……”

让我好好抱着，我的天才美少女。

虽然严西城的死亡让“学院混入了内奸”这件事告一段落，但此事所引起的骚乱，以及令学院蒙受的损失，在此后的很长一段时间里仍无法彻底消除。

学院做了一个重要决策，除了部分被发现有异能的人之外，暂停对外招生计划，停顿修整。

胡锐仿佛一下子老了好几岁，一心请辞，但考虑到学院极力挽留及人才培养的需求，再三思量后，他仍选择留了下来。让人意外的是，他那臭脾气并没有变得好一些，不过他对所有学生一视同仁了。

另一方面，简单修葺后的医学楼对唐晓无条件开放，她一边继续学业，一边与秦教授和贾博士一块扎进实验室，一年后，治疗狄氏一族血液遗传病的药剂顺利问世。

而这一年内，狄青始终没有放弃对W组织的追踪及狙击，防止他们在别的地方作乱。彻底摧毁W组织，成了之后很长一段时间狄青的目标。

凌初违规使用超地球文明高新科技以及杀害地球原住民这件事，星际审议庭也有了终审结果，虽然可以断定当时他受到了攻击，并且有来自学院方面的情况说明书，但官方说法是严西城的攻击肯定没法给他造成实际伤害，相反，数据显示凌初殿下当时的情绪明显失控，极易造成不良影响，诸如此类的，总之大概意思就是判了个防卫过当致人死亡，他被放逐荒芜星劳力改造一年。

这还是卖了银星王后一个面子的结果。

因为这事，银星王后对地球十分不满，提出申诉，星际审议庭也反思在这样的星际往来过程中的潜在危险，暂停了与地球的交流活动。

这件事听起来严重，实际上对普通大众来说并没有任何损失，每个人都继续过着自己的日子。

在研发出药剂之后，狄青擅自决定，给唐晓放假。

贾博士在校门口咬着小手绢含泪与她挥别，那模样看得唐晓都感觉自己像是要结婚生娃一去不复返了一样……别这样，贾博士，她喜欢科研，还会再回来的。

从学院出发，途经伽纳森林，一样的风景，心境却截然不同，毕竟身边有个高手，而且这个高手挺帅的。为什么会这样呢？唐晓觉得狄青怎么看都看不腻。就这么看着狄青的侧脸，都会有种怦然心动的感觉。

“好看吧？”这样迷妹般的小眼神，自然瞒不过狄青，他一挑眉，突然斜了她一眼。

唐晓抿嘴一笑，点头：“好看！因为……是我的啊。”

“哼。”狄青嘴角的笑容掩藏不住，他拍拍她的头，“口水要流出来了，藏好点，不要丢我的脸。”

唐晓嘿嘿一笑：“因为你秀色可餐啊！”想来她确实挺聪明的，她觉得自己已经找到了和狄青的相处模式，那就是说甜言蜜语！

果然，狄青的嘴角飞扬起来，他哼了一声，下巴微抬：“啧啧啧，看在你这么诚恳的分上……”他把脸凑过去，闭上眼，嘴唇好看地抿着，“就勉为其难先给你吃口小菜。”

“哎哟，那可真难为你了。”言毕，唐晓直接捧起了狄青的脸。

等了会儿没有下文，狄青已经有些不高兴了，待睁开眼想声讨两句时，发现唐晓眼神发亮地看向他背后。

啧，眼神发亮什么的，当对象不是他时，看着可真不爽！

“嘘——”唐晓怕惊扰了什么一样，清了清嗓子，“喏，狄青，你说我现在还有没有打老虎的能力啊？”

狄大爷这才看向身后。

只见不远处一只庞然大物，已悄然无声地朝他们二人走近。

“滚！”狄青不悦。

“别滚别滚，让我来！”唐晓跃跃欲试地握拳。这一年她也没闲着，为了有一个能应付高强度实验的强健体魄，跟着狄青学了不少本事。老实说乍一看这猛兽，她还有点心慌，但她旁边站着谁啊，狄青狄大爷啊，所以她的安全是肯定有保障的，嗯，不知道真正脱离了唐的意识影响，她的实力能到什么水平……

哇，这么一说还真有点期待，有点兴奋。

那似虎非虎的庞然大兽见自己被忽视了，突然嚎叫了一声。

狄青大爷才不管，一肚子不爽的他刚想在唐晓脸上啄一口补偿一下，不料她直接推开他，居然摆出了作战的姿势。

这媳妇真不可爱！

他“唰”的一声拔出剑，在唐晓不怕死地冲出去的时候，不顾她的抗议，用精神力操控她飞上旁边一棵树，面无表情地说了一句：“我来。”

小畜生，找死。

“你就不能让我练练手，让我看看这一年的锻炼成果？”直到一路开车回到自己以前的住所楼下，唐晓还为在伽纳森林里一次出手机会都没有一事耿耿于怀。

“不能。”

"凭什么？"

"凭我比你好看，凭我比你强。"凭你没亲我就要去练手！

她无言以对："我生气了！"现在开始不会再有甜言蜜语了！

狄青坚决不哄。他熄火停车，因为一直没有被补亲，所以不高兴。

两人互相斗着气冷着脸，走到唐晓旧居楼下，抬头望去，当年遥不可及的二十三楼如今看起来也就是一般的高度，她突然回想起两年前，若狄青没有出现在阳台上，她现在或许过着截然不同的生活吧……

真好，活着真好，爱与被爱都很好。

唐晓偷偷瞥了一眼狄青，还是不小心被他自带光芒的无敌俊脸"闪"到，算了，听说恋爱中的男人都很幼稚……嗯，越看越幼稚。想到这儿，唐晓扬起一个大大的笑容，瞬间决定原谅他了，她戳了戳他说："哎，你示范一下当初到底是怎么徒手爬上我家阳台的。"

"哼。"狄青顺手捏了捏她的鼻子，挑眉道，"不是在生气？"

"我是你这种这么小气的人吗？"她小声嘟囔，不敢被他听见。

"你再生气看看呀。"他又捏了捏她的脸。

"快快快！"唐晓推了推他，"快点示范，你最好看你最强，你是全世界最棒的！"

"哼！"狄青戳了戳自己的脸。

唐晓眯着眼睛跨越身高的障碍一跳，挂在他脖子上，啄了一下。

狄青活动活动了手腕，便蹿了出去。

大概在学院自在惯了，唐晓看着身边掏出手机打算拍摄视频的两个小妹子，发现有些不对……呃，她一定做错什么了……

现在是信息时代啊！

这边狄青已轻而易举地顺着阳台爬上了三楼。

"哇！"身旁的人已经尖叫连连了。

唐晓双眼一黑，双手交叉在几个妹子的镜头前边跳边阻拦边大声嚷嚷："狄青你快跑！"

唐晓觉得自己一定是猪队友！她暴露了他的名字！

突然一阵邪风吹过，三楼阳台飘下了几条内裤，准确无误地罩住了几个手机镜头，随后在几个围观妹子的尖叫声中，狄青身姿翩然地跃下来，牵起了唐晓的手，拔腿就跑。

“笨蛋。”他嗤笑道，但是看着闭着眼睛想找个地洞钻进去的唐晓，他觉得媳妇还是蛮萌的。

番外

多年以后，功成名就的唐晓接受媒体采访。

事实上这些年，得益于科技的发展及AI人工智能取得的突破，星际交流再一次尝试性开展，一些被AI替代的项目，意外得到了外星科技的认可，某种程度上可以达到相互促进的效果。是以，过往的单向交流逐渐发展为双向往来，外星人的存在不再是秘密，变得广为人知。

然而星际往来的公开化，也伴随着一定程度的风险，一些宇宙流民夹杂在正常来地球开展业务交流的外星人之中混入地球，除去安分守己的那部分之外，许多都变成危及地球原住民安全的隐患，甚至是高危分子，因此，蓝星特别军事学院以及类似机构的存在，就显得尤为重要了。

唐晓在顺利毕业后，便留在学院任教，并致力于生物药剂的研发工作。经过这些年的不懈努力，她在攻克部分癌细胞尤其是血液病症上取得了突破性进展，声名大噪。

而狄青也倾注了多年精力，致力于调查W组织的活动，从逐个突破到一网打尽，倒也称得上战功赫赫，现挂衔星际安全局蓝星分局局长，专门对付那些星际高危分子。

这倒是对了唐晓的胃口，在日常工作之外，夫妇俩常常组队打怪，生活也算有滋有味。而这次在又抓获了某星际逃犯后，星际审议团破格授予夫妇二人星际和平奖，这个荣誉是地球首例，官方颇为重视，故隆重地安排了这次采访。

唐晓骨子里还是保守的，制度之下，不敢推却。

这下本来已经摆明了不去却被人“从老婆下手”而导致不得不跟着来的狄青，就不那么高兴了。

最可气的是官方还特别注明是“唐晓专访”，搞得他像个死不要脸的附加品，硬要跟着来一样！

当他堂而皇之地在他老婆旁边坐下之后，众人还摆出震惊脸……

震惊什么！你们先邀请的是我！是我！

狄青心里只想用精神力操控他老婆飘走算了，但还是顾忌唐晓会发飙，强忍了下来，但从进门开始，就毫不给面子地摆出了一副“老子不高兴”的臭脸。尤其是那些个雄性生物不小心对唐晓露出惊艳的眼神之后，他的脸就更臭了，总觉得珍宝被人发现了一样。

本来嘛，她那个什么生物制药系也就小猫三两只，前些年课程还是挺闲的，结果她有些名声之后，仿佛全世界学生物的男生在一夜之间不知从哪里冒了出来，逐渐增多的男学生总习惯用膜拜的眼神看着他老婆，这让他极度不爽！

想到这儿，狄青吐出一口浊气，以颇具杀伤力的眼神“轻描淡写”地扫过若干记者，愣是在阳春三月，让众人生出一股寒意。

唐晓这些年早已经习惯了狄青的臭脾气，她带着得体的微笑，等着记者发问。

因为拥有自愈能力，她体内的细胞长期处于活跃状态，气色很好，也就显得顶多二十出头，加上锻炼得宜，身段维持得极好，教个书什么的气质也跟着上来了，往那儿一站，就让人挪不开眼。

在杂七杂八地被问了许多问题之后，狄青的忍耐力已经快没了，结果还有人问唐晓：“请问您小时候有什么梦想？”

“呵，十八岁的我只想醉心科研，不上战场，并让那个耍得一手好剑的男人离我远一点。”

“然后呢？”

“然后我发现我太天真了。”唐晓笑道。

眼看着下一个问题就是“为什么会觉得太天真了”，狄青猛地精神力大开，浑身散发出“我要说话”的气息。

有杀气！

无论出于什么原因，还真有媒体小心翼翼地把话筒递向她旁边的男士。

“没错是我，我就是那位让她发现自己太天真的耍剑的男人。”狄青掌握了主动权，边说边甩了个“你们敢有意见吗”的眼神过去，然后麦克风也不再递了，那意思就是你们有什么废话就问我吧。

气氛微微僵了僵。

不过，狄青的颜值向来在线，在镜头前很好看。

媒体振奋了精神又问：“请问接下来你们有什么计划？”

“没有。”

“短期内，没有什么特别想做的事吗？”

“没有。”

“听说你们的女儿天赋异禀，才九岁就被特招进蓝星特别军事学院，有没有生二胎的打算？”

“没有。”

“为什么？”

狄青直接给了提问者一个“干卿何事”的眼神，回了一句：“没有为什么。”

摔！

您这样我们很难采访啊！

不过，他真的很好看！可以原谅！

媒体想了想，转变话题，又问道：“请问在抓捕星际逃犯时，遇到过最危险的事是什么？”

“危险难道就不干了？”

记者被噎住了。

“那请问有没有什么特别难忘的经历？”另一人插嘴。

“不难忘，难不成要把这些经历一世珍藏？”

“这次获得星际和平奖，有没有什么想说的？”

“没有。”

“您能不能教大家几招简单有效的防身办法？”

“普通人？”

“是的。”

“跑、躲、藏，”狄青说得一本正经，“哦，还有装死，都不算难，然后看对方心情好不好。”

“您……”在数秒的沉默后，一个媒体人壮着胆子开口，“渴不渴？”

要不要喝口水，歇息会儿？

唐晓原本一直很淡定，听到这话，“扑哧”一声笑了。

狄青眉头一挑，皱眉道：“如果没什么问题的话……”

话音未落，落地窗外，突然自苍穹处划开道口子，一道强光扫射下来，随之光束渐渐淡去，云层翻滚，一个庞大的外星飞行器缓慢地出现在城市上空，并试图朝这大厦靠近。

狄青凝目而视，思索着这飞行器的来路。

星际往来后，地球方面加强了防御，未经授权许可擅自在地球着陆的飞船可视为入侵者，拥有自主反击权，摆不平还能申请星际救援，如今这飞船光明正大地出现而未接到防空预警，看来是经过授权的。

会是谁？

狄青一时想不出来，就在这时，唐晓握住了他的手，看了他一眼，浅浅勾唇一笑，颇为自豪地拍了拍胸口，说道：“别怕！有我在呢。”

狄青“哼”了一声，蓦地一笑，若百花盛放。

最难忘的，不过是一路前行，她都在。

大厦顶端是可以临时停放外星飞行器的，既然经过了安全授权，那么也没他们什么事。眼看着所有媒体长枪短炮、喜新厌旧地都将镜头对准窗外，狄青牵住唐晓的手，打算离开。

这让主办方有点着急，然而苦心劝导了几句也无可奈何，只能眼巴巴地看着他们乘坐观光电梯下行，行至十几层时，电梯安控系统警示，大概是飞船正式着陆，影响了供电安全，待下行到镂空层时，突然自头顶传来一声“唐”。

这声标准的蓝星语呼声之后，唐晓只感觉一阵疾风扑面，随后便猝不及防地被人揽入了怀里。

一股陌生又有点熟悉的味道瞬间笼罩了唐晓，还有什么白晃晃的颜色没入眼中，她想挣开，却感觉那胳膊强劲有力，一时竟挣脱不开。

“我想你！”对方紧紧地把她锁在怀里，又说。

虽然她这些年收到了蛮多告白，但这是……

凌初？

怎么会？！

多年前的记忆突然如潮水般向她涌来，唐晓莫名有些慌，还没来得及理清思绪，只听见一声凌厉的拔剑声，耳边有凛冽冷风掠过，那长剑险险擦过她，直直朝着拥抱着她的人刺去，试图分开他们。

那人也不惧，抱着她侧身一避，银白色的长发在空中划出一道优雅的弧线。

唐晓趁机抬头一瞥——果然是凌初。

“放开她！”狄青也看清了来者，多年前一战尚未分胜负，他俊眉紧蹙，手腕翻花，长剑若有生命般朝凌初刺去，这一招一式早被他玩得炉火纯青，而与唐晓配合多年的默契，他早有自信不会伤及她。

凌初被迫稍稍与唐晓分离，岁月似乎特别眷顾他，并未在他脸上留下一丝痕迹，他仍是当年风度翩翩的银星王子。

眼看着两人就要打斗起来。

“嘿！”

随着一声大叫，金金那熟悉且尖锐的警示声响起，但所谓的防御系统没有如期打开，只见凭空抡下一棒槌，直接暴击在凌初的头上。

“放开她！”那声音又道。

凌初痛呼一声，终于松开了唐晓，狄青趁此机会牢牢将她锁在怀里，并给了她一个“居然让人有机可乘，回家再算账”的眼神。

唐晓才没工夫理他，剧情的反转让她瞠目结舌。

随之凌初就和那个从天而降的棒槌，不，是拿棒槌的女孩叽里咕噜一通吵。

这些年过去，唐晓也能说一口流利的星际交流语了，问题是这番对话只证实了外星人在对白上没有一点创新，吵来吵去，大概就是“你敢打我”“打你就打你怎么样，谁让你抱别的女人”“别以为我不敢打你”“你打啊”这几句，问题是这些话一结束，那外星女孩直接抡起了棒槌……

女孩小小的个子，头上杵着两根小触角，眼距有点宽，但眼睛又大又圆，晶亮晶亮的显得特别软萌可爱，却意外地有个性……

唐晓下意识地当了一次和事佬，插嘴：“别吵了。”

女孩瞥了她一眼，突然歪了歪脑袋，两根小触角轻轻地晃了晃，星际语脱口而出：“哇，她很漂亮，我喜欢她。”随后面向她，挺豪气地用别扭的普通话补充道，“没关系，我克制了力道。”

唐晓礼貌地朝她笑笑：“要不要坐下喝杯茶？”然后她看了一眼凌初，冲他点点头，“好久不见。”

随后几人真的坐下交谈了起来，当然，事实的真相是她们两个女人在聊，狄青只负责保持警惕及一脸不爽地瞪着凌初。

那外星女孩叫可儿，是凌初的妻子，原来早在凌初被流放至荒芜星之初，就被同样遭遇的可儿一眼看中，直接一棒把他敲晕了拖回了自己的星球。

然后，生米煮成了熟饭……

狄青心里挺不是滋味地想，他当初这碗饭可是煮了好久才熟。

“我是来找小儿子凌烁的。”可儿终于切入了正题，“前些日子，他背着我们偷偷开始了星际流浪，有可靠消息称，他跟着偷渡客混入了地球，但我们在地球没有别的熟人，请你帮助我。”

“这当然没问题，那么你的可靠消息有没有告诉你，他大概在哪儿？”

“只能确定，是到了地球范围内。”可儿又晃了晃触角，“那臭小子要是被我抓到，我一定打死他！”

唐晓清了清嗓子：“放心，我会帮你的。”

刚说完这话，唐晓的助理大声喊着“唐教授”冲了进来，她扫了一眼狄青，似乎有些胆怯，犹豫之后，附耳在唐晓耳边私语了一番。

“什么！”唐晓惊呼，“狄惜不见了？”

狄惜自幼天资聪颖，但她还是摸不清眼前这个长着触角的男孩的“脑回路”，本来偷溜出来想在伽纳森林里试炼一番，结果一出门就碰到这个家伙，然后他就像块牛皮糖一样甩也甩不掉了。

“你到底想怎么样？”她忍无可忍，其实星际交流语对她来说完全没难度，但她凭什么迁就他？

对方对她的愤怒并不以为然，还莫名有些娇羞，两根小触角在头顶上软软地晃来晃去，他用蹩脚的普通语说道：“我娘说，如果遇见喜欢的女孩子，就一棒槌敲、敲晕了拖回家……”

狄惜目瞪口呆。

“可是我、我舍不得。”小男孩忸忸怩怩的，不知从哪儿掏出了一根棒槌，然后递给她，腼腆地笑笑，“你敲我吧，我、我会假装晕倒的！”

狄惜不由得翻了个白眼。